《诗探索》编辑委员会在工作中始终坚持：

　　发现和推出诗歌写作和理论研究的新人。

　　培养创作和研究兼备的复合型诗歌人才。

　　坚持高品位和探索性。

　　不断扩展《诗探索》的有效读者群。

　　办好理论研究和创作研究的诗歌研讨会和有特色的诗歌奖项。

　　为中国新诗的发展做出贡献。

诗探索 ⑭

POETRY EXPLORATION

理论卷

主编 / 吴思敬

2019年 第2辑

作家出版社

主　管：中国当代文学研究会
主　办：首都师范大学中国诗歌研究中心
　　　　北京大学中国诗歌研究院

《诗探索》编辑委员会
主　任：谢　冕　杨匡汉　吴思敬
委　员：王光明　刘士杰　刘福春　吴思敬　张桃洲　苏历铭
　　　　杨匡汉　陈旭光　邹　进　林　莽　谢　冕

《诗探索》出品人：北京人天书店有限公司
社　长：邹　进
执行社长：苏历铭

《诗探索·理论卷》主编：吴思敬
通信地址：北京市西三环北路 83 号首都师范大学
　　　　　中国诗歌研究中心《诗探索·理论卷》编辑部
邮政编码：100089
电子信箱：poetry_cn@ 163.com
特约编辑：王士强

《诗探索·作品卷》主编：林　莽
通信地址：北京市丰台区晓月中路 15 号
　　　　　《诗探索·作品卷》编辑部
邮政编码：100165
电子信箱：stshygj@ 126.com
编　　辑：陈　亮　谈雅丽

目 录

中国新诗百年纪念大会学术论坛

从"别立新宗"到"百年和解"

——新诗百年反思兼谈汉语诗歌之"大传统"与"小传统"

沈 奇

一

新诗百年，节点回顾，一时众声鼎沸，至少在当代诗学界和当代诗歌界，可谓盛事大观。

以此回顾现代汉语语境下的新诗历程，尤其是"新诗潮"已降并延续到新世纪的这四十年时段，当代新诗理论与批评界，包括许多成名诗人，似乎都比较敏感各种节点的"发声"。其中，虽也不乏诸如钩沉、梳理以廓清历史或建构谱系之功，但大体上看去，还是多以笑谈"峥嵘岁月"以壮行色为显要，真正深入到诸如历史之"历史性"与诗学之"本体性"的反思和谈问题的，并不多见。且，"一向在重复着没有结论的讨论"（借用日本学者木山英雄语）。

作为追随"新诗潮"一路走来的在场者，只是因心性所然与位格所限，多以边缘游走且渐次旁观"发声"的笔者自己，临此百年节点，也不甘寂寞，除连续发表数篇反思文章外[①]，更切切关注各个层面的"发声"，尤其是其"发声"机制后面的情怀、立场、问题意识及精神底背的所以然，以反省自己的"发声"之正误。

如此切切，反顾下来，从上一世纪末即提前进入"节点情结"而开始热起来的各样形式及各种思路的百年新诗反思中，仅以个人有限与局限所见所识，并仅以个人感受与获益而言，有以下四个方面（按时间先后）值得重新重视与鉴照：

---

① 这里主要指《诗心、诗体与汉语诗性——对新诗与当代诗歌的几点反思》《"味其道"与"理其道"——中西诗与思比较谈片》《新诗：一个伟大而粗糙的发明——新诗百年反思谈片》《"汉语诗心"与"汉语诗性"散论》《蓝色反应与另一种汉诗——有关新诗与外国诗歌译介的几点思考》五篇文章，均发表于《文艺争鸣》，依次为 2013 年第 7 期、2014 年第 11 期、2015 年第 8 期、2017 年第 5 期、2018 年第 2 期。

其一，郑敏先生自 20 世纪 90 年代中期到新世纪以来，持续发表的一系列反思文章，以及以访谈等其他形式，对新诗一些根本性问题的反复警示与深入追问；

其二，画家石虎先生有关汉字"编程"与汉语诗歌之"字思维"的思考，引发《诗探索》先后于 1996 年 11 月与 2002 年 8 月长达 6 年间，所举办的两次"字思维"与中国现代诗学研讨会，以及在此阶段组稿发表的系列论文和后期出版的相关论集；

其三，新世纪伊始，吴思敬先生与郑敏先生就新诗有无形成传统的对话，及其后引发的相关话题与争鸣文章；

其四，谢冕先生新近提出的有关新诗与古典诗歌"百年和解"的理念，以及孙绍振先生借由"转基因"命名，反思新诗及新诗诗学的"西方化"与"殖民化"问题。

以上四个方面，因郑敏先生的具体著述及广泛影响已成名山之实，且后续行文将穿插提及，此处不再单独展开。下面仅就后三个方面分别讨论，由此落实本文题旨之确认。

二

若仅以时间时态计，从 1976 年到上世纪末，风起云涌的当代"新诗潮"运动，在百年新诗历程中，也就占有不到三分之一的时段。但若换以历史时态计，这一曾被笔者称为新诗"三大板块"①之一的"新诗潮"，确然是新诗百年发展中，最为活跃和重要的一个阶段。不过现在回头再细切勘察，就另有一些话说了。

无须讳言，伴随"新诗潮"而生的当代新诗理论与批评话语体系，从开始的"共谋"到后来的"俱进"，不免受时代语境影响，多少都带有一定的"运动态势"，尤其诗歌现场的不断跃跃"先锋"，而在诉求强烈，理论与批评不得不与之跟进，难以潜沉于诗学本体的反思与建构。同时，依循中国特色的"现当代文学史"话语套路，"新诗潮"之理论与批评话语格局，也大多还是局限于所谓"思潮""运动""社团"三元相切的模块体系，多以着眼于思想、精神、时代等意义价值及社会影

---

① 沈奇：《中国新诗的历史定位与两岸诗歌交流》，原载《中国文化研究》1995 年夏季卷。其中有关新诗"三大板块"说，即：将现代文学意义上的"现代诗"（20～30 年代新诗拓荒期）、台湾文学意义上的"现代诗"（50～70 年代台湾现代诗运动）和当代文学意义上的"现代诗"（大陆 70 年代末至今的现代主义新诗潮）视为中国新诗最有价值的"三大板块"，为宏观把握新诗发展历程提供了一个新的尺度，进而提出"三大板块"的历史性对接与整合的理念。

响的考量，且多以就新诗谈新诗，就"新诗潮"谈"新诗潮"，很少主动转换维度、另行切入而深化。

正是在这样的背景下，郑敏先生于上一世纪末至新世纪初，连续发表的几篇宏观大论，方格外令人瞩目而影响巨大。①郑敏先生这一连串可谓振聋发聩的"发声"，既立足于"新诗潮"及当下诗歌现状，又回溯整个新诗发展历程，以其学贯中西的学术底气所在，理论与创作并重的双重经验所由，横向与西方现代诗歌比较，纵向与汉语古典诗歌比较，转换界面，另立坐标，所提出的种种问题及重重思虑，方格外凝重而深切。只是当时正值世纪之交的"历史节点"，新诗诗学界和诗歌界的主流情志之热切种种，并不在此。虽然也反思也回顾，但其主要心理机制趋向，还是在梳理成就、评功摆好以及排座次、壮行色上，是以郑敏先生的连续发问，反而显得有些不合时宜，甚而不免多有抵牾，也便有了时隔多年后的"旧话重提"。

同样的时代语境下，来自诗歌界之外的画家石虎先生有关汉字"编程"与汉语诗歌之"字思维"的发声，却引发了作为"新诗潮"理论与批评之"大本营"的《诗探索》的高度重视，并予以长达六年的深入讨论，连郑敏先生也参与其中，成为世纪之交当代汉语诗学界一个颇为显豁的"学术事件"。对此，谢冕先生高度评价道："'字思维'理论涉及了汉字的结构和汉语诗歌的语言特质和诗性本原的问题，第一次将'字'的问题提升到一种诗学理论的高度，也是第一次试图把汉语诗歌的语言本质归结为汉字及其汉字思维。……不仅为中国诗学的研究提供了一个新的视角，而且对于思考中国汉语文化的独特性等更为广阔和更为深厚的问题，打开了一个启人心智的思路"。②

现在回头看，石虎先生有关"字思维"的命题之提出，与郑敏先生的系列反思之发问，同属跳出"时局"、别开一界之举，不过石虎先生纯粹由文字学与语言学角度切入，及时人未所及，道时人所未道，且无妨主流情志之热切所然，而得以格外关注，也在情理之中。而当时由谢冕、杨匡汉、吴思敬三位主编主持的《诗探索》，对石虎先生"字思维"

① 此处所说郑敏先生的系列文章，主要包括《世纪末的回顾：汉语语言变革与中国新诗创作》（《文学评论》1993 年第 3 期）、《中国诗歌的古典与现代》（《文学评论》1995 年第 6 期）、《语言概念必须革新：重新认识汉语的审美功能与诗意价值》（《文学评论》1996 年第 4 期）、《新诗百年探索与后新诗潮》（《文学评论》1998 年第 4 期）、《中国新诗八十年反思》（《文学评论》2002 年第 5 期）、《关于中国新诗能向古典诗歌学些什么》（《诗探索》2002 年第 1 期）等篇。

② 谢冕：《字思维与中国现代诗学·序一》，见谢冕、吴思敬主编《字思维与中国现代诗学》，天津社会科学院出版社 2002 年版，序文第 1 页。

命题的高度重视，也充分显示了超越性的诗学眼光和学术精神，尽管最终未落地生根发为格局，但留下的相关话题，至今仍然至关重要。

新诗"别立新宗"（鲁迅语），成百年大势，是否已形成汉语诗歌新的传统？形成的是怎样的传统？其生成"基因"即其"历史性"为何？此传统与汉语古典诗歌传统的关系如何？实为新诗百年回首，需首要反思与解答的问题。

应该说，上述问题在百年新诗的创作领域，或隐或现，或个人或流派，都多少有所思及虑及探究之，且并不乏到位的文本体现。但作为集中而迫切的诗学讨论发端，且引发后续深刻反响的，还是来自上世纪末郑敏先生的系列反思文章。作为后辈末学，我也正是在郑敏先生的这些文章启发下，以及前后或当面求教或书信交流求教中，开始了此后"断臂"式的爱深苛责。这里不妨先引述郑敏先生 1996 年 9 月 11 日写给笔者的一封信中，有关新诗与传统问题的一段语重心长的话：

> 我这些年在精神上似乎进行了多次中西环形的旅游，目前深感汉文化和汉诗如不在这十年"突围"，恐将被自己画地为牢的"革新意识"所困死。谈传统变色，对中西方和人类的文化传统一概不问，总幻想无端地捏出个"新型"来，起轰动效应。我终于得出一个颇强烈的结论：愈抛弃传统愈新不了，愈惦记传统愈能出新。西方诗人、音乐家、画家，哪一个不是在传统，包括东方传统里，打够了滚，才"出新"？贝多芬、毕加索都是熟透了前人之作和传统训练，才找到自己的风格和空前的艺术形式。最好的创新者一定是最熟悉传统的天才。我们则不然，总以为"一片空白"能出新。浮躁的原因正在于此，不屑于研究传统，中外新潮为我所用，泡沫心态如何能出有分量的作品？什么时候能舍得花时间来补课，中国新诗就有可能走向成熟。

结尾还特意提到："《文学评论》第四期有我一篇关于汉语的文章，暇时找来一读吧。"①

显然，郑敏先生晚年切切关心和苦苦追索的诸多问题的根本出发点，并不在于新诗的历史进程与历史现象的梳理与反思，而在其形成这些历史进程与历史现象的"历史性"之梳理与反思，当然，更不是要否定连先生自己也为之付出一生心血的新诗之历史成就。只是稍显遗憾的

---

① 原信两页四段，此处引文为第二段整段。

是，可能限于晚来行文习惯所致，先生数篇宏论，大多沿思路铺陈，未能收摄并细切于诸如"历史性"这样的焦点命题上来，予以显豁归纳，是以多有误读与曲解，也在所难免。正如时隔二十年后孙绍振先生所言："郑敏的深邃，不仅在于她所说的，而且在于她没有说的，或者没有明确，只是笼统说的。""郑敏先生只是提出问题，来不及从理论上全面展开阐释。并未引起有识者严肃思考。二十年过去了，当此新诗百年之际，我想，应该是有条件，也有必要作严肃的反思了。"[①] 于是便有了新世纪伊始，吴思敬先生与郑敏先生就新诗有无形成自己的传统所展开的对话。

这是一次真正意义上的学术对话。对话双方，一位爱深责苛，一位爱深溢美，立场不同，观点也多有不同。对话因缘起于 2000 年 4 月，吴思敬先生带研究生与郑敏先生座谈期间，对新诗是否已形成自己传统的问题，产生分歧，后由研究生将对话内容整理出来，以《新诗究竟有没有传统》为题在《粤海风》学术期刊 2002 年第 1 期刊出。随后 5 月 25 日《华夏诗报》发表诗评家朱子庆的文章《无效的新诗传统》，声称"在新诗有无传统的问题上，我是持虚无立场的，这多少是一件痛苦的事情"。"我赞成新诗'无传统'说，在这个问题上，我无条件拥郑。"接着 8 月 26 日《文艺报》发表野曼的文章《新诗果真"没有传统"吗？——与郑敏先生商榷》一文。由此牵动学院与官方两路诗人、诗论家的"互动"，并于 2003 年 9 月 27 日以《羊城晚报》整版篇幅，在"中国新诗有没有传统？"的通栏标题下，发表李瑛、向明、野曼、周良沛、王性初、杨匡汉、张同吾、李小雨、臧棣等诗人和诗论家的一组笔谈。最后，以 2003 年 11 月初在温州召开的"21 世纪中国现代诗第二届研讨会"上有关此话题的热烈讨论，及吴思敬发表于《文艺争鸣》2004 年第 3 期《新诗已形成自身的传统——从我与郑敏先生的一次对话谈起》一文为结，暂告一段落。

有必要归纳一下此次对话双方的主要观点。

作为坚持新诗已形成自己的传统这一"正方"观点的吴思敬先生，最终给出的传统之"传统性"可概括为三点：其一，"新诗充满了一种蓬蓬勃勃的革新精神"；其二，"新诗体现一种现代性质"，由"乐的诗"向"思的诗"的转换，"没有固定模式可循，不断出新"；其三，"分行排列已成为新诗独特的美学传统"。而作为坚持新诗还未形成自

① 孙绍振：《新诗百年：未完成的中西诗艺转基因工程——兼论中国古典诗学话语的激活和建构》，《文艺争鸣》2017 年第 8 期。

己的传统这一"反方"观点的郑敏先生，则一以贯之地继续"发难"："从诗歌艺术角度讲，我觉得新诗还没有什么定型"；"完全把诗的形式放弃了，诗写得越来越自由，越来越散文化"，等等。并再次强调："谈诗的传统就必须涉及诗的特质，即语言，艺术转换（将现实转换成有诗形的文本实体）以及意境（精神道德、审美）。讲诗的传统不能不涉及这些诗的特质和元素，而代之以未经艺术转换的意识形态、民族心态等因素，这样就会陷入主题决定论的危机。"进而再次语重心长提醒道："如果我们将白话汉语新诗的八十多年写作与诗学的实践积累，放在中国古典诗词与西方自古延续至今的、丝缕未断的诗歌传统来看，我想新诗是否已有自己成熟的传统就不言而喻，冷暖自知了。"①

这里可以看出，郑敏先生"纠结"所在，并非新诗传统的形成是有还是无，而是其传统的成熟程度与定型程度到底如何？尽管连同此前的发问在内，始终"没有明确"（孙绍振语）到诸如"传统性"或"历史性"予以豁亮归纳，但其苦心孤诣之所在，到位的理解者自会了然于心。而吴思敬先生，则摆明自己的"护法"立场，给出了"革新精神""现代性质""分行独特"三大传统性要素之指认，其鼓荡于立场后面的热切情怀，更是令人感佩。

有意味的是，有关新诗传统问题的这次对话与争论，在非学院及非官方的诗人和学人那里似乎很少关注与回应，直到新诗百年之际的2017年，才有了于坚就相关话题的"郑重声明"——

我以为百年新诗未辜负汉语，它艰难地接管汉语，使汉语在现代荒原上打下根基，命名现场，招魂，再造风雅，树立标准，赢得尊重。虽然诗人如信徒般受难深重，但诗在这个祛魅、反诗的时代传承了那些古老的诗意，坚持着精神世界的自由，灵性生活的美丽，并将汉语引向更深邃保持着魅力的思之路，现代汉语因此未沦入黑暗的工具性，通过诗彰显了存在，保存了记忆，审美着经验，敞开着真理。尤其是最近四十年，新诗一直在努力使汉语从粗糙的、简单的、暴力的语言重新回到丰富的、常识的、能够召唤神灵的语言。诗依然是汉语的金字塔尖。最重要的是：新诗继承了一种古老的世界观。对于这个拜物教盛行的现代世界来说，新诗的存在意味着：也许神性迷离，但神性并未在汉语中缺席。

----

① 郑敏、吴思敬：《新诗究竟有没有传统？》，《粤海风》2001年第1期。

于坚由此认定："新诗已经形成它自己的小传统和金字塔"。并特别提醒："这个民族若继续使用汉语，我认为新诗就有希望。"①

这里需要特别指出于坚在此文中，一方面肯定新诗已形成传统，一方面又将其定义为"小传统"。再就是行文中对汉语的反复强调，其背后应该另有玄机可探。

问题节点在于：这么多年来我们谈新诗，谈新诗传统，直至当下的百年反思，大多在谈论所成之事，未能深究所成之因。尤其是，一直疏于追问形成百年新诗历史进程的"历史性"何在？形成此一"历史性"的基因为何？所谓新诗"小传统"与古典"大传统"（先此一说）的根本区别何在？两个传统有无通合之处？——这些根本问题若总是不能得以显豁阐明，难免会一再夹缠不清。

是以这些年来，我一直暗自羡慕着当代诗学界和诗歌界那些无存"纠结"的同道们，而我个人则已是纠结到不可解脱的地步——热爱新诗是一种痛苦，有如热爱汉语的痛苦，因为我们百年来所遭遇的一切，说到底，都是汉语，尤其是现代汉语带给我们的；而不热爱新诗有如不热爱汉语更是双重的痛苦，因为我们生在新诗的历史进程中，有如我们活在汉语的"基因编码"中，舍此又何以存在？！

于此，在郑敏先生提早"发难"二十多年后，在石虎先生"字思维"先声夺人引发的大讨论十多年后，在新世纪伊始吴思敬先生与郑敏先生有关新诗传统对话之后，作为"新诗潮"理论与批评主要旗手之一的孙绍振先生，于《文艺争鸣》2017年第8期发表题为《新诗百年：未完成的中西诗艺转基因工程——兼论中国古典诗学话语的激活和建构》的两万多字宏论，坦言"郑敏先生对'五四'以来新诗的巨大成就，持基本否定的态度，其偏颇是显而易见的。然而，如果不拘泥于其论断，究其宏观的历史回顾和前瞻，对中国新诗更高的期许而言，却不能不说其中有合理的、深邃的内核。"由此将全文聚焦于"中西方诗艺"的融合，明确提出："中西诗艺建立在两种不同的语言基础上"，"二者栖居着不同的诗意的基因，建构中国新诗的诗艺不能废除中国诗艺基因，以西方基因取而代之，正常的实践应该是输入西方诗艺基因，激活中国传统诗艺基因，以之为主体对西方基因进行选择转入中国诗艺之中，使之成为优于中西的新诗艺。""今天国人对新诗百年的回顾与前瞻，从根本

---

① 于坚：《新诗的发生》，转引自"中国诗歌网"2017年10月26日11:10。

诗探索14 理论卷 2019年 第2辑

意义上，就应该在这个高度上进行。"①——由此，长达二十余年的"新诗八十年"至"新诗百年"的数次节点反思与相关争论，在孙绍振先生这里，有了一个基本的归纳与绌束。

随之不久，2017年深秋，由北京大学中国诗歌研究院和首都师范大学中国诗歌研究中心联合举办的"当代新诗理论与批评学术研讨会"在红叶深浓的香山饭店举行。作为北大的精神领袖（乐黛云语）和"新诗潮"理论与批评的"掌门人"，谢冕先生在其致辞中郑重提出了"百年和解"的"凿空"之声，让我这个在场的"老学生"顿释纠结而慧照豁然！

三

新诗别立，煌煌百年。百年回首，忽而要谈"和解"、谈"转基因工程"，乃至要"清算百年迷误"（孙绍振语），从学理上深究，显然有一个"聚光灯"之外的隐藏题旨有待破解：与谁"和解"？又如何"转基因"？或者至少，我们是否一直疏忽了关键性的什么？

——是的，钥匙或许并不在"聚光灯"下。

尽管与有着三千年辉煌历史的古代汉语诗歌相比，仅有百年历史的新诗只能说是步履蹒跚的少年郎，但是新诗形成了不同于古代汉语诗歌的自身传统，则是确定无疑的，反之无法去解释这一百年的烈烈行色与煌煌历史。问题是，这被于坚小心翼翼地称之为"小传统"的"小"之所然到底为何？与之可能相对的"大传统"之大又大在哪里？大概是需要先行阐明的要点所在。

就汉语词义而言，所谓"传统"，其一是可"传"：生生，代代，传之发生，传之接受，守常求变，继往开来；其二是可"统"，体统，道统，习之以熟，趋之以众，统合其宗，发为广大。其三是可"亲"可"敬"：亲者通心气、接地气，笔墨当随时代新；敬者通天人、通古今，"与尔同销万古愁"。——这些说起来都是"陈腔滥调"，但说到底，总还是胜过当下的"一地鸡毛"。

新诗带着启蒙的光环，肩负新思想、新精神、新文化的宣传与传播，借被"借道而行"之力，成顺"与时俱进"之势，轰轰烈烈，促迫"前进的"与"建设的"（谢冕语）百年发展，且发为广大，蔚然成风，风

---

① 孙绍振：《新诗百年：未完成的中西诗艺转基因工程——兼论中国古典诗学话语的激活和建构》，《文艺争鸣》2017年第8期。

行为现代汉语之现代感知最广泛的诗型（性）表意形式，这一点可谓众所公论。问题在于，新诗此"传"，其一强在"发生"而弱于"接受"，大体诗者即读者，自己"滚雪球"，真正如古典诗歌"接受美学"那样的"群众基础"，其实一直并未形成；其二强在"求变"而弱于"守常"，时常将本该"增华加富"之变的正面效应，转而生出"因变而益衰"（朱自清语）的负面而伤及常性；其三强于与时俱进，而弱于典律生成，唯一时标榜而各领风骚，且多以量的簇拥为能事。若再以"可亲"与"可敬"考量，则大多强于通心气、接地气、当随时代新，弱于通天人、通古今、同销万古愁。

这里的要点在于，此"传"已非"己传"，是急功近利之西学东传、与时俱进的产物，且是引进西方文法、语法和句法改造后的白话及现代汉语的"传"法。所谓"流"上取一瓢，勾兑成新酒，其性烈烈，其情切切，耿耿百年，终致"头重脚轻"而根脉不畅。

在此，不妨借来历史学家赵汀阳先生在其新著《惠此中国》的一段话，或可作"攻玉"之鉴：

尤其是启蒙以来的现代进步论，如果滥用于科学技术之外的任何方面（包括制度、艺术、价值观等），就变成一种反历史观。假如新文化是否定旧文化的理由，历史就无法积累智慧和保存意义，因为每一个现时都只是通向下一个时刻的功能性工具，都难逃被下一个时刻所否定的命运，而当历史的意义在加速度的否定中烟消云散，历史就会加速度地萎缩为意义稍纵即逝的一瞬。[①]

以此回看仅仅"新诗潮"以来这四十年间，从"pass北岛"开始，不断有各种的新"思潮"、新"运动"、新"社团"以及新的"口号"与"命名"（乃至以"代际"为由）来"传薪"，以求保持"在先锋的道路上一路狂奔"，以获取当下之出位及标榜，结果只能是"上线"传"下线"以致不断下行，而所谓的诗歌进程，也就避免不了"加速度地萎缩为意义稍纵即逝的一瞬"。

看来新诗之"传"确然有局限，而"统"的问题则更为突出。

这里先得解释一下，上文借用而言的"体统"与"道统"两个词：所谓"体统"，在本文中限定义为"文体"与"形式"；所谓"道统"，

---

① 赵汀阳：《惠此中国》，中信出版集团2016年版，第178页。

诗探索14　理论卷　2019年　第2辑

在本文中限定为"精神"与"内容"。

新诗百年，在鼓与呼者而言，大多是拿其"内容"与"精神"之"别立新宗"来做充分肯定的，这一点大体已成公论。百年新诗所承载所传播之现代意识、自由精神、进步思想、时代担当、人文血脉、本真自我等（这里的"本真"作动词用），确乎不但直接安顿或改变了不少诗人族群中的个人主体及精神位格，保有一脉人文"香火"而生生不息，也或多或少地间接改变了整个国族的生存语境，使之不至于完全成为"政治动物""经济动物""文化动物"（韩东语）之类的平均数。——此一"道统"之居功至伟，无可非议也无可替代，既是新诗筑基所在，也是其丰碑所然。

只是如今若再细作深究，新诗这一赖以立身入史的"道统"之维系，百年下来，也渐次显露出一些问题。概而言之：其一，"浅近"之基因。所谓以"浅近文艺"（黄远庸语）借道而行而与时俱进，是以"唯提笔不能成文者，便作了诗人"（鲁迅语）；其二，"戾气"之隐忧。代代新诗人，或争出位于"时代最强音"之代言，或于虚构的荣誉造势争锋而弄潮，总是"身"不由己，其心理机制病变在所难免（这一点鲁迅先生早早看透，是以提前悲观过了）；其三，"他者"的投影与比附。百年亦步亦趋，皆趋之"舶来"，自我根基渐次掏空，故所谓"维新"，在难以跳脱"模仿性创新"与"创新性模仿"（笔者语）的局限。

以上三点之外，还需补充说明：此新诗"道统"并非独备格局，还有这一百年新潮滚滚之下的"旧体诗"潜流，分担另一脉"维新"之"道统"。正如王德威所言："一般认为新文学才是解放传统束缚、安顿个人主体的不二法门，夏中义却看出作为对立面的旧体诗人自有其义无反顾的韧性与坚持，并以此成就一己自为的天地。"并认为："论中国版的'潜在写作'（esoteric writing），旧体诗歌的写与读当之无愧。"[①]

由此再琢磨鲁迅对新诗以"别立新宗"称之，不免妄自揣摩出别一层意思：仅以诗而言，即或"维新"发为显学，新诗担当"大任"，"旧体诗"之"宗"也不一定就全然派不上用场。笔者近年先后读到日本学者木山英雄所著《人歌人哭大旗前——毛泽东时代的旧体诗》和国内夏中义教授所著《百年旧诗人文血脉》二书，更豁然开朗，原来一百年来，所谓"旧体"并非就不能"维新""传新"，反而在不少作为"民族的脊梁"者手里，成为最得心应手的"利器"。

---

① 王德威：《诗虽旧制，其命维新——夏中义教授〈百年旧诗人文血脉〉序》，见夏中义《百年旧诗人文血脉》，上海文艺出版社2017年版，第7页、第5页。

不过，话说回来，新诗之"道统"较之新诗之"体统"，到底还是可作基本肯定观之，有其现代意识、自由精神、进步思想、时代担当、人文血脉、本真自我等"传统性"可言，尽管这些赖以作"传统性"之基本因子的底里，都不免带有应时、应激的"浅近"之时代特色，但到底还是成就了一百年的诗歌精神谱系，堪可认领，继而统合与传薪。但由此回头反思新诗之"体统"亦即其文体与形式问题，就不免难以乐观了。

汉语成语中有个既关乎气格又关乎文格的词，叫作"文质彬彬"。以"文"明"质"，形其意；以"文"活"质"，悟其道。虽然汉语古典美学也提醒"质有余而不受饰"，但饰之过分原非文之本意，若因此而"质木无文"，或"意浮""文散"，或"理过其辞，淡乎寡味"（钟嵘《诗品·序》），则所谓"质"的存在，至少就文学艺术而言，已是不堪了。原本，世界是由"说法"而不是"说什么"生动可爱起来的，亦即这世界，原本"质"是靠"文"活色生香的，有如青丝之于女貌，削发之于为尼——古往今来，诗文与哲学以及其他什么学的根本区分所在，在于此。

故，诗是为世界文身（于坚语），而且要"彬彬"："文学于人，与皮纹对于虎、与森林中树叶间的风声相似"，而"'文学'尤称'文'（通纹），指诗体的精雕写作。"且"古希腊哲学一词的含义（含有十分系统化的思想）对于中国文化是陌生的，因为在中国文化里，思想的精华是以文学方式表述的。"[①] 是以"体统"之重要乃汉语文学之根本。

新诗秉承胡适先生"诗体大解放"为范，百年一统，统来统去，就外在"形体"而言，到了也只有统合于"无限自由的分行"这一外在体式。就内在"语体"（包括语感、语态、语势）而言，则基本未脱离唯现代汉语为是的"翻译体"的脉息。而这两个"体"，众所周知，并非是从自己本根上长出来的，而是与时俱进嫁接来的体。借用隋代高僧净影慧远的说法，皆为"染时之体"。沿袭这一"染时之体"的新诗"编程"，再要往严重里说，基本上是嫁接翻译诗歌而生的一种"次生写作"。这一点无须过多论证，只要稍稍统计一下直到百年后的今天，各种诗歌书籍发行中，外国翻译诗歌和本土"自产"新诗诗集的销售比，以及稍稍"查验"一下"成名诗人"们的阅读书目及其"成长史"，就可明白：除现代性体验下的中国经验堪为"别立新宗"外，其诗体表现，从手法到语感，一直未脱离"徒弟找师傅"或"与国际接轨"的尴尬处境。也

---

① 汪德迈：《占卜与表意：中国思想的两种理性》，金丝燕译，北京大学出版社 2017 年版，第 108 页、第 110 页。

① 汪德迈：《占卜与表意：中国思想的两种理性》，金丝燕译，北京大学出版社 2017 年版，第 108 页、第 110 页。

诗探索 14　理论卷　2019年　第 2 辑

就是说，仅就新诗"体统"而言，尽管也沿以为习地"传"而"统"之了一百年，但始终没有能够形成自身独立的传统之"历史性"，只是凭恃百年与时俱进之强势而烈烈至今而已。

正如郑敏先生所言"今天的新诗歌颇有寄生于西方诗歌之嫌。由于汉语与西方拼音语言的巨大差异，这种寄生是没有前途的。"[①] 进而提醒我们："传统总是在发展，发展的前提是先有一个等待我们去发展的传统，我们的传统就是从古典到现代自己的汉语诗歌。必须承认我们已经久久遗忘了自己的古典文史哲传统，因此如今只有一个模仿西方的、脆弱单薄的、现代诗歌传统。"[②]

至此或可明了：说新诗是个"小传统"，正是"小"在这里。故而我一直认为，若还认同诗歌确有其作为"文体"存在的"元质"前提的话，那么以白话及后续现代汉语而生成的新诗，迄今为止，只能算是汉语诗歌谱系中的一种"弱诗歌"，一个伟大而粗糙的发明。而"一个时代之诗与思的归旨及功用，不在于其能量即'势'的大小，而在于其方向即'道'的通合。现代汉语语境下的百年中国之诗与思，是一次对汉语诗性本质一再偏离的运动过程。如何在急功近利的西学东渐百年偏离之后，重新认领汉字文化之诗意运思与诗性底蕴，并予以现代重构，是需要直面应对的大命题。"[③]

从"别立新宗"到"百年和解"，大河拐大弯，"弯"在何处？

四

中西文化的差异，源自语言的差异，这是个常识。这一常识的深度理解，即表意文字与拼音符号的差异。赵汀阳先生在其《惠此中国》一书中，确认"中国"的历史之"历史性"因素时，将"汉字"列为首要，即在于此。基因所然，体现于中西文学艺术，可借鉴，可融通，但若舍己求人而硬行嫁接，要么避免不了自身传统基因的"降解"，要么只能是模仿性创新或创新性模仿。这一点，百年新诗、新美术以及其他新的种种后续发展，所愈来愈明显的缺陷之后遗症，已在不乏印证。

近年读书思考，琢磨出一个有关汉语文化艺术传统"基因三要素"

① 郑敏：《试论汉诗的传统艺术特点——新诗能向古典诗歌学些什么》，《文艺研究》1998年第 4 期。

② 郑敏：《中国诗歌的古典与现代》，《文学评论》1995 年第 6 期。

③ 沈奇：《"味其道"与"理其道"——中西诗与思比较谈片》，《文艺争鸣》2014 年第 11 期。

的说法，即：一字一诗，一音一曲，一笔细含大千。

其中，"一音一曲"是就中国古典音乐而言，尤其是已成为代表性"文化符号"的古琴音乐，单音可以独立欣赏，不依赖和声对位等结构性乐理；"一字一诗"与"一笔细含大千"，是就汉语古典诗歌与中国书法和由书法转化而生的水墨语言及文人画之发生机制而言，二者之间，更有美学意义上的"互文"关系。故汉语古典美学向有"诗画同源"及"诗中有画""画中有诗"一说。不妨先由此说开去。

明人画家有一言：不懂诗人，不能写画。此言妙义有二：其一是说中国画是"写"不是"画"，区别以西方美术的"绘事"；其二是说古典汉语诗歌处处是"带着画的"（饶宗颐语）。同时我们知道，由于特殊材质所生成的中国水墨语言所致，中国画的所谓"造型"，是以笔法墨法所内含的笔情墨意之应目写心的抒写而就，不是靠"造型能力"及"素描功夫"来完成的。且，由此完成后所呈现的"形"，也是依附于笔墨节奏下的"形"，既不真切也不实在，唯以"从意"而不"从形"的"心声"与"心画"之抒写为要，可意会而不可言传，传也是传个大概。是以黄宾虹曾说到中国水墨语言之妙，在于一笔下去，便"有七种感觉"生发；包括中国书法在内，所谓"一笔细含大千"的道理，正在于此。对此，当代油画家靳尚宜先生有感而发地谈到：油画，要三笔才出一个感觉。我们也知道，即或是后来迫于照相机的出现，西方当代美术"改弦易辙"出印象派、表现主义、热抽象冷抽象等现代性架上绘画，也改变不了其结构性"语言基因"之遗传影响所局限。

中国画生发于中国书法。中国书法是唯汉字文化孕育的一种独特艺术。"汉字的超稳定性或与汉字本身的图像性有关。一方面，作为媒介的汉字在表达外在世界时建构了一个对象世界；另一方面，作为图像的汉字自身却又构成了一个具有自足意义的图像世界。图像文字不仅建构了不可见的概念化意义，而且建构了可见的意象，因此不仅具有相当于抽象概念的意义，另外还具有视觉（或者说艺术）含义和情感含义，因而构成了一个包含全部生活意义的可能世界。可以说，汉字不仅是表达思想的媒介，而同时是一个心处其中的生活场所。于是，汉字既是工具也是世界。图像汉字的这种特殊性使汉字超越了作为能指的符号而另具有自身独立意义。"亦即作为图像的汉字，"既能指物，本身也自成景观。"① 而这，正是中国书法得以特立独行的基因所在，也正是以书法

---

① 赵汀阳：《惠此中国》，中信出版集团2016年版，第125页。

诗探索14 理论卷 2019年 第2辑

为筑基的中国水墨艺术及文人画得以特立独行的"底背"所在。

就此而言，同为抒写"心声""心画"而发生的汉语古典诗歌，与中国书法和水墨画法可谓如出一辙。"中国的文学是从文字当中来的；中国文学完全建造在文字上面。这一点，是中国在世界上最特别的地方。""中国的文字不受言语控制，反而控制言语。"由此饶宗颐先生在作诗（旧体诗）时指出：不管作绝句、律诗、古体，"都要当成一个字去写"。①所谓"捶字坚而难移，结响凝而不滞，此风骨之力也"。（刘勰《文心雕龙》）自古汉语文学，情生文，文亦生文。以字逗字，以字引字；以字逗词，以字引词。随机，随意，随心，随缘。复积字词"逗引"成句，再逗引而"意造"成诗成文。有如中国书画笔墨语言，情生迹（笔迹与墨迹），迹复生迹，随笔法节奏、墨法节奏与意象节奏而兴发、组合、衍生，则胸无成竹而逗引成竹，竹影婆娑而竹意朗逸。——这一可称之为"逗引美学"（笔者生造之命名）的发生机制，正是汉字所生成的汉语文学艺术最本源之灵魂与命脉。

对此，江弱水曾指认胡适当年只晓得"情生文"，不懂得"文生文"，进而说到"一首诗可能是因字生字、因韵呼韵地有机生长出来的"。并用"打开天窗说亮话""一言以蔽之"概括新诗草创之理念。②而大家都知道，这个理念一直影响到今天依然行之勃勃。当然，说胡适不懂得"文生文"是权宜之说，大概胡适先生还没这么"局限"，关键是"枉道以从势"（孟子语）使然。

一直以来，我们习惯于套用西方文论的说法，将诗歌艺术定义为所谓"语言艺术"。这没有错，因为在只有语言没有文字的西方语系中，所谓诗歌艺术，确实也只是语言的艺术。但汉语不一样。汉语是记录声音的语言和记录形意的文字二者相生相济的"复合语"，其中文字是决定性的基因，也就决定了汉语编程的命脉，是以文字为主导的命脉。中国文学自古离不开文字，离开字词思维，就没有了根本意义上的文学思维。由这一命脉所生成的汉语诗歌艺术，就不仅仅单是语言的艺术，还同时是文字的艺术，亦即古典诗学所说的，既是"心声"（心情、心绪、心意）之表意，也是"心画"（形象、意象、心象）之表意。甚至，即或是"心声"，在"汉字性"的诗之感知与表意中，也多以是"绘"其声而不喜欢"言"其声，所谓"诗画同源""画为心声"，即在于此。这一点，易闻晓博士在其《中国诗法学》一书中也给出了明确的指认：

① 《文学与神明·饶宗颐访谈录》，施议对编纂，三联书店 2011 年版，第 42 页。

② 江弱水：《古典诗的现代性》（修订版），生活·读书·新知三联书店 2017 年版，第 142 页。

汉字作为仍在广泛使用的表意文字，具有与表音文字相对的本质特性，其单音独字和声调高低缓促，乃是形成中国诗特有形式的文字基础。……正是与表意文字相对的汉字优点，或汉字唱衰论所认为的汉字"劣势"，却无疑显发汉字无与伦比的诗性特质，主要表现为汉字象形表意与物的直接对应、汉字系统所呈现的万物生机和道的遍在，以及汉字字形的想象生发、为诗择字的字形考量、汉字"文言性"的诗意内涵。如果我们无法否认中国曾经是诗的国度，那么完全可以说汉字成就了中国诗的创造和诗性的文化。①

现在回头看，新诗从众不但一直误解了汉语"诗歌艺术"的定义，还一直误解了汉语"文言"这个词，是以唯恐避之而不及，一心一意在白话和口语的"编程"中，亦即在唯现代汉语为是的写作中"自由自在"。实则"文言"既是一个单词又是一个词组。作为单词，就是指的新诗诗人常为之唾弃的"文言文"及"旧体诗"；作为词组，则文是文言是言，文即文字，言是语言，相生相济，相依为命，只要你还是在用汉字做诗歌"编程"，就脱不了这个命脉。而这其中的发生学原理，皆源自中国图符性表意文字基因所由。

百年来，有如借西方绘画写实造型改造中国画，走到今天已然漏洞百出，严重偏离中国画的写意笔墨精神和语言特质，引起美术界深刻反思。借外国翻译诗歌改造后的汉语新诗，也由此偏离了汉语诗歌的汉语气质和语言特质以及文化主体。正如当代诗人杨炼所言"无论如何，一个命中注定用汉语写作的人，对母语的特质缺乏意识和思考是不可原谅的。""近代以来中国诗人普遍受西方'进化论'和'历史主义'的影响，也希望把自己纳入时间的序列。由此一方面把脏水统统泼向传统，一方面把西方当作唯一的'现代'，把往往是用时间标示的'新潮'当作价值来追求，陷入双重的盲目性。"②

讨论新诗传统，必得先说其"道统"后说其"体统"，毕竟新诗百年，还是以新"道统"为重；讨论古典诗歌传统，则须先说其"体统"后说其"道统"，因其"体统"明显且与"道统"互为表里、浑然一体，若硬要剥离开来单说，这里也只能简而言之。

首先得明确，作为农耕文明的精神谱系，所谓汉语古典诗歌中的"道

① 易闻晓：《中国诗法学》，商务印书馆 2017 年版，第 4 页。

② 杨炼语，见《石虎、杨炼、唐晓渡：当此关口：并非仅仅关于诗的对话》，谢冕、吴思敬主编《字思维与中国现代诗学》，第 8—9 页。

统"，诸如山水唱和、田园咏叹、家国情怀、人文情愫、自然之魅、生命之惑等，在今日之现代汉语语境下，是否已经全然隔膜或失效，在此先存疑不论。这里只想提醒的是，其实至少在汉字世界里，"体统"即"道统"，只要还在用汉字进行思维"编程"，就不可能不受其基因遗传影响，而只活在当代。"汉字一方面以象指物，另一方面以象建造了精神之形，精神之形与自然之形的相逢便是'形而上'和'形而下'的汇合处，因此赋予特殊性以普遍性，使历史性具有当代性，这种意象的厚度和深度无疑是一种恒久的精神吸引力。"由此，"一个生活在汉字中的中国心灵总是兼有双重主体性，即具体落实为个人心灵的主体和共享的一般汉字精神主体，因此总以双重主体同时凝视世界……"①

故，若硬要给汉语古典诗歌"道统"找出一个与新诗"道统"最为不同之处的话，或可用李白那句"与尔同销万古愁"一言以蔽之，或者可用陈子昂那句"念天地之悠悠，独怆然而涕下"概括之。换以现代汉语的说法，其"主体精神"，概筑基于本真自我，而生发为己之诗。"花间一壶酒，独酌无相亲。举杯邀明月，对影成三人。"没有预设的"读者"或"受众"。而新诗百年，每每活在当下、与时俱进，应时，应激，乃至"应命"，尽管也时有正骨清脉之功效，但其基本面，总难以摆脱随时过境迁而不断失效作废的窘迫与尴尬。

这里还得顺便简单讨论一下徒弟找师傅式的翻译诗歌问题，尤其是过于依赖和完全信任现代汉语式的诗歌翻译。

现代汉语以白话和口语为始基而"另起锅灶"，虽借"新诗""新文学"滥觞，但其实"借道而行"，多实用于商业，精明于政治，重在对"新世界"知识的"知道"和"辨识"，重在为"新民救国"寻找"标准答案"，以此语言做诗歌翻译，即或如我辈不懂翻译者，也可想而知，要"委屈"多少原本的汉语诗性，更要"扭曲"多少原本的西语诗性？

还是拿当代翻译家思果的说法稍作佐证吧："现在劣译充斥，中国人写的中文已经不像中文了。""本来丰富、简洁、明白的文字，变得贫乏、啰唆、含混不清，这并不是进步，而是退步，受到了破坏。时至今日，这种破坏已经深远广泛，绝不是轻易可以挽救得了。""胡适之提倡白话文没有错。近几十年大家写白话诗文也没有错。错却错在不去承受文学的遗产，以为只要怎么说话，就怎么写文章，行了。这是有文学遗产的国家不可以做的事情。"进而呼吁："开风气的人往往会料不

---

① 赵汀阳：《惠此中国》，中信出版集团2016年版，第127页、第126页。

到他所要开的风气会有什么结果。这也许不能怪他。不过到了不良的后果出现，我们就应该大声疾呼了。"①

综合上述，大河拐大弯的"弯"，似乎无须再行赘释。

五

最后，还得回转来补充阐释"传统"概念，以作总结。

在汉语语境中，所谓"传统"，既在传承而发扬之"统合"，又在贯通而广大之"通和"。"为有源头活水来"，不是各为其流，或截流为湖、为沼、为库。所谓"多元"，即或如民谚"三十年河东三十年河西"，那上游的来水也是断不可"断流"的。这是汉语"传统"的另一个重要性质。

新诗是"革新"的产物。"革新"既久，有了自己的"新传统"，还要不要与"旧传统"通和以广大？

所谓"革新"，顾随先生早有说法："凡革新的事情，其中往往有复古精神。若只是提倡革新，其中没有复古精神，是飘摇不定的；若只是提倡复古，其中没有革新精神，是失败的。"② 而，"既然贯通古今，今就不是对古的否定或摒弃，甚至不是所谓'扬弃'，而是化古为今使'今'日益丰富。如果只是变而没有化，就是断裂而无接续，同样，如果不能化古之经验为今之资源，那么日新就变成日损，更新越快，历史就越短，意义就越贫乏。因此，古为今之线索，今为古之续作，今虽为新作，必藏古意，此乃'维新'之正义。"③

由是我们方重新理解到，郑敏先生晚年"苦口婆心"想告知新诗从众的，其实归根结底，就是她早在 1995 年就明确提出的那个理念："现代性包含古典性，古典性丰富现代性，似乎是今后中国诗歌创新之路。"④也才重新理解到二十多年后，孙绍振先生的指认："郑敏文章最警策之处在于，破天荒地将学习欧美和继承中国古典诗歌何者为'本'何者为'末'提高到新诗的生死存亡的高度。"⑤

---

① 思果：《翻译新究》，广西师范大学出版社 2018 年版，第 265 页、第 256 页、第 257 页。

② 顾随：《中国古典文心》，北京大学出版社 2015 年版，第 228 页。

③ 赵汀阳：《惠此中国》，中信出版集团 2016 年版，第 176 页。

④ 郑敏：《中国诗歌的古典与现代》，《文学评论》1995 年第 6 期。

⑤ 孙绍振：《新诗百年：未完成的中西诗艺转基因工程——兼论中国古典诗学话语的激活和建构》，《文艺争鸣》2017 年第 8 期。

诗探索14 理论卷 2019年 第2辑

行文至此，作为本文命题的结论，理该给出一个新诗百年后的新发展，如何在汉语古典诗歌"大传统"与汉语新诗"小传统"之间，可"通和"而行以发扬光大的"路数"的了。但这无疑是"作茧自缚"，更无从"标准"而言，这里只能就本文上述有限讨论，简要归纳提示几点：

一、西语主体性和汉语主体性的通和；

二、古典维度诗意运思下的诗之思和现代维度理性运思下的思之诗的通和；

三、现代意识主导下的中国经验和古典精神主导下的汉语气质的通和；

四、中西合璧的诗歌精神与古今熔铸的诗歌语言的通和；

五、与时同销"时代愁"和与尔同销"万古愁"的通和；

六、现代汉语逻辑结构之语法思维和古典汉语"逗引美学"之"字思维"的通和；

七、古典人文传统下的为己之诗和现代人文精神下的济世之诗的通和；

八、作为时间时态的"当下性"和作为历史时态的"当代性"的通和——对于唯"与时俱进"的当代诗歌而言，此一"通和"之提示，可能尤为关键。

至于"通和"之下的具体"诗法"，尤其是在无限自由的分行下，如何解决有关节奏和韵律等问题，我想，意识变了，诗法自然也会随之改变，自有仁者见仁智者见智的具体"通和"之应心得意。

若以上之说尚可成立，则以此贯通古今汉语诗歌看去，可以说，陈子昂的《登幽州台歌》，便是真正意义上的古典的现代诗，而李叔同先生的《送别》，则是真正意义上的现代的古典诗。具体到这一百年新诗历程来看，包括"现代文学"板块、"台湾文学"板块和"当代文学"板块中的诸多优秀诗人。其实早已在具体创作实践中脱势就道、另辟蹊径而别开生面了——或全然的"通和"，或部分的"通和"，或偏于"道统"的"通和"，或偏于"体统"的"通和"，皆有其独到格局和特殊贡献，只是因与主流意识形态和主流诗歌进程时有错开，不在一个"界面"同发展共繁荣，是以难免曲高和寡或一时落寞，如孤岭横绝、暗香梅花消息……

从"别立新宗"到"百年和解"，有关汉语诗歌之"大传统"与"小传统"由"久违"到"通和"而促进新诗之再生的讨论，本文最终给出的答案，可简化为"一体两翼"之说：体依然是"自由体"，暂无他可取；两翼之在，一者外师古典，二者内化现代。

然而，冷静下来思考，就百年急剧现代化所致汉语文化整体下行之大背景而言，汉语新诗之小传统与汉语古典诗歌之大传统的真正和解与通和，还有待时日。但作为新诗理论与批评的从业者，如果不当其时而提其醒，则无疑是一个严重的失职。

何况，当那个以科哲话语和资本逻辑合成的叫作"云"的超级写手，已然君临并渗透于一切，将我们正在"现实"地写或"在场"地写以及所有"当下"的写，都已提前写过并予以刻录存档的"万物互联"之大前提下，汉语诗歌到底还要与时俱进到何时才能彻底脱势就道，找回那个"云"写不了"写"，以作"还乡"的安顿，实在已经到了一个临界点，更需要真正意义上的"敲钟人"之虔敬的提醒！

新诗，一百年的新诗，可以说，已然成为我们这个新诗族群之"现代部落"的精神信仰，是以我们不愿让这样的信仰，有任何的遗憾或愧疚存留。

——有何荣誉堪可共享？百年激荡，秋风失远意，故道少人行，"远方的自己"依然在远方。而或许，鲁迅正是现代的陶渊明，陶渊明却是古典的鲁迅？！

所谓：一种反现代性的"现代性"。

［作者单位：西安财经学院］

从"白话诗"到"新诗"

王光明

　　"五四"时期的"新诗"并不完全是从传统内部自然生成或裂变出来的，而是在诸多矛盾冲突和磋商对话中建构起来的。胡适站在现代民族国家的立场，认为当时"白话诗"的革命是辛亥革命至 1919 年"八年来一件大事"。实际上，这件"大事"最重要的意义是意识到语言形式问题与"内容"的密切关联，在文化符号体系中找到了一条通向现代性的通道，把它置于文化变革的中心，从而让语言形式不再被当成是稳定孤立的符号系统或个人创作的结果，而是在历史、社会脉络中对话生成的东西。

一　"白话诗"的两种资源

　　早期的"新诗"是现代诗歌言说方式的建构，而不完全是一种诗歌美学建构。虽然胡适提出："中国近年的新诗运动可算得是一种'诗体的大解放'。因为有了这一层诗体的解放，所以丰富的材料，精密的观察，高深的理想，复杂的感情，方才能跑到诗里去。五七言、八句的律诗决不能容丰富的材料，二十八字的绝句决不能写精密的观察，长短一定的七言、五言决不能委婉达出高深的理想与复杂的感情。"[①] 但当时的诗人，有旧文学根基的人，所做的"白话诗"仍然像胡适说的如同放大了的小脚，有明显的旧诗词的影响，反倒是旧文学根基不深的诗人，写得较为自然活泼，就像 20 世纪的 50 年代，许多现代的著名诗人反而变得不如工农兵作者的诗受欢迎一样。

　　这主要是有旧文学根基的人，思想与语言观念是现代的，而写诗与欣赏诗的习惯却还是传统的，它们之间存在着尖锐的矛盾。胡适的"新

---

　　① 胡适：《谈新诗——八年来一件大事》（1919 年 10 月），见《中国新文学大系·建设理论集》，上海良友图书公司 1935 年版。

诗"长期在沿用中国主流诗歌中律诗和词的"大传统"，实际上是收获了白话，并没有体现新的感觉和想象力，只是做到了他自己说的两点：消极的不作无病呻吟，积极的以乐观入诗。譬如叶维廉曾提出，胡适的《寄给北平的一个朋友》不过是文言诗的白话化，只要把如下括进括号内的词删除就是一首不严格的律诗[①]：

> 藏晖先生（昨夜）作一梦，
> （梦见）苦雨斋中吃茶（的老）僧。
> （忽然）放下茶盅出门去，
> 飘萧一杖天南行。
> 天南万里岂不（太辛）苦？
> （只为）智者识得重与轻。
> 醒来（我自）披衣开窗坐，
> 谁人知我（此时一点）相思情！

又如比较清新的《鸽子》：

> 云淡天高，好一片晚秋天气！
> 有一群鸽子，在空中游戏。
> 看他们三三两两，
> 回还来往，
> 夷犹如意，——
> 忽地里，翻身映日，白羽衬青天，十分鲜丽！

胡适大多数"白话诗"都是这样，趣味是旧的，构建诗歌情境所使用的意象，大多是传统的自然意象，而诗歌形式，也大部分是从古典诗词中蜕变而来，因此还很难说体现了丰富的材料，精密的观察，高深的理想和复杂的感情。

胡适的诗被文学史家称为"胡适之体"[②]。胡适自己认为"胡适之体"诗有三条戒约："第一、说话要明白清楚。古人有'言近而旨远'的话，旨远是意境问题，言近是语言问题。一首诗尽可以有寄托，但除了寄托

---

① 叶维廉：《中国诗学》，北京三联书店 1992 年版，第 228 页。

② "胡适之体"是陈子展在《略论"胡适之体"》一文中提出的，该文发表于 1935 年 12 月 6 日《申报·文艺周刊》第 6 期，曾引起一场关于"胡适之体新诗"的讨论。

诗探索14 理论卷 2019年 第2辑

之外，还须要成一首明白清楚的诗。意旨不嫌深远，而言语必须明白清楚。古人讥李义山的诗'苦恨无人作郑笺'，其实看不懂而必须注解的诗，都不是好诗，只是笨谜而已。我们今日用活的语言作诗，若还叫人看不懂，岂不应该责备我们自己的技术太笨吗？我并不是说，明白清楚就是好诗，我只要说，凡是好诗没有不明白清楚的。至少'胡适之体'的第一条戒律是要人看得懂。第二、用材料要有剪裁。消极地说，这就是要删除一切浮词凑句；积极地说，这就是要抓住最扼要最精彩的材料，用最简练的字句表现出来。……第三、意境要平实。意境只是作者对某种题材的看法。有什么看法，才有什么风格。……在诗的各种意境之中，我自己总觉得'平实''含蓄''淡远'的境界是最经得起咀嚼欣赏的。'平实'只是说平平常常的老实话，'含蓄'只是说话留有一点余味，'淡远'只是不说过火的话，不说'浓得化不开'的话，只疏疏淡淡的画几笔。这几种境界都不是多数少年人能赏识的。但我早说过，我只能做我自己的诗，不会迎合别人的脾胃。"①

胡适的诗歌"戒约"，虽然面对的是诗歌，但移用所有的文学创作同样适用。他并没有真正从诗歌感受和想象世界的特殊方式来讨论问题，哪怕连诗歌最基本的曲折喻写或托物言志的特点也有所忽略。诗歌并不是一种透明的语言，"言近旨远"也是一种相互关系，"近"与"明白清楚"不是一回事，而且"明白清楚"也绝对不可能是对一切人的，正如"平实""含蓄""淡远"不是少年人能赏识一样，它也不可能凡是识字的人都能读懂的。这当然不能说胡适对诗是隔膜的，而是根基于他"以质救文胜之弊"②的文学革命主张，以及强调接纳散文语言与事理的"作诗如作文"③诗歌创作方法论。在早期"白话诗"试验中，他最赞赏的是杨杏佛的《寄胡明复》和赵元任的和诗，大体上是五言式的述事，是被朱经农称作"日来作诗如写信，不打底稿不查韵"那类诗歌形式的散文，而胡适自己的第一首"白话诗"《答梅觐庄——白话诗》，则是论辩性很强的诗歌形式的议论文。《应该》一诗是胡适自己觉得"意思神情都是旧诗所达不出的"：

他也许爱我，——也许还爱我，——

① 胡适：《谈谈"胡适之体"的诗》，《自由评论》1936 年第 12 期。

② 《胡适留学日记》（三），（上海）商务印书馆 1948 年版，第 844 页。

③ 胡适除了写过"诗国革命从何始？要须作诗如作文"的诗句外，还在早年的日记中说过："然不避文之文字，自是吾论诗之一法。"见《胡适留学日记》（三），第 844—845 页。

但他总劝我莫再爱他。

他常常怪我，

这一天，他眼泪汪汪地望着我，

说道："你如何还想着我？

想着我，你又如何能对他？

你要是当真爱我，

你应该把爱我的心爱他，

你应该把待我的情待他。"

他的话句句真不错：——

上帝帮我！

我"应该"这样做！

　　诗的确触及一种矛盾的情感，表现了情感与理智的冲突，但在表现方式上却是说理的（结尾写无计可施、无理可说也还是在说理），如果取消分行，则与散文无异。不难看出，"胡适之体"的白话诗在追求语言与事理的明白清楚时，有意无意地忽略了文类的界限与语言运用上的不同，走了"以文为诗"的偏锋。

　　"以文为诗"是借助另一种文类反抗诗歌的体制化，期待能通过"文"的流利、具体、细密接纳更多的生活内容，由唐代韩愈开此风气并曾在宋诗中蔓延。因此，"胡适之体"无论从形式的特点或诗歌观念方面都利用了主流中国诗歌"大传统"某些方面的资源。而另一种倾向也与传统有关，这就是刘半农等人对民间谣曲"小传统"资源的袭用。

　　民间谣曲从本源上说是一种在"口里活着"的文学，语言上是口语化的，内容上不太受正统道德规范和文人价值规范的约束，因而能给"白话诗"注入清新活泼的意趣和口语化、现实化的品格，顺应了"新诗"从文人化向平民化转变的时代要求。当时北京大学歌谣研究会出版的《歌谣》周刊就有文章提出："现在文学的趋势民间化了，要注意的全是俗不可耐的事情和一切平日的人生问题，没有工夫去写英雄的轶事，佳人的艳史了。歌谣是民俗学中的主要分子，就是平民文学的极好的材料。……'男要俏，一身皂。女要俏，一身孝。'还有什么'清水脸'，'小寡妇'，等，这些都是轻描淡写的'写实主义'。但是这些材料若

诗探索14　理论卷　2019年　第2辑

是不上歌谣里边去找，那里还能找得出真正的民众的艺术呢？"①

刘半农是一个"在诗的体裁上是最会翻新花样的"人，他说："当初的无韵诗，散文诗，后来用方言拟民歌，拟'拟曲'，都是我首先尝试。至于白话诗的音节问题，乃是我民国九年以来无日不在关心的事。"②他在北京大学任教时就主持歌谣研究会，并与沈尹默、周作人从事歌谣征集与编辑工作，1918年5月北大日刊就有他编的"歌谣选"揭载。当时，他认为诗歌园地里"黄钟"太多，应该把地狱中呻吟的"瓦釜"之声表现出来，民歌正是传达这种声音最直接的形式，为此他把自己以"拟民歌"诗体为主的创作称为《瓦釜集》。1921年5月，在寄《瓦釜集》给周作人时，他在所附的信中说，民歌比较能传达出诗中说话者真实的语言和声调，"我们作文作诗，我们所摆脱不了，而且是能于运用到最高等最真挚的一步的，便是我们抱在我们母亲膝上时所学的语言；同时能使我们受最深切的感动，觉得比一切别种语言分外的亲密有味的，也就是这种我们母亲说过的语言。这种语言，因为传布的区域很小（可以严格的收缩在一个最小的区域以内），我们叫作方言。从这上面看，可见一种语言传播的区域的大小，和他感动的大小，恰恰成了一个反比例。这是文艺上无可奈何的事。关于声调，你说过：'……俗歌——民歌与儿歌——是现在还有生命的东西，他的调子更可以拿来利用。'（《新青年》八卷四号）这是我们两人相隔数万里一个不谋而合的见解。"③

由于有这种自觉，他的不少诗作深得民歌亲切自然的韵味，在音调上更是具有民歌讲究重复、一唱三叹的特点。譬如那首写于1920年9月4日，创造了"她"字并被赵元任谱曲，流传甚广的《教我如何不想她》：

天上飘着些微云，地上吹着些微风。啊！微风吹动了我头发，教我如何不想她？

月光恋爱着海洋，海洋恋爱着月光。啊！这般蜜也似的银夜，教我如何不想她？

水面落花慢慢流，水底鱼儿慢慢游。啊！燕子你说些什么话？教我如何不想她？

枯树在冷风里摇，野火在暮色里烧。啊！西天还有些儿残霞，教我

---

① 常惠：《我们为什么要研究歌谣》，《歌谣》1922年12月31日第3号。

② 刘半农：《扬鞭集·自序》。

③ 转引自舒兰《中国新诗史话》第31—32页。

如何不想她?

　　这首诗具有民歌那种因物起兴和情境相生的特点,它非常单纯,内容很浅显,感情是朴实的、直率的,但由于情意的缠绵和情境的开阔和谐,又与"胡适之体"白话诗的明白清楚、意境平实有所不同:语言上有口语的活泼流动,更重视诗歌意象、情境、节奏等方面的经营。

　　不过,"白话诗"时期的新诗,不论是在"大传统"中寻求突破,还是从"小传统"中开拓新路,本质上都还是"工具"和外在形式的变化,以及题材的时代性迁移,而不是诗歌思维、感觉和想象方式的现代转变。1920年出版的《分类白话诗》明显地反映了这一点,这部按"写景类""写实类""写情类""写意类"编选的诗选,"写景类""写意类"的取材和意象,可以说与传统诗歌相比基本上变化不大,仍然沿袭着历代诗人面向自然意象的传统嗜好;而"写实类"与"写情类",也只是反映了转型社会的不平等和感情的压抑,不过是晚清以来以内容的物质性偏正符号形式物质性的更普遍的实践,如果说它有什么诗歌意义的话,那就是以"具体性"的写作避免程式化和陈言套语。

　　"白话诗"运动本来是要通过语言和诗体的解放实现精神和美学的自由的,但与传统的经典诗歌相比,却反给人们狭隘、拘束的印象,这既有"白话"本身的不成熟和运用一种新语言的不熟练问题,更有语言运用的观念和意识问题,诗歌是追求语言自身的"纯洁""真实"与"自然",还是追求语言所指涉事物的"纯洁""真实"与"自然"?如果着眼于后者,强调诗歌反映现实和启蒙的功能,相信语言与"现实"的同一,诗歌感受与想象的翅膀就只能在现实经验与义理的天地里扑腾。在这种情形中,那些没有明确的社会功利心的诗人,在追求一种新的写法时,反而挽住了些具体细微的感觉和想象力,写得较有诗意诗味,如康白情、俞平伯的一些作品。

二　从"白话诗"到"新诗"

　　"白话诗"时期的主要成就是促进了"白话"的普及,而不是更新了诗歌的感觉和想象方式,表面上看,它打破了传统的格律与韵律,实现了诗体的大解放,但取材和趣味基本上还是传统的,形式上也是传统形式的放大,并没有越出文人诗歌的"大传统"与民间谣曲"小传统"

诗探索 14　理论卷　2019年　第 2 辑

的大体框架，因而"很像一个缠过脚后来放大了的妇人……虽然一年放大一年，年年的鞋样上总还带着缠脚时代的血腥气。"①它只是"工具"新与形式新，尚未触动观念与趣味等更深的层面。而当时的人们普遍相信，"新诗"是与"旧诗"对立的，"新诗"之新，必须从外到里，包括语言形式与思想趣味。——康白情正是这样看待"新诗"的，他说：

> 新诗所以别于旧诗而言。旧诗大体遵格律，拘音韵，讲雕琢，尚典雅。新诗反之，自由成章而没有一定的格律，切自然的音节而不必拘音韵，贵质朴而不讲雕琢，以白话入行而不尚典雅。新诗破除一切桎梏人性底陈套，只求其无悖诗底精神罢了。②

而作为"别于旧诗而言"的"新诗"，这种"诗底精神"当然也必须是新的。或许正由于此，美国女诗人梯斯黛尔（Sara Teasdale）发表在美国《诗刊》（*Poetry*）1916 年 3 卷 4 期的《在屋顶上》（*Over the Roofs*），使胡适十分欣赏，不仅将其翻译为《关不住了》，发在《新潮》杂志 1919 年 4 月 1 日出版的第 1 卷第 4 号上，还将它当作了"我的'新诗'成立的纪元"。大致出于同样的理由，闻一多推荐郭沫若的《女神》："若讲新诗，郭沫若的诗才配称新呢，不独艺术上他的作品与旧诗词相去最远，最要紧的是他的精神完全是时代的精神——二十世纪底时代的精神。"③

如果从精神实质看"新诗"，在"白话诗"确立了符号形式的现代体制后，的确是郭沫若以《女神》为代表的诗歌改变了中国诗歌的取材、想象方式和美学趣味。闻一多认为，《女神》的"新"主要体现在表现了 20 世纪"动"与"反抗"上，"动的本能是近代文明一切的事业之母"，"反抗"则是近代"革命"的一个特色，郭沫若能够将这种精神与"将全世界人类底相互关系捆得更紧"的工业文明意象统一起来，让"真艺术与真科学携手进行"，在血泪与黑暗中喊出在自焚中新生的热情来，这是在特质上完全相异于古诗的地方。

的确，《女神》中不少诗取材于大都市的情景，题材是现代的、"世界"性的，构成诗歌的意象也不再是传统诗人热衷的自然意象。同时，《女神》中的许多诗篇，还带入了不少现代物理学、生理学、社会学的名词

---

① 胡适：《四版自序》，《尝试集》（增订四版），上海亚东图书馆 1922 年版。

② 康白情：《新诗底我见》，《少年中国》1920 年第 1 卷第 9 期。

③ 闻一多：《〈女神〉之时代精神》，《创造周报》1923 年 6 月 3 日第 4 号。

术语和镶嵌了好几种语言。更重要的，当然是组织与驱遣这一切的亢奋、激越地拥抱新世界的情感。——这，不但是传统诗歌中没有的，也是晚清黄遵宪等人的"新派诗"所不具备的，虽然黄遵宪等人的诗歌也接纳了不少的西方新名词，但既没有郭沫若那种鲜明的"有史以来世界之大同的色彩"（闻一多语），更没有从自我出发的破坏与憧憬互动的想象力。你读他的《天狗》，看它不但要吞日月，还要吞食宇宙，获得所有能量的自我形象，似乎整个宇宙都容不下那个无限扩张的自我。这里的自我已经无法在世界与宇宙中定位（"我把全宇宙来吞了"），"我"已经没有飞跑的空间，如同烈火、大海、电气一样的"我"，只能在"我"的边界中驰骋（"我在我神经上飞跑／我在我脊髓上飞跑／我在我脑筋上飞跑"），"自我"已经无法扩张，然而"自我"又必须扩张，因而诗只能在毁灭世界与自我毁灭中让感情升向峰巅（"我便是我呀！／我的我要爆了！"）。

从根本上说，《女神》在"新诗"中的特殊意义，就在于提供了一个中国诗歌中从未有过的"自我"形象，从而为"新诗"建立了新的话语据点。这是一个既通向破坏旧体制又通向新的感情表达方式的据点：从诗歌话语角度看，前者，是对传统价值与话语秩序的颠覆，通向"革命"，通向"破坏偶像崇拜"，通向《凤凰涅槃》式的旧世界与旧我的自焚；而后者，则建立一种以"自我"抒情为出发点的诗歌话语交流机制，通向"抒情诗是感情的直写"这一言论的诗学主张，认定"诗不是'做'出来的，只是'写'出来的"，提出"我们的诗只要是我们心中的诗意诗境纯真的表现，命泉中流出来的Strain，心琴上弹出来的Melody，生底颤动，灵底喊叫，那便是真诗，好诗，便是我们人类底欢乐底源泉，陶醉底美酿，慰安底天国。"[1] 通向如下的诗歌公式：

诗＝（直觉＋情调＋想象）＋（适当的文字）[2]
Inhalt　　　　　　　　　　　Form

这种以"自我"抒情为出发点的诗歌话语交流机制，改变了传统诗歌对情境关系的重视。在诗歌"说话者""听者""说的事物"三重关系中，强调的已不是言说者的感情对事物的融入，追求物我关系的和谐；诗人考虑的也不是在"言不尽意"的宿命中，面对语言与事物亲和与疏

① 田寿昌、宗白华、郭沫若：《三叶集》中郭沫若致宗白华信，亚东图书馆1920年版，第6页。
② 田寿昌、宗白华、郭沫若：《三叶集》中郭沫若致宗白华信，亚东图书馆1920年版，第8页。

离的辩证，如何言说事物，如何进入、分辨诗歌的"有我之境"或"无我之境"，而是把"说话者"的主观感情抬高到了压倒一切的高度。

在"五四"的历史语境中，由于这个"自我"在求解放的社会进程里同时兼任了批判与抒情的双重职能，无疑有着重要的时代意义。就像《凤凰涅槃》所描写的死亡与新生的神话一样，这是一个价值上有过去、有未来而无现实的想象空间，充满着阔大新鲜的宇宙、自然和神话意象，充满着"自我"对未来世界的憧憬与追求。郭沫若的诗开创了"新诗"表现大历史、大时代、大境界的先河，他的"自我"不仅重构了人与自然、历史和现实的各种关系，而且改变了言说这些关系的立足点，——"凤凰更生歌"向我们表明，一次次"自我"的重逢与再现，不是简单的自我复制或单调的节奏性蔓延，而是"自我"的不断发现："一切的一，更生了！／一的一切，更生了！／我们便是'他'，他们便是我！／我中也有你，你中也有我！／我便是你！／你便是我！／火便是凰！／凤便是火！"似乎宇宙间的一切都可以化约为一，而抽象单调的一也可以代表宇宙中的一切。由于"自我"的集权化与泛化，诗歌话语跨越了传统诗歌的种种边界，使"新诗"不再停留在符号形式层面的革新，而深入到了观念与想象方式的领域。随着"自我"作为感情的核心被接受下来，同时被理解为诗歌语言交流的基础，"自我"的认同与讨论成了新诗人的基本文化姿势，以及定义异己和想象"他者"的一个重要指标，成了20世纪中国各种诗歌思潮反复提起的话题。

这种以"自我"为话语据点、摆脱了"白话诗"时期对于现实过分黏滞的"新诗"，带来了诗歌想象力的解放，同时更远地疏离了中国古典诗歌"天人合一"的宇宙观和不涉理路、不落言筌、以物观物、反对主观干预的表现传统。其突出特征不再是将主体融入物象世界，而是把主观意念与感受投射到事物上面，与事物建立主客分明的关系并强调和突出了主体的意志与信念。它本质上是近代西方浪漫主义诗学观念，郭沫若的《女神》实际上体现了20世纪中国诗歌革命在资源上的转变：不再只是从改变语言和"增多诗体"着手，局限于在乐府、词曲、民谣中等本土资源的再生产，而是外求一种更为贴近时代的、内容与形式没有矛盾的榜样。事实上，根据郭沫若自述，唤醒他诗的意识，有"好像第一次才和'诗'见了面"感觉的诗，是美国诗人朗费罗的《箭与歌》(*The Arrow and the Song*)；后来则喜欢上了泰戈尔清新、平易和明朗的诗风，以及歌德的博大与智慧，与之"结了不解缘"。直接启发他诗风的是惠特曼，"惠特曼的那种把一切的旧套摆脱干净了的诗风和'五四'时代的暴飙突进的精神十分合拍，我是彻底地为他那雄浑的豪放的宏朗的调子所动荡了。"①

《女神》为代表的自由诗，体现了从"白话诗"到"新诗"的一些重要变化，说明"五四"时期的诗歌变革从自己寻求现代性的诉求出发，不断强化了对外国诗歌的学习与借鉴。除了在内容上接受了西方近代人文主义和科学主义的价值观念，相信进化论，崇尚主体性外，还接受了西方语法的影响，从而进入语言内部，改变了中国诗歌传统的修辞方式。在"白话诗"时期，主张"自然的音节"，追求的是表达现实的明白清楚，诗人们也大多模拟口语写作且摒弃押韵，希望把诗歌表达的"人工"性降到最低，因而近于散文；而到了"新诗"时期，诗人们强调"自我"的抒发，文化价值取向已趋向西方，"白话"随之"欧化"也似乎是题中之意的事。欧化的媒介主要是翻译文学，许多作家本身就从事译述，即使自己不从事译述，也乐于从翻译作品中受益。"新诗"时期的"白话"，已不单纯是胡适《白话文学史》追溯的中国白话，不是宋元小说、元曲、《水浒传》《红楼梦》里的白话，也不全是日常生活交往所用的白话，而是融汇了西方语法强调主体、强调思维的因果逻辑关系的"白话"了。如郭沫若的《〈女神〉序诗》第一节：

我是个无产阶级者：
因为我除个赤条条的我外，
什么私有财产也没有。
《女神》是我自己产生出来的，
或许可以说是我的私有，
但是，我愿意成个共产主义者，
所以我把她公开了。

这首诗去掉分行就成了说理散文，是赤条条的"我"的强行干预决定了它的诗情。突出的是诗歌说话主体的直接参与，这在中国古代诗歌修辞中是极为罕见的，在语法的层面上也是西方式的，即先指出事物的性质，再说明它的原因。"是""因为""或许""但是""所以"这些语序的欧化特点就更明显了。在"新诗"成为一种大多数人接受的现代诗歌体制以来，一是"我"泛滥成灾，到处是"我是""我像""我

① 郭沫若：《我的作诗的经过》（1936年），《郭沫若论创作》，上海文艺出版社1983年版。

爱""我愤怒""我悲哀"之例的直白句式，在语言方面助长了滥情主
义（英雄主义与感伤主义是它的两面）倾向；二是语法上受西方逻辑化
修辞的影响，单复数、代词、虚词、因果词、时态词，以及形容词加主
语的修辞格大量进入了诗歌，加剧了诗歌的散文化倾向。

［作者单位：首都师范大学文学院］

构建汉语诗歌"共时体"

——关于新世纪中国诗歌一个向度的断想

张桃洲

一

2000 年 3 月 23 日上午,诗人昌耀不堪病痛的折磨,从他所在的病房纵身一跃,结束了自己的生命。这堪称进入新千禧年之际中国当代诗歌的第一"殇"。此时虽然距离海子、骆一禾辞世已经十多年,但这一自戕行为连同 1993 年顾城以及前后其他多位诗人的离世,仍属于较长时段的"诗人之死"的范畴,在加深前述死亡事件形成的悲情氛围的同时,更凸显了对其间隐含的严肃诗学议题进行探究的必要性乃至紧迫性。

大概不会有人否认,这些诗人的离去是中国当代诗歌的重大损失。人们甚至设想,倘若他们中的骆一禾没有英年早逝,20 世纪 90 年代之后的中国诗歌也许会是另一番情形,或者至少会有一些与既有格局不大一样的质素。毋庸讳言,以今天的眼光来看,20 世纪 90 年代及其后的诗歌有不少值得检讨之处,其中一点即是:对某一种"可能性"或作为法则的"可能性"的追寻,是否限制了别的"可能性"乃至固化了"可能性"本身?

诗歌是骆一禾未竟的理想,在他充满洞见的表述里,显示了对汉语新诗未来的宏阔抱负,对诗歌写作本身寄予的严苛期许:"带有灵性领悟的诗歌创作,是一个比较易说得无比复加的宣言更为缓慢的运作,在天分的一闪铸成律动浑然的艺术整体的过程中,它与整个精神质地有一种命定般的血色,创作是在一种比设想更为艰巨的、缓慢的速度中进行的"①。正是骆一禾的诗歌意识和一些诗学见解反衬了中国当代诗歌的某些局限,比如他提出的"伟大诗歌共时体"这一构想,"直接针对了

---

① 骆一禾:《美神》,《骆一禾诗全编》,上海三联书店 1997 年版,第 840 页。

诗探索 14 理论卷 2019 年 第 2 辑

现代原子式的个人主义、狭隘的审美主义、文人趣味，以及一般线性的文学史观念；而他有关'心象'或'原型'的看法，也明确将意象拼贴的现代主义原则，设立为自身的对立面。在骆一禾看来，现代的个人主义、矫饰的文学风格，以及对线性历史观的迷信，都导致了当代精神生活的封闭和僵化，这构成了种种有形或无形的'围栏'。在某种意义上，精神的'围栏化'不是一种局部的现象，骆一禾触及的是与文化现代性相伴生的一系列结构性问题，诗歌的局促只是整体文化困境的显现"①。

从切近的写作景观来说，当下的诗歌确实陷入了精神和认识的种种"围栏"之中："当代诗歌的诸多虚假的艺术问题——骆一禾谓之'艺术思维中的惯性'，都是由虚荣造就的大大小小的自我的围栏。抛弃了虚荣，真正的艺术问题，作为创造和灵魂的问题，才会浮现出来。这种虚荣实际上也源于历史感的阙如，把自我的一点利益相关的表象——甚至不能提升到经验的层面，当作了诗歌的出发点和归宿"②。不仅如此，当前诗歌还显现出与当前文化极为相似的破碎趋势，缺乏骆一禾诗歌的那种"整体性"——可以看到，在骆一禾的全部创作中，"无论是其长诗还是短诗，都为一种强大热烈的精神氛围所统摄，缭绕着一种深厚的主体力量"③，而这种主体力量也为时下多数诗歌所缺失。

骆一禾与昌耀是惺惺相惜的诗歌盟友，两人互相欣赏与激励。骆一禾逝世后，昌耀尽述其惋惜之情："我以为一禾是一位可以期望在其生命的未来岁月会有卓越贡献的诗人或学问家。如果说，他有可能成为一片新的陆地，但那陆地仅只是刚刚展开一道脊梁就已被无情的浊流吞没；如果说他有可能成为一环辉煌的彩虹，但那一作为太阳投射的生命的火焰刚刚呈示勃发的生机又未免熄灭得太过匆促。"④ 早在 20 世纪 80 年代中期，骆一禾便敏锐认识到昌耀诗歌的重要性，在一篇关于昌耀的长篇评论中，他如此论断："昌耀先生的诗歌作品，是中国新诗运动里那些最重要的实绩和财富之一"，昌耀"以他的创造力，介入了当今之世的精神氛围，呈现、影响乃至促成了本土的精神觉醒"⑤；在《苏格拉底最后的日子——给大诗人昌耀先生》一诗中，他更是称誉："而先生，在狱中，是你使我们失掉墙壁／并看见岩石和橡树的人"。

① 姜涛：《在山巅上万物尽收眼底——重读骆一禾的诗论》，《新诗评论》2009 年第 2 辑。

② 西渡：《壮烈风景》，中国社会出版社 2012 年版，第 90—91 页。

③ 西渡：《壮烈风景》，中国社会出版社 2012 年版，第 143 页。

④ 昌耀：《记诗人骆一禾》，《昌耀诗文总集》，青海人民出版社 2000 年版，第 431 页。

⑤ 骆一禾、张玞：《太阳说：来，朝前走》，《西藏文学》1988 年第 5 期。

昌耀与骆一禾一样，孤绝地对汉语新诗写作进行着探索。在昌耀的后期写作中出现了较多不分行的情形，对此他曾解释说："我理解的诗是一个比较宽泛的概念，即：除包含分行排列的那种文字外，也认可那一类意味隽永、有人生价值、雅而庄重有致，无分行定则的千字左右的文字……诗的视野不仅在题材内容上也需在形式上给予拓展"①。他自称是"'大诗歌观'的主张者与实行者"："我并不强调诗的分行……也不认定诗定要分行，没有诗性的文字即便分行也终难称作诗。相反，某些有意味的文字即便不分行也未尝不配称作诗。诗之与否，我以心性去体味而不以貌取"；不过他"并不贬斥分行，只是想留予分行更多珍惜与真实感。就是说，务使压缩的文字更具情韵与诗的张力。随着岁月的递增，对世事的洞明、了悟，激情每会呈沉潜趋势，写作也会变得理由不足——固然内质涵容并不一定变得单薄。在这种情况下，写作'不分行'的文字会是诗人更为方便、乐意的选择"。他甚至宣称："诗美流布天下随物赋形不可伪造。是故我理解的诗与美并无本质差异"②。一定程度上，昌耀拓展和深化了对汉语新诗的理解，他将这些主张的缘起追溯至鲁迅的《野草》，与当代一些诗人一道，将《野草》指认为汉语新诗的主要源头。③

二

诗人顾城的意外离世，无论在诗内还是诗外都具有某种"悲剧性"。那一突发的悲剧性事件改变了顾城留在读者心目中的"童话诗人"形象，人们似乎第一次发现了其人格和诗歌中都存在的"恶魔"。实际上，应该留意顾城一开始就显出的非单一的写作形象和诗歌取向，如引起争议的早期诗作《结束》里的"带孝的帆船／缓缓走过／展开了暗黄的尸布"，以及《案件》里的"黑夜／像一群又一群／蒙面人"等语句所蕴含的灰暗与暴力。顾城的诗歌里从未缺席的是他本人一直身处其中并感受真切的历史维度，出国后的写作更是如此。他后期的两部重要组诗《城》和

---

① 昌耀：《致黎焕颐》，《昌耀诗文总集》，青海人民出版社 2000 年版，第 890 页。

② 昌耀：《昌耀诗选·后记》，人民文学出版社 1998 年版，第 423 页。

③ 越来越多的诗人和研究者倾向于从"诗"的角度探讨《野草》，刚刚出版的洪子诚等选编的《百年新诗选》（上下卷，三联书店 2015 年版），就将鲁迅放在了首位，这固然由于鲁迅的生年最早，却也有着某种象征意味，旨在突出鲁迅《野草》的奠基性意义。正如该书编者说："有关《野草》的思想和艺术，后人的解读已非常充分，但很少作为新诗来讨论，现在将其中部分作品选入诗选，在某种意义上，也代表了编者对新诗史的一种特定理解。"

诗探索14 理论卷 2019年 第2辑

《鬼进城》，以一种立体的构架、个人记忆与时代场景叠加的方式，抒写了历史被抽空后造成的精神痛楚，其孩童般的口吻下不掩尖利的忧思与讽喻：

脚印上的河滩
脚印上的河滩
我有语言

那是在焰火死灭之后
男孩摸着城砖
一个人走下冥河的堤岸
手电一闪一闪
一个人想把窗子打开
早晨的空气很黏
早晨的黏土可以做水罐

谁都知道零钱的缺陷
市场上的盐
市场上石柱的灯盏
他必须在红砖地上
站着，太阳把路晒干
等大蜂巢掉到上
发出叫喊
一个中学花园、一个中学花园
路上没有人，手上
有玫瑰的血管

青草又生长起来
青草知道时间
青草结出时间的珠串

每一丝头发都是真的
站在她身后
每一丝头发都成为春天

我多想看见
樱草花的错误
在中午摘下叶片
在中午降下清凉的夜晚

只有你把手伸到凉空气里
吸收睡眠
你很疲倦
很远很远高原的空气
黄土燃着火焰
人类消失在小村子里
村外丢着桥板
很远很远的大地上布满湖水
我们跌跌绊绊地跑着
小手绢缩成一团

不要穿过水面
穿过水面
阳光会折断

——《鬼进城·还原》

　　顾城出国后特别是 20 世纪 90 年代之后的诗歌,彰显了汉语新诗于跨文化情境中的某些向度极其隐藏的内在困境。顾城出国前就已体会到:"我感到我几乎成了公共汽车,所有时尚的观念、书、思想都挤进我的脑子里。我的脑子一直在走,无法停止。东方也罢,西方也罢,百年千年的文化乱作一团。"① 出国以后,顾城更加强烈地感受到这种文化冲突带来的巨大困扰,他的诗里布满记忆、历史和现实的混合与交错:"出国以后吧,我每回做梦都回北京;所以我的生活像是发生了一个颠倒,这梦里很现实,这醒的时候倒像是梦,不那么真实……我写了《城》这组诗,没写完,又写了《鬼进城》。全部是写北京的生活现实感觉的……我写这个东西,我觉得它是非常现实的。我不认为它是'心理现实',

---

① 见顾城:《顾城文选》(卷一),北方文艺出版社 2005 年版,第 103 页。

要不就叫它是一种幽灵式的现实。"① 正如有论者指出的："一次次或想象或现实的对家园的短暂回归都仅仅强化了某种内在的疏离感。一次次对故国的弃绝或背离都陷入更深的文化无意识的纠缠。诗，一旦说出，便是对产生特殊语境的当下生存和包含国家话语的历史经验的双重捕捉，便是对过去与现在的冲突、自我与他者的冲突、家园与异乡的冲突的积聚和缠绕"②。当然，这种处境或许也是促成那一悲剧性事件的一种原因或悲剧性的一部分。

这种写作中无法回避的文化焦虑，在与顾城同代、经历相似的诗人多多那里同样尖锐。出国多年后，多多仍然只能借助于过去的经验，抵抗语言悬空和文化失重引发的不适感，他自己承认："我经常一首诗可以用十年以前的材料……我处理的永远是过去"③。多多出国后的诗作里，"过去"不仅是一道不可或缺的底色，而且也成为其主题、表达方式乃至写作的动机。不过，有别于顾城诗歌中因置于文化万花筒所滋生的讽喻意味甚至荒诞感，多多出国后的诗歌一直保持着词语内部的高度紧张感和介入历史的庄重态度，在延续其早年诗歌锋芒的同时，又抹上了一丝文化乡愁的色调："向着有烟囱矗立的麦田倾斜 / 也向冻裂的防护林致敬，星群 / 又一次升起，安抚拂动的羊毛 / 马奶在桶中摇晃着，批评 / 又一个早晨，在这样的展开：是诗行，就得再次炸开水坝"（《小麦的光芒》）。2004 年 3 月，旅居国外十五年的多多回国，受聘在一所大学任教，在一片赞扬声中开启了一段新的写作历程，其间的变与不变尚需观察和总结。

三

越来越多的跨文化写作经验，无疑会为汉语诗歌"共时体"的构建提供借鉴。事实上，处于跨文化语境中的诗人在提笔时，需要回答一位长年居于国外的诗人宋琳的提问："旅居的孤独，长期的孤独中养成的与幽灵对话的习惯，最终能否在内部的空旷中建立一个金字塔的基座，譬如，渐渐产生一种信仰的坚定？"④

2010 年 3 月 8 日，另一位长年寓居国外的诗人张枣病逝于德国。

---

① 见顾城：《顾城文选》（卷一），北方文艺出版社 2005 年版，第 112 页。

② 杨小滨：《异域诗话》，《历史与修辞》，敦煌文艺出版社 1999 年版，第 197—198 页。

③ 多多、金丝燕：《诗、人和内潜——关于诗歌创作的对话》，《跨文化对话》丛刊第 16 期。

④ 宋琳：《域外写作的精神分析——答张辉先生十一问》，《新诗评论》2009 年第 1 辑。

在此之前，张枣已回国内在一所大学任教数年，他给研究生开设的一门课就是讲授《野草》。在这门课的开篇中他提出："《野草》中，鲁迅的主调式是忧郁的……忧郁这一主调式，是一种唯美的现代主义抒情方式"，"鲁迅在《野草》中塑造的这个'我'，这个抒情主体，是中国现代文学发轫以来最值得研究的符号之一，其示范性意义怎么强调也不过分，而可惜的是，其重要性却很少被领悟和探究。如果大家同意所谓中国现代文学的'现代'两字一直缺乏有意义的阐读，那么这'现代'两字，首先应该有个'现代性'的内涵，而我认为'现代性'在文学场地里，指向的就是也必须是'文学的现代性'"①。这就将汉语新诗的基石指向了《野草》，勾画了汉语新诗迈向"现代性"的新图景。

张枣还有一个广为人知的说法："我们跟卞之琳一代打了平手"②。此语看似随意，实则是洞彻当代诗歌与现代诗歌之内在关联、汉语新诗彼此呼应、接续之奥秘的中肯之论。那么，他是在何种意义上认为当代诗人同卞之琳一代"打了平手"？也许，只能在诗歌写作对汉语做出贡献的意义上。张枣是一位对汉语极其敏感的诗人，认为汉语"是那个我们赖以生存和写作，捧托起我们的内心独白和灵魂交谈的母语"③，信奉"在诗歌的程序中让语言的物质实体获得具体的空间感并将其本身作为富于诗意的质量来确立"④的法则，他本人的诗歌即呈示了汉语的丰盈与灵动。而回望中国当代诗歌半个世纪特别是最近三十余年的历史，产生影响的诗人与诗作的价值莫不如此。由此看来，构建汉语诗歌"共时体"的根基之一，最终应该落实到"汉语性"上面来，"汉语性"与"现代性"正是新诗的两翼。

[作者单位：首都师范大学文学院]

---

① 张枣：《秋夜的忧郁》，《张枣随笔选》，人民文学出版社 2012 年版，第 117 页、118 页。

② 引自木朵对萧开愚的访谈《共谋一个激发存在感的方向》，《诗歌月刊》2013 年第 1 期。在该访谈中，萧开愚回忆道："大概 1999 年，他（指张枣）说我们跟卞之琳一代打了个平手，突破尚难，我基本同意（西川不同意，西川的判断我也同意，这事我没主见）。"

③ 张枣：《诗人与母语》，《张枣随笔选》，人民文学出版社 2012 年版，第 53 页。

④ 张枣：《朝向语言风景的危险旅行——当代中国诗歌的元诗结构和写者姿态》，《张枣随笔选》，人民文学出版社 2012 年版，第 174 页。

中国新诗：在接受的博弈中诞生和演进

李 怡

中国新诗的问题在过去很容易被单纯视作创作方式的改变问题：我们集中研讨"五四"前后的中国诗人如何抛弃了古典诗歌的写作套路，在引进西方诗歌写作模式的基础上尝试各种新鲜的创作，于是，中国的新的诗歌出现了，并逐渐取代了古典时代的写作。这样的阐述，固然有其存在的理由，但是，认真思考，却也不尽合理：写作本身是不是存在对于社会和时代绝对的主宰权呢？或者说创作者就一定有能力改变这个时代的文学走向？将文学历史的改变仅仅归结于作家一己的努力，这是过去研究中的轻率简单之处，也正是这样的简单给后来的某些质疑留下的可能，比如郑敏先生著名的"世纪末回顾"："今天回顾，读破万卷书的胡适，学贯中西，却对自己的几千年的祖传文化精华如此弃之如粪土，这种心态的扭曲，真值得深思……"[①] 在郑敏先生看来，中国新诗的不尽如人意都可以归罪于胡适从思想到创作的数典忘祖，这种历史认知就如同过去我们将新诗、新文学的成就一律归功于白话先驱所向披靡的"反传统"创作一样，都格外夸大了创作者这一面的作用，而严重忽略了创作与接受、传播的复杂关系，归根到底，一个时代的写作风尚的形成不可能是写作人单方面突进的结果，自始至终，写作和接受都构成了一组相互联系、彼此对话的密切关系，写作为接受提供了新的阅读样本，而新的样本可能被接受，可能被推广，也可能被拒绝、被抵抗，在新精神的渗透、浸润与接受习惯的坚持与改变之间，存在多次性反复对话的过程。如果说一种新的文体、新的思想范式、新的写作形式最终成了社会的共识甚至主流，那么其中一定存在相当繁复的博弈过程，在这里，发挥作用的不仅仅是作家，广大的读者乃至其身后的社会氛围都直

---

① 郑敏：《世纪末的回顾：汉语语言变革与中国新诗创作》，《文学评论》1993 年第 3 期。

接介入了。在这个意义上，称胡适陈独秀们以个人之力旋转了乾坤显然过于浪漫，同时，以此认定新文学的历史转折（无论是肯定还是批评）也过于粗疏。

这样看来，"接受"之于中国新诗，不是与新生诞生发展、与创作研究并置的"另外一个问题"，它原本就是新诗生成、演变的内在问题。没有这样的"接受"，就不会有这样的"诞生"，也不会有那样的连续发展着的"创作史"。一句话，要真正推进中国新诗的发展问题研究，就必须将"接受"视作艺术内在的一环，在"创作""接受""传播"的有机互动的程序中，重新解读新诗精神秘密。

中国新诗之所以区别于中国旧诗，其重要的改变正是从传播方式亦即接受方式的改变开始的。特里·伊格尔顿说过："一个社会采用什么样的艺术生产方式——是成千本印刷，还是在一个风雅圈子里流传手稿——对于'生产者'与'消费者'之间的社会关系是一个非常重要的决定性因素，也决定了作品文学的形式本身。"① 中国古典诗歌就是一种在"风雅圈子里流传"的诗歌，"风雅圈子"一方面带来了这些作品独有的清俊高雅的气质，也造成了从思想到语言的自我封闭性，并最终因为封闭而日益自我狭窄、自我孤立。中国诗歌在唐宋以后的衰落命运也是诗人从读者哪里就能感受到的，"吾辈生于古人后，事事皆落古人之窠臼。"② 晚清诗人易顺鼎的感慨既出自一位创作人的困境，也可以说道出了当时诗歌读者的普遍不满。从晚清到民国初年，诗人努力所要挣脱的就是这个封闭的"风雅圈子"所带来的羁绊。当然，自觉的"读者意识"也不是立即就能够建立的，在一开始，他们所摆脱的不过是风雅得烂熟的词语（例如晚清"新学诗"），后来又是司空见惯的意象（例如以黄遵宪为代表的"新派诗"）或者模式化的格律（例如吴芳吉的"婉容辞"），虽然古典的身形依旧，但读者的接受面却逐步扩大了。随着现代传媒的兴起，诗歌也的确出现了特里·伊格尔顿所谓跨出"风雅圈子"，"成千本印刷"的可能，而"成千本印刷"面对的读者，当然就不会再固定在某个狭小的范围之内了。形形色色的受众让单一语言的传达、单一意象的寄托、单一节奏的重复都难以为继，这里期待的是形态的多样性，是走出传统封闭的强烈要求。

当传统的读者圈和接受习惯被彻底打破之时，也就是中国新诗脱颖

---

① ［英］特里·伊格尔顿：《马克思主义与文学批评》，戈宝译，人民文学出版社1980年版，第73页。

② 易顺鼎：《癸丑三月三日修撰万生园赋呈任公》，《庸言》1卷10号。

而出之日。

在这里，外来翻译诗歌的出现和传播，与其说只是一种创作方式的选择，毋宁说是中国诗歌读者真正改变的重要过程。应当承认，创作和接受始终是相互滋养的，创作培育了读者，而读者也反过来鼓励和推动着创作。19世纪中期以后相当长时间的诗歌翻译，都没有摆脱古典读者的需要，从马君武到苏曼殊，主要还是以中国古典诗歌的情趣和形式来改造异质的外国诗歌，传统读者的需求是他们首先满足的内容，在这个时候，中国诗歌自我更新的幅度相当有限；相反，进入民国以后，特别是"五四"前后，以"直译"为代表的新的文学翻译方式被普遍重视，翻译家们开始以满足新文化读者的需要为己任，至此，才实现了新兴读者群落对新兴诗歌形态的理解、认同和支持，中国新诗的诞生从此驶入了快车道。在这一过程中，我们目睹的事实就是：没有自由体文学翻译的出现就难以培养越来越多的新兴读者，没有越来越多的新兴读者的接受，现代新诗就失去了发展的动力。读者与接受的历史意义就是这么的重要。

不仅如此，在中国新诗发展演变的每一个关键时刻，我们都不难发现来自读者的接受力量。初期白话新诗创立之初，是胡适的"绮城诸友"刺激了"诗国革命"的主张，[①]也是更大范围内的"删诗改诗"让"尝试"不断成型。众所周知，《尝试集》从1920年3月初版到1922年10月第四版，经过变动的作品已经超过了初版原有作品的70%，著名的"读者"有任叔永、陈莎菲、鲁迅、周作人、俞平伯、康白情、蒋百里等。作为"读者"的郭沫若也是从康白情的诗作中大获鼓舞，悟出了自己的新诗才华，而《学灯》读者的盛赞也不断鼓励着郭沫若的《女神》创造。同样是读者，闻一多却又对《女神》产生了一褒一贬的观感，这些观感的背后是中国新诗重拾传统格律的需求，于是现代格律诗的道路开启了。从新月派、象征派至现代派，中国新诗"艺术自觉"之路是在不同读者圈的拥戴与批评中摸索前行的，新诗创立之初，黄侃教授叱责白话诗就是"驴鸣狗吠"，显示了读者群的巨大分裂，来自传统文化坚守者的批评无疑是新诗写作的巨大压力。后来，如吴宓这样的古典文化尊奉者也肯定了徐志摩的成就，这是新诗的"舒压"体验，中国新诗重归古典精神的"艺术自觉"之路肯定与这种来自读者群的"舒压"有关。至于20世纪30年

---

① 促使胡适提出其诗歌革命主张的也是他偶然写就的《送梅觐庄往哈佛大学》。诗中夹杂着的外文名词招来了朋友的非议，胡适很不服气，义正辞严地为自己辩护："诗国革命何自始？要须作诗如作文"（《戏和叔永再赠诗，却寄绮城诸友》）。

代后期，这一"艺术自觉"日益僵化狭隘，最终引起了读者的不满，诗歌变革的要求又一次被提了出来。现代派诗歌创作后期，相当多的诗人文思枯竭，难有新鲜之作，读者的呼吁振聋发聩，一如柯可大声疾呼："诗僵化，以过于文明故，必有野蛮大力来始能抗此数千年传统之重压而更进。"[1] 有这样的诉求，我们当更加理解"七月诗派"与"中国新诗派"的问世。

重视接受与创作的博弈过程，可以说为中国新诗的研究打开了一扇新的大门。当然，这里可以挖掘的不仅仅只是从个体诗人创作的接受过程，其他许多问题都可以被纳入思考，如接受与时代语境的关系，接受者本身的分类分层以及他们心理变化的微妙过程等等，这样的研究目前还是相当匮乏的，我们期待有更多的研究者加入这一领域，由此展开中国新诗研究的更多的话题。

〔作者单位：四川大学文学与新闻学院〕

---

① 柯可：《杂论新诗》，原载 1937 年 1 月《新诗》第 2 卷第 4 期。

论诗歌传统的现代转化

陈 卫　　陈 茜

新诗发展百年，它的成绩到底有多大？对于人类的文明建设或是中国现代文化发展，起到多大的作用？而且，是不是真的起到作用？有时想起这样的问题，弱弱不敢回答。可是我们这个时代的人们，相对偏好对新生或者发展中的事物进行评估。有如百年来，前辈与同仁们对于诗歌的本质、诗歌定义、诗歌标准、诗与读者、诗与社会的关系等，做出过无数次的探讨。诗歌维新还是守旧、新诗有无成就等讨论，也常常发生，这些讨论百年来也没有得到令人信服的确切结论。因此我们认为，假若总是在这一基础上谈论所谓诗歌传统，仍然是一场空谈。因为，诗歌传统的时间从哪里开始，或是从某地、某人、某风格开始，能不能确定？回头看，一首现代诗，得翻过多少传统的山坡，渡过多少大河与支流，对此，谁又能头头是道？为避免空谈空论，我们打算结合中国现代诗的实际发展状况，阐释并试图提供解决此类理论猜想的方法。

一　诗学传统的回响

何为传统？何为诗歌传统？为避免陷入空泛的大问题讨论，我们想说，任何事物的存在和发展，都存在着大传统和在此基础上繁衍的次（小）传统，或称之为大道与小道，诗歌亦如是。从根本上说，诗歌缘情、言志，可视之大道。无论中西、古今，诗歌都在这大道中行走。也许有人会提出，从《荷马史诗》以来，西方诗歌有着明显的叙事传统，史诗、长诗和诗剧等的存在，足以证明。这当然也是一个传统，相对中国不太繁盛的叙事诗而言，或者也可以说它是由抒情、言志交叉而生出的一个次传统。中国诗歌也不缺叙事，如乐府诗《孔雀东南飞》以及唐代诗人白居易的《琵琶行》《长恨歌》等都是叙事诗，但在中国没有形成诗歌主流和潮流。20 世纪 90 年代，诗歌中增强叙事特征，才成为中国当代诗歌的一个明显特点。相对而言，中国旧体诗中，代表诗歌精华的是格律诗，虽然在唐代才得以发生，它可称之为中国诗歌传统。那它属于什么传统呢？按时间长度，它也只能称之为小传统，建立在缘情、言志的基础上，与此并立的，有乐府诗、古风、歌行体等，后者对诗歌也同样有着形式上的影响，各自形成小传统。

当我们感到被大传统和小传统梳理比较困难的时候，我们以为还有更简单的办法，即从具体诗歌中寻找诗歌的传统。

我们可以从以下三首年代不同、风格迥异的著名现代诗歌中，辨析其中蕴藏的传统因素。

第一首是胡适的《蝴蝶》：

两个黄蝴蝶，双双飞上天。
不知为什么，一个忽飞还。
剩下那一个，孤单怪可怜。
也无心上天，天上太孤单。

胡适这首《蝴蝶》写于 1916 年，正值他提倡白话诗的时候。诗的形式并不是后来流行的现代自由体，而是具有传统因素的古体诗形式：1.字数相对整齐，五言四联；2.偶句押韵。

那么，在提倡白话诗的时期，诗歌的非传统特色是什么：1.口语写诗。这与美国自白派诗歌风尚不无关联。胡适对中国格律诗的不自由有着一定成见，他熟读中国白话文学，在美国留学，也接触到美国口语诗歌，所以他提出用白话写诗。2.增强叙事。中国旧体诗歌相对重视抒情，胡适这首诗明显具有画面感，好似一出蒙太奇。文字简洁，对画面呈现的内容做出了解释，并非用暗示的方式来抒情。这或许跟西方诗歌的叙事传统也有一定关联。可是如果我们非要强调哪个传统发生作用，是不必要的。但是我们如果了解胡适当时的诗歌观点，阅读他的《尝试集》，便会知道，他的新诗尝试，基本是反格律诗传统而作，却又吸收了乐府、古风、宋词的一些写作传统。从他的理论主张"八事"中也可以看到，不讲究对仗，不用典，不避俗字俗语。此外，胡适这首诗，从美学风格来看，没有追求中国惯有的含蓄，但是天真清新。如果按司空图的《二十四诗品》中所述美学风格，仍具传统范畴的美。

第二首是卞之琳的《断章》：

诗探索14 理论卷 2019年 第2辑

你站在桥上看风景，

看风景人在楼上看你。

明月装饰了你的窗子，

你装饰了别人的梦。

卞之琳写于 1935 年的《断章》是现代诗经典之作。这首诗与传统诗歌有何关联呢？四行诗，类似旧体诗中的绝句。绝句字数限定五言或七言，偶句押韵。卞之琳的诗不是这样，8、9、9、8，前后句子字数不一，显然是非传统诗歌的格式。旧体诗词中，特别格律诗和绝句，尽量避免重复用词，卞之琳这首诗用词的重复率很高，一个是人称，每个句子中都有"你"。一个是"看风景"，再就是"装饰"，然而，这首字数不多，词语重复率极高的短诗，内容却不单薄，足够的"留白"，这是中国文化的表现传统，使诗歌引起读者无穷联想。江弱水曾经编过《断章不断》的论文集，专门解释这首诗。然而，我们能看到它的中国传统，一个是意象传统，桥、楼、窗、明月、梦等，中国诗歌中的高频意象；再就是诗歌留白而形成的朦胧、含蓄美感，与我们读古诗言不尽意的感觉，非常相似。

第三首为余光中的《乡愁》：

小时候，

乡愁是一枚小小的邮票，

我在这头，

母亲在那头。

长大后，

乡愁是一张窄窄的船票，

我在这头，

新娘在那头。

后来啊，

乡愁是一方矮矮的坟墓，

我在外头，

母亲在里头。

而现在，
　　乡愁是一湾浅浅的海峡，
　　我在这头，
　　大陆在那头

　　写于1972年的余光中的《乡愁》，如果一定要强调它与传统相关，从形式上看，这是一首新格律体，它的传统来源于闻一多提出的"新格律体"。诗歌的每节字数、格式相同。可是，你能说，新格律诗歌与格律诗，没有关联吗？这是从格律诗传统衍生出来的现代诗歌体式。诗歌虽然不像格律诗那样使用对仗，但诗人学习了传统诗歌中如《诗经》那种句式固定的情况下，歌词每节替换个别词语。如果再追问，还有没有其他来自中国古代诗歌的传统，这首诗的主题便是中国诗歌的高频主题——"乡愁"。

　　我们还可以回到诗歌现场，考察当代诗歌，有的诗歌貌似已与传统无甚关联，但是不是仍与传统有着牵连呢？我们如何追索传统线索？

　　以今年获鲁迅文学奖的诗人汤养宗的一首《光阴谣》为例，"一直在做一件事，用竹篮打水"，他的诗句使用了中国人习以为常的俗语"竹篮打水"。我们知道这个俗语后面是有一个字的，他没说，而那确是他诗歌要表述的，这又是留白。"我对人说，看，这就是我在人间最隐忍的工作"，诗歌中的人物形象，有没有中国人的传统特色呢？忍受，服从命运的安排。中国文学中，这类形象太多了。"在世上，我已顺从于越来越空的手感／还拥有着百折不挠的平衡术：从打水／到欣然领命地打上空气。／从无中生有的有／到装得满满的无"，在这些文字中，我们看到了中国式的生存哲学和世界观，如"色空"，如"无中生有"的辩证关系。如果细剖下去，也许还有更多的特色，语言、思想以及表达上的传统等等。因而可以说，通过考察具体的诗歌，我们知道，一首诗歌，它好像一个人，是由无数人的精血交合而成，一首诗，也是由无数大大小小的传统形成。

　　传统的因素，有的以形式，有的以意象，有的以文化，有的以反文化的方式出现，也有的，以"魂魄"显影。如吴投文的短诗《山魅》：

　　天气有些凉了
　　凉到了和尚的脖子上
　　山上所有的落叶

全都下了山

化缘的人还没有回来

眼睛里的女人

已经换了颜色

　　这首诗里，表面的中国传统元素有：和尚、落叶、化缘，里面蕴藏着中国传统文化。正如作者自己所说，"我对那种直接从古典诗词中化用意象和意境的新诗没有什么好感，觉得这是一种比较简单的移植性写作，没有什么原创性价值，这是我的一个警惕。我愿意把古典诗词的魂魄唤醒在新诗里，让它更生动一些，更靠近我们现在真切的生活形态。今人也好，古人也好，隔着时空距离融合在同一个身体里。"[①] 这是诗人对于传统的另一种理解，在现代诗中窥见古典诗词中的魂魄。

　　如何将传统发掘、展示，并保存、流传下来。有时为了教学，我们会尝试同一个主题，使用旧体诗词和现代诗的形式分别表现，试图通过审视不同诗体写作，让学生理解传统因素。如《老武大》（作者陈卫）：

这是一个滚烫的炎夏

足球 世界杯 全球不眠 阵阵狂欢

民谣 酒吧 股市的红绿 战争与和平

也都在膨胀 争执中放大

一些旧照片让我触摸到老武大

八十年前的春夏 阴冷和冰凉

苍白的樱花飘落 不得不收拾行装

穿过樱花大道 脸色与天空一样

灰暗的忧郁 沿着长江

他们逆流而上 滚滚的岷江

睁眼的乐山大佛 都不忍看见

一路上 不断加深的民族创伤

我不知他们经历过怎样的内心挣扎

没有听到他们在初建的课堂慷慨激昂

---

① 吴投文：《一首诗的完成－谈〈秋风起〉》，见 http://www.zgshige.com/c/2018-07-10/6614323.shtml。

只知他们的实验室通宵达旦 还有死亡

他们不甘面临凌辱 破碎 毁灭和消亡

那里有家园 河山 独立 自由 知识 信仰

化作火星 遥远的深山 灼灼点燃

俯下身躯 血肉筑成 一道道城墙

无论在乐山还是珞珈山

他们都是雄伟的青山

是穿越历史隧道腾跃的火焰

镌刻于我们心头的不朽雕像

这首现代朗诵诗，直接从当下生活着笔，似无关传统，但是诗歌中流露出的态度是传统的，怀古、恋旧——对于旧事物的一种怀恋、赞美与歌颂，这是"颂"体的写作方式，因此，相对注意正面情绪的传达，在过去的历史中寻找能够影响和给当下读者带来正能量的东西，因此，写作中会有意提炼一些与历史相关的细节。因为是朗诵诗，在语言节奏上相对加强，也会采用对比、对仗，读者容易通过听觉来理解诗歌的内容。为使听觉上有铿锵感，适当增加尾句押韵。修辞上，把老武大学生比喻成城墙、雄伟的青山、不朽雕像等等，这些，都是从中国的意象传统里借鉴，具有中国传统诗歌的某些特色。

再看《水调歌头·忆老武大》：

明镜飞花在，何处惹秋霜？长袍乌发，才俊青涩珞珈郎。

难料硝烟四起，大炮飞机军队，冲突扰家邦。群鸟越江急，山路谢樱芳。

壮士腕，豪情志，唳天飓。谈诗论道，细叩学问立人强。

漫步东湖日暮，鸟语清晨相问，午闻舍间香。音貌风华去，天地两茫茫。

这首词里，与古代诗词明显不同的是，使用了一些现代名词，如"大炮飞机军队"来暗示时代特征，但是也有"明镜""飞花""秋霜"等来自旧体诗词中的意象，这些新旧词拼接一起，因为读者是现在的读者，想来不会觉得特别突兀。这是按词牌写的词，毫无疑问，必须遵循词的

诗探索14　理论卷　2019年　第2辑

传统。词谱有固定的平仄、字数、格律要求，而且结构上也有起承转合的规定。因为按词谱，名词与动词的搭配，也需要遵循古汉语的一些规定，如炼字、化典等。现代人写旧体词，有现代汉语句子进入，应该可以接受。在风格上，中国词基本两种风格，婉约或豪放。这首词相对偏向后者，因为主题有关战争。

二 有声诗歌传统的摸索

形式上，古代诗歌的传统，一是格律，包含平仄；二是韵。具体说来，平仄在当代语言中已不太对应。平仄把汉语读音分成两大类，而入声属仄声，存于方言与古音当中，现代汉语基本没有入声归属。旧体诗中，在使用平声韵还是仄声韵的时候，与诗歌内容和情感传达有一定关联，如闭口音表达的情感相对婉约、悲伤；开口音比较适合情绪开朗的诗篇。

发声上，中国诗歌有古老的声音传播传统，即吟、读、诵、唱。朗诵、朗读在新诗中仍普遍存在，但吟和唱，很长一段时间内被忽略了。吟，多是发生在旧体诗词。唱，据朱自清所说，在他那个时期，只有赵元任有过尝试①。近年来，诗歌被谱曲、歌唱，得到相应发展，但还存在难度，这个难度与现代自由诗的写作有关。朱自清有文《论朗读》《朗读与新诗》《唱新诗等等》等，说到诗歌的朗诵与歌唱，他指出，"五四"之前的诗歌，是随音乐而变化的，诗歌可以吟唱。"五四"以后，学校废除诗歌的吟唱，以为摇头晃脑是过时的做派，然而他也发现，新诗更受西洋文法影响，不适合吟唱，更适合朗诵。也就是说，现代新诗的自由体，不押韵，没有字数限制，一部分诗歌可以朗读，还有一部分诗歌只宜默读（还有一部分图像诗，本不适合朗读，但也有诗人尝试朗读，笔者2017年夏天在上海的一家图书馆观摩过陈黎的图像诗，由他自己和读者朗诵）。因此，现代诗歌能够发声的诗歌，即朗诵诗，有部分传统诗歌的特征：一是押韵，不过，韵书不像古典诗词要求《平水韵》或《词林正韵》，而是比较宽泛，可使用新韵。新韵接近当代人的语言表达，已没有严格的古诗词的平仄要求。其次，古诗词有字尺的规定，多以二字尺和三字尺组成。现代诗歌，有的是音译词语或是外国地名，无法做到工整的字尺，所以需要在朗诵时灵活调整气息，以获得节奏之美。三是，古代诗歌的吟咏，字数少，相对注意诗词表现的画面感和言外之意，

① 朱自清：《唱新诗等等》，载《朱自清全集》第四卷，江苏教育出版社1993年版，第223页。

用词精炼。现代诗歌中，口语和书面语并用，炼字不如旧体诗词那么明显，但是朗诵效果可能会相对更好，因为诗歌所用的语言接近生活中的语言，通过听力进行的理解，比较容易。

古代的词，为词牌填词，为唱而写，现代诗歌也有歌唱的尝试。不过，歌词与诗歌有一定的差异。歌有音律要求，因此歌词有格式、内容上的规定。如果说诗歌相对私人化，而歌需要听众与歌者发生共鸣，还有作曲与词作者首先共鸣。在朱自清的年代，他提到当时唱新诗的，只有赵元任。现今，唱新诗的已有不少，在我们视线内的有鲍勃·迪伦、罗大佑、周云蓬、程璧等。诗如何成为歌，这就有传统：时间长度，三至五分钟左右；诗歌篇幅不要过长，具有画面感、叙事性，而且需要有中心句，帮助听众理解歌曲内涵，比较容易为听众瞬间接受，又能给听众带来无穷遐想。

对于一个词作者来说，也有规范，与传统有关。词作者不仅是一个能够恰到好处抒发自己情感的人，而且要知道他还是替大众抒发情感的人。在创作过程中他就需要为作曲、演唱和听众考虑。用来作曲的词相对比较整齐，符合歌词格式，有主歌和副歌，副歌对主题进行升华。标准的格式，主歌，四句一节，押尾韵，逐句押韵或偶句押韵；副歌对主题进行升华。对于演唱者来说，歌词结尾用平韵、开口的，比较合适。而且有些词，默读没有问题，但是开口唱时有可能拗口或不合适唱，有的词发音会造成歧义，也需要避免，如"礁石"会唱成"搅屎"。

根据对诗歌的了解和近来的声音化尝试，笔者想对朱自清的一些观点进行补充或者引证，也提出我们在摸索中的一些感受及困惑，与大家一同探讨。

既然诗歌已经区分成旧体诗词和现代新诗，我们几乎可以肯定旧体诗词，相对适合朗诵、吟唱。我们现在已经发掘出不少的古谱，如白石道人歌曲，还有不少古谱，有待整理。现在有些有识之士，如我所知的首都师大的徐健顺老师，在做吟诵推广。他的建议是从小孩子开始，让他们养成习惯。上海音乐学院的杨赛老师，他在做古谱整理如《碎金词谱》《白宗魏谱》《魏氏乐谱》《白石道人歌曲集》和古诗演唱的培训和项目。江西的宗九奇老师和黄谦老师，他们在做楚调、唐音的传唱。在吟诵圈我们还能看到，有不少人在传播唐调、华调等吟唱方式，不仅读诗，也读四书五经，如《诗经》《黄帝内经》等。只是，这种传统吟诵保存下来，是古代文化遗产，但是它们能不能为当代人接受，适合学生们的审美吗？当下学生是在互联网中长大的一代，他们从小就在流行

诗探索14
理论卷 2019年 第2辑

文化中熏陶，不少孩子喜欢听西方流行音乐和摇滚歌曲，这种曲风不一定与中国音乐一致。古调是建立在宫商角徵羽五个音上，而且相对含蓄、中和，与中国儒家思想有一定关联。旧诗可以吟、可以唱，但是能不能为当下儿童接受，这是重要的问题。目前看来，古调吟唱教学更多在民间流传。通过大众传媒表现出来的，如中央电视台的《经典咏流传》，即是以旧体诗词为核心，用现代人写的旧体或新体诗拼成一个新的作品。至于作曲，几乎没有采用古调，有的吸取地方歌曲色彩，有的请当红的流行歌手演绎，把旧体诗词用流行的方式唱出来。

笔者也有过类似的尝试[①]。一种是，听一段古琴曲，写一首旧体诗，朗诵，并即兴结合音乐，进行吟唱。第二种是，请会古调、会作曲、朗诵、会演戏的朋友，进行多种元素的尝试。另一种是，旧体诗词完成后，请朋友用吉他弹唱，使之成为现代歌曲。做这些尝试的目的，也是希望能寻找到一种比较有效、有趣、有意义、多样化的古诗文教学方式。

新诗的歌唱，写作上需要：其一、琅琅上口，容易共鸣；其二、旋律要符合歌词意思，如果是填词，歌词要与曲谱的风格尽可能一致；其三、能唱的诗，与默读的诗不同。默读的诗，侧重于诗歌意蕴的理解、感悟，需要反复的品味；能唱的歌，侧重听觉感知，所以，需要有一听入耳，一听则悟的效果。歌词并非一定要突出陌生化，或者出奇，而是要旋律好听，会心。歌的长度五分钟左右。但是歌唱效果的好坏，不一定取决于歌词，与演唱者也有关系。如果一位演唱者不能透彻理解歌词，不能动情演绎，作品也不容易成功传播。

进入教材的或教育体系的诗歌，功能多样：一是训练文字基本功；二是辅助对事物的认知；三是增强美育。采用朗诵或歌唱的方式传播诗歌，更容易使听众增强对作品的感悟。

三　传统的新生

至此，我们可以对百年诗歌中的传统质素再做进一步探究，看看在何处，它得以新生？

中国的文化，儒道释互补，儒家为主流，因而中国主流诗歌传统，为儒家发声，即"齐家治国平天下"，集中表现为家国意识，在大众中传播的，多为爱国意识和忠君传统。家为对乡土题材与亲情的描写，国

[①] 可参看喜马拉雅电台，chenwaypoem，网址：https://www.ximalaya.com/zhubo/67697567/，专辑：陈卫原创歌曲；陈卫原创朗诵、吟唱诗。

家与君主几乎等同。道家文化相对注重个人修身的养成和宇宙观、人生观的形成，所以在诗歌中流露较多的对自然、生命和人际的旷达态度。佛禅意识，是人生修炼，同时也会表现出思维方面的特征，如直觉思维、顿悟等，在瞬间感悟到自然与个人的隐秘关联。随着科举考试的兴起，以诗取仕等，作为正统文化的儒家文化，成为文化核心。所以在中国诗歌中，主题相对集中在家国意识上。诗歌当然也会表现个人情绪，只是如消极情绪，很少流传在传统诗歌中。在这种文化背景下，当西方诗歌在20世纪流入中国时，象征主义诗歌，恰恰补足了个人情绪低迷的部分，以隐晦的意象展现，因而呈现在我们面前的20世纪20年代到30年代的诗坛，丰富多元，这就是中西传统的交汇所致。后来，时局动乱、战争、政治的因素，导致20世纪50年代到70年代的诗歌集中在领袖、社会主义颂歌方面，于是又形成共和国红色传统，80年代西方思潮进入中国，朦胧诗写作兴起，又适时引发了个人写作传统。从历史发展看，传统中主流意识相对稳固，当新文化因素进入时，会形成小传统。从对象而言，国家、社会、个人；从态度而言，积极正面，消极象征等，成为交织和交替的传统。

如果我们以缘情言志作为诗歌大传统，若借助西方的理论划分，那么在中国诗篇中，可将抒发情感的诗篇，归为浪漫主义诗篇；言志之诗，可归为现实主义作品。由此，我们可以相对简单地把古代到现代的诗歌，归为这两大类型。那些如屈原、李白、早期郭沫若等偏向对自然的歌咏和思考，可视之为浪漫主义传统；杜甫、艾青、于坚、雷平阳等相对显出现实主义传统特色。但是不是每一个诗人都能很合适的归类。还有一类诗歌，充满了暗示、隐喻，表达私人的人生感悟，可能不太适宜做简单归类，如被读者喜欢的陈子昂、李商隐、苏轼、北岛、顾城等，更多表达人生感悟。这些诗人都不是只写一种风格的诗，他们会吸收不同风格的滋养，而最终形成自己的个人风格，也会被后来的读者效仿，成为次传统。

对于传统的理论梳理，还可以有一种方法，比如诗歌研究论文中经常被引用的一些诗歌书籍和观点。

谈诗歌必谈源头，从诗经到楚辞、乐府诗、唐诗，每一种诗体形成各自传统，诗经的四言体、楚辞的歌赋体、乐府的歌诗体、唐诗的格律体等。再如，唐诗中着重谈的是李白的歌行体、杜甫的格律体、王维的禅诗、王昌龄的边塞诗。也就是说，这些都形成了我们的诗歌传统。根据诗歌作者的身份特点，又有民间诗歌、文人诗歌；儒家诗教之分，也

诗探索14　理论卷　2019年　第2辑

有不同的各类诗歌选本，如《唐诗三百首》《清诗选》等，又成为一个时代诗歌的传统标志。这些传统，随着时间的变迁，成为我们文学史描述的精华，凝结为民族的诗学精神。

如果有心，对当下经常引用的诗学论著来一次数据整理，了解哪些是我们经常引用的，传播、推崇和借鉴的观点，应该也比较容易了解诗歌传统。如刘勰的《文心雕龙》、司空图的《二十四诗品》、袁枚的《随园诗话》、王国维的《人间词话》等著作，提出诗歌写作的思维方式、风格、本质、特点等，对当今诗人的写作还有着明显的帮助。譬如王国维在《人间词话》中所提主观诗人与客观诗人、境界说等，成为中国诗歌传统的一部分。

因为传统存在，我们又提倡写作创新，因此正确的态度是，承认传统，也意识到创新，不妨进行必要的诗歌练习，就像绘画从素描开始，舞蹈从压腿开始。一些传统的写作、主题，我们不是不能写，可以写，在写作当中，体会前辈诗人的处理方式，而且也可由此去寻找一种个人写作的突破。比如赋比兴的写作传统、起承转合的诗歌结构、有韵和无韵的诗歌语言、情感的传统与复杂变化的方式，都值得当代诗人继续探索、丰富与推进。

不必过于执着提出用某种诗体，或建设某种诗体，而是不拒绝练习已有的各种诗体，如果觉得有必要，可以尝试新的体式，根据情感与表达需要，不是去形成一种固定模式。诗歌写作，如果出现定势，并不意味着成熟，却是老化或陈旧。也不要过于期待经典能在瞬间产生，但要去培养形成经典的环境，积累经典写作的经验。沉着、大气地进行写作，不追逐名利和时尚。经典作品，一定能够引导读者、引导诗坛而不是被大众引导。

儒家文化推崇中庸，相应衍生出中和含蓄之美；道家文化强调天人合一，佛家文化强调人与万物的因缘。西方诗歌沿袭不同的文化传统，圣经文化强调爱，但存在主义哲学指出"他人即地狱"。中国现代诗歌中，这些多元的文化观念在20世纪20年代到30年代的中国诗歌中就有表现。在这种复杂的文化生态中，我们认领一个传统还是接受所有的传统。一首诗，就像一个人的生成，是原有基因的再组合，在此基础上，于新的生态中得到再次创造和发展。因而，我们所理解的传统，它一定不是僵化不变的东西，却是在时代潮流的影响下不断变化的。它并非无需改变，而是需要了解、学习、使用，并在此基础上，创造出新的传统。

艺术发展的最终目的，不是为维护传统而保守传统，是为了适应现

中国新诗百年纪念大会学术论坛

代人的艺术需求，借鉴传统中富有活力的因子，激发出现代人对艺术的热爱，丰富我们的生活，促进人类的生机。

（本文为国家社科基金重大项目"中西叙事传统比较研究"的阶段性成果。项目号 16ZDA195）

［作者单位：福建师范大学文学院、江西师范大学文学院］

新时期诗歌多元化艺术
探索的再审视

吴开晋

从 1918 年 1 月《新青年》杂志（四卷一号）刊登了胡适、沈尹默、刘半农等的白话诗 9 首开始，便宣告了中国新诗的诞生，后李大钊、鲁迅也参与了。到郭沫若的《女神》出版以及闻一多、徐志摩、冰心等诗坛大家的出现，新诗便形成了一股滚滚浪潮，奔涌向前。这可说是新诗诞生后的第一次创作高潮。有四亿多人的中华古国，出现了一种新的诗体，是人类文化史上的一件划时代的大事。经过第一次创作高潮之后，它又在战争、各种灾难的挤压下，变形的向前发展。特别是 1949 年后，有过短暂的繁荣，又遭遇到"极左路线"和"极左思潮"的打压。大跃进新民歌运动使诗成为畸形儿；十年动乱，诗人们更被扼住了咽喉。真正意义上的诗人，只有缄默，或暗中写作。中国新诗，进入了黑暗时期。直到粉碎"四人帮"后，新时期的到来，诗人们才又放声歌咏，从而形成了新诗史上第二次创作高潮。对新时期诗歌的研究和评论，已有许多文论出现。对照此前的诗歌，新时期诗歌具有脱胎换骨的意义，是新诗的再生，其变化之大，前所未有。今天重新加以审视，评述其成就和突出特色，依笔者个人体会，摘其要者，可有以下几点。

一　从描绘外宇宙的客体物象到展示内宇宙的
心灵感悟的探求

新诗从诞生以来，除了象征派的李金发和多用现代艺术手法的戴望舒，以及徐志摩的部分作品多以变形的语言创造出不同诗境外，大多是对客体物象的直接描绘或借物抒情的诗作。一些名篇亦是，五六十年代的诗作尤甚。但新时期诗歌却有了很大变化，老、中、青诗人皆有佳作。

老诗人中张志民的《梦的自白》，可说是现实主义和浪漫主义相结合的佳作，它深刻地揭示了十年动乱中自己在牢狱中的悲惨遭遇，又通过对梦境的展示，写自己内心的感悟。在牢狱中不仅失去了人身自由，连睡觉做了什么梦，梦中有无"反动思想"，都受到逼问。但诗人的梦境关押者是看不见的，诗人叙述梦中的自由，与家人的团聚，甚至去追问马克思，中国为什么会出现这样剥夺人们自由的社会动乱？可说是一篇感人肺腑的内心独白的篇章。其他老诗人中，黄永玉、蔡其矫、公刘、邵燕祥也有展示内心感悟的佳篇。

当然，强烈地抒发内心感悟的自是雷抒雁的《小草在歌唱》，面对张志新这样为真理而献身的英雄人物，作者不是正面加以歌颂，而是解剖自己内心的悔恨，并以自己长期的麻木不仁，和张志新的自觉战斗相对比，这种对内心的审视、自责，引起了广大读者的共鸣。如人们常引的诗句："我恨我自己，/竟睡得那样死，/像喝过魔鬼的迷魂汤，/让鳞鳞囚车，/碾过僵死的心脏！/我是军人，却不能挺身而出，/像黄继光，/用胸膛筑起一道铜墙！/而让这罪恶的子弹，/射穿祖国的希望，/打进人民的胸膛！/我惭愧我自己，/我是共产党员，/却不如小草，/让她的血流进脉管，/日里夜里，不停歌唱……"

在展示内心感悟的诗作中，林子的爱情诗《给他》，就开拓了一个内宇宙的新天地。以往的爱情（主要指五六十年代），多是写客体人物的爱情生活，可以闻捷的优秀诗作《天山牧歌》为代表。林子早写成、新时期才发表的《给他》，却大胆地抒发了对男方的倾慕与爱恋，如这样的诗句，可说是多年未见到的："只要你要，我爱，我就给，/给你……我的灵魂，我的身体。/常春藤般的手臂，/百合花般纯洁的嘴唇，/都在等待着你……"这种赤裸裸的内心独白，给人一种新奇感。此外，骆耕野的《不满》、赵恺的《我爱》、杨牧的《我是青年》等，在抒发内心情怀方面，也引起了诗坛关注，让读者看到了他们的内心世界。至于梁南的《我不怨恨》中说的："马蹄踏倒鲜花，/鲜花/依旧抱着马蹄狂吻；/就像我被抛弃，/却始终爱着抛弃我的人。"虽也真实地剖露了内心深处的感悟，但却具有悲剧色彩，叫人觉得其中毒之深，更加可怜。不过，这也从另一个角度，看到了"极左路线"对几代知识分子毒害之深，可说是深入骨髓。诗人梁南创造出的马蹄、鲜花意象，给人以警策。

在剖露内心世界，特别是隐秘的内心感悟的佳作，非朦胧诗人莫属。虽同样是展示内心情愫和感悟，但他们已不同于一些中老年诗人的直抒情怀，而是展示对某一事物的观照，或把瞬间闪现的感觉，再投向客体

诗探索14 理论卷 2019年 第2辑

物象，从中可看出诗人潜在的爱和憎。以北岛为例，除了内里含有对"极左路线"痛斥的《回答》和《宣告》之外，也有人们称许的对所爱追求的《迷途》之类的作品："沿着鸽子的哨音／我寻找着你／高高的森林挡住了天空／小路上／一棵迷途的蒲公英／把我引向蓝灰色的湖泊／在微微摇晃的倒影中／我找到了你／那深不可测的眼睛"。写了诗人对所爱的追寻和追寻中的迷惘，以及内心的祈求。作者的内心世界可以一窥。又如舒婷，她的《致大海》《致橡树》《寄杭城》等，都是揭示内心隐秘的佳篇；《呵，母亲》，是倾诉对已逝母亲的爱和怀念。短章《雨别》，也是爱情诗，写内心对爱人强烈的爱和追寻："真想摔开车门，向你奔去，／在你的宽肩上失声痛哭；／我忍不住，我真忍不住！／我真想拉起你的手，／逃向初晴的天空和田野，／不畏缩也不回顾。／我真想聚集全部柔情，／／以一个无法申诉的眼神／使你终于醒悟；／／我真想，真想……／我的痛苦变为忧伤，／想也想不够，说也说不出。"诗人把内心隐藏的爱和对爱的渴求倾泻出来，真挚又带有伤感，使人共鸣。这样诉说内心情愫的作品，以前是少见的。此外，再如傅天琳写对孩子爱恋的《梦话》，梁小斌写一代青年为动乱年代无知的错误悔恨的《雪白的墙》等，都是内心感悟的展示。它们为当代诗坛打开了新的一页。

二 多元化创作手法的转换，创造出缤纷多彩的艺术世界

"五四"以后的新诗，创作手法虽多为直抒情怀和对客体物象作直接描绘，但也有徐志摩、李金发、戴望舒、穆木天、废名等对象征、隐喻、禅道韵味的探求，但影响范围较小，未在诗坛形成一股潮流。50年代则大力倡导向新民歌学习，并提倡现实主义和浪漫主义相结合的创作方法，从而使诗坛单调而枯燥乏味。新时期以来，诗人们在艺术手法多样化的探求上，已呈现多元化局面，令人目不暇接。

首先是意象手法的普遍运用。意象，并非完全借鉴西方意象派作品而来。中国古典诗歌中，意象也是诗人们常用的。如李商隐《锦瑟》中的名句："庄生晓梦迷蝴蝶，望帝春心托杜鹃。沧海月明珠有泪，蓝田日暖玉生烟。"就是迷茫朦胧的四组意象。只不过，古人在运用意象手法时，多去追求完整的意境美，新时期诗歌只是单纯的意象展示。关于意象，艾青《诗论》中有生动的论述："意象是纯感官的，意象是具体化了的感觉。""意象是诗人从感觉向他所采取的材料的拥抱，是诗人使人唤醒感官向题材的迫近。"就是说，意象是从诗人

的感觉而来，以感觉展现出具体物象。这一手法，是朦胧诗派常用的。再举一首舒婷的《思念》："一幅色彩缤纷但缺乏线条的挂图，/一题清纯然而无解的代数，/一具独弦琴，拨动檐雨的念珠，/一双达不到彼岸的桨橹。//蓓蕾一般默默地等待，/夕阳一般遥遥地注目，/也许藏有一个重洋，/但流出来，只是两颗泪珠。//呵，在心的远景里 /在灵魂的深处。"作者以不同的意象排列，写自己的思念之情。当然，内里都有暗比，但诗人并未着意去创造完整的意境。其他朦胧诗派的作者也多用此手法，如北岛、顾城、多多、芒克、林莽等皆是。

　　至于象征手法的运用就更普遍了。老中青诗人中，皆有成功运用此手法者。象征，是以此物暗喻彼物，给人以遐思。正如爱尔兰诗人叶芝所说："除感情的象征，还有理智的象征。"又如朱光潜说："所谓象征，就是以甲为乙的符号，大半起于类似联想。象征最大的用处，就是把具体的事物来代替抽象的概念……象征的定义，可以说是：'寓理于象'。"这都是经典之言。新时期诗人中，首先是老诗人艾青，早在20世纪40年代，就以《树》中树根相连，象征人民大众的血肉相连，历来受到好评。新时期伊始，除了以大气磅礴的《光的赞歌》咏赞人们对光明的追求外，也写了《鱼化石》和《盆景》等象征意味很浓的短章。前者在于揭示"离开了运动，/就没有生命"。正是一种理智的象征，当然，也通过对鲜活的鱼在火山爆发后成了化石的具体形象，让人感慨生命丧失的悲伤。后者则呈现出一些美丽芬芳的花木，在刀斧砍斫和铁丝缠绕下的畸形，诗人说："为了满足人的好奇 /标榜养花人的技巧 /柔可绕指而加以歪曲 /花木无言而横加刀斧 /或许这也是一种艺术 /却写尽了对自由的讥嘲"。对盆景的独特艺术着笔，实际上也道出了人生中那些被摧残者的悲剧。又如李瑛的《我骄傲，我是一棵树》，这棵粗大的树，正是象征着人民军队要为人民大众遮阴挡雨，并结出果实。牛汉的《华南虎》、王燕生的《虎》、木斧的《虎姿》，也是象征着不同性格的人，有的不屈，有的懒散等。公刘的《干涸的人字瀑》，通过已干了的人字瀑的描绘，象征着一位受苦难的巨人，正如十字架上的耶稣，也在代替人类受难，其深邃的思想内涵可见。青年诗人中，舒婷的《致橡树》是历来被人称道的象征手法的巧用，诗人要做橡树旁的独立生长的木棉树，象征着爱情的平等和坚贞。再如北岛的《古寺》和《彗星》，都具有象征意义。前者以荒败的古寺（钟声都结成蛛网和年轮），象征一个僵死破落的世界，它需要新生命的到来；后者则以彗星的出现，象征着在重建家园中对光明的渴望，使人思索。

诗探索14　理论卷　2019年　第2辑

再次，是以幻觉变形的思维，打开一个超现实的世界，即超现实主义手法的运用。现实世界的光怪陆离，会激起诗人的幻觉和对事物变形的转换，诗人信手拈来，便会收到意想不到的效果，因为它是变了形的现实景象，根子却仍然扎在现实的土壤中。正如台湾诗人洛夫所说："一个超现实主义诗人，在他的作品中力图通过对梦与潜意识的探索来把握人的内在真实，他敲开了潜意识的大门，便可看到人的另一方面的状况，便可成为一个完全自由的，敢于认识乃至实现自己欲望的人。"如老诗人牛汉的《夜》："关死门窗 / 觉得黑暗不会再进来 / 我点起了灯 // 但黑暗是一群狼 / 听见有千万只爪子 / 不停地撕裂着我的窗户 // 灯在颤抖 / 在不安的灯光下我写诗 // 诗不颤抖"。首尾两节似是对夜间灯下生活的直接描绘，但第二节写黑暗如一群狼，在用爪子撕裂窗户，则纯粹是超现实的幻觉了。可见，那迫害人们的"极左路线"下的岁月，对诗人心灵的伤害有多深！又如另一老诗人屠岸的《林涛》，写自己梦中灵魂的出游，超现实的味道很浓。他另一首以李白《春夜宴桃李园序》中的话为题的《夫天地者，万物之逆旅，光阴者，百代之过客》，也有异曲同工之妙。诗人写外出归来，带回了旅舍的钥匙，家门的钥匙却忘在了旅舍，诗人自我安慰说："不要沮丧 / 家本来是旅舍 / 而每个旅舍 / 都是 / 出窍灵魂的 / 一家宅"真叫人深思感怀。又如李瑛的《过魔鬼城》，也用梦幻的手法写了这个荒芜的鬼城的恐怖，这在他以前的作品中，是看不到的。再如公刘的《皱纹》，以蜘蛛在脸上织出皱纹的网，把人的希望吃掉；《面对忘川》，写喝了忘川水，可以忘掉一切苦难，他却不想喝，这其中，超现实的韵味儿可见。在青年诗人中，北岛的《触电》是最有典型性的。从构思到具体形象的展现，都是幻觉中的超现实境地："我曾和一个无形的人 / 握手，一声惨叫 / 我的手被烫伤 / 留下了烙印 / 当我和那些有形的人 / 握手，一声惨叫 / 他们的手被烫伤 / 留下了烙印 / 我不敢再和别人握手 / 总是把手藏在背后 / 可当我祈祷 / 上苍，双手合十 / 一声惨叫 / 在我的内心深处 / 留下了烙印"。此诗乍看，匪夷所思，语言虽平实，但情境却是现实中不曾有的。人们可以各自解释其内涵，笔者认为，这正是现实世界中人们地互相伤害在作者心灵中打下的痛苦烙印，别人伤害你，你也伤害别人，在那特殊的年代，自己也把自己伤害。这完全是通过一种幻觉创造出的超现实境界，手法独特，发人深省。可见，新时期诗歌在艺术手法的探求上，是前所少见的。当然，这并不排斥那些用传统的手法创作出的佳作，但这些新颖的艺术手法，毕竟是一种美学上的新变革。

三 对朦胧诗派和新生代诗群应有的定位和再认识

20世纪70年代末到80年代初出现的朦胧诗，曾受到一些思想较正统和保守的诗人诗评家批评，主要说它晦涩难懂，而且内里含有忧伤、迷茫等"消极因素"，公开的文章除了章明的《令人气闷的朦胧》外，一些老诗人也多有非词。直到谢冕、孙绍振、徐敬亚三位先生的"崛起论"出现，才澄清了一些人的误解，并纠正了某些人的偏激。朦胧诗已过去近四十年，它的出现却影响了几代青年诗人，至今，仿效者仍大有人在。应该说，在新诗的第二次创作高潮中，它具有不可磨灭的贡献。对其优秀作品文中已列举不少，这儿只想说它总体上产生的意义和价值，我认为，它不但重新恢复了"五四"时期新诗中对个性自由的张扬，昭示了人性的复归，批判了戕害人性的黑暗势力，打开了复杂的人们的心灵世界，而且展现了一代人对自由天地和美好世界的渴求。从内容到形式，横扫了"极左路线"猖獗年代一切假大空的伪诗，又昭示了诗的艺术本质。此外，它追求多种艺术手法的运用，把以往人们以惯性思维所写的单调呆板的诗作驱离了读者的视野，其贡献之突出，是难以估量的。当然，它也有其不足，由于诗人个人的心灵感悟不同，写作背景各异，它有时确实距离人们的生活较远，加以某些隐晦意象和语言的艰涩，一些读者难以欣然接受。我想，这一不足是次要的，是可以纠正的。

20世纪80年代诗坛，还有一件大事，那就是"新生代"（或称"第三代"）青年诗人的登场。先是在校园中兴起并传播，接着各地诗团诗派纷纷揭竿而起。1986年徐敬亚主编的"现代诗群体大展"同时在《诗歌报》和《深圳青年报》刊出，影响颇大，有人对以前的朦胧诗一概否定，他们提出了"别了，舒婷，北岛"（程蔚东），主张"反崇高"（不写北岛、舒婷带有悲剧色彩的诗），"反意象"（不搞意象的营造），要写平淡的，如生活本身一样流动的，而且是口语化、直白式的诗。其社团有几十个，但最有影响的，并有代表性的当属江浙一带的《他们》和四川的《非非》。他们还提出，诗人应回到原始状态的"本真"境地，消解一切文化特征，摆脱种种文化痕迹。现在看来，他们的主张和艺术实践具有双重性。他们的反崇高、非意象和口语化的理论和实践，有其积极意义，对新诗的发展来说，从另一个层面打开了新路。如"他们"派中韩东的《你见过大海》，句子就是纯口语式的："你见过大海／你想象过／大海／你想象过大海／然后见到它／就是这样"，诗人没对大海进行什么描绘，而是静静地叙说，不失为一种新的探索。再如四川诗人

诗探索14 理论卷 2019年 第2辑

杨黎的《冷风景》组诗中的《小镇》："这会儿是冬天 / 正在飘雪 // 这条街很长 / 街两边整整齐齐地栽着 / 法国梧桐"，只是平静地淡然地呈现冬天街景状态。这自然有一种特殊韵调，是有意义的艺术尝试。但是，这一派青年诗人主张的"非文化"或"反文化"，是行不通的。仍以韩东作品为例。人们常以他的《有关大雁塔》和杨炼的《大雁塔》类比，后者把大雁塔比喻成一个古老的巨人，见证了历史的变迁和民族的悲剧，有浓重的文化色彩。而韩东的《有关大雁塔》是那样的用口语叙述："有关大雁塔 / 我们又能知道些什么 / 有很多人从远方赶来 / 为了爬上去 / 做一次英雄"，他们认为已把文化色彩反掉了，其实，大雁塔本身就是一个巨大的文化符号，文化是反不掉的，只不过淡化而已。还有他被人们称道的《明月降临》："月亮 / 你在窗外 / 在空中 / 在所有屋顶之上 / 今晚特别大 / 你很高 / 高不出我的窗框 / 你很大 / 很明亮　肤色金黄 / 我们认识已经很久 / 是你吗？ / 你背着手 / 把翅膀藏在身后 / 注视着我 / 并不开口说话 / 你飞过的时候有一种声音 / 有一种光线 / 但是你不飞 / 不掉下来 / 在空中 / 静静地注视着我 / 无论我平躺着 / 还是熟睡时 / 都是这样 / 你静静地注视着……"诗作有开阔的意境美，语言自然，娓娓道来，写出了深夜和月亮对视的感受。但仔细分析，它肯定受了李白的《静夜思》与苏东坡《水调歌头，明月几时有》的深刻影响，古老文化的韵调已深入其中了。所以说，新生代诗人所主张的"非文化"或"反文化"是行不通的。以后随着诗坛形势的变化，有的新生代诗人，把口语化写成了平白无味、调侃味儿很浓的"口水诗"，受到了批评。以后，这一派便逐渐式微了。但他们的积极探索精神和艺术上的有益尝试，是应该在诗史上留下重重一笔的。

四　东方神秘主义的呈现，为当代诗歌的发展又开拓了一条新路

　　在一部分诗人着力向外国诗歌学习借鉴时，也有一些诗人向古老的传统文化去开掘，把儒、道、佛的精神融入诗作，打开了一个新的艺术天地。其中，孔孚的山水诗、昌耀的边塞诗、安谧的一些小诗，皆有体现。青年诗人中，江河、杨炼的远古神话诗，可为代表。

　　孔孚的新山水诗，是新时期诗歌中的奇葩，他把儒家的进取精神、道家的清静无为、禅宗的空灵淡定和出世，渗透到对山水描绘的意象中，在创作主张上，又强调简约、隐现，可称之为"远龙之扪"，就是说，

这远龙见首不见尾，带有神秘色彩。这正是诗歌创作的真谛。他的山水诗，有一种内在的生命力度，如《飞雪中远眺华不注》："它是孤独的。/ 在铅色的穹庐之下 // 几十亿年，/ 仍是一个骨朵。// 雪落着……/ 看，它在使劲儿开。"把雪中的华不注山比喻成几十亿年未开的花骨朵，如今，却要在雪中绽放，正拼足力气，要开出花朵。诗的力度显而易见。再如写庐山飞来石的《冰桌一瞥》："落一只 / 鹞 // 冷餐"，不但语言精粹简练，而且有一种超脱尘世无为而行的道家风范。还有一些禅味浓的诗，更为人们称赞。如《渤海印象》："我寻找黄河 / 连条线也不见 // 缩成一个音符 / 颤动着"，从大到小，从有到无，有一种空灵的禅境。又如《峨眉月》："蘸着冷雾 / 为大峨 / 写生 // 从有 / 到无"，又创造出一种禅境。写大漠落日的两首更具有代表性，一是："一颗躁动的灵魂 / 去也拥抱着波浪 // 美到 / 死"，也是从动到静，从有到无。二是："圆 / 寂"只两个字，就写出了太阳落山独特的寂静，太阳西下，真是又圆又静谧，也正应了佛家说去世是"圆寂"了。可见，孔孚在山水诗的探索上，确实为东方神秘主义在诗坛上的树立开了新路。此外，具有东方神秘主义特色的诗人还有昌耀、安谧。昌耀既有刚劲的边塞诗，也有浓浓禅味的长诗《慈航》，意谓佛以大慈大悲把苦难的众生普度到幸福的彼岸。当然，内里也有强烈的要战胜苦难的不屈意志。内蒙古诗人安谧，许多诗作也富有禅韵，如他的小诗《可以走了》："能听针落 / 于惊雷吗？// 能观日出 / 于日落吗？// 好，/ 可以走了。"其中包含着对人生的哲理思考，有一种禅宗的"静"与"定"融于其中。这是一种无境界的人生思考。面对大自然中的大沙漠，也有一种从有到无的境界展示，如《瞬间，腾格里大漠》："心栖何处 // 风　清洗了 / 胸襟 // 风　扫净了 / 足迹"，读者随着诗人的感悟也"入定"了。

在青年诗人中，追求与传统文化融汇，也着力创造一种东方神秘主义境界的当属江河与杨炼。江河以《纪念碑》等政治抒情诗闻名，并以《星星变奏曲》引发争议，后来写了被称为现代史诗的《太阳和他的反光》，受到好评。这以古老神话为题材的十二首诗，包括《开天》《补天》《追日》《填海》《射日》《刑天》《斫木》《移山》《遂木》《息壤》《水祭》等，力图把现代意识同古老文化传统相融合，不过人们批评他把悲剧性的"精卫填海"改为喜剧性的结局，不妥。因为这就失去了和大自然斗争的本意，精卫也不是与大自然搏斗而牺牲的炎帝之女了。《追日》中，也把另一位和大自然搏斗而献身的夸父改造成和太阳和谐相处的人，悲壮性没了，令人不能肯定。较成功的有《射日》，这个射

诗探索14
理论卷
2019年
第2辑

落了九个太阳的后羿才是传说中真正的英雄。不过，这种把传统文化加以现代意识的观照，进入到神秘主义范畴是有益的。

另一青年诗人杨炼，也力图把古老神话传说及古老的禅道文化同现代意识结合。其《诺日朗》（藏语男神，为九寨沟一山和瀑布之名），虽有争论，并有多义性的理解，但它的神秘色彩是显而易见的，它赞颂太阳、光、黄金树，描绘藏族的一些丧葬仪式，多姿多色，也是人们对光明、对未来的渴求之歌。其中第四首《偈子》："为期待而绝望/为绝望而期待//绝望是最完美的期待/期待是最漫长的绝望//期待不一定开始/绝望也未必结束//或许召唤只有一声——/最嘹亮的恰恰是寂静"，就具有道家的辩证两极法，令人神思。其中虽有消极遁世思想，不过也有一种清静无为的最高精神境界的追求。其后，他又写了《自在者说》，以《易经》中的八卦对应大自然中的气、土、水、火，以天道之永恒对比自然界、社会中之矛盾和不平衡，以天、地、风、雷之意象为载体，去体现超越时空的生命自由，既有传统文化之精髓，也有现代意识的渗透。此外在具有东方神秘主义色彩的诗人中，龙彼德的《铜奔马》和《魔船》、南永前写朝鲜族起源的图腾诗和某些动物图腾诗，也有此特点，值得一提。

总之，新时期诗歌在艺术上的多元化探索，除了上述四方面的展示外，在诗的题材、体裁、格律方面也有所拓展。在题材和体裁方面，如刘征等的寓言诗，石河、陈显荣的讽刺诗，林子等人的爱情诗，桑恒昌等的怀亲诗，耿林莽等的散文诗，苗得雨、刘章、张维芳的乡土诗，周涛、章德益等的边疆诗，马德俊的《穆斯林彩虹》和王久辛的《狂雪》等叙事诗，皆有建树。在格律形式方面，刘章、高昌和孙瑞等的白话格律诗，也在新诗的发展中打开了一条新路。正因如此，新时期诗歌成为新诗诞生以来，形成的第二次创作高潮是势所必然。目前，新诗的发展势头良好，仍然在多元中继续探索，但是，应该特别警惕拜金主义的侵蚀。另外，还有令人遗憾之处，即尚未有史诗性的宏伟作品和伟大诗人出现。相信，在新诗的第二个百年内，定有不朽的诗作和伟大的诗人展现在全世界面前，为中华民族的伟大复兴，做出应有的贡献。

（附注：本文写作中参阅了吴开晋、耿建华、孙基林合著的《新时期诗潮论》某些内容）

[作者单位：山东大学文学院]

中国新诗百年纪念大会学术论坛

长叹息以掩涕兮，哀民生之多艰

——浅析祝立根的诗

蔡 丽

祝立根的诗歌，直抒胸臆，质朴无华，意绪婉转深沉，而于生之苦痛艰难尤有感染，忧愤之声发，悲悯之情诉。顾随讲说"作文应如掘地及泉，自地心冒出"[1]，祝立根抒写自我，必出于肺腑，且常自我反省；体悟苍生之苦，已多能触及时代的痛痹，隐隐然透出作（文）诗的大气象。而祝立根与诗结缘，确与他的少年失业有关。

一

祝立根写诗，其直接原因来自于油画职业的无出路，这一点，祝立根在与胡正刚的访谈中说得很详细[2]。大学毕业，本以绘画为生，然画来画去却发现画画是贵族的专业，有钱人的技艺，靠画画养活自己尚难，更别说养家了。可放弃了绘画又能干什么呢？在这大学毕业生普遍放弃所学专业，在工作的前十年普遍经历失业的竞争社会，一个口拙心实，且还固执地死守理想主义的小青年，逐渐被社会所抛弃，排挤到那穷愁末路上受潦倒落魄之苦，可以说不足为奇。谁都怕落在自己身上。祝立根恰是那个倒霉蛋。各种关于出路的尝试均碰壁后，少年无为带来的种种难耐之苦、难言之罪折磨着他，理想主义的诗意和审美迎面遭受的棒喝更令他无所适从。恐惧严重地销蚀着他的意志，这一时期他的精神状况就像他自己所说的："一切都变得灰暗，没有光亮。他焦虑、失眠，严重缺乏安全感。他越来越害怕与人沟通，社交能力在退化。面对着无尽的深渊，他像一个绝望的溺水者本能地挣扎着"。情况非常糟糕。

---

[1] 顾随讲，叶嘉莹笔记：《中国古典文心》，北京大学出版社 2014 年版，第 285 页。

[2] 参见胡正刚：《在诗歌中耗损掉一生是幸福的——祝立根访谈》，《边疆文学·文艺评论》2013 年第 1 期。

于是开始阅读，进而写作。写作能不能解决生计？自然不能。现实地讲，在相当程度上，写诗比画画更不能挣钱。事实上祝立根也未能靠诗歌摆脱困境。关键是，一个被现实世界蹂躏摧残的灵魂，那颗心彷徨无助之际，艺术审美世界的大门正向他悄然开启。狄金森诗言："他——奄奄一息的败将——耳朵已经颓唐 忽又迸发出遥远的凯歌 如此痛苦而嘹亮！"又说："从来没有跋涉过漫漫倦途——难道那样的足 就能探索皮萨罗海岸上的 紫微微的领土？"[1]狄金森用她的诗歌把诗与失败者的关系讲得清晰又充满激情。在阅读和写作中，真正的审美的力量开始有效地渗透心灵，从而"让我们知道如何对自己说话和怎样承受自己"。[2]在现实世界碰撞得头破血流的祝立根正是通过阅读和写诗，找到了一个承受自己的方式，给飘摇惶惑的自我一个容身之处。

二

诗集《一头黑发令我羞耻》，正是自我的抒情诗。而其诗歌的突出之处，在于情感的真挚感人。

郁达夫的小说是自叙传抒情体，祝立根的诗歌，通读起来，可以说是自己的一部自叙传。几乎一切的抒情和写意都是为了"我"而展开，抒"我"之情，写"我"之心，道"我"之见，悔"我"之过。心有不平，丧魂落魄，无事求生，大略可以概括这个"我"。说心有不平，是指各种压抑、悲伤、无奈、痛苦等人生情绪郁闷于胸，难以排解，而借诗一途，通过一星半点物象人事的机缘，将苦闷倾诉。丧魂落魄，是那个伤心人、负重者的形象。无事求生，是现实有为艰难，内心却不忘本分。《喜白发》《女鬼记》《独饮辞》《春天的梧桐》《车过阳宗海》《沙粒》《飘走的气球》《洁癖患者》等，皆为直抒胸臆。大抵人心之苦闷彷徨，一为自身内部精神意志冲突所起，一为外部现实压迫个体所起，而常常是内外交困，自我陷于各方力量的撕扯之中，沉痛辗转，无处排遣。《喜白发》一诗，以怪异突兀凝聚张力："噢，我终于长出了一根白发"，反常、不合情理，然在随后的诗句中，诗人徐徐道来，反常的人情背后，是内心深藏的压抑："天呐！那么多胸中的尖叫 / 积压的霜雪，终于有了喷射而出的地方"。《参观拘留所》《铁石心肠》等

① ［美］艾米莉·狄金森：《狄金森诗选》，浦隆译，上海译文出版社2010年版，第5页。

② ［美］哈罗德·布罗姆：《西方正典》，江宁康译，译林出版社2005年版，第21页。

诗，也都是从人情的反常入手，来讽喻社会的阴暗，烘托内心的负重苍茫。观祝立根诗，这种忧愤时世，反映心灵负重的情绪分外突出。

然祝立根感人之处，在于写自身的苦与难。势利社会，要的是人审时度势，见机而行，老实本分，那是受排挤挨欺负的。物质当行，文明靠边，理想主义、诗意人生之类，那也是遭人鄙弃的。势利又物质的世风之下，活与不活，人人都得当机立断。然诗人之所以成了诗人，就因为他难以了断。祝立根就是那个老实又有一点美的趣味的人。多年的艺术训练，总在张扬离经叛道，超尘脱俗，培育一颗理想主义者的自由的心灵，职业病一旦养成，终身难除，文明教养、审美趣味也是如此，那都是入骨入髓的东西。所以，诗人再是曲身就俗，眼底里总有一份愤世嫉俗，内心里总有一只诗意的老虎跃跃欲试。另外，一个农民的儿子，平头百姓，总固执着历来的善良本分，要突然间聪明绝顶，相机而动，甚而昧着良心，是非不分，那也比登天还难。而向来老实人最受欺负，痴心人最易受伤害，老实又痴心的，往往受那人世间最刻毒阴狠的难，尝尽人生凄惶零落之苦。祝立根的人生苦痛，大抵就是因为他老实又痴心的本性、艺术家兼农民的双重身份，与当世人情世俗格格不入，苦难丛生。

《胸片记》一诗，写透了人的可怜。一次小小的惊吓。诗人因一头长发被怀疑为"坏人""吸毒鬼"，被现实虚张声势地恐吓了一回，但就这轻轻一吓，艺术的那点超脱立刻就被慌不迭地收敛起来，并且自我反省，认真地怀疑"我的身上／真的藏有不可告人的东西"，而说到底，这人，无非"就是个农民的儿子，尘土中的草根"。艺术家而被质疑为吸毒鬼本就荒唐，自身立刻认真反省，更是荒唐，软弱啊。然而，面对着如此的软弱，谁也无言。因为，世情乖戾、人格扭曲，大家经历得多了。《女鬼记》《独饮辞》《春天的梧桐》，各种无奈。《女鬼记》最是有力："此后很多年，我一直在身体里追逐她／棒喝和围堵，此后很多年，我以为她死了，或者离开了"。现实一点启示，"我"即明白，"她从未离开，也从未放弃"。明知是美善，是好，但不得不自戕之毁之，而又灭之不尽，人生无奈是沉痛。《独饮辞》，文明人的可笑可怜。《春天的梧桐》，这诗在最随意寻常处写苦情，一句"落叶满天／束手无策的人呐"，道尽无助诸般难言情状。《飘走的气球》一诗很值得欣赏，一只从窗外飘走的气球，多么寻常普通，感受不出诗意的事物，诗人却由此象喻人生之痴，欲放任其走又割舍不得，欲阻止其飞又明知养之必死，最终在妒忌中任其"腾身而出"，一只气球，诗人在此一唱三叹，

诗探索14　理论卷　2019年　第2辑

无情处更多情，理智处更痴傻，隐秘的欣慰处更见一己之孤独，为人，难啊！读之，唏嘘心疼。

　　祝立根诗歌的另一感人之处，还在于写执着。怨而不怒，难而不舍，遭了多少罪，人还是脱不了老实的本分，承受多少冷眼白眼，也还不失对人世的温情，《失眠吟》里深夜的自省，那种人情的关怀，朴实而又家常。《献歌，身体里的子弹》，直击我们内心的善良——即便是最深的伤痛，最残酷的现实，也摒弃理智的清醒，而把糊涂的希望延续下去："就让我们祈求幸福／大于绞痛／流出眼眶的／终究是热泪，不是碎骨头渣子"。这样的诗充满了失败感，然沉痛处有温暖。《春天的梧桐之二》是一首好诗，春天的梧桐随处可见，而以其春来之际，从枯枝败叶间迅猛抽条发绿的爆裂声暗喻内心的自由意志"涌到哪儿哪儿就会开花／涌到哪儿哪儿的伤口就会愈合"，酣畅淋漓，风雷滚滚，大有被压迫者揭竿而起、万马奔腾之意。《洁癖患者》写得特别寻常，却又特别柔弱心碎："我被豪强暴打的时候／我怕我喊疼的声音粗俗"。文化人的教养，即便在斯文扫地的时候，也舍不得放下。小小的一个细节，直露文化人的辛酸。

　　就像《胸片记》一诗所言，个人无非是"农民的儿子"，"尘土中的草根"，五脏六腑，原也没有多余的骨头，更没有多余的污点。从艺术家而吸毒鬼进而农民，身份一再被他者被自我更改，折腾来折腾去，无非是一介草民。祝立根写个人诸般难言之苦，读者看来看去，也看出他无非是个普通的善良本分人。他的情感，不脱离普遍人情人性。因此，他的苦痛，表征的是当世相当具有普遍的人心之苦和人世辛酸。写人心无奈何处仍有痴情，最零落可怜之际不丢失关怀希望，也实是麻木而沉默的世道背后暗涌的日常人情伦理。所以，诗人的自叙传，也是世间无数平凡人的自传。一鬼哭而万鬼和，诗人能够带给读者普遍的共鸣。

　　诗人自身经苦受难，而对人间平凡人的苦痛，就有一份不同寻常的敏感，内心自有一份感同身受的同情。诗集中相当一部分诗歌，就是写他眼底的人间苦，其《苦力命名考》《甘美人传》《杜大侠》《石头之歌》即是有意识地为"草根"作史留传，麻园的德哥，更是被他一写再写（说句题外话，麻园，昆明这块曾经的最大的城中村，曾经的声名远扬的艺术学院的近邻，贫穷落魄的艺术生们与杂乱深巷里的市井小民们混居一处，曲里拐弯，臭水沟沿栀子花开，那种着实荒凉的生活场景，立根兄恐不陌生，真是值得好好地、狠狠地写一写）。此类诗歌里，最惊心动魄的，是《体内的声音》一诗。写一个城市巷口背砖的瘦小妇人，不停地往自己的背篓里加砖，一直加到装不下了，最后一块，妇人把它抱在手里一起带走。诗歌对这妇人的描写平铺直叙，然她的整个行为被"我"关注，"我"内心的意绪紧紧追随妇人的动作，构成一为无言之行为，一为有声之心理的对位叙事，一为人在生活里不堪负荷之重而不得不负荷的形象，一为"那是一种清脆而悲伤的声响／像骨头垮下，像流水穿心而过"——明白已经是恐惧而又不得不再死过去一回的心理展示，两者互相映照、互相暗示、互相补充。最后那"哗"的一声响处，世界一片空白。这样的诗，深沉有力，一念不忘，真称得上掘地及泉。

三

祝立根的诗歌有着絮语式的日常化风格。说他是絮语式的，是因为他的语言是向内的，相当程度的口语化，几乎没有修饰的行为呈现，间以细致而陌生的，心灵向内收缩的表达逻辑和象喻结构，体现出一个孤独者面向内在的喃喃自语的言说特征。语言的这个特征与他写作的目的——首先是写下自己，缓释内心相吻合的。说他是日常化的，是他的诗兴的感发是日常随意的，外部的现实世界随意地、偶然地纷至沓来，内部的意识和精神世界保持着一个相当固执而有力的独立品性，顽强地沉浸着，思考着，在内外部世界的碰撞交汇处，内部和外部，现实场景和内心，实景与虚像，经由诗歌的隐喻和象征等修辞手段而完成对接、叠加、合同或者分化，从而使内在自我在语言的现实层面自由充分地袒露。在这个层面上，祝立根的诗歌既有向传统学习的一面，又显示出自身独有的才情。一来他确实向古典诗歌的兴感思维汲取了营养，从而给诗歌的创造打开了一个日常化的，与现实的生存并行共在的诗意生存的空间。这无疑是给诗歌的写作打开了广阔的前景。另一方面，像前文分析的《春天的梧桐之二》《体内的声音》《洁癖患者》等诗，在日常随意处看到别人看不到的细节，生发古典诗歌未有的感兴，从而创造出日常情感一个新鲜陌生的舒展境界，而其情感的抒发和事物的象喻，又十分自然契合，真切动人，没有当代诗冷涩孤僻，读起来总感觉"隔"的痛痹。

在其艺术心性，以及"发愤以抒情"的创作动机上，祝立根也体现出他与传统的渊源，写内心沉痛，我们在他身上看到魏晋名士的影子、贾宝玉的影子；部分讥刺现实，内心忧愤的诗歌，使人想到杜甫；部分

诗探索14　理论卷　2019年　第2辑

沧桑意态和悲悯之情，使人想起白居易；而情感的真挚淳朴，使人想到归有光。这一点到底好不好，难下判断。但就抒情来说，以"我"之心，能真切地映照出时代普遍之痛，这是好事。但祝立根还是要时刻警惕太"我"了而把诗歌变成了祥林嫂的唠叨——太立诗于自我之块垒，诗境只会越来越窄小。只有放眼开去，更多地看到万千大众之难，更多地掘出常人沉默微茫处的苦，其诗歌才会有大境界。然而太多地关涉别人，不及自身，又往往落入代言的虚浮，关系的协调，确实考量诗人的水平。抒情的另一方面，是节制的问题，窃以为是祝立根诗歌最需思量的地方。情感需要节制，语言也需要精省。祝立根的作品里，一部分诗歌点到即止，含蕴深沉；同时也有相当一部分诗歌，枝枝杈杈、毛毛糙糙，不够干净简洁，显然，诗人在成熟的道路上，还有很多事要做。

[作者单位：云南大学文学院]

一场阻断的大雾

崔 勇

这首诗歌显然不是显摆之作。

精湛的读者哈罗德·布鲁姆在《诗的艺术》中说"诗本质上是比喻性的语言"。这个说法从根本上拒绝了诗歌作为"显摆之物"的可能性。虽然这仅仅是布鲁姆的一家之言，但考虑到语言的符号性本质——符号即比喻——我觉得这样的说法，是一种"正确的废话"——也即真理。既然诗歌是比喻性语言，那么我们就可以把某一首具体诗歌看作一个完整的比喻。如果这个推理可以成立，那么诗歌就是"因比喻而刻意成隐晦"，显明之作，彻底成诗歌之敌。祝立根的这首小诗，在这个意义上，也就从根本上获得了"隐晦"以及可能的"隐晦之启示"。

这首诗歌的"隐晦"第一个表现就是"大雾"以及"雾中小寺"。"雾"的隐晦形象自是不用多说——它在这世上的存在就是遮蔽、模糊以及在遮蔽之上的"含混万物"，使之成不明之物。而这首诗歌中的最为重要的存在——山中小寺，其实并没有"显明"，它的存在是依据过往的经验和诗人对某种隐藏之物的熟识而可能被认定的。也就是说，"小寺"在这首诗歌中的形象就是"隐"而"晦"——说它"隐"，是因为它在大雾中"隐而不见"；说它"晦"，是因为诗人一点都没有透露它对于他的意义。也就是说，这首诗的发生学意义——诗人为什么要"访寺"——是晦暗不明的。

与"隐晦"这个词汇最直接相对应的是诗歌中的一个沉重之词——"丧失"。诗歌中是这样把这个词说出来的："空中的白鹭，越飞越慢／一点一点丧失自己……"为了强调"丧失"，诗人刻意在这一句的句末用了一个省略号——这也是这首小诗中唯一的一个句末标点。从形式上看，这个省略号一定具有形式之意义。在诗歌的意义生成上，它是这首诗歌的"转身"之所：由先前的"与雾对峙"转到"抽身逃跑，木鱼声起"，一个合格的阅读者是有理由在此处看到诗歌中的"峭壁"——

诗人为什么要"抽身逃跑",是逃离大雾,是逃离山中小寺,还是逃离何物?何种"丧失"让他心惊?这个来自现代汉语的标点,让诗歌中的时间和空间得以绵延和悬置,也确认了"丧失"一词从"空中的白鹭"挪到了诗人自身,让"访寺"直接终止,或者说让我们前面所说的那个晦暗不明的"访寺的发生学意义"搁置了。诗人访寺的内在的动机——拜佛求解脱还是出家脱红尘抑或仅仅是寻访友人或风物——在这首诗歌里不再重要,晦暗之物彻底晦暗。"访"这种目的性很明确的行为被因为"遇"这样的偶然性击败。或许,这本就是人生本相——偶然性击溃。在这个意义上,这首诗歌彻底的成为布鲁姆说的"比喻性语言"。

布鲁姆还提示我们,"读诗的艺术的初阶是掌握具体诗篇中从简单到极复杂的用典"。祝立根这首短诗中的"我也有一颗孤岛的心",很容易让人想到约翰·邓恩的名作《丧钟为谁而鸣》。邓恩在那首哀歌中言说"谁都不是一座孤岛","任何人的死亡使我有所缺失",所以"不要打听丧钟为谁而鸣 / 丧钟为你而鸣"。祝立根的这首短诗中,不过是把"丧钟"换成了"木鱼",他一定是遇到了更明确的"丧失"。诗人有一首《回乡偶书·悲黑发》:

杀人犯的母亲吸毒者的爹
上访者的老泪苦荞烤的酒
坐在他们中间,如坐在一堆堆荒冢之间

秋风白了小伙伴们的风头草
一头黑发,令我心惊
令我羞耻

我想,这首诗中所写的就是诗人最具体的"丧失":草木人生的死与枯,让一头黑发的诗人"心惊",而"羞耻"。正是这样的"心惊"和"羞耻"让我得窥诗人的"慈悲"。作为一个从乡村出来的诗人,一定是"九死一生",诗人一定是知晓如果他也和当年的小伙伴一样留在乡村,大概也就是"杀人犯"和"吸毒者"。对于诗人而言,这些杀人犯和吸毒者,不是法律文书上的名词,而是真切的能呼吸到的"一点一点地丧失",一如那大雾中越飞越慢的白鹭。当然,一个合格读者也一定会去追问这首短诗中的"白鹭"。白鹭,本就"虚幻"。在诗人郭沫若的笔下,白鹭就是乡村清水田里的一个孤独者、一个立于枝头的悠然的不安稳者、一个不会唱歌的"精巧的诗"。当这不安稳的乡村孤独者从大雾——这遮蔽之物——飞来,诗人自然无法不让访寺停下。白鹭这无声之物如此明晰,它的丧失又是如此的真切。唯有这样,我们才可以接近这诗歌中最惊心动魄的词汇"峭壁"——以"一颗孤岛的心","看万物各怀心事,互为峭壁"。这有遮蔽功能的大雾,在此却很好地剥离了世间万物的羁绊和关联,让"各怀心事"直接成为现实,只有万物各怀心事,才可能"互为峭壁"。峭壁之所以为峭壁,正在于它的孤绝和冷峻——在大雾的启示下,万物获得了世间本相:万物都需要各自直接领受它的本源的孤独。诗人冯至在他的十四行诗《我们听着狂风里的暴雨》里所写的"各自东西"的"生命的暂住",诗人祝立根在"与一场大雾的对峙"体验了。山中小寺"一声急过一声"的木鱼,又能敲醒谁的灵魂?寺庙里藏着的也是"人世的断崖",诗人去往寺庙也不过是做一个"梦游者,独坐湖心亭 / 借一只白鹭,飞来飞去的轻,像你们寄送问候,兼收 / 这些年,一直丢失在外的灵魂"(祝立根《圆通寺的下午》)。

祝立根已经不再是一个即兴写作的诗人了,遇不遇雾,他的心头都有一场大雾。有没有白鹭飞过,他的魂灵里都养着轻飞的白鹭。听不听到木鱼声,他的笔就是一枝敲木鱼的棒子。因为他的内心已立峭壁。在这个意义上,这首小诗更是布鲁姆说的"比喻性的语言"了,也就是说,大雾、白鹭以及木鱼,这些即兴的偶遇,都是必然的隐喻了。因为他的每一个心灵症候背后都有巨大而坚硬的世间现实。这样的写作才可以通往朴实、厚重之境界,才是诗歌要求的写作。因为诗歌本质上不是对物像的即兴,而是对世间万物长久的坚韧的透视。

[作者单位:温州大学人文学院]

【附诗】

访山中小寺遇大雾

祝立根

与一场大雾对峙
我也有一颗孤岛的心，看万物
各怀心事，互为峭壁
空中的白鹭，越飞越慢
一点一点消失自己……
我想要抽身逃跑，一转身
却又迎面撞上了
一声急过一声的木鱼

反差的深度与现实的情怀

——评祝立根短诗《回乡偶书，悲黑发》

程继龙

这些年，云南出了一批好诗人，雷平阳、王单单、祝立根……他们共同的特点是接地气、粗粝、本真，现实思考、生命体验与诗艺的塑造、提炼结合得水乳交融。就我有限的阅读经验看，祝立根就是这样一位杰出的青年诗人。

这首诗像带血的楔子，钉入了时代的暗疮，夜色弥漫，阴风吹起，读来如饮烈酒，使人浑身打激灵！

初读这首诗给人不完整之感，但细一品味，着实佩服作者的造境能力。数件物事，寥寥几笔，就将回乡的所见所思点染了出来，而且是整体性的。原来诗人是做减法，披沙沥金，将更多可有可无的物象、思绪都滤掉了，只留下更突出、更有质感的东西以一当十。"我"这个回乡者，回乡后坐在"杀人犯的母亲""吸毒者的爹""老泪纵横的上访者"中间，恍惚间仿佛"坐在一堆堆荒冢之间"。而这些"非正常人""边缘人"却是"我"的父老乡亲，作者隐去的是，他们也曾是"我"的父兄，曾朝夕相对、生他养他的人，而这些善良的人，和"我"血脉、精神相连的人，却变成了媒体、法律人眼中的异类。现实之残酷、人世之沧桑血淋淋地凸显了出来！"荒冢"既暗示了这些人不久于人世的结局，也暗示了"乡村／故乡"的没落命运。乡村最终荒凉如荒冢，这是更多乡村在时代进程中的真实处境。

"秋风白了伙伴们的坟头草"，真是白发人送黑发人，而且在作者的书写中，这一悲惨境况是普遍性的。生命延续最悲惨的莫过于下一代人的死伤和离散，这里更要命的是这些和"我"一样的故乡的孩子都是被披上了"罪名"的人（"杀人犯""吸毒者"）！作者心惊、羞耻的，是自己的"一头黑发"！恍惚间蓦然置身于一个亦生亦死，阴阳颠倒的世界。这"羞耻"有对故乡负有的原罪般的歉疚，有对时代不公的巨大

诗探索14　理论卷　2019年　第2辑

愤怒！

　　这是带血的控诉，反差性极强的书写充满了伦理的深度。诗人关注时代、进入时代，不能只唱颂歌，更应该直面现实，为真实负责，发出带血的惊雷般的声音。

【附诗】

回乡偶书·悲黑发

祝立根

杀人犯的母亲吸毒者的爹
上访者的老泪苦荞烤的酒
坐在他们中间，如坐在一堆堆荒冢之间

秋风白了小伙伴们的风头草
一头黑发，令我心惊
令我羞耻

诗歌与我

——救赎与抵达

祝立根

我一直为胸中的波涛所裹挟。

14岁离家念书，从此背对故乡，越走越远，十多年后最初的梦想破灭，在异乡举目无亲，生活艰辛，前途一片黑暗的时候，悲苦、愤懑、无助……使我把诗歌当作了生活压力的泄洪口和减压阀，这是我最初进行诗歌创作的主要原因。而诗歌如黑暗中的微弱星光，让我像走夜路的孩子泪水模糊地看见了远处的灯火，这又是诗歌给我的恩惠和救赎。正因如此，面对诗歌，除了无限的感激，我也藏有私心，正因如此我的诗歌注定少有那种纯粹的象牙色泽，反而因充满尘土或波涛而显得混沌和苍凉；正因如此也使我面对诗歌时，神祇供奉于灵魂，而形象更接近一个江上贩运私盐的小贩，乐于计算心中的得失和途经的风雨。

令人悲伤的是我的人生遭遇和人生处境并非我所独有。在拜物主义和时代推土机的碾压之下，土地不再长出庄稼和石头，而以平方数为计价单位卖出；人们不再安心于眼前的世界，而总以"山高人为峰"的心态无限地释放心中的欲望和奢求。"礼失求诸野"的"礼"早已分崩离析，"野"亦已然支离破碎，沿袭数千年的农耕文明的生产生活方式终于轰然崩塌了，而新的文明体系尚未完全建立。身处这样的大时代，我们这一代，注定要成为精神世界和现实世界无乡可归的双重孤儿。

我说过我是一个挟带私货的人。在这种认识之下，我更愿意把诗歌看作我人生最后的根据地——在纸上和语言的小世界里，重生或安顿另一个我。而诗歌，作为我的分身或灵魂，不但促使我不断地观察和思考我的生存处境，同时将承载我生于这人世间的理想和感悟。这是我的诗歌创作为何不断重返自身的原因，也是我把诗歌看作个体生命乃是一个时代心灵信史的信心所在。由此延伸，我也就把村中师娘为孩子们喊魂的声音，当作了我的诗歌语言的最初楷模，因为我深信一个好诗人首先

诗探索14　理论卷　2019年　第2辑

当是一位好巫师，他首先要能让死去的词语重新活过来，能让那些走失的、支离破碎的东西再度重逢、破镜重圆，能让枯树发芽、石头开花。并让我把村中宗祠，当作我诗歌思想的某种隐喻：宗祠在村庄和旷野的尽头和开始，有着通神的一面又不会一意孤行地走向教义和哲学，同时，它作为未知世界和现实人生的桥梁，一头连接着未知的世界，一头又始终看顾着人间的烟火熄灭又升起。

正基于这样的诗歌观念，所以我不担心我将来不再写诗，我会一直写下去直至死亡带走我。我也不担心我的诗歌不够节制或无有目的，因为我知道生活一直在做精致的提纯行动，并始终让我的诗歌在尘土和波涛中拥有我在这人世间所沾染的一切，包括不多的欢欣和很多的眼泪。且我也始终相信，通过不断的"请神上身"和"推己及人"，我会一直能够抵近身边的亲人、路人、死人……触摸他们，感受他们的存在、他们在时光中的模样，和他们感同身受、和他们拥抱在一起……

[作者为诗人]

未名湖之梦

——读荒林

谢　冕

诗探索14 理论卷 2019年 第2辑

　　荒林有新作,其中的一首长篇是写未名湖的,题目是《未名湖叠影》:正午的阳光照耀林中暗夜,小径斑驳显身,我倾听一棵树,美丽如思想呼吸。这是她诗中的基本意象,这情景我是熟悉的。多半是夏日的中午时分,阳光从浓密的树隙间透进来,把鲜亮的太阳花星星点点地洒满了周围的灌木和草丛中,这就是荒林说的"林中暗夜"。蝉在树间叫着,仿佛是在很遥远的地方。湖畔的树林密不透风,是一个喧闹中显得静谧的去所。此际,她在这里享受午间的喧闹,不,是在这里享受一日中难得的幽静。她此刻的拥有,也曾是我从青年时代直到如今的拥有。能拥有一天便是幸运,何况是今日和以往!

　　未名湖是让人做梦的地方。都说湖光塔影让人流连,都说它风景美。其实在京城,比它更美的地方有的是,论排名,恐怕要在前十之外。也许,未名湖的魅力就在它的"未名"上。一个学校的校园,经历了诸多时光变换,也经历了诸多智者的劳思费神,终究也无法给它一个适宜的名字。它也就始终这般地"未名"着。我说未名湖是让人做梦的地方,是在说它的有别于别处的独特,它总让人思绪飞扬。来到这里,眼前是湖光潋滟,柳影婆娑,而它潜在的精神魅力更令人神迷。荒林年青,她像我当年那样,一到这里就恋上了这里的光影和色泽,在这里做梦和写诗。

　　诗的题目是"叠影",这是解读全诗的"钥匙"。荒林把在这里不长也不短的日日夜夜,当年的记忆和如今的回望,那些酸的、甜的、欢乐的甚至是有点苦涩的、舒心的甚至是纠结的经历和思绪,化成了断断续续的意象。这些纷至沓来的碎片,犹如林间静谧的花影洒了一地,这就是她的"叠影"。"青春的密林更多野兽奔跑","她有一只独角兽","野牛热烈的火焰",野牛也好,独角兽也好,"火焰"也好,因为是诗人存于内心的隐秘,她不明言,我们也难以进入。但作为读者,依然可以有自以为是的"猜想",而这种猜想的"偶得"依然让人愉悦。

这首诗，总体读来不难把握，美丽的记忆，思想飘飞，旧事难忘。有的是实写，有的是虚写，实写的部分有当日一些大事件的回忆，虚写的部分，有我们可以"猜想"的个人情感的经历，它的温馨和疼痛。梦境依稀，难免恍惚，却是可辨。这里有燕京大学校长当年不甘情愿的别离，和他对中国的被恶意曲解的真爱，更远的，还有"五四"当年呐喊的余响，历史和现实在这里交汇的"留痕"。荒林在这里展现的"叠影"，属于个人，也属于历史，她写的可是一首内涵精深而不同凡响的大诗。这首诗中装进了历史风云，也贮藏着个人情感的星星点点，有厚度、显广度、也体现了深度。

　　作为读者，我们倾听着来自内心的悄然独语，也享受着沉郁的历史回音。就我个人而言，我熟悉当今流行的诗人们关于自我的书写，也信服并欣赏这些书写的细腻和精致，但我依然寻求并渴望视野宏阔的、有更多包容的内涵厚重的诗。我们读腻了那些喃喃私语的单薄，我们在私心里渴望着如今面对的这种并不单纯的"叠影"。荒林的写作一定程度地满足了我的期望。《未名湖叠影》，一个诗人在这里悄悄地展现着她的成熟。

　　同时出现于这部诗集的《剑桥流水》，可以看作是《未名叠影》的姐妹篇，它同样具有厚重的人文精神和遥远的追怀。剑桥的水和未名湖的水同样温柔多情，同样由此流向远方的世界，它们的深沉和高远是如此一致。天鹅的泳姿划过玫瑰花瓣的芬芳，若女王轻步红地毯。也是午间清幽，远道来访的诗人在此遇见了牛顿。这巨人午睡初醒，他们相遇于三一学院那颗著名的苹果树下。他们是半睡半醒的人，梦见地球游走。此刻，诗人的神思翩若飞鸿：以梦想的白马饮水于康河，饲草于剑桥，在玫瑰攀援的渡口有小舟摆渡于西东。诗人的目光穿透历史风云，但见"利玛窦登岸澳门而我们溯游西洋"，她的彩笔由此返回澳门大学的现场，那里再现了她的导师引领他们"天鹅般地周游列国"。

　　这几年，荒林求学并任职于澳门，她有更多的机会漫游世界。这部诗集中的《阿德莱德》《在纽约》《在华盛顿》《停留阿姆斯特丹》都是漫游的情感记历。这些诗篇，随性而往，收放自如，有的是精简短章，凝练而隽永，有的则是连绵长句，自由而奔放。她的这些诗，因拥有广阔的国际视野而给人以新鲜感，她一径地任思绪飘扬，开阔且流畅。这让人确信她的诗有了新的超越，她超越了一般"女性写作"的喃喃私语，她的诗自信而大气。

　　早在八十年代后期，我就读到荒林的诗。在我的旧日书房，至今还收藏着荒林当年送我的油印本诗集。那是新诗潮浪花飞溅的年代，荒林当时可能还在大学念书，她的那些诗还保留着当年模仿新潮的青涩，那是诗人的"少年之作"。说起这事，她的弟弟刘鸿说，那诗集是他用蜡版刻写的——那时的人还没有掌握电脑和打印机，一般的"出版"都是蜡版刻写。说着说着，时光已把一个时代留在了身后。

这里是荒林最近的作品，写的是北京的一座公园，同样融进了她欲说还休的内在激情：

> 你抱一把古老的琴
> 奏昆玉河瘦瘦的弦
> 在紫禁城之西侧卧
> 春天开一万朵桃花
> 秋天飘千万片银杏
> 你的衣裙全是风景
>
> 你的树对鸟说音符
> 总能听到我的异音
> 比如由南向北的光
> 比如由东飞西的暖
> 爱一个人绽放的香
> 恨一个人做的怪梦

我不吝篇幅地摘引这些诗行，是想证实她的诗路的确有了大的开展。曾经狂热追求新潮的前卫诗人，当然依然坚守着她的开放的写作姿态，依然写着她的多种多样的诗。但令人欣慰的是，在她的多种实践中，居然也出现了如今这样（以往被视为"过时"的）格式工整的诗篇！她的这种生动的、不拘一格的实践，着实给人以安慰。读着上面援引的诗的段落，没来由地让我猛然想起古人"晚节渐于诗律细"的言说。荒林当然是年轻，喻为"晚节"当然不妥，但是一个诗人能够把初期写作由单纯追逐地"新潮"而转向精致艺术的探求，这的确能够证明一个诗人理念和实践的前进和成熟。

2018 年 10 月 1-7 日于北京大学
[作者单位：北京大学中国新诗研究院]

女性诗歌的美学呼唤

——荒林诗歌赏析

郭道荣

　　"女性诗歌"概念于 20 世纪 80 年代中期出现在中国大陆文学界。[①]"女性诗歌"的书写热潮，极大程度地标识了女性诗人性别身份，也呈现女性书写的特征。提出"女性诗歌"概念，是当代诗坛的一种现象，也是诗歌书写探索的体现，这一概念较好地阐释了女性创作风格及女诗人的"女性意识"，却几乎没有深入探讨诗歌的美学问题。也许在当时的语境中，美学问题易于返回父权审美主体，由此，女性诗歌的美学品质问题，留在时间之中。

　　今天看来，女诗人对于美学的呼唤，很可能是以女性身份切入社会空间之后。摆脱父权话语进行女性主体的创作，需要获取女性主体的美学元素。这是一个奇妙的问题。诗歌创造语言，也意味着创造主体，女性进行诗歌创作，确乎更有可能探索美学。我指的是非对抗性，不与父权撕裂的语言，接近唯美，由独立的女性审美主体来表达。在我看来，文学博士荒林的诗歌，是对于 20 世纪 80 年代中期以来"女性诗歌"的突破，她走出了"女性意识"，她的创作可说是"双性同体"气质，更接近已不受父权羁绊的独立女性主体的创作典范。她的新诗集《未名湖叠影》装帧精美，收入三组长诗、系列组诗及数十首短诗，由翻译家杨凡翻译成英文，由香港诗歌协会以中英双语出版。文艺评论家、诗人、作家、北京大学中国新诗研究院院长谢冕教授为诗集作序。诗集插图设计简洁而富有内涵，是一组女性飞翔探索的形象，与诗篇完美契合如同一件精致的艺术品，诠释女性主体自由于现实与梦幻间穿梭。

　　诗集开篇作品《春天，荒林的心事》有这样几句："风是荒林春天的绿色大氅／在温暖的风中守住四面的海水／荒林自古而然／满怀洪荒

　　① 周瓒：《女性诗歌：自由的期待与可能的飞翔》，《江汉大学学报》（人文科学版）2005 年第 2 期。

女性诗歌研究

的心事 / 荒林的爱情是春天的海水"。这些精简的诗句，塑造了其独立自主的女性形象，给人的感受如沐春风，诗人诗观也便自然流露。

一 诗句中的唯美元素

诗歌是思想语言的再现及多元思想沉积的结晶。诗集《未名湖叠影》以艺术品的形象呈现，被冠入书名的"未名湖"便是一个"诗眼"。诗人们曾流行说，诗句是最精练的语言。荒林在每个字间的空白、断句、分段，都有其表达的意义。荒林是诗人，也是学者。其女性意识强烈，从诗学主题立论，以此肯定女性诗学的多维向度，并凸显女诗人在女性诗歌美学推进上的成就。透过这本诗集通读她的诗作，诗句充满唯爱唯美、恬静安然、明心悟道、理性宁静，甚至是冷静透彻，诗人在身兼女性与诗人的双重身份下，磨合生活与创作而刻下思想的印记，变成语言的宝石，风格优美高贵。她在女性诗歌上的探索，为现代诗拓展出更丰富的视野。

可以说，人类的最高存在方式应是美的存在，美一直是人类追求的目标。诗人追求美，以诗歌为载体进行美学的追求，是一种独特的、高级的方式。实际上，诗歌倾向于意象思维，为此阅读诗的能力要求读者具备将意象可视化的能力。荒林的诗歌作品中，常能出现自然和人事交融的唯美情景，这是她独特运思创意手法的成果，语言、人生、自然，三者之间的映照和反应，唯有内心的挚爱明净如镜方可实现。假若读者能以"剪辑"的眼光来解读意象，诗歌中显现或隐含的世界上的事物，可说是心灵镜像，心灵有多么开阔，诞生意象的可能性就有多么辽阔。例如，荒林诗歌作品《未名湖叠影》，"美丽如思想呼吸 / 晨曦自博雅塔冉冉升起 / 我倾听一棵树，内心在密林深处 / 微妙的变化，因为光亮，也因为雨露 / 声音传给风，颜色悄悄生长 / 光之蜻蜓蹁跹，尔后停顿，湖之眼睫端庄"。谢冕教授在序言中说，他感觉到这正是他多年来感受的未名湖之美，荒林的诗篇再现了这种美。

试找荒林诗歌中的美学元素，如："来到南朗，迎接我们的是豪雨 / 从大海心脏出发，嘭嘭嘭嘭 / 敲开我们沉睡的眼睛 / 推开五百年时光之门 / 豪雨和阳光一起拥抱我们 / 爱的温柔和鲜花绿叶的酒意弥漫 / 再取一罐海风和星光，从头顶浇灌 / 我们醉了，稻田一样美，晨光一样飘色 / 鱼蟹一般沉醉不知返。"（《来到南朗》）"豪雨""大海心脏""沉睡的眼睛""鲜花绿叶的酒意"这些元素在短短的几句诗中构成唯美的画面，更颇有玩味的是，每个事物都得到恰当的词语

诗探索14　理论卷　2019年　第2辑

描绘或具有一定的指向性。此外，诗句之间的衔接，也极具音乐性，充满着流畅的旋律。对于荒林诗歌中的美学元素，举不胜举，譬如《在翠亨》《青青农场是一朵梦想之花》《回到澳门》《旷野上飞行的猪》《剑桥流水》《在北京奥林匹克森林公园散步》等诗作，以语言的视觉美和听觉美赢得朗诵家们的偏爱。荒林把诗歌、绘画、音乐三种艺术形式加以融会贯通而各有其特殊的表现。

荒林诗歌对世界的美学把握，并不仅仅限于中国大陆或港澳台地区，诗人行走于国外时，也创作了大量唯美的诗作。在《纽约和华盛顿（组诗）》中，诗人这样描绘："月亮的银盘靠近洛克菲勒大厦。/我需要完成一首月全食的约稿，/必须用黑餐巾纸包住银盘。/……/我们在纽约的入口思慕尘土，/看浪的丝绸卷起尘土飞扬的雨丝/……/过客中有人落泪几许，请不要问，/他昨晚在百老汇的歌剧中遇到自由女神，/她在他耳边听到了什么甜言蜜语，不要问。"这些读起来富有质感的文字，勾勒出美妙诗歌的意境。诗句中"月亮的银盘""月食""黑餐巾""自由女神""甜言蜜语"为日常生活中的事物，但能够入诗，却成就了一番美妙的意象，令人赞叹。著名诗论家李元洛曾说："我们所说的诗，是审美的诗，是审美感情与审美理想结合而孕育，新而且美的诗……诗既不是空洞的说教，也不是西方唯美主义者所提倡的'为艺术而艺术'。"[1] 诗人作为创作主体的本身，其具有扎实的美学素质，才造成了诗的思想美与感情美。诗人在创作的构思开始，便进行了意象、意境、想象、时空、含蓄、阳刚、阴柔、通感、语言、自然等方面的审美及设计，最终完成诗歌作品的创作。

诗评家吴思敬曾说："凡人文领域涉及的东西，诸如哲学、政治、宗教、伦理……诗没有不可以介入的，当然不是作为哲学、政治、宗教、伦理等的直白宣示，而是以诗歌把握世界的独特方式，把它们融化、再造，转化为诗人生命的一部分，成为诗的有机体。"[2] 可以说，荒林基于扎实的美学修养，把语言元素加以转化，在诗歌创作过程中将各种美学元素代入，于是便令诗歌表达收放自如。可以看出，意象结合物象和人的情感及思维，不是现实事物客体直接的折射，读者能悟到其中的景致，同样需要诗人的精心设计。当然，荒林诗歌作品中还有"看不见"的部分，包括：哲学、政治、宗教、伦理等，其实也渲染着美学的特色穿梭在诗句间，这是诗人的一种叙事的境界，需要读者的慧眼加以发现。

---

① 李元洛：《诗美学》，人民文学出版社 2016 年版，第 19 页。

② 吴思敬：《自由的精灵与沉重的翅膀——中国新诗 90 年感言》，见首都师范大学中国诗歌研究中心主办《现当代诗歌：中韩学者对话会论文集》，2007 年，第 68 页。

而读者要进入诗歌的世界，窥见诗人内心世界或诗歌空间，这需要熟悉诗人惯用的美学元素，从而培养出阅读的能力。不过，读者也因人而异，各人的文化背景、生命经验和人生信念，对诗歌的解析会不尽相同。

二 女性诗歌的美学呼唤

人类社会的实践可以证明，言词和思想可以改变世界，而医学、法律、商业、工程属生命必需。对于诗而言，其是美丽与浪漫的寄托，也是忧伤和沉思的渲汇，而这些全是生命的目标，这与文学的定义不谋而合。因"文学"可以这样定义：文学是人类的精神作业与心灵的活动。

通读荒林的诗歌作品，隐隐感觉到她在文本中隐含着"美学的呼唤"。如今，我们正在进入当代诗歌美学典范的建构阶段。这样一个即将出现的新的阶段，应是向上超越的，因而需要确立新的美学原则。

恰好，荒林是女性主义学者，对于女性诗歌的美学，应当有她的标准。她曾出版诗集《与第三者交谈——荒林诗选》《北京，仁慈的城》《荒林短诗选》《未名湖叠影》，学术著作《日常生活价值重构——中国当代女性主义文学思潮研究》《艺术之魅——荒林艺术评论选》《撩起你的面纱——女性主义与哲学对话》等；主编《中国女性主义》学术丛刊和丛书30卷等。荒林的女性主义探索，在海内外产生广泛影响，自由进入到美学的领域，她显得沉着有方。作为女性主义学者，她发挥特长，将"女性主义"和"诗歌"进行了完美结合，令她的诗歌意境深远，内容饱满。

女性主义学者追求美学是必然的。著名美学家叶朗指出，诗中的"意境"会给人一种特殊的美感，"在这种美感中，包含了对于整个人生的某种体验和感受，所以我们可以说，这是一种最高的美感。"[①] 诗评家张德明认为："意境深远是对一部文学作品达到较高艺术境界的最充分肯定，讲求形神兼备、意境深远，因此构成了一个作家从事文学创作的最高美学追求。"[②] 众所周知，诗歌艺术来源于生活，并作为精神食粮，是文学元素与艺术美学的完美融合，通过艺术性的美学原则来满足人们对于美的诉求。我相信，荒林正是努力使"意境"给人一种特殊的美感，并将这样的境界作为创作的最高美学追求。

诗歌作品基于美学，在语言上，回眸现实世界，诗境一片澄明。诗

---

① 叶朗：《胸中之竹——走向现代之中国美学》，安徽教育出版社1998年版，第57页。

② 张德明：《新时代诗歌与中华美学传承》，《文艺报》2018年12月21日。

诗探索14 理论卷 2019年 第2辑

以语言对着现实表达思想，具有强劲的生命力，展延人类渗透到生活层面的生命力。诚如荒林《在华盛顿》一诗这样结尾："我们从不同的方向飞近彼此的太阳，触摸大象的心跳。/ 最后像两只蜻蜓，停靠在虚拟机场，我们要以印第安人的名字命名。/ 并放走两吨重的大象。"再如她的诗歌《为皮鞋写的一首诗》："每一次刷皮鞋 / 我都小心翼翼 / 将每一处细纹精心涂抹 / 就像给演员的脸精心化妆 /……/ 为了对得起陪我远行的皮鞋 / 和那些变成皮鞋的牛和羊 / 它们来不及远行 / 也许从未梦想成真 / 我得对得起它们的牺牲 /……/ 怀想它们的父母和草原 / 感到自己脚步沉重"。这些诗作，除了淡淡的语气隐藏浓厚的情感外，文字也有一种机智的自我嬉戏成分，使诗兼夹伤感和笑声，有浓郁的生命感受。由于这样的饱含着美感经验，触及特定的情境，表述自我和世界的辩证观点，她并不顾影自怜或自我调侃，她以自我的形象来遮掩笼罩外在的世界。所以说，诗也极可能是情绪的隐喻，而非个人和现实互动后所展现的情感。触及社会现实，也需面对现实，人生"不得不"存在。但诗人在这个时代，笑声时常夹含一种严肃的心境，那也许是一种"苦涩的微笑"。其实这应是当代诗人面对现实人生共有的心境。事实上，阅读荒林的诗歌作品，应从女性主体的美学视角入手，才更容易去领会诗人的表达意图，更多地体验唯美世界里不同的美感。荒林在其诗集《北京，仁慈的城》中，曾呼吁诗歌发挥作用，带给世界温暖和唯美。她这样说："出于我身为女性的体验，我更多想象女性的感受，希望诗歌使世界变得多一丝情意，使荒凉生长绿色的荒林。"[①]

德国哲学家马丁·海德格尔曾说："人只是在他倾听语言的呼唤并回答语言的呼唤的时候才言说。在人本真的倾听语言的呼唤时的回答中，是用诗的要素来言说的。诗人越是诗意化，他的言说越自由。"[②]这样说来，"美学呼唤"不仅包括诗人对美学的追求，也是呼唤着生命的热情和精神的慰藉。任何时代，诗人创作都应基于美学理论进行，这样自然会使那个时代的作品染上独特的色彩。在诗集《未名湖叠影》中，美学与诗歌的完美融合，使得诗歌更具艺术价值。基于海德格尔所言，荒林也更加自由地将美学融入诗境中，让美学呼唤成为人类内心渴望呈现的美的意境。

[作者单位：珠海城市职业技术学院]

---

① 荒林：《写在前面：与城市交谈》，《北京，仁慈的城》，九州出版社2014年版，第3页。

② 转引自黄翔：《沉思的雷暴》，（台湾）桂冠出版社2002年版，第36页。

荒林诗歌：重新说出

耿 立

　　当说到荒林的诗歌，人们总会自动联想"女性主义"或"女权主义"，联想到北京、澳门、欧洲，这既是文化的也是地理的标签，也是她的人生轨迹。在她的新诗集《未名湖叠影》中，她的这些标签再一次得到加强，诗人有自己的来路和去处，诗歌是这些轨迹的秘书处。在这个精神匮乏的时代，一个诗人的独特的感受能力，是她独行天下的标志。阅读荒林《未名湖叠影》，我想到的是汉语呈现的问题，新诗百年有诸多好的经验，也有好多教训，但如何呈现一直是诗歌最核心的问题。一个诗人的言说方式就是她的存在方式，是她写作的内核和发力点。在碎片化的时代，诗人如同寻找金子的探求者，在人性和社会、自然与宗教、命运与茫然之间，寻找自己独特的发现。

　　人们说太阳底下无新事，哪种题材不被诗人反复吟诵？但一个优秀诗人是面对那些被书写无数遍的题材处理的陌生感，我称之为：重新说出。

　　荒林在这十年间，如一个游吟诗人，足迹遍及欧美澳洲和香港澳门，我喜欢的是她城市诗歌的书写。

　　中国诗人，善于写草木之心、故乡羁旅，乡土诗歌很多的资源可以依傍，但城市诗在中国一直没有健康成长，读荒林的《我在北京玲珑塔公园》《剑桥流水》《纽约和华盛顿》等，我觉得这不仅仅是记游诗，而是现代人的眼光心态来处理当下的城市题材，作者在诗中不是一个游历者，而是一个女性主义以天下为家的叙说者，这里面是纪录，是日常，是细节，但也是她的女性主义者精神的痕迹。她在《剑桥流水》第四节写：

　　失落牛津的教士们来到了康河边
　　时间的雕塑是一座又一座桥
　　他们在我们中欣赏风景

在风中凝望

在树洞的一朵灵芝耳中聆听

在垂柳的绿发里飘香

在图书馆绿茵地毯上踱步

精心准备一场关于上帝的演讲

而上帝一直等候在教堂

当教堂的钟声响起

我们庄严仰望天庭

一朵牛津的云飘过……

　　这里面的中心是时间。一切都是在时间中的雕塑和过客，无论是教士、康河、桥、教堂、云，乃至牛津；但在时间的背景下，作者为我们作空间的展开，在时空交错中，我们等的上帝也在教堂等候，"当教堂的钟声响起／我们庄严仰望天庭／一朵牛津的云飘过"。我们会问这朵云是时间的影子吗？

　　作为一个女性主义者，我觉得荒林身上有很重的孩童般的骑士精神，在一个男权社会里，"常常会遭遇他们把女性贬低的潜在立场，为此我会揭露这种立场"，她提倡"艺术的方式是微笑的女性主义方式，是充满想象力和创造性的方式。"每次与荒林见面，我觉得她身上的孩童气质让人既放松又紧张，紧张的是孩童说不定就转身变为骑士。"我的心情在别处／怎么也学不会／做一颗平静的钻石"，要想让一个孩童或者骑士对这个世界安静，不说出自己的看法，我以为比登天还难。

　　女人不是天生的，我喜欢荒林为纪念西蒙·波伏娃写作的《19岁》："19岁／你是如何从人群中平静离开／发表独立宣言／我绝不让我的生命屈从于他人的意志"，我觉得这是荒林的宣言，既是她生命的重新建构，也是她诗歌中的一个女权骑士的建构。"21岁参加哲学考试／遭遇爱情／与婚姻无关／与一个头脑相当的竞走者相爱／同行／驱除寂寞"，这是叙写波伏娃的一个人生断片，也是一种女性的立场和宣言，遭遇爱情与婚姻无关，只是与一个相当的头脑竞走，目的就是驱除寂寞，这寂寞，我以为就是肉体，而孤独才是指精神。"谁是第二性／谁是第二名／沉睡的女人／在梦中聆听／塞拉河流水／与我的19岁相遇／不在乎／我远在孤独的原野／不在乎／我在中国／不在乎"。这一段，我们看到了一个灵魂的塑造的成型，是荒林向波伏娃致敬，且是荒林自己的骑士宣言：谁是第二性？谁是第二名？这是一种你是橡树我是木棉的反诘，结尾更是直白的呼告：我在中国，不在乎。这是一种精神强大到与男人与男权社会所形成的文化的对抗，在强大的传统氛围里，一句宣告：不在乎。诗人以诗代言来抒发，这是一种修辞，不是语句上的。

我对荒林诗歌的期许是：重新说出。荒林诗歌有多种形态，叙事的、戏剧性的、寓言性的、象征性的，但她最得心应手的是她的抒情性，是对命运的一种索解。我看重荒林的《倾听王阳明流在云岩的飞翔》，虽然我感觉她把龙场悟道写轻了，但又想，轻逸，也是诗歌的一种追求。卡尔维诺认为分量轻不是一种缺陷，反而是一种生存功能，是寻求轻松，是对生活负担的一种反作用力。具体说，轻逸包含这几点：1.减轻词语的重量。2.叙述这样一种思维或心理过程，其中包含着细微的不可感知的因素，或者其中的描写高度抽象。3.具有象征意义的轻的形象。这是卡尔维诺的轻逸的小说美学，但对诗歌的启示不容忽视，从另一个角度来看，这种轻逸是另外一种路径，把语言变成一种没有重量的东西，避开人类王国生活的沉重。在一个旧历年关的时候，我曾到王阳明悟道的龙场，想先生当年在龙场万山丛棘中，蛇虺魍魉，蛊毒瘴疠，与居夷人鴃舌难语，自计得失荣辱皆能超脱，惟生死一念尚觉未化，日夜端居澄默，因念："圣人处此，更有何道？"忽中夜大悟格物致知之旨，寤寐中若有人语之者，不觉呼跃，从者皆惊。这是生死后的解脱，是悟透命运的一派光明，荒林处理这一题材，写出了王阳明悟道后的一种姿态：在云岩的飞翔。"我所倾听的交谈在云岩的空气中／是夜晚的滴露，是清泉的鸟鸣／是时间永恒的翅膀在无限中翱翔／是人与岩石的砥砺之印记"。荒林在这首诗的后面附上王阳明四句教，我觉得，这是悟道后王阳明精神和肉体的轻逸到飞翔，王阳明获得了自由，这是彻悟，是顶天立地的自由，道不远人。

在珠海十里阳台荒林的诗集发布会和朗诵会上，我朗诵了她的《母亲在美国种菜》，我看中的是这首诗的寓意，"即使在美国／母亲也还是中国农民／但更像一个土著民／默默地观察土地和植物／说出自己和土地和植物皆懂的语言／母亲并不认为美国是异乡／她不会阅读我们小区的英文名字／但很开心可以在屋后的草地种菜"，虽那天我感冒，但我还是揣摩诗意，很好地诠释了这首诗的意义，中国人骨子里就是一个农民，不只是荒林的母亲，即使在城里居住三代的所谓的居民，所谓的官二代富二代，他们的习气做派离一个现代的公民还有相当的距离，我不是批评荒林的母亲，我是说这首诗所蕴含的背后的意义，我们不要夸张农民的朴实憨厚，我们更要警惕农民的狭隘和自私，那种不知天下为

诗探索14 理论卷 2019年 第 2 辑

何的农民意识、不知有汉无论魏晋的自足。

荒林有颗浪漫的灵魂，很多诗，我看做她的白日梦，是她精神的自供状，那些行旅的诗歌，毋宁认为是她的灵魂世界在现实的投射。

结束这篇文章的时候，我又打量《未名湖谍影》的诗集的构成，这本诗集分四辑：林与夜、水与梦、火与风、足迹。我感到有意思的是，如果把足迹行在大地算作五行中的土的话，这诗集里是五行中的木、水、火、土都有，而独独缺金。五行的基本含义可以给我们启发水代表润下、火代表炎上、金代表收敛、木代表伸展、土代表中和，这本诗集，不缺水的那种氤氲，也有政治的靠拢，有精神和诗意的伸展，更有多年沧桑后的淡定与中和，所缺的是金，是诗的收敛，这也是我像强调的，诗歌的精粹到钻石的级别也不为过，多些沉淀，身子稍稍后撤，收敛些，张力会更大。

[作者是散文家、诗人]

·女性诗歌研究·

女性主义写作：
拥有一间自己的屋子之后

荒 林

作为一名女性主义者，我首先是一位诗人。这样说，客观上由于我的女性主义行动起源于诗歌写作，最初源于诗歌的自由主体需要女性主体意识自觉。之后我的女性主义学术多围绕文学进行，即使拓展开去的社会活动，也是以文学艺术的形式召唤女性行动。从混沌少女到中年，近三十年写诗历程，并不是数量和名声吸引我，而是内在的主体建构让我不能放弃。如同任何一种技艺所要求的自律、自明和自觉，诗歌通向自由的境界无疑同样挑剔。而我尤其希望诗歌可以见证我们时代女性的精神高度，或者说，至少能够开辟女性精神自由的更多路径。在这个意义上，定位为一名女性主义学者、一位诗人，则是通向未来的生命实践。

在我师从著名诗人彭燕郊教授的大学时代，诗歌的音律和唯美吸引我，彭燕郊先生讲课的方式也吸引我。一次他讲述唐代诗人温庭筠写女性生活的诗歌，描绘贵妇寂寞漫长的日常，她宁愿片刻的理解，老师说，寂寞用繁华的服饰和精细梳妆反衬。学生我印象深刻却难以理解。可以说，如何理解唐代女性的生活，如何理解现实女性的生活，如何理解我自己的生活，正是诗歌吸引和引导我对未知的好奇。那份好奇与我对科幻的好奇一起存在，彼时难分伯仲。

当青春的寂寞借助诗行倾诉，艾青的诗歌深深吸引了我，后来我才意识到，内在的我不喜欢柔弱而热爱辽阔与强大。我参照鲁迅二字的悖论，取了矛盾的名字荒林。彭燕郊先生说，这不像女孩的名字，但很现代。我们已然在国家现代进程的飞轮上，大学每天有日新月异的知识更新。与朦胧诗歌相关的刊物和诗集，飞快地在我们旋梯诗社的诗友之间流转。我们满怀激情迎来了毕业，在当时热门的《诗歌报》发表诗作，也是小小的梦想之一。更早之前的中学毕业，我满怀心意要在《少年科学》

上发表一篇文章，课余的时间，写了不少幻想的信件寄去。直到二十年后，我在美国密西根大学访问交流，看到科学与艺术大楼的英文，确证我年轻时代思维健全，对文理没有任何偏执，科学和艺术相通，是放飞想象的两翼。

作为一名现代女性真正的女性体验从工作开始。恋爱婚姻就像插入工作中的悖论经验，女性的容貌和生育，书本缺少这两方面的知识供给，生活中的人们却孜孜乐道。认真工作少了时间照顾家务，照顾家务更没有时间阅读诗歌。当我一意孤行在图书馆和资料室度过，自己是充实的，与现实的距离却越来越远。家人说我不会生活，生活的知识直到后来变成我的学术思考：日常生活价值重构。

桀骜不驯似乎最合适相遇西方思潮。湖南文艺出版社的新潮书籍册册不错过。《第二性》变成了书架上卷边的书。不婚的西蒙·波伏娃深深俘获我心。女作家乔治·桑改变生活的巨大勇气也深深鼓舞迷茫中的我。综合的经验令我认知伍尔夫《一间自己的屋》，我坚持拥有一间自己的小屋并坚持写诗。后来我充分意识到，社会主义中国的男女平等政策，即西方学者称之为国家女权主义，给予了中国女性优于西方女性的起点。女性能够与男性同工同酬，不仅是追求精神独立的物质基础，也是创造新生活的物质保障。就我个人而言，不需要屈从他人物质条件，可以自由选择重新生活，工作给予了很大后盾。努力工作，认真研究，不断创作，这个看似简洁，实际布满艰难的人生选择，需要漫长的工作历程后，才会一点点领悟。

后来我对女性主义研究日趋深彻，回头审视自己的选择，不由感叹年轻无畏。百多年前秋瑾、吕碧城的时代，甚至萧红的时代，女性的出路还非常狭隘，职业女性的概念尚没有形成。许广平嫁给鲁迅后，并没有太多犹豫就选择了放弃职业工作。子君让涓生去找工作，自己却没有办法找工作，因为整个社会现代化程度太低，并没有地方需要女性工作。到了我母亲的时代，中国一直在努力追求现代化，新中国的男女平等已践行，但父母低工资的平等，相当于男女平等合作养育子女。为了把三个孩子抚养教育好，母亲在工作和家务的辛劳中度过大半生。用她的话说，工作是持家的补贴，工作虽然有许多慰藉，却也难以寄托梦想。母亲当画家的梦想，直到退休之后，幸而她身体健康，有机会重拾遗落的创造之梦。

依赖工资和得当的理财收入，我体验着乔治·桑般独立抚养孩子并专注科研和创作的生活。勇气和毅力让我度过繁忙琐细甚至复杂的日常。

我的诗集《与第三者交谈》完成。作为诗歌情境设置，"第三者"是我对自我的分解，是自我成长的对话虚拟，也是我探索女性主体开放的平台。其中长诗《在北京的风中》记录了生活的磨砺和痛苦体验的超越过程。幸运的是市场经济带来回报。这本诗集由山西人民出版社出版，很快印行了二次，每次发行量以万计，稿费也如此。虽然今天看来不是一个数字，但那时却够我带孩子到海边和草原度假。给予我和孩子的精神鼓励，自然无法用金钱来衡量。自立品格让我们生活有信心有规划，也让我们珍惜职业、创作，及所处的开放时代。

无疑人类物质文明的积累、科技的进步，促成人，也促成女性更多从生产力低下的奴役中解放，朝向精神文明的方向前行。女性的职业选择越来越多。前现代的人不能想象今日商场的繁华。莎士比亚如果有妹妹，她也不能想象，她可以坐在家里发送自己写作的剧本，不需要付出跳墙逃离家庭的代价。然而人们不能真正如科幻那样穿越时代。改革开放已是跨越式现代化，仍然有很多女性经历过物质匮乏的痛苦，工作不能满足生活的忧伤，及无法选择人生的屈就。我早期的诗作和散文随笔，曾涉及这些方面的思考，也包含着一些体验和超越的努力，真诚和热情，与青春无畏一起，带领我追随时代步伐，从物质文明到精神文明。

一方面物质的基本保障使我有条件安心研究和写作，另一方面职业竞争的复杂令我看到现代女性新的困境。她们在职业和家务两头奔波。职场的性别歧视无处不在，家里也随时可能遇到歧视。歧视并没有随物质条件的改善而结束，竞争的残酷甚至让她们多倍付出。要么选择工作和单身，要么选择婚姻和孩子，东方传统的日本，在现代化进程中，让女性面对两难选择。这情势也开始影响中国。但多元选择仍然是中国女性的优势，国家女权主义总是在适时维护男女平等。在持续攻读学位的岁月，我看到越来越多优秀女性进入高学历选择。曾有人计算这是女性赚钱的投资成本，相比而言，男性并不需要更高学位却赚到了更多钱。但学习生活令我注意到，高学历不仅帮助女性提高竞争力，也有助女性权利意识提升，这将有助长远维护女性社会地位，使女性的创造力有更多机会服务于社会。如此算来，学习仍然是女性最好的投资回报。想想传统社会不让女性接受教育，一方面当然是资源有限，男性优先，另一方面就是因为教育蕴含了唤醒自我的强大力量，女性觉醒将不利男权统治。现代以来，中国女性的觉醒，基本可归入教育解放运动，夏晓虹教授《晚清女性与近代中国》便是这样的观点。

1997–1998年我在北京大学师从谢冕教授研究20世纪女性与文学，

诗探索14　理论卷　2019年　第2辑

女性主义与诗歌两条线索绾合编成创意思维，后来出版了《两性对话》一书。难忘谢冕教授让我主持北大批评家周末，让我邀请李银河教授来交流。一位优秀的诗人、作家和学者，天生是男性女性主义者，谢冕教授和吴思敬教授给我的感受均如此。我温和的女性主义立场与他们有关。吴思敬教授那时已敏感发现女性文学潮流，他鼓励并看好我的女性文学研究方向。我记得波伏娃谈萨特的时候，说过一句类似的话：人，天生有极权性格和民主性格之分，如果遇到民主性格的人，确乎是女性人生的幸运。

我攻读文艺学研究生的时候，孩子还在幼儿园。为了减轻我的负担，导师孙绍振先生把专业课安排在晚上，并破例同意我把孩子带上。我在老师的书房上课，孩子在客厅听课。幽默风趣的孙先生非常吸引孩子，他认为孩子与大人是平等的，正如男女平等一样。他赠书给我的时候，另外赠送一本给孩子，并为孩子写上一段有趣的对话。后来孩子出国留学，发现自己与美国同学一样，从小于自由民主的氛围长大，颇有感悟地对我说，幸福感来自幸运。

幸运的是，我的博士导师朱寿桐教授、博士后导师杨义先生，都是民主性格的优秀学者。他们使我在澳门大学长达六年的留学生活，有着阳光一样的色彩，海风一样的温润。我深入研究中国女性主义文学思潮的成因、演变，继而拓展研究全球范围华文女性主义文学思潮，并对澳门学和澳门文学也有探讨。中西文明交汇的澳门，也令我着迷。想象明代剧作家汤显祖到当时繁华盖世的大三巴游览，与翻译对话，后来写出"情不知所起，一往而深"的《牡丹亭》，我深感诗歌写作应该见证我们时代的生活。我们生活的时代一日千里，和平繁荣，人类前所未有的信息交流，知识成几何增长，向内和向外的探险令人神往。难道诗歌不应该有所作为？

北京和澳门成为激活我诗歌创作灵感的城市。与城市对话，我最初有一种自觉的设计，分别与北京与澳门对话，毕竟我在两个城市生活，有很深的感情。诗集《北京，仁慈的城》目录和编排，分为北京和澳门两部分而以北京为主体。到诗集《未名湖叠影》，北京、澳门、香港、纽约、华盛顿、亚特兰大、阿德莱德、剑桥、阿姆斯特丹、南朗和翠亨等，都进入诗歌，我与越来越多城市交谈，抒写我与它们的缘分，一种不知不觉的城市乡愁被表达出来。很早之前，王安忆曾把女人与城市相提并论，她的观点深得我心。我亦在研究她的小说论文中，提出女性是城市现代性的产物。乡村不允许女性抛头露面，城市却到处是女性形象。城市虽然以女性为欲望消费对象，但女性在城市可以不依附男性的体力而生存。女性常常是生意高手。城市的商业文明特性，为女性发展提供了优越条件。所有关于城市的思考，化为我诗歌的抒情意象，纷至沓来，应接不暇。我已经充分意识到自己进入了诗歌创作的高峰时期。这是随着学识和年龄成长获得的礼物。

也许，感恩之心，同样是一种缘分、一种乡愁。我要感谢生命中遇见民主性格的导师和朋友。要感谢我们所处的时代，城市如新生的孩子，充满了活力。还要感谢理论家们，对我诗歌的肯定和高度评价，让我有知遇之欣慰。还有什么比相遇于同一个时代，有共同的思想对话交流，更加美丽的事情？

澳门、珠海、香港三地，2015年1月18日，2019年1月26日，两次举办我个人诗歌朗诵会。著名朗诵家殷亚敏先生、一舟先生，声音美如洪钟，充满激情，并配以乐器和表演，朗朗之声，久久在我的记忆中回响。三地诗人们的情谊，久久激励我。让我感受到我们时代诗歌的春天真的已来临，她是如此古老而新颖，恰如飞天重生，在城市精神文明的上空，翩翩起舞。

诚如谢冕先生所发现，我从一个狂热追求新诗潮的人，变成一个注意吸取古典营养的人。伟大古典诗人王维、李白、杜甫、白居易、苏轼、李清照等，精美音律，神奇想象，不朽人格光辉，随着时间让我不断产生敬意，也让我对诗歌语言的音乐美、画面美，甚至表演美，越来越讲究。比如我写作《登岳阳楼》，音乐节奏是第一位考虑，无名女性登楼的节奏、添酒的节奏、与我回顾思考女性历史命运的节奏，力图三位一体，还考虑到朗诵者的感觉和气度，用词朗朗上口。后来著名朗诵家骄阳之声朗诵了这组诗，她自己身为女性，表演十分到位，深沉悠久，感人至深。著名朗诵家一舟先生也朗诵了这组诗，他能够将其中的小乔人物与赤壁之战的张力表演出来，十分吸引观众。

在诗歌创作过程，西方现代诗对人类现代性的反思，让我受益良多。我欣赏艾略特《荒原》式的巨制，见证时代的风景。我也把中国女性诗歌放在现代性反思的逻辑中考察。舒婷、伊蕾、翟永明、王小妮等优秀的女诗人们，已连续见证了中国现代性与女性的思考。我们还能做什么？应该如何做？

必须看到，人类的物质文明已使城市生活的女性，相对过去时代较容易拥有一间自己的屋。职业女性，知识女性和写作女性，多数已经拥有一间自己的屋，书房或是卧室兼书房。当年伍尔夫召唤为了一间自己的屋而奋斗，她想象女性如果拥有一间自己的屋，将与男性一样创造，但却需要克服男性没有的女性的自卑和困扰。她认为，理想的女性创作，应该是双性头脑，双性气质，只为创作而创造。创造是全心全意，身心解放的工作。

但理想的精神之屋是什么样子？

如何参与建构我们时代的精神文明？女性主义的工作重点也是与时俱进。

女性主义思潮是现代人道思潮的组成部分。后现代女性主义调整了策略，相信只要是有助女性获得精神的自由，相对的立场都可以理解。比如激进女性主义认为女性天生优越，也许这有助女性自信。同性恋女性主义对于单身人群有更多吸引力。社会主义女性主义帮助我们更好理解自己的国家。资本主义自由女性主义传统悠久，一些温和的主张行之有效。生态女性主义有助我们反思现代化，它导致环境恶化让妇女儿童受害，也使人类整体不安。李银河针对中国现代化情境中女性处境的复杂性，提出新女性主义，随时解决不同问题的女性主义。

女性主义与女性写作息息相关。以上种种思潮表现，首先都是通过文字表达。二百多年前，英国女作家女思想家玛丽·沃斯通克拉夫特创作《女权辩护：关于政治和道德问题的批评》（A Vindication of the Rights of Woman : with Strictures on Political and Moral Subjects），反思人类父权政治与道德对女性的不公，提出引发现代思想变革的女权。20世纪法国伟大的女权主义者西蒙·波伏娃创作了风靡世界的经典《第二性》，提出女性不是生成的，而是变成的论断，为女权主义思想改变世界指明方向。她还创作了大量小说来展示女性和人的困境及出路之探索。之后有美国女权运动家弗里丹《女性的秘密》出版，提出物质生活的安逸，郊区的别墅，并不能使女性精神解放。女性需要找到生命的源泉，不断寻求自我突破。1999 年世界妇女大会在北京怀柔召开，中国政府欢迎世界女性主义带来的现代性，并相信中国女性会大有作为。事实上正如此，中国的女性写作取得举世瞩目成就，世界华文女性写作已遍布地球村角落。也许到了承认女性主义参与塑造地球现代文明的时候。

此时此刻的女性主义写作，挑战着每一位自明的写作者，考验着每一位自觉的诗人。技艺之功够吗？我们通向自由境界还有多远？

谁能创造高峰？

还有多少路径？

让我们一起修炼、切磋、加油。

至少，我们是今日的歌者，行动者。

像《无问西东》所唱：

是谁说经过的路都是必需
磨难尽收获
山云做幕攀岩观火
请由我引吭高歌
面迎啊海上风
在世界之外
在时间之中
无问西东
就奋身做个英雄
不枉那青春勇
愿心之自由共天地俊秀
有情有梦

[作者单位：首都师范大学文学院]

诗探索 14

理论卷

2019年 第2辑

【编者的话】

2018年12月8—9日，由四川省遂宁市文广新局、文联和文物局指导，由成都《草堂》诗刊、四川宋瓷博物馆和遂宁市作家协会主办的"胡亮诗学研讨会暨《琉璃脆》《虚掩》《窥豹录》首发式"在四川省遂宁市举行。来自全国各地的诗人、学者40余人出席会议。胡亮是新世纪以来崭露头角的一位"70后"诗歌评论家。他才华横溢，勤奋好学，身肩公务员的重担，把有限的业余时间都付与诗歌评论事业，形成了独特的评论风格，他的诗学著述已受到诗歌界、学术界的广泛关注。现从参加研讨会的学者提供的论文中遴选出四篇，以期引起读者对这位青年评论家的关注。

由幽深而敞亮

——胡亮诗学写作的发生学刍议

丁瑞根

一

2012年初，当胡亮终于完成《诗人之死》，曾有"乃自察既无诗才，亦无论才，勉有史才而已"①之喟叹。固然，这篇长达三万字的心灵追踪记录，在当代诗歌版图上矗立了一座永生的群雕之时，也让我们经历了一场"九死一生"的生命体验——九位往生的诗人，一位出入于生死之门九次的胡亮。至于这个喟叹，我指的是关于他在三种才能上不无遗憾的自我判断，则不能简单地以"无"或"有"来厘定。此处语义因其高度相对性而生发出的含混性，使我们不能轻易认同，否则何以解释一个诗才论才皆无，勉强有点史才的作者，能写出这样一篇纪念碑式的雄文？

---

① 胡亮：《阐释之雪》，中国言实出版社2014年版，第291页。

也许胡亮自己尚未意识到"勉有史才而已"此语的分量。

诗人陶春在评价《琉璃脆》时，以叶燮《原诗》之"才""胆""识""力"说，逐一对应胡亮在此书中的精彩呈现。诗人不惜以大量篇幅引用原文，阐释因四者"交相为济"，方能"发宣昭著"的过程。这篇《续脉或重构：本土诗话传统的一次成功践行》[①]在验证了"才胆识力"说有效性的同时，也暗自递出一把开启胡亮诗学门扉的密钥。

叶燮《原诗》以"在我之四"的"才、胆、识、力"，"衡在物之三"的"事、理、情"，从主体到客体，为我们提供了行之有效的创作论。但是，"才、胆、识、力"四者之间并非并列关系，而"识"为主脑总纲。叶燮再三强调，"识为体而才为用，若不足于才，当先研精推求乎其识"，"识明而胆张"，"四者无缓急，而要在先之以识；使无识，则三者俱无所托"[②]。叶燮此说与李贽《二十分识》何其相似，"才胆实由识而济"，"才与胆皆因识见而后充也"[③]。此说甚至可以上溯至严羽、刘知几，虽然各自语义有些微的差异。

现在回到胡亮的喟叹。当他沉浸在炼狱般的写作时，每每因论及的九位诗人各自的差异性而思路蹇涩、几欲搁笔，而把握住对象之间深刻的精神关联又使这篇雄文得以最终完成。几分沮丧，更多的是欣喜，故而我们在把诗才论才皆无的判定看成自谦的同时，何尝不可将"勉有史才"看作自诩？

胡亮史才的核心即是叶燮所谓的"识"，因其识、其才、其胆、其力方能大放光彩。

在《阐释之雪》附录之《自编年谱》中，胡亮详尽罗列自己耽读典籍、壮游天下、结交名士的行迹，不啻太史公之"年十岁而诵古文，二十而南游江、淮，上会稽，探禹穴，窥九嶷，浮于沅、湘，北涉汶、泗，讲业齐、鲁之都，观孔子之遗风，乡射邹峄；戹困鄱、薛、彭城，过梁、楚以归"[④]之胡亮版。只不过他的壮游不是一次性完成，而更近于白石老人之"五出五归"。如同僻居乡野的木匠，在饱览山川丘壑之奇，又蒙受如樊增祥等名士之激赏而华丽变身一样，胡亮也完成了"君子豹变，其文蔚也"的过程。

可以想见，当身负异禀而又虚怀若谷的胡亮，一次次为或壮阔或绮

① 见朱文斌、庄伟杰主编：《语言与文化研究》第14辑，光明日报出版社2019年版。
② 叶燮：《原诗》，凤凰出版社2010年版，第28页。
③ 李贽：《二十分识》，《传世名著百部》第51卷，蓝天出版社1998年版，第93页。
④ 司马迁：《史记》，中华书局1959年版，第3292页。

丽的山川感动，每每与毕至的群贤畅言于一室之内时，得高人指点、江山之助的幸运已降临其身。只要细读年谱，每一次的诗歌节——青海湖、鼓浪屿、龙泉山——这些当代版的超级兰亭雅集，胡亮不厌其烦地记述其时间地点，以及每一位诗友同道的名讳，即可体察这些事件在他精神生命中所受到的珍视和敬重。

胡亮此举在不经意间，显示了自己在赓续中国士人"行千里路，读万卷书"的伟大传统，而这个传统回馈给他的，正是"识"，也即胡亮自谓之"史才"的生成、积淀、富集。

二

1991年，当艾恺（Guy S.Alitto）《世界范围内的反现代化思潮》在贵州人民出版社出版发行时，显得既寂寞又突兀。这本装帧晦暗，读者翻遍全书也找不到译者之名的小书，在经历了80年代的亢奋之后，开启了学术界语境转换的先声。胡亮念兹在兹的"学衡"派在此书里占据了相当的篇幅，并得到艾恺高度赞许。五年之后的1996年，似乎有着一种约定和默契，精英们开始热烈论争"失语症"与"话语重建"，而大众则陷入《中国可以说不》掀起的自慰式狂欢。

不知后来这部以汉语写就的综论式著述是否译为英语，但艾恺对其有一个副题《论文化守成主义》（*Cultural Conservative*），这个术语，在胡亮的诗学辞典里了无踪迹，他更倾向用"文化整体主义"或"新传统主义"来表达他的文化立场。可以肯定，胡亮之古今中西文化观，是原生性、内化性的，来自他对传统诗学的热爱与践行。当然，赛义德（Edward Said）"东方主义"也是他的催化剂和固化剂，赛义德视域虽囿于近东、中东，但他消解东方幻象的利器却是普适性的，这就是胡亮曾深表赞赏的"去中心化"（de-centralization）。深陷中西、古今、主客等二元对立思维枷锁的学人，一旦认同，便可获得不问西东、无古无今的自由。

1996年出现的精英与大众的合谋，究其实质，仍旧出于一种"大国焦虑"。"重建话语"的讨论至今尚能听见几缕回声，而那本创出发行史上奇迹的《中国可以说不》，则演变成如今"厉害了，我的国"的发声。令人莞尔的是，后者竟然由诗人张小波化身张藏藏一手策划导演，只不过，这是一次心口不一的"稻粱之谋"而已。历史上不乏天才学者

诗探索14 理论卷 2019年 第2辑

引领时代精神的范例，但诗人或艺术家执掌时代交响乐指挥棒的情形可能更为常见。江河、杨炼等人早在十年前，就躬身反向，开始了他们的"话语重建"。

1999 年，赛义德《东方学》由三联书店出版发行，诗歌界的"盘峰论剑"已排就阵列，"龙脉诗会"将要传出"第三条道路"的第一声啼哭。整个 90 年代的精神症候史，贯穿了胡亮的个人阅读史，作为一位中位数 70 后，他似乎少了 80 年代的踔厉奋发，但也多了 90 年代的沉思与坚守，在逼近新世纪门槛之时，胡亮的学术准备期也行将结束。

三

胡亮说欧阳江河是一位"似乎没有写作的见习期"① 的诗人。作为一位诗评家，胡亮的见习期似乎很长，直到 2007 年推出其主编的《元写作》第一卷，这颗"超新星"才骤然发出耀眼的光芒。

毫无疑问，胡亮此次的登场，是集选家、评家、诗家、史家于一身，以史才驭诗才、论才的全能型选手的闪亮登场。

所谓见习期，是指在见习期间允许试错、纠偏，容忍摇摆不定，含混不清。但胡亮似乎又是一以贯之的，《元写作》甫问世，其诗学内涵以及由此生发的文化立场、问题意识、阐释策略、视野阈限，都能在其旧作中找到缘由。2003 年到 2005 年，胡亮以为诗坛"献祭"般的热情和勇气，为"第三条道路"诗群奉献出以四篇综论、十余篇个论为代表的丰厚祭品。从这个角度上，可以说胡亮诗学写作见习期在 2003 年之前就本该了结。

胡亮自谦"勉有史才"的完整彰显，依然要指归于《元写作》的编撰。自 2007 年以来，迄今已出至第八辑的《元写作》，胡亮在其中扮演的角色，绝非只是各类材料的蒐集者，这里我更愿意用一个过去曾被称为"妖孽"的词来指代。诗人此时化身为选家，以其特有的史才，在漫漶无涯的文本之海中，选取心目中的诗神之贝。胡亮及其同仁的持续坚守，赢得诸多有识之士的赞誉。茱萸博士在《琉璃脆》序中指出，《元写作》"客观以论，它虽诞生于西南一隅之地，趣味、视野和胸怀却皆足以列于当代之前沿"②。

---

① 胡亮：《窥豹录》，江苏凤凰文艺出版社 2018 年版，第 130 页。

② 茱萸：《可使"建安作者"相视而笑——序胡亮〈琉璃脆〉》，见胡亮《琉璃脆》，陕西人民教育出版社 2017 年版，第 1 页。

· 诗论家研究 ·

胡亮为每一辑《元写作》撰写的《编后记》，原本可以成为我们窥探其诗学主张的最佳窗口，胡亮本人也颇为看重，拟以《读象记》为名收入《琉璃脆》，终因体例不合而作罢。好在稍后付梓的《阐释之雪》收入三篇，多少弥补了遗珠之憾。老黑格尔尝言，只有当我们能够提出一个确定的史观时，历史才能得到它的一贯性。这种一贯性，无非就是文本的经典化、评价的固化，是一种在众声喧哗之后存留下来的声音。《元写作》将承担这个使命，并留下堪称选家必备的文本范型，它的序、例、注、考、评。

　　2009 年 12 月，胡亮编就《乘以三》，以日内瓦学派马塞尔·雷蒙（Marcel Raymond）语之"我试图在任何情况下站在诗的一边"为题，敷陈成文，作为后记附于卷尾。这是一篇对"第三条道路"的告别辞，高蹈而雄辩，与旧作风格迥异，预示其诗学写作将出现一个新的转折。

　　其实在此前一年，胡亮就开始了以《洛夫访谈录》为代表的系列写作。这批作品曾在民刊《独立》第 17 期集中刊发过 9 篇。有同道戏称其为"田野调查"，在作业形式上，二者确有相同之处，但胡亮面对的，俱为诗坛大家以及诗评的顶尖高手，若没有不说对等，但至少是相当的学力素养，何以攀至峰巅，览胜抒怀？胡亮一边"采气"，一边开始了"宏大叙事"的写作转型。

　　《诗人之死》虽然完稿于 1912 年，但珠胎暗结，当在数年之前。这篇呕心沥血之作，尽可能地抛却导致诗人之死的俗世根由，而致力彰显死者之间深刻的精神关联。其视野之宏阔、体察之细微、论述之精当，在相当程度上，此文业已成为当代新诗史上有关"向死而生"诗人的一种"定谳"，使后来的研究者须绕道而行。

　　2015 年是胡亮作为"选家"的丰收之年。一年之间连续出了三本：《出梅入夏：陆忆敏诗集》《永生的诗人：从海子到马雁》及蒲小林主编、胡亮执行主编的《力的前奏：四川新诗 99 年 99 首》。大凡有经验的学人，深知选编一部有价值的集子，其花费的精力远胜一部庸常的著述。

　　如果说《永生的诗人：从海子到马雁》的编纂，为《诗人之死》的宏大叙事提供了翔实的文本佐证的话，《力的前奏：四川新诗 99 年 99 家 99 首》则彰显了一个区域性的新诗发展与整个汉语新诗的高度同构

诗探索14　理论卷　2019年　第2辑

性。或许这个"惊人的发现"，正是胡亮的初衷。这一年的三部编著，其实都可以看作胡亮写作转型的表征，前二者从二十年延展到百年，而《出梅入夏：陆忆敏诗集》，则缘于因宏大的叙述框架不容其缺失的"钩沉"。

由此可见，胡亮此时已跳出圈外，从对"第三条道路"的共时性观照，到将整个新诗史都纳入视野的历时性追踪，时间长度到空间跨度都得到很大的提升。可以说没有这一时段的"前置作业"，便没有后来的《窥豹录》，而《窥豹录》又有可能成为胡亮设想中《新诗谱》的片段——胡亮自己已在不经意间透露过这个隐秘。

回到胡亮"勉有史才而已"的夫子自道，胡亮曾言，"从诗人稚夫处读到大量现代诗。撰写《新诗史》，完成数章后辍笔"[1]，谁能想见，这竟然是一个二十四岁的胡亮在 1999 年所为！世事沧桑，销蚀了无数的少年壮怀，胡亮的坚守，足以使我辈汗颜，而新诗研究界则足堪称庆。

正如杨炼《诺日朗》，本已堪称杰作，哪知只是《礼魂》中的断章，而《礼魂》又是《Yi》的残简。"俄罗斯套娃"也好，"中国魔盒"也罢，胡亮会从《窥豹录》出发，到《新诗谱》，再到古典诗歌——胡亮在接受访谈时已论及新诗与清诗的话题，《涪江与唐诗五家》已呼之欲出——一部中国诗歌通史也未尝不可企及。学养丰厚，春秋正盛，我们完全可以作如是期待，那将是他"勉有"的史才大放光彩之时。

五

胡亮的诗学写作绝非只是批评对象的简单附丽。无论是一段头绪纷乱、歧见百出的新诗发展史，还是某位诗人特定的文本，在胡亮的言说方式、话语秩序以及文本体式中，它们的精神结构、演变轨迹、生命体验都得到清晰有力的彰显。在这个过程中，胡亮的诗学写作凸显了独立的，无须依附任何论及对象的本体价值。诗人吉狄马加在《窥豹录》腰封上写道，"作者熟谙西方现代批评，兼擅中国古典诗学，将新诗置于具体的文化经纬，从而得出了若干更新颖也更精确的结论"。笔者有理由相信，这是一个大多数诗人和学者都能认可的赞许。

在当今批评界的三大阵营——学院、作协、媒介，也许还要加上民间或难以归类的个体中，胡亮的存在是一个奇妙的异数，更为吊诡的是，

① 胡亮：《胡亮自编年谱》，《阐释之雪》，中国言实出版社 2014 版，第 280-281 页。

三方或数方都对其青眼有加。胡亮本非学院中人，却得到学界前辈、备受尊崇的谢冕、吴思敬，以及笔者同门学友敬文东等人的盛赞，其本人也屡获来自作协的嘉奖、媒介的青睐。在我看来，正是这种独立性，使他既未沾染学院的经院气、也无作协的官方气以及传媒的商业气，在难以确定"身份认同"的尴尬中，反而获得了高度的自由。

胡亮有一种奇妙的能力，这就是为纷繁缭乱的新诗调校焦距，哪怕只是轻微的旋转，诗人模糊的面目、诗坛含混的景观，会陡然变得清晰。这种能力究竟由何而来？吉狄马加给出的对中国诗学之"熟谙""兼擅"的判断绝非空穴来风。只要细读《谁的洛丽塔》，就可以惊叹这种"熟谙"的程度。文中——也是《洛丽塔》中——涉及数百个文本，横跨小说、诗歌、散文、戏剧，叙述者、虚拟叙述者也即被叙述的叙述者、读者、虚拟读者，构建了一个幽深而充满歧途的迷宫。当他穿梭其间，出色完成了叙述学分层，同时也即"互文性"指辨之时，也就意味着胡亮早已把自结构主义以降的西方当代批评理论，几乎如数纳入自己的工具箱，并已练就娴熟的使用技巧。

郭宏安在为蒂博代（Albert Thibaudert）《六说文学批评》所做的代译本序中，曾引日内瓦学派乔治·布莱（George Poulet）之"没有两个意识的遇合就没有真正的批评"[1]，来说明"认同批评"与"职业批评""教授批评"之间的差异。如果说他的"洛丽塔诗学"关乎学理，那么胡亮为更多诗人所称道的，正是这种"两个灵魂的遇合或搏斗"式的批评，直抵生命体验，洞穿灵魂深处，使之"于我心有戚戚焉"。

不妨再追究一下，胡亮这种能力又从何而来？中国古典画论的"气韵非师"说，或许能给出一个启示：无论是塾师亲授，还是孜孜苦读，都替代不了自身的经历和体悟。在这里，我宁愿归咎于一个愿景和梦想，也是一种最终放弃了的践行——1990年始至1996年止，一个十五岁少年延续六年，写出的一百余首未必青涩的诗篇。

六

胡亮有多种笔调，亦有多副面孔。他会在不同对象上次第变换他的话语方式，时而明白晓畅，时而摇曳多姿。一篇《重读〈青年诗人谈诗〉》可以读出它的亲切、温婉，甚至几分惆怅，而《"我试图在任何情况下

诗探索14 理论卷 2019年 第2辑

---

① 蒂博代：《六说文学批评》，三联书店 2002年版，第25页。

站在诗的一边"》则峻急、陡峭，《大江健三郎书店》既恣肆又克制，而《谁的洛丽塔》则迂曲、回旋，缜密而又通透。

这种迷人多样性，或许来自三个方面：一为阐释策略，二为学理运用，第三则要涉及胡亮的个人阅读史，也即他的诗学接受史。从发生学视角来看，这种不断积累、持续更新的认知，才是胡亮成其自身的终极原因。如果我们能够编排出一个谱系学意义上的影响源系列，进入胡亮诗学世界才能直抵本源。打一个不甚恰当的比方，正像他在《谁的洛丽塔》中逐一指认文本出处一样，我们也可辨认出其诗学写作中的"潜文本"。

自 2000 年完成《组诗〈群像〉：诗与宗教的双重臆测》以来，在其体量巨大、体裁庞杂的诗学写作中，最易为读者感知的首先是它的抒情性，而后是隐匿其中但依然强烈的思辨性，最后才是谨严而虑周的学术性。特意拈出这三个关键词，笔者试图与胡亮的阅读史做一种强行关联或对应。在胡亮的阅读史中，如果划分出少年、青年和壮年三个阶段的话，那么你会看出这种对应关系——此处必须强调的是，这个时段划分是阅读史而非写作史，三个关键词所指也非历时性展现，而仅仅与个体认知发生的阶段性特征相关。

俄罗斯"伟大的牧神"普里什文，亲切而慰藉的巴乌斯托夫斯基，最为契合"情窦初开"的少年，这里的"情"远不只是"怀春之情"。一部《金蔷薇》诱发了多少懵懂少年的文学梦，而普里什文则影响了胡亮类似"天人合一"的自然观。胡亮诗学写作的抒情笔调，即是两位，或许在更大的背景下，还有中国"诗骚"抒情传统所给予的决定性影响。

接下来该荷尔德林登场了，在他身后，还有一位伟大的阐释者海德格尔。不论胡亮接受的是海德格尔阐释的荷尔德林还是荷尔德林本尊，在特定的意义上，可以说胡亮借助他们构筑了自己诗学世界的框架和灵魂。显而易见，胡亮诗学写作的思辨性主要来自于他对一系列德语诗人的解读，上述二位之外，前面可能还有克莱斯特，后面还有里尔克和保罗·策兰。

前文已述及胡亮对于西方当代批评的"熟谙"，此时似无赘述的必要。如果说其抒情性和思辨性来自"诗思合一"的文本，那么这一部分则几乎全为纯理论文本，胡亮诗学写作体现的学术性正肇端于此。从索绪尔、巴赫金到罗兰巴特、克里斯蒂娃、德里达、艾可，旧友新欢，悠然自得地徜徉于胡亮诗学世界的奥林巴斯山。

七

胡亮诗学写作之所以给人带来感性与知性的双重愉悦，前述三特性依然不能说明全部问题。胡亮尝言，文本背后站着修辞学，而修辞学背后，还站着语言学。这是胡亮诗学世界的"三重门"，只有破门而入，才能完整领悟他的诗学写作。

"不能用二流三流的语言去诠释一流的诗歌。黄金一般美好的一流诗歌，也需要用黄金一般的语言诠释、评论它。如果评论文章写得不够一流，那还不如不写，直接读一流诗歌本身就够了。我决不会用白银去写黄金，我必须用黄金去写黄金。"[①] 这就是胡亮的黄金宣言，也是他的"语言"宣言。

此处语言作如何理解？字斟句酌、谋篇布局，还是"炼字如煮茶"？这些胡亮已经做得非常优异了。我以为这里还有一层含义，即用优美鲜活的语言精心编织自己的话语结构，进而形成独特的文本体式。换言之，胡亮的"语言"，不仅是语言本身，也是语言寄寓其中，由语言组成的形式。这样，我们才能从其诗学写作的风格学辨析，进而探究他的文体学追求。

胡亮在其诗学写作研讨会上曾这样回应某位学者的诘难："有问题意识的批评较多，有文体意识的批评家较少。如果两者不能得兼，我会舍问题而取文体。按照我的偏见，文体是个很大——有可能是最大——的问题。但我一直在努力。"此语态度之明确，语气之决绝，足以堪称他的又一个"文体"宣言。

胡亮文体意识是随着诗学写作的进程而愈发增强的，究其缘由，乃出自"化西""化古"的文化抱负。他一面给西方当代批评理论"祛魅"，一面给中国古代文论"去蔽"，在"以西释中""以中释西"乃至"中西互释"的过程中，力求激活汉语乃至汉字的活力，乃至中国古代文论的活力。为实现这个宏愿，胡亮在常规论文之外，尝试了札记、随笔、诗话、访谈、序跋等各种体裁的写作，尤其是最近出版的《窥豹录》，独辟蹊径，熔铸近代"点将录"和"学案"体式，创出一种"词条"式批评，展现了他"语言炼金术"般的魔力。

《窥豹录》的问世，完美兑现了胡亮的"黄金"宣言，某些篇章甚至超出承诺，达到了以"白金"阐释"黄金"的地步——"白金与乌木

诗探索 14　理论卷　2019年　第 2 辑

---

① 张杰：《决不能用白银去写黄金，必须用黄金去写黄金》，《华西都市报》2018 年 12 月 9 日。

的气概，一种混血的热情"——这本是顾城的名言，胡亮亦曾引以为《重读〈青年诗人谈诗〉》标题，在《窥豹录》写作中，胡亮何尝没有这种"气概"和"热情"？《窥豹录》在文体追求上所达到的高度，足以傲视那些"白银"和"青铜"。"夫设文之体有常，变文之体无方"①，胡亮深谙古今中外文体的"通变"之道，故能遗貌取神，返本开新，于灰烬里吹出活火，在枯枝上萌出新芽，最终有如一树繁花，蓦然绽放于略显沉寂的诗坛。

　　在因"学术产业化"导致文学批评严重同质化的大背景下，胡亮强烈而超迈的文体意识，以及由此而来的戛戛独造，显示了当今最具针对性的现实意义，而其诗学写作的其他价值，还将持续、长久的显现。

---

① 陆侃如、牟世金：《文心雕龙译注》下册，齐鲁书社 1982 年版，第 119 页。

一种新娘式的批评文体学

——记胡亮《虚掩》《琉璃脆》《窥豹录》

杨碧薇

一　《虚掩》：外溢的评传

诗探索 14 理论卷 2019 年 第 2 辑

六七年前，我还蛰居于海南岛——这片中国南部最逍遥的乐土上。一天，在一本《元写作》里，我读到了《诗人之死》，并记住了胡亮这个名字。就像捡到了什么意外的宝贝，我马上把这篇文章推荐给身边的几位朋友，不出我所料，大家都对其赞不绝口。甚至有那么一段时间，我们陷入《诗人之死》的气氛里，每次聚会，热闹之余总免不了涌起些伤情。这或可从侧面证明：《诗人之死》的言说具有某种宗教般的魔力，而胡亮正是那位老练沉稳的巫师。他用极大的耐心去记叙九位诗人的生平遭际，仔细辨别他们生命中的分厘毫丝。在这添血补肉、重新招魂的工作里，最可贵的是浮动在文字上下的感性召唤。

《诗人之死》让我惊喜，它既包含着我所期待的，又带来了我未料及的；它肉感、丰盈、灵敏、可靠。每当我以为它像一阵蓝色轻风正要悠悠往上飘时，却又听到它的脚步里装满了大地的重音。从《诗人之死》起，我开始追踪胡亮的写作。在他的《虚掩》①一书里，《两个金斯伯格〗〗可能的七里靴——介绍敬隐渔的诗与译诗》《"且去填词"——读〈纪弦回忆录〉》《孙静轩》《"隐身女诗人"考——关于若干海子诗的传记式批评》等文章，都与《诗人之死》一样，或多或少地带有"传记＋批评"的特征。我们先不妨将这些文章视为小型评传，所谓评传，就是带有评论与研究性质的传记，既要有"评"，又要有"传"。"评"考验的是批评家的看家功夫，即对研究对象的特质的发现与抓取，这就要求批评家以大量的文本阅读为基石，在重叠的经验上进行对比、辨证和挖

---

① 胡亮：《虚掩》，安徽教育出版社 2017 年版。本文有关《虚掩》的摘引均出自这一版本。

掘；当然，"评"缺不了天生的艺术直觉，如果没有这份可贵的直觉，做再多的阅读和剖析，也不过只是学术的搬运工。"传"考验的则是批评家的文字功底，其中尤为重要的是叙事能力，即批评家如何勾连起批评对象的人生经历，在学理化的关照下将其带入文中；"传"的手法直接影响着观念的表达，它需要批评家锦心绣口，文采精华。评传虽多，但出色者少。以萧红为例，关于她的评传不下七十种，但人们首先能想到的，或许还是葛浩文的《萧红评传》，此外才是骆宾基的《萧红小传》、林贤治的《漂泊者萧红》、季红真的《萧萧落红》。至于其他版本，似乎很难给人留下什么记忆点。这告诉我们：评传写作是有难度的。

对于评传，我赞赏的是《流放者归来》式的文本，初学者能通过它理清时代脉络，掌握知识重点，迅速进入文学语境；研究者能借助它展开崭新的思考，重新发现问题，甚至延用它所提供的方式去对比思考别的问题。总之，它对不同层次的读者都有所裨益。而由于诗歌／诗歌批评这一文体的特殊性使然，要写好诗歌（诗人）评传更是难上加难。"作为评传，与传记有别，对诗的剖析与透彻理解，从作品中抽象出诗特有的精神元素，高屋建瓴般地把握诗之总体，中外诗歌的对比中为诗人定位，由表及里，见微知著，需要批评家的慧眼，需要识见，需要广博的眼界和雄厚的理论准备。"[1] 埃德蒙·威尔逊（Edmund Wilson）《阿克瑟尔的城堡》、希尼（Seamus Heaney）《约翰·克莱尔的 Prog》、燎原《昌耀评传》、张光昕《昌耀论》都是值得一读的诗歌类评传。胡亮笔下的评传，亦是"评""传"兼备，无一偏废；他总能举重若轻，以最简单、最轻松的叙述，去探解最困难、最复杂的问题，迅速揭开某些晦涩作品的"谜底"——用这种方式，他回应了以上的西方评传经典。以《"且去填词"——读〈纪弦回忆录〉》为例，此文以纪弦生平为轴，围绕这根主线，谈及了新诗发展过程中的诸多问题，如新诗早期对音乐性与非音乐性的论辩、新诗中的古典与现代论战、新诗分期问题等。"传"娓娓道来，有学理、有观点，有日神式的温度；"评"的每次出场，火候正是时候，能切中要害，并自然而然地带动"传"的发展。例如，当胡亮对纪弦生平的梳理完成后，便评曰："纵观纪弦一生之作品，或可如此拈出其最著之特征：曰调侃，曰相对论，曰神学和科学。"[2] 接下来，又以介绍诗歌《预立遗嘱》（1992 年）、《水火篇》（1999 年）为话

---

[1] 韩作荣：《谦卑而清澈的光亮中现身》，见燎原《昌耀评传》，"序言"第 5 页，作家出版社 2016 年版。

[2] 胡亮：《虚掩》，第 98 页。

头，讲到了纪弦之死：纪弦希望自己的骨灰能撒入太平洋；他喜滋滋地设想，千年之后，有美女在旧金山海湾垂钓，得一小鱼烹食，得其灵性，亦成为杰出诗人……我们看到，以上评与述的衔接如水潺流，不留斧迹。按理说，评传能写到这般周正已算是很成功了，但对胡亮而言，评传并不是他的目的，倒更像是他的阅读的自然衍生物，是阅读的整理；是手段，是通往诗学认知的载体。因此，这些评传又有着溢出评传的成分，它们既包含着评传中不可或缺的思考结果，又像自然生长的绿植，呈示着思考的过程。而后者在文中的份额常常较前者多得多——胡亮擅于提出问题，并用评传的方式去一探究竟。在大量的实践中，他发现"一些文本的幽深与陡峭之处，无论怎样细读（Close Reading），都难以求得合乎逻辑、令人信服的阐释。而传记式批评一旦介入，这些看似蹊跷的问题就会迎刃而解。一切都有因由：千般玄妙都来自柴米油盐的真实颗粒"[1]。

然而，诗歌本身就是一种玄妙之物，包含着无限的神秘性，谁要是声称自己对诗有百分百的解读能力，那他要么是独裁者，要么智商令人着急。胡亮显然不愿充当这两个角色中的任意一个，他宁愿在问题的迷宫里天马灿烂地探寻，如果还是跨越不了问题的难度，那就干脆留下敞开的结尾。"这将是一个永恒的问题。但是，不管怎么样，我们的乐趣永远来自于计算，而不再是答案。"[2] 这样一来，他的批评里既有结论，又有"反结论"，宁可对研究对象发问，也不轻易下结论。直到文章收尾时，他剪开的所有"文口"仍处于张开的状态。这是一种对话式批评，内含极大的交流空间。诗无达诂，胡亮的阐释告诉我们：比起"计算"的乐趣来说，答案并不重要；因为，我们想要的东西，其实已经在计算和对话的快乐中获得了。

二　《琉璃脆》：当代新诗话

在《虚掩》里，胡亮点燃评传的烛台，照得这一台诗歌龙门阵活色生香。然而，这只是他诗歌盛宴的一个开头，那种时刻外溢的冲动宛如"批评力比多"，必定在某个时刻，推动他进行新的尝试。《屠龙术》[3]就这样诞生了。与其说《屠龙术》披着中国古代诗话外衣，倒不如说它

---

① 胡亮：《虚掩》，第 149 页。

② 胡亮：《虚掩》，第 50 页。

③ 本文谈及的《屠龙术》，出自胡亮《琉璃脆》，陕西人民教育出版社 2017 年版，卷上；摘引均出自这一版本。

是中西古今在微博时代相互碰撞产生出的思想火花。乍一看，《屠龙术》确有中国古代诗话的样式，但它涵盖的内容远比古代诗话多，胡亮说过，"在文学的阅读、写作和批评方面，黄色时代（复古）早已式微，蓝色时代（崇洋）尚未消颓，接下来，我愿意参与建设一个中西古今相会通的绿色时代"①。包裹着"绿色时代"野心的《屠龙术》，也记录了胡亮在中西古今各个方面的阅读痕迹，他能准确地提取出阅读中接收到的关键词，将它们整入自己的诗学体系，如"'永矢弗告。'《诗经·卫风·考盘》如是说。此篇堪称最早之元诗（metapoem），已然触及语言有限性这个问题"②、"王国维教我三个词组：'句秀''骨秀''神秀'"③、"迪克·赫伯迪格（Dick Hebdige）教我一个词组：'亚文化群体'"④、"昌耀教我一个词组：'命运之书'"⑤。《屠龙术》不仅是一部阅读之书，还是一部建立之书，它想要建立的是一种新的诗话批评模式，这种"当代新诗话"，不仅可以阐释古典汉诗、汉语新诗，也可阐释世界诗歌和广泛意义上的文学作品。在《屠龙术》中，胡亮惜字如金，锻造了许多箴言式的短句，谈及了诗歌的重点问题，直指文学的"常量"，如"歧出之必要"⑥、"词只是一个信封"⑦、"诗歌即挽留"⑧、"诗只是诗意的试金石"⑨。

截至 2016 年 4 月，《屠龙术》已经完成的部分被收入《琉璃脆》一书，后者是沈奇主编的《当代新诗话》丛书第二辑中的一本。诗话原是中国古代批评文体的一种，钟嵘《诗品》已初见诗话文体自觉。及至宋代，诗话之风盛行，欧阳修《六一诗话》、严羽《沧浪诗话》、张戒《岁寒堂诗话》等皆出自这一时期。明清时期诗话亦不少，有杨慎《升庵诗话》、袁枚《随园诗话》、赵翼《瓯北诗话》、梁启超《饮冰室诗话》等。但文学革命以后，诗话在新文学中的影响力逐渐式微，西方学术范式占领了汉语新诗批评的高地，汉语新诗既未从古代诗话中受益更多，也未建立起一套完备的现代诗话批评体系。而《当代新诗话》丛书的初衷，或

· 诗论家研究 ·

---

① 胡亮：《虚掩》，第 10 页。

② 胡亮：《琉璃脆》，第 39 页。

③ 胡亮：《琉璃脆》，第 36 页。

④ 胡亮：《琉璃脆》，第 12 页。

⑤ 胡亮：《琉璃脆》，第 41 页。

⑥ 胡亮：《琉璃脆》，第 12 页。

⑦ 胡亮：《琉璃脆》，第 29 页。

⑧ 胡亮：《琉璃脆》，第 45 页。

⑨ 胡亮：《琉璃脆》，第 54 页。

许正是为了弥补这一不足，将新诗批评引向更灵活、更多元的轨道。它立足的背景是"当代"，想要突出的特征是"新"。所谓"当代"，必然包含了能透视当代文学问题的内在要求；所谓"新"，则须从古代诗话中生出裂变，无论是材料、视角还是方法，都要有革故鼎新的追求。《屠龙术》的言说看似散漫，语态时如琉璃古旧，实则牢牢抓住了"当代"与"新"这两个要点，"步入古人之町畦，须记得才吃了蔬菜沙拉"①，正因如此，它在汗漫繁漪中又有所聚焦。时至今日，《屠龙术》的写作仍在进行中，这在很大程度上制约了本文对它进行整体的讨论。就已完成的部分来看，这些个人化的言说已为新诗提供了某些方面的启发，其体例使人联想到诺瓦利斯（Novalis）的断片，丰富、自由、跳跃着思想的火花。波德里亚（Jean Baudrillard）说过，"断片式的文字其实就是民主的文字。每个断片都享有一种同等的区别"②；蒋蓝亦认为，"断片是对思想的深犁""最适合个人思想表达的文体，往往是断片式的，而非体系性、制度性的高头讲章"③。谁都无法预测断片与诗话的结合还会碰撞出什么东西，也无法预测《屠龙术》将以怎样的面貌收尾，但可以肯定的是，胡亮还会把这部当代新诗话继续写下去。当然，这个不断"叛离"文体规矩的人，其野心还不止于此，他写着写着，竟又延长了断片的分身，《窥豹录》就这样产生了。

三　《窥豹录》：窈窕札记与当代新诗史

在《窥豹录》中，胡亮又和我们玩起了文体的"花招"，他用九十九篇小短文写了九十九位当代诗人，每一篇短文都只有一段，看似窈窕，如同被延长了的断片的分身。粗心的读者可能会被这种表象蒙蔽，将《窥豹录》仅仅视为一本诗学札记。

从样貌上来看，《窥豹录》确实长着一副札记的面孔，可它与札记有着本质的不同，至少还有两个隐性身份。札记往往是即兴的、零散的、不成体系、缺乏结构意识。苏珊·桑塔格（Susan Sontag）的《反对阐释》便是一本关于当代文艺的札记，其中的一些篇章也直接以"札记"命名，如《关于小说和电影的一则札记》《关于"坎普"的札记》。《反对阐

---

① 胡亮：《琉璃脆》，第10页。

② 波德里亚：《断片集：冷记忆3》，张新木、陈旻乐、李露露译，南京大学出版社2009年版，第13页。

③ 蒋蓝：《一个随笔主义者的世界观》，《天涯》2010年第1期。

释》中提出了反对阐释、新感受力的新概念，包含着很多闪光的思想片断，但就整本书来看，这些闪光点并没有以紧密的形式结合起来，获得理论上的严密支持。毫无疑问，桑特格采用的是漫视的方法。《窥豹录》呢，似在写札记，实则借札记之骨相之性情来写一部当代新诗史，它的第一个隐性身份正是学术大叔。当代诗人多如牛毛，在诗坛范围内有名有姓者也不计其数，书中的九十九位诗人，却是胡亮反复精挑细选后留下来的。他把这些诗人按出生年代编排起来，在讨论他们的同时，也剥开当代汉语新诗的种种问题。所以，《窥豹录》不只是一本有时间意识的当代新诗史，还是一部有问题意识的新诗本体研究。胡亮说，为写作《窥豹录》，他读了不下一千本诗集，入选的九十九位诗人，他几乎都读过了其全部诗作。有时还要"反向阅读"——他的阅读不只是为了"选"，还为了"不选"。例如，他曾花一周时间阅读一位老先生的所有诗作，最后还是决定弃之不选。这份严谨的态度，才是学术研究的标配。对九十九位诗人的选择，不是随心任性就能搞定的，它就是一种文学史的整理、筛查和辨认工作，首先必须有学术的辨识力和挖掘力，其次才是批评的才情。学者的辨识力和挖掘力之于诗人，约等于摄影家之于模特，辛迪·克劳馥（Cindy Crawford）、华莉丝·迪里（Waris Dirie）、吕燕都有被摄影师发掘的经历。胡亮也像一位经验丰富的摄影家，能发现模特最有特质的一面，哪怕这一面在别人那里常常是被忽略了。在拍摄中，他所使用的镜头也是独一的，只听从于他视角的调遣，不受外在语境干扰。

在严谨的结构之外，《窥豹录》还充满了别样的洞察。关于这九十九位诗人，胡亮并不想接老生常谈的班，他要撕下这些诗人的标签，重新凝视未经符号洗礼的他们。例如，在谈梁小斌时，胡亮先介绍说"半纯洁少年梁小斌，高烧住院，遭遇了不纯洁和纯洁的争夺。病友杨叔叔，因为给他讲梦遗或手淫，挨了病友陶伯伯的批判"[1]。在这里，杨叔叔象征着不纯洁，陶伯伯象征着纯洁，二者对半纯洁少年梁小斌展开了争夺和拉扯。接下来，他分析梁小斌的名作《中国，我的钥匙丢了》和《雪白的墙》，是"证词般的写作，代表性的写作，陶伯伯和杨叔叔握手言和的写作"[2]。谈张执浩时，他是花了大量笔墨说张执浩的植物之癖，最后指出"写诗就是挽留小丘，并把小丘变成大山"[3]。谈到余怒时，

----

① 胡亮：《窥豹录》，江苏凤凰文艺出版社 2018 年版，第 95 页。本文有关《窥豹录》的摘引均出自这一版本。

② 胡亮：《窥豹录》，第 96 页。

③ 胡亮：《窥豹录》，第 242 页。

·诗论家研究·

他的目光最终落到诗歌地理学上，"除了余怒，还有海子和陈先发：有这三位诗人，安庆乃不得不成为当代诗的重镇"①。更为独特的是，胡亮用别样的洞察取代了对研究对象的直接的价值判断，打破了人们的阅读期待。当人们在阅读批评，尤其是《窥豹录》这种具有明显的选择性的批评时，潜意识里最想得到的答案莫过于是对好与坏的判断，他们急切地想知道批评家的价值判断是否与自己的判断相符。如果相符，他们就会有海内存知己之感，接下来会读得很愉快；如果不相符，一种隐蔽的失落感就会以更隐蔽的方式阻碍他们倾听批评家的意见，与批评家一道，对研究对象进行更深入的挖掘和理解。在这一点上，《窥豹录》正好在叛逆的批评之路上"化险为夷"，不管是否出于对文学史写作传统/束缚的有意反叛，总之，它已规避了直接的价值判断，留下了敞开式的结尾；在打破阅读期待的同时，给读者制造些许的不适，再重新调教他们的阅读口味，带领他们探索全新的阅读快感。

综上所述，《窥豹录》的第二个隐性身份是探险家，胡亮要探的是定论之险、谱系之险、文学史之险。他要摆脱新诗史写作中影响的焦虑，铸成一部个人化的当代新诗史。前文已提到，《窥豹录》还有一个学术大叔的隐性身份，它并不缺时间意识和问题意识，但胡亮没有选择以时间或问题为大纲，而是以人为纲。通过对九十九位诗人的谨慎选择和性感论述，他刷新了新诗读者的审美体验。整部《窥豹录》开阖有度：环环相扣的，是紧密地衔接在一起的当代新诗史；不断敞开的，又是文学史视野下的精彩批评——当具体的批评落实到文学史的架构里时，便也具备了一般的文本细读难以企及的厚度。

四　形式革命：新娘式文体

综观《虚掩》《琉璃脆》和《窥豹录》，胡亮的批评不仅内秀，还非常养眼，它们漂亮、丰富、生动、耐读，有很强的文体自觉性和文体革新力。首先，他很注重批评中理性成分与感性成分的配比。他注意到"感性批评乃是古来的传统。及至西学东渐，理性批评却占了上风成为主流……试看今日批评界，千人一面，皆学者之文也"②。其实，一篇成功的批评固然要有理性的加持，但也须有感性为底子；没有感性而谈批评，就像孩童谈论爱情或生育。可惜的是，今人常常耻谈感性，似乎

---

① 胡亮：《窥豹录》，第 245 页。

② 胡亮：《窥豹录》，第 323 页。

诗探索14　理论卷　2019年　第2辑

感性会令批评蒙羞，会添加后者的不可靠性；殊不知，感性正是诗歌的维他命，缺乏感性的诗歌只能是语言的分行。而胡亮用他的批评恢复了感性的尊严。在批评中，他大方地运用感性，借感性之调度深化对诗歌的认识。当然，他懂得如何调节感性的河流、何时启动理性的闸门，让批评如同大坝之水，有放有收，经多方汇集终成大流。在具体的操作上，他将蜀语和批评语言巧妙结合，赋予批评方言特征，激活批评的弹性和洪荒，如"他们嘟囔着：'老子不干了'"①、"我们必须要晓得"②、"并借此转动了鬼火冒的字、词、句"③、"这是青春的想象力、乱劈柴的想象力"④。再如，他擅长将四字成语拦腰截断，只取一半，如同卡尔维诺（Italo Calvino）笔下分成两半的子爵，充分发扬一半词语的品格，如"孤注一掷"他只用"孤注"，"孔武有力"他只用"孔武"，"正襟危坐"他只用"危坐"⑤。至于批评的语气，他也拿捏得绘声绘色，如果读者通四川话，能用四川方言默读，更是能感受到文中的轻重缓急、沉思高昂与文之悦，随着文字的节奏一起呼吸。胡亮深知上乘的批评是即便剥离了批评的成分，其余的成分也能独立存在，色韵兼修，骨皮皆美，不致坍散。这样的批评，一定是叠合了写作学特征的批评，既是批评，也是批评之外的写作。它是精神性的，也是身体性的，形象得能使人看清上面的指纹，这是一种有星空高度又不失人间烟火味的性感诗学；它并不排斥"毛茸茸的思想，狐臭的思想，多肉多汁的思想。或鱼腥味的理性"⑥，在当下的学术语境中，它为我们奉上了难得一见的鲜活。

笔至此处，我已可断定：一种拥有个人专利权的、极具辨识度的新文体，正在胡亮笔下形成，或者说已经形成。在胡亮诗学研讨会（2018年，四川遂宁）上，有人认为，胡亮的这些文体或可引领批评新风尚，制造某种时尚。初闻此言，我亦觉有理，然而再一细思，却深感其独特有余，"时尚力"则不足。为何？这些文本犹如盛装的新嫁娘，"别求身段和声线，已经形成了亦中亦西亦今亦古的独特话语风格"⑦。它带给我们的惊艳与赞叹，它所充溢的纯洁的撩拨力，必定凝聚于婚前的时刻；而我们对新娘的想象，也必然暗含着某种时间的仪式感——所

---

① 胡亮：《侥幸的批评家》，《窥豹录》，代序，第 7 页。

② 胡亮：《窥豹录》，第 79 页。

③ 胡亮：《窥豹录》，第 165 页。

④ 胡亮：《窥豹录》，第 199 页。

⑤ 胡亮：《窥豹录》，第 151 页。

⑥ 胡亮：《琉璃脆》，第 26 页。

⑦ 吉狄马加：《窥豹录》推荐语。

有的新娘都是一次性的，一旦出嫁了，新娘的身份便不复存在；所以，对新娘的所有模仿只能是赝品。而所谓"时尚"，必定有着强大的复制力，能带动广大的基数互相复制跟风，这与胡亮批评的不可复制性正好相龃龉。

是的，胡亮的批评从一开始就拒绝了被模仿，不管是前文谈到的结构、语言，还是现在谈到的"纯洁的撩拨力"，都像是只配给一位新郎的新娘；一旦失去了这种一对一的原则，婚姻也就宣告失效。别人当然可以仿照胡亮的路数，写出《锁门》《钻石硬》《窥猫录》……但这些从婆姨转世的模仿秀一诞生就将被盖上赝品的钢印，因为自从敲下第一个字起，它们已失去了新娘的意义。甚至胡亮本人要继续写《虚掩2》《琉璃脆2》或《窥豹录2》，也会遭遇新娘身份的困惑。还好，作为主婚人，他还来得及重新设计出嫁的时间，延长新娘待字闺中的时间，以便进行更多的准备。

据我猜测，除了延长和填补的工作外，胡亮不会在既有的成果上停留下去；当文体成为他手中的魔方，他还会开创新的批评文体，辟用新的写法。敬文东认为，"胡亮是当下拯救诗学批评于低谷甚或绝境的少数人物中的一个"[1]，我深以为然。新诗批评走到今天，正在一个看似热闹实则低效的低谷里打转：批评之于诗歌，正在大面积地失去（或已经失去）有效的指导力和引领力，诗歌自身的发展、裂变与更新，更多的是依靠其本能而不是依靠批评的带领；批评之于批评，也在相互复制中丧失了活力，它们面目模糊而整一，彼此之间缺乏对话的能力，更不用提相互促进的可能。在这样的困境下，胡亮的出现就尤显可贵，他不仅保有"批评力比多"，保有极大的耐心与韧劲，还有锐利的洞见和灼灼的才华，而这些因素，都是当代新诗批评中所稀缺的。当代新诗需要这样的批评，需要对沉寂的激活和对灰尘的赋形，需要重新建立一种具有对话力、指导力，并且不失趣味与活泼的批评范式。

最后我还要说，胡亮生于七十年代，和我一样是新千年前后的互联网受益者，在网络时代，我们身处同样的话语环境，接受同样的资源教益，故可算作同时代人，然而他的批评已远远地走到了我的前面。作为读者，我从这几本书里获益匪浅；胡亮是我的榜样，我为自己身旁能有这样的同时代批评家感到骄傲。

［作者单位：北京大学艺术学院］

---

[1] 敬文东：《窥豹录》推荐语。

诗探索14 理论卷 2019年 第2辑

胡亮的正手刀和反手剑

蒋 蓝

2009 年，在我完成的长文《一个随笔主义者的世界观》里，对散文、随笔进行了一番自我厘定。倥偬十年之后，我发现，自己与文坛或疏离、自己与写作或合辙的原因，均可以在这篇文章里得到解释。

随笔主义是奥地利作家穆齐尔在《没有个性的人》里独创的概念，是主人公乌尔里希的生活理念与思考方法，同时也作为一种美学风格灌注在穆齐尔的创作当中。对生活的种种不确定，弥散到笔端的，不仅是现代主义肇始阶段特有的狐疑、孤独气息，而且是纷至沓来的"假设"与瞬息万变的"可能性"推论。这是一个作家调动文学形象的"试错法"，他渴望接近答案，但这似乎不是生活中的那一种难以逃脱的、无法宰制的结局，而是依据自己的思想向度，按照思想的逻辑而终然抵达的一个地界。这又表明了随笔不是情绪的涂鸦。这就意味着，随笔主义不但是一种生活态度，更是一种向内心纵切的思考方式，闪烁玻璃的碎光。就一个作家而言，它已经意味着一种明确的、有意识的试验精神：差不多就像一篇随笔按段落顺序从不同的角度，去处理同一个事物但却并不从整体上去把握它一样。

反观当代汉语里的随笔踪迹，还是一个扯着散文衣裳跟着大人乱走的孩子：我的种花，我的抽烟，我的饮茶，我的书房，我的古玩……

鲁迅先生把 Essay 译为"杂笔"，看来鲁迅更多的注意到了文体的杂芜；而随笔之随，更暗含了随心而为之意。既是随心，随笔的试验精神就是随笔最高的精神宗旨，悄然贯注于思想层面与文体嬗变。既是试验，随笔的宿命就是历险。有鉴于此，我不至于将随笔里最高的诗学断片体《野草》，错认为是散文诗。

2018 年 12 月 12 日，雨雪交加。我应邀参加在遂宁市举行的"胡亮诗学研讨会暨《琉璃脆》《虚掩》《窥豹录》首发式"。天色晦暗的下午，在阴霾从大地升起几丈时分，我发言的标题："胡亮的写作，是蜀中当代诗性批评的伟岸式呈现"。

如果说，"论文式胡亮"的缺失是诗歌评论界的损失，那么"随笔式胡亮"的陡然崛立，毫无疑问却是汉语诗性批评的绝大收获。诗性批评的意义，可能要高于、大于诗歌评论。这也是批评家高于、大于评论家的所在。胡亮所展示出来的批评正手刀法：独立审美、感性判读、随笔呈现。他并未采用"百家错拳"式的杂糅，仍是一招一式，兵来将挡水来土掩，已经获得了独立写作领域广泛的认可。记得是 2015 年的年初，胡亮在成都的遂宁宾馆与我一晤，围绕他与蒲小林联袂主编的《力的前奏——四川新诗 99 年 99 家 99 首》一书的最后清样，展开他的纸上建筑。这一部断代史性质的区域性诗选，他是非常固执的，目光炯炯，就像一个"知其不可而为之"的堂吉诃德。其入选底线牢不可破：美质、经典、多元。他没有听取我的一些建议，这让我更生好感。

我注意到，批评家之外，胡亮很看重其"随笔作家"的身份。《窥豹录》也正是典型的随笔式批评。他赞同我在《一个随笔主义者的世界观》里的基本观点："散文是文学空间中的一个格局；随笔是思想空间的一个驿站。散文是明晰而感性的，随笔是模糊而不确定的；散文是一个完型，随笔是断片。这没有高低之说。喜欢散文的人，一般而言比较感性，所谓静水深流，曲径通幽，峰岳婉转；倾向随笔者，就显得较为峻急，所谓剑走偏锋，针尖削铁，金针度人。"①

如果说《琉璃脆》已然彰显出刘勰、严羽点穴式的批评之锋，那么在《屠龙术》当中，则不再局限于诗歌与创作，而是作为一个随笔作家的胡亮，与天地雨云、与古人今人、与掌故断简、与真梦假梦等同行的思想、感觉记录。胡亮在古希腊以降的断片文体当中，在寻找到的武器锋刃之上，镀上了一层汉语之铬，他踽步奇异，宛如额间打开第三只眼的纵目，开始与阴谋和阳谋、与同构和异构、与凋谢和盛开、与下降中的上升、与归来中的出走、与黑暗中的光明，火中取栗地展开了他的博弈和对弈。

在《冷记忆》中，让·波德里亚（Jean Baudrillard）曾说过，"断片式的文字其实就是民主的文字。"②我也曾写道，"断片是古希腊以降的演绎思想的最佳的文体。"胡亮的断片式写作，体现了一个作家非常独到的认知能力与叙事跋涉的耐力。胡亮至少在四川，是我所见过的 70 后作家里最为博学者之一，这一持续多年的累积和修为，成了他可

---

① 发表于《天涯》2010 年第 1 期。

② 让·波德里亚：《断片集》，张新木、陈旻乐、李露露译，南京大学出版社 2009 年版，第 13 页。

以从文学批评地界信步远游的本钱。这也就意味着，我们不能指望修辞术承担人生诗学的全部工作。很多写作者以为只要在修辞上用力，就可以"逼迫"涉险的文体获得滞空的技能。这一策略用力过猛，往往导致他们回避现实，一味蹈虚，进一步丧失梳理、厘清诡谲事态的能力。

《屠龙术》一共 1234 段，是胡亮向诗学竖立的四根手指，他一定藏匿着一根，就像弹指惊雷。胡亮撒豆成兵。远看玻璃插满墙头，近看是铸剑为犁的车间。

胡亮说："约翰·阿什贝利（John Ashbery）从荨麻草——夏尔则从虎耳草——动手展开感性而陡峭的诗学。"

胡亮说："嫖客穿好了外套，拿上了雨伞，把钱压于玻璃杯，最后提起茶壶斟满了这只玻璃杯：就是商业也不免给诗留下一点儿余地。"

胡亮总是"必要"地提及："作诗如做贼。"其实闭眼想一想吧，作为窃国者的衮衮诸公，但也"必要"地委身于"偷不如偷不着"的身体政治。

近几日，我穿行于《屠龙术》一书的天头地脚。胡亮就像一个潜泳者，必须从细节的根须部返回水面，他需要厘定方位，确定潜行的方向。因此，思想以突然折射的方式进入到他的文本世界，并尽力照亮了他被挡在悬崖边缘无法探访的幽壑。

在我看来，《屠龙术》是胡亮置身个人生活深处的回顾与探幽，他在个体的、碎裂的、举手为声的、独木难支的思考挪移中，写下的这些文字，如果它们是一地的碎片，那么拼合起来的光，注定要大于一块镜子的全部时空。但博尔赫斯好像这样说过："左右相反的鸟在镜中离去。"

那，也是屠龙手收刀的时刻。

可见，胡亮的话语迈向了诗性随笔的大河景观。从专业的诗歌批评，扩展为人生意义幅面的诗性畅想。李健吾、萌萌、李敬泽、朱大可、耿占春等人，都是如此一路走来。随笔和断片的光，不是论文、不是散文所能遮蔽的，其伟大的命名之力，至今很多人还不理解，他们更愿意深陷于文学性散文的喧嚣。但是，胡亮一直在努力，他必将以随笔的方式来重新命名自己的全在价值。我认为，《屠龙术》延续禅宗的话语机锋还多了一些，断片固然是思与诗的结论，但也不妨略有言路上的时光回放，可以铺垫，也可以辗转和纠结。断片写作，要变乱散文的节奏，要摇曳多姿，要鱼龙幻象，也要静水流深，要在四五百字以内出现至少一个"突然"，要造成"歧义"，要有"为黑暗昭雪"的再次反诘，要更厉害更凶险。

胡亮已有很深体悟，期待他做得更加漂亮、有理、有力。

胡亮对我讲，最近读到老朋友树才翻译的《齐奥朗访谈》，齐奥朗（Emile Michel Cioran）有说，"只有当哲学是碎片的时候，才是可能的，以爆炸的形式"，"所有系统（哲学）都是专断的，而碎片化思想保持自由"①，这些观点极其深刻，似可以呼应我提出的"断片诗学"。

广义上讲，诗歌是上帝发给人们一副麻将。但有人偏偏不打牌，并且拒绝了所有游戏规则。他们是以麻将作为勇闯文学江湖的独门暗器，为此苦练歪打正着、指东打西的基本功！他们进一步渴望每一次发射的暗器，要命中制式的眉心，或美女的腰眼！这样的诗人，目前还剩几个，但快绝迹了！我不赞同这样的"决绝"，我倾心在于一个人既遵从诗学原则，又可以游离畛域内外。

最后我们还要回到蜀地，这源自蜀地自古出怪才的地缘印象。

作为蜀地亮相华夏的第一位百科全书式大才，"西道孔子"扬雄在汉代就注意到一个现象，并呈现出一种野心：由于决定国人时空观的《周易》和奠定人心的《论语》，无关西蜀，于是发奋另著《太玄》和《法言》，用以抵抗北方文化对西南的俯冲。可以这样说，扬雄开启了自觉葆全蜀文化的谱系，这也是怪才的谱系、百科全书式人物的谱系。这一谱系不是在某一个领域，而是多向度地显示其光芒。李白、苏轼兄弟、杨升庵、李调元、尊经四杰、刘鉴泉等诸位，他们如峨眉山一般，一峰突起、没有旁系。郭沫若、李劼人、张大千、陈子庄等都属于这一谱系。我想，胡亮也意识到了这一晴空霹雳式的人才谱系，他也是一怪才，也是一个有可能跻身其间的人物。胡亮呈现出的写作，还具有一种机敏的、早熟的"南方性"，正在呈现出对制式美学的抵抗。其《可能的七里靴》里，他论及敬隐渔的那种情感与心路，也正是对广义蜀地文脉的捍卫。

我说过，胡亮的写作，是蜀中当代诗性写作的伟岸式呈现。但在"蜀"的几十种解释里，他更应该铭记：蜀乃是孤独。

［作者单位：成都日报社］

① 埃·米·齐奥朗：《"一本书是一个伤口"——齐奥朗访谈》，树才译，《世界文学》2017年第1期。

"屠龙术"之众声喧哗

——胡亮诗学之路的"一与多"

刘朝谦

胡亮兄新著《屠龙术》出版，嘱为序。

胡亮，四川蓬溪人，蓬溪今属遂宁，故胡亮也可说是遂宁人。遂宁在中国文学史上留名，首功归于初唐时期遂宁市射洪县之陈子昂。子昂既创作《感遇》诗，从实践方面为唐诗贡献由初入盛的路径，又以一篇《与东方左史公虬修竹篇序》痛批初唐宫体诗的陋习，倡导诗歌创作寻回建安的风骨，从理论方面为盛唐诗风的生成扫清了道路。余今为胡亮新著作序而言及陈子昂，无非在于二人虽身处不同的历史时空，却都同出于遂宁，足见遂宁自古以来就算说不上地有多么特别的灵秀，但文艺方面的人杰，却真正是辈出不穷；我为胡亮新著作序而提及子昂，亦在于陈、胡二人虽时隔千载，却皆不约而同致力于中国诗学弊端的批评与矫正，对中国诗学均做出了不俗的建树。

胡亮《屠龙术》对当代中国诗学的思与说，风格已成，全书在诗歌的世界里既自觉地技进乎道，又以道成肉身的方式，挟南禅言语道断的感性机锋，敞亮目击道存那一瞬间的兴会感悟，为当代中国诗学走出一条不同于知识论诗学的路径，是足以代表当代中国诗学前沿水平的成果。胡亮《屠龙术》一书所建构的有温度的诗学，是从中国传统诗学的土壤里生长出来的美丽花朵。

一

世界本质在人前最初的现身，总是以世界之名跃上前来。这就是说，当我们见到"屠龙术"这个书名时，我们不仅看到一本书的名字，而且，我们同时看到作者胡亮建构其诗学为一个世界的用心。在其用心之处，我们看到的是作者在信仰之维，视诗学为神圣之物的态度。

诗论家研究

书名所说的"术",直指入诗与入思的技术,其与"屠龙"二字构成的词语"屠龙术",则明言此处之"术",乃是人类所有技术之中最为特殊的一种,"术"的特殊性来自于技术的对象,即"龙"。

在中国讲"屠龙术"是有风险的,哪怕在今天这个非帝制时代讲,也是如此。因为,中国语境中"龙"的特殊性在于,自神话时代起,"龙"即是神话之形象,传说之形象,是周族的图腾。在生命和权力二维,"龙"以其超越于人的力量和位势与人类关联,从而在人的世界里现身为神圣崇高之物。"龙"如此在文化和政治框架里作为神圣、崇高之物,将其作为屠宰对象,且讲述屠龙的技术,言说者就实际地将自己置于了渎神者的位置。对于胡亮来说,这种意义的"屠龙术",当然不是他的书所要言说的意思。

胡亮"屠龙术"指谓的"龙",同图腾、神话和王权之龙一样,都具有神圣性,但如果我们读了《屠龙术》书中具体的文字,就会知道胡亮是书所说的"龙",是作者心中的诗学、哲学,此诗学、哲学是神圣之物。如龙一般,神圣而超越,让人见首不见尾,其存在之性状当如《周易》所说:"阴阳莫测之为神"。在此意义上,掌控如此玄妙的诗学和形上哲学的技术,可称之为"屠龙术"。

将掌控诗学的技术称为"屠龙术",不管作者对此有着怎样的解释,这一命名本身是洋溢着浓郁的暴力性的,"屠"字本义为宰杀,用在诗学、哲学身上,当然不可能是"磨刀霍霍向猪羊"这种日常生活中血腥的行为。"屠"之对象一旦为诗学、哲学,则把它理解为庖丁解牛之"解"更为合适。因为,庄子写为寓言的庖丁解牛故事之"解",首先保持住了"宰杀"的意思;其次,"解"指对宰杀对象身体的肢解;再次,"解"指肢解对象的技术;最后,"解"敞亮的主要是技与道的问题。庄子庖丁解牛寓言所说的"解",因此是庄子关于人类经验、知识、技术和规律的哲学性质的思与说,胡亮的《屠龙术》一书在开篇处引到黄庭坚的《戏答史应之》诗句:"先生早擅屠龙学,袖有新硎不试刀。岁晚亦无鸡可割,庖蛙煎膳荐松醪。"黄庭坚明显即是在庖丁解牛的意义上来理解屠龙术的。胡亮的"屠",虽然也把宰杀的意思带入到文本现场,但其实它真正要言说的,还是关于诗学、哲学经验和规律的梳理,还是关于诗学和哲学之知识、技道关系的解剖。正如胡亮在《屠龙术·后记》中所说的:"根本没有龙,屠龙术呢,就不得不归于形而上学。诗学、哲学,均形而上学也。在心则窈窕,入世则尴尬。"胡亮写下"屠龙术"三字为书名的那一瞬间,内心大约既满满地都是"提刀而立,为之四顾,为之踌躇满

诗探索14 理论卷 2019年 第2辑

志，善刀而藏之"①的入道感觉，又时时可听闻到吾道无所用之的呻吟。

"屠龙术"相比较"庖丁技"来说，当然更显霸气，所以，胡亮兄日常温润如玉的另一面，恰如怒目金刚，尽显于其屠龙之当前。面对《屠龙术》这一书名，我们再看不见《虚掩》里因为"虚掩"而显得有些羞涩的胡亮，也再看不见《窥豹录》里那个温良恭俭让的胡亮。如果说"解牛技"多老年之从容的话，我们在"屠龙术"这里看到更多的则是少年胡亮的青春飞扬。从《虚掩》到《窥豹录》，命名者胡亮一步步远离了羞涩、含蓄，此时，杀伐果断的壮夫气性则越来越强大而张扬。"屠龙术"之名在胡亮自己的诗学道路上，似乎标示了胡亮至此终于步入自信之境。当诗人度过其诗歌人生的学习阶段，终于构建起专属于自己思与说的话语之时，此诗人即有归家之感，始从内向外散发自信的生命气韵。在"兴于诗，立于礼，成于乐"②的人生三大阶段，胡亮通过《屠龙术》一书的称名，宣告了他至此在诗学大地之上自信的迎风站立。

二

胡亮用"屠龙术"一词命名他的书，此命名行为令他不自觉地卷入到中国古代诗学的价值争论中去。中国古人对诗学的价值，一直存在是"虫"、是"龙"两种论断的争论。胡亮的立场，明确地站在了视诗学为"龙"的一方。这一立场的选取，对已经走过作家神圣时代的今人而言，是理所当然的。何况胡亮还是一个诗人，还是一个把诗学视为自己生命的人，如果他不把诗学视为神圣的"龙"，反而是令人奇怪的。

"龙"作为中国古代诗学话语范畴，用以描述诗学的崇高价值，最早见于刘勰《文心雕龙》一书之书名。刘勰用"龙"作为文章书写活动之喻象，喻指文章书写活动不是小道，是具有崇高意义的行为。该书《序志》篇将文章定性为经典枝条："唯文章之用，实经典枝条，五礼资之以成，六典因之致用，君臣所以炳焕，军国所以昭明。详其本源，莫非经典。"经学经典是天地人三才世界最为神圣之书："三极彝训，其书言经。"③经典的神圣性令人类的一切书写都带上了神圣的气性，在古代中国，罗兰·巴特所说的作家神圣时代，最早正是刘勰宗经的诗学观给予奠定的。刘勰以经学的名义，命名经学经典，以及经学经典宰制下

① 《庄子·养生主》。

② 《论语·泰伯》。

③ 《文心雕龙·宗经》。

诗论家研究

的人类书写行为为"龙",命名书写与文本之用心为"龙"。他所谓"文心雕龙"者,实质是讲他的书写是在"雕龙文心","龙"即"文心",二者皆为雕琢(即研究的意思)之对象。

刘勰称文章书写活动为"龙",肯定了人的书写具有极崇高的价值,他的观点在先秦儒家和经学的话语里,属于叛逆的说法。其直接反对的文章价值论,应当是扬雄针对汉大赋写作提出的"雕虫"论。

扬雄于自己人生之后期,弃赋文学之路而改投经学门下,当其时,他反思自己的赋文学人生而有悔意,在赋学上提出著名的"雕虫"论。他在《法言》中说:"或问:'吾子少而好赋?'曰:'然!童子雕虫篆刻。'俄而曰:'壮夫不为也。'"[①]扬雄"雕虫"论以经学的名义,视诗学为小技,其论在扬雄之后的中国古代诗学领域往往被视为真理。刘勰在齐梁时期提出"雕龙"之论与之分庭抗礼,以经学之名强调诗学之崇高价值。然而,至唐、宋,中国古人皆知扬雄文章小技之论,甚少有人知道《文心雕龙》这本书。中国人因此迟至近代之文学观念引入,才对刘勰的"雕龙"论给予高度的关注,才视之为理所当然的文学价值论断。胡亮兄的书基于刘勰而有别于扬雄,应该是持守中国今日的文学观念为根本的诗学立场,有所选择地引中国古代诗学为自己所用。

在刘勰和扬雄之间,胡亮既取"龙"为书名的核心内容,就同刘勰近而离扬雄远。但是,刘勰将"龙"言说为诗学家雕琢的对象,胡亮将"龙"言说为诗学家屠宰的对象,则二人虽同样在说道诗学的崇高价值,但处理诗学的方式和态度,二人还是有所不同的。或者说,胡亮的诗学立场虽然有中国古代诗学深重影响,但是,胡亮诗学之路的支点,依然是他自己当下所处身的现代和后现代语境中产生的人生和诗学的问题,是他体认这些问题时的个人化的行为与焦虑。所以,当刘勰说诗学如经学经典一样有大用之时,胡亮却正痛苦于诗学在现实生活中的无用。胡亮的诗学无用论当然映射的是当代美学所说的美即无功利之物的观点,这与先秦儒家和汉代经学所说的文章小技之论,同样似是而非。胡亮所面对的是让诗成其为诗的超乎功利特性,诗的意义和价值恰恰因为诗的超功利性而得到持守和生发。这也就是胡亮所说的,诗学无用,但诗学恰因此而是崇高之"龙"。胡亮在此遂与扬雄诗学观区别开来,他不会像扬雄那样,因为认定汉大赋无益于讽谏,从而得出诗学即"虫"的结论。

胡亮自己对"屠龙术"的解释表明他是在诗学价值论层面来言说这

---

① 《法言·吾子》。

诗探索14　理论卷　2019年　第2辑

一术语的，胡亮在书的扉页告诉读者，"屠龙术"一词，源于庄子。《庄子·列御寇》有言："朱泙漫学屠龙于支离益，单千金之家，三年技成，而无所用其巧。"庄子这段话涉及技术的价值判断问题：技术的交换价值和技术的使用价值。朱泙漫用去的"千金之家"是屠龙术的交换价值，"无所用其巧"是屠龙术的使用价值。庄子的话有这样几层意思：一、屠龙术是一种真正存在的技术，这种技术之所以存在，是因为龙曾经存在，或龙于当下的确还在某一个一般人进入不了的特殊时空维度内存在。龙的存在作为事实，生产了屠龙的技术。二、在朱泙漫学技的时代，屠龙的技术还在，但龙已经不再在凡人的世界现身，这造成了此时的屠龙术是一种无对象的技术，因为无对象，所以，掌握屠龙术的人的现实处境只能是"无所用其巧"。三、人花费极为巨大的货币换得一种"无所用其巧"的技术，是一种不智的行为。对于主张人生存于有用和无用之间的庄子而言，屠龙术无论有用还是无用，其实都是不被肯定的。胡亮依庄子的语用而命名自己的书，在所指层面，有着不同于庄子的考虑，如果说"屠龙术"在庄子那里是生存论的术语，那么，在胡亮这里，"屠龙术"乃是诗学或形而上学之术语。在诗学的价值框架内，诗歌之美作为无用之物，却是诗之为诗的根本所在，是集聚诗学意义的核心。诗的这种依无价值而有价值的特质，让人"无所用其巧"的屠龙术也因此充满了价值，值得胡亮给予书写。

　　人一旦要对诗学思与言说，就必然要涉及对方法和路径的选取。胡亮的选取，是自觉地上承中国古代诗话言说诗学的路数，按他自己的说法就是："从'文体'的角度看，本书或学步于中国传统，又承接于西洋现代风尚。什么样的传统呢？就是钟嵘《诗品》和司空图《二十四诗品》以降的诗话传统，王国维《人间词话》、吴宓《空轩诗话》和钱钟书《谈艺录》则是这个诗话传统的豹尾。"①对诗人、学者而言，承接前见已经不易，而能出乎于前见，则更难，胡亮虽然从中国古代儒道诗学传统步入诗学的思与说，而又做到了出乎传统，《屠龙术》一书正是因此而让自己的言说，真正是作者自己的一家之言。

三

　　选择何种方法应对诗学问题，往往是由所要应对的诗学之特质所决

· 诗论家研究 ·

---

① 胡亮：《屠龙术·后记》。

定的。《屠龙术》言涉中国当代诗学与哲学问题，这决定了《屠龙术》所依托的中国古代诗话传统不具备存在论的性质，而只是作者切入当代中国诗学问题讨论时所使用的工具。因为，当代中国诗学的存在维度由工业和后工业社会给予限定，支撑中国传统诗话的存在地基，即亚细亚农耕社会早已历史的消亡。《屠龙术》在当代语境对中国传统诗话的使用，只能是对一种工具的使用。而且，注定了中国古代诗话传统不会是《屠龙术》所使用的唯一工具。

　　中国诗学之当代品质从结构上讲，是古代、现代和后现代诸种中国诗学品质的层累叠加，结构的中枢，以及结构在功能上所要应对的对象，是现代和后现代中国诗学之处境与危机。这个中枢，以及显现这个中枢的现代汉语，是当代中国诗学的存在之家。当代中国诗的现代和后现代处境，诗歌歌吟所具有的现代性和后现代性的生命感觉，以及由此带来的诸多诗学问题，更多地同全球化语境相关联，当代中国诗学的这些内容使得对它们的思与说离不开西方现代、后现代诗学话语，决定了《屠龙术》虽然自觉从中国诗话传统切入中国当代诗学问题的讨论。但是，这并不表明作者在诗学上是一个复古主义者，真正的诗学复古主义者，像马一浮这样的人，他们对西方诗学资源是全盘拒绝的，而胡亮则明确表示，他在中国诗学传统之外，还"承接"于西方诗学。《屠龙术》兼采中西，在整体上因此属于消极自由主义诗学，这种自由的性质，具体地表现为《屠龙术》里关于诗学的思与说的基本话语形式是众声喧哗，众声喧哗的情形正如巴赫金青年时代所居住的立陶宛首都维尔纽斯一样，多元话语交织而成的世界到处是自由和宽容的空气。《屠龙术》在一个地方说："'不作开元天宝以下人物。'严羽如是说。""意胜则冗，词胜则拘。"在另一个地方则说："阿希尔·克劳德·德彪西（Achille-Claude-Debussy）已然不耐烦，他显然加快了语速，'哲学家们总是分析，分析，冷冰冰地毁灭秘密'——音乐家或可搭救这些可怜的哲学家。""查尔斯·威廉斯·莫理斯（Charles-William-Morris）的'语形学'，用于研究'指号'之间的关系，或可借用其名称，建立'字形学'，用于研究汉字和汉字组合的视觉效果。"这样一幅众声喧哗的景观，在本质上是典型的后现代画面，作为诗学话语，它既不专重"子曰"，也不只认"康德说"，喧哗的众声在《屠龙术》中构成的是全球化话语的混响，它们齐聚于《屠龙术》一书中，只是为了让相关的诗学问题得到解决，让相关的诗学现象得到准确的描述和体认。《屠龙术》书中各种诗学话语之间，弥漫着的是后现代特有的文化多元品质、多元诗学话

诗探索14　理论卷　2019年　第2辑

语的相互对待与共处，让《屠龙术》全书在思想上洋溢着后现代性质的民主气息。

胡亮在喧哗众声中一定要强调中国传统诗学话语，应该源自于他对当代中国诗学过于知识化的焦虑，这一焦虑使他看到德彪西怒斥哲学家只知分析的话时，特别兴奋，直接说那些只知道分析的哲学家是需要搭救的。在胡亮的眼里，诗学在当代又何尝不是这种一味强调分析的社会科学呢？

今天的诗人通常把大学文学院或中文系所承载的中国当代诗学看作是学院派诗学，在诗人的认知中，学院派意味着诗学话语的知识质态和八股气息，学院派承载的中国当代诗学话语完全脱离了诗歌本身的审美体验活力，从诗的美学变成了诗的科学，这种知识化、科学化、八股化的诗学自然是需要搭救的。用中国古代诗话传统做工具解读当代中国诗学，应是胡亮深思熟虑之后选择的搭救方法之一种。

胡亮借用中国诗话传统来言说中国当代诗学，有其合法性依据。但其借用是否具有有效性，却不是无条件的，毕竟，中国传统诗话在当代中国诗学话语场域里，它已经边缘化。

中国古代诗话传统准确地讲，起于欧阳修的《六一诗话》。诗话是中国古代诗学主要的书写形式，它的特点在于：一、诗话往往是由诗人来言说的，欧阳修就是创作很有成就的一位诗人，后来像《姜斋诗话》的作者王夫之、《随园诗话》的作者袁枚等，也都同是诗人。二、诗话因为是诗人对诗的言说，通常是关于诗的审美体验话语，诗话话语感性、生动，是言说者用生命言说的话语。诗话因此并不在意知识之为知识的抽象逻辑和理性品格，它所热衷的是言说者在面对诗之当下瞬间的领会与感动。所以，我们在诗话里哪怕看到令人眼前为之一亮的极深刻之诗歌理论观点，对这观点的呈现，也总是吉光片羽，不成段落的表述。中国古代诗话的一个基本的特点，就是它从来不依理论逻辑，来展开诗学的思想或理论观点，来把观点体系化为庞大的理论。

在当代中国，中国诗话传统长期以来是被束之高阁的，造成这种局面的原因大致说来无非有以下几个方面：一、20 世纪初中国从封建帝国走向共和制国家，"赛先生"和民主精神进入中国，旧式教育被西方教育体制取代。旧式教育的消亡意味着古代文史哲的中国式话语失去传承，也失去了在现实生活中的用武之地。二、中国诗话传统是基于文言抒情诗的诗学话语，20 世纪初那场用白话文取代文言文的革命对文言文的摧毁，也是对中国文言诗时代的抹除，语言作为人存在的家园，它的改变从来不只是一种工具的改变，而总是人自己的存在之家新旧交替，是人关于这个家之存在感的根本改变。当现代汉语成为当代中国诗歌活动主要的语言形式，人们在其中的存在感的整体变化必然导致当代诗歌之审美感觉的全面变化，从语言形式到语言传达的生命感觉，当代中国诗歌活动已经构筑起只属于自己的世界，这个世界的诗歌活动在总体上确实已经无法用诗话话语来言说。三、自上世纪初西方教育体制取代中国古代的教育制度之后，文艺学正式成为现代大学中文系的一个学科，文艺学通过大学的科研和教学，建构起诗学在当代的知识谱系和思想理论框架，最终把西方自 18 世纪以来的文学观念传播到全社会。这种新文学观念强调诗歌是独立的，自足的审美活动，诗歌被认为专属于文学学科，不再只是政治或道德的工具。同时文艺学的学科意识让文学自觉地区别于历史和哲学学科，诗话传统特有的文史哲不分的话语格局被历史地终结。立基于文艺学学科的新的文学理论和文学批评在当代中国成为中心话语，诗话话语随之边缘化，或被遗忘。在现代学科制度下，中国古代文论的文献资料被统统拆分，放置入西方文艺学的知识框架和理论体系中，成为科学分析之对象。四、当代中国的诗歌理论言说和诗歌批评主要由大学和科研机构中的专家学者来承担，而这些专家学者多数并不写诗，他们对诗歌的理论思考，对诗作的批评整体地与诗歌创作环节脱离，话语体现出十足的知识化、科学化质态。诗人这个群体则整体地生死于大学围墙之外，他们中的少数人对诗歌理论的道说和批评虽然更多地避免了学院派诗学的毛病，但往往不被墙内的诗学专家重视，他们关于诗学的声音进不了当代社会科学体制，只好在诗人的同人小群体中博得喝彩，在学院的墙外自生自灭。

　　学院派诗学和诗人的诗学构成了当代中国诗学的两极，居于中心的是学院派诗学，诗人的诗学则处于边缘的位置，中心与边缘的关系不是很好，中心和边缘对另一方通常保持轻视的态度，因此，在诗学体制框架内，两种诗学实际上做不到相互取长补短。如此导致的一个结果就是：学院派诗学同创作相脱节的弊端一直得不到改变，中国当代诗学总体上的知识化、科学化质态也一直延续至今。然而，诗学的知识化和科学化一旦成为诗学的具有霸权性质的话语，一旦把诗论、诗评主体不必写诗当作理所当然的常态，诗学本身就的确正在成为一种伪诗学，当一种号称诗学的话语只有科学知识的冰冷，全无诗本身的温度；只有八股文式的僵直和腐臭，全无诗本身的灵动和鲜活生机，这诗学就必然是有名无实的伪诗学。

诗探索14　理论卷　2019年　第 2 辑

行走在中国传统诗话道路上的《屠龙术》乃是对这样的伪诗学的搭救，而伪诗学的客观存在则为《屠龙术》的古代诗学立场选取提供了合法性依据。胡亮在《屠龙术》书中刻意让自己的诗学话语立基于中国古代诗话传统，直接是对当代中国诗学科学化、知识化的批判，批判的意义和价值在于：首先，诗话作为中国古代诗学的主要话语范式，其对诗学的思与说主要是体验性的，对诗的理论思考不呈现为抽象的逻辑表述，不是关于范畴和命题之逻辑关系的理性建构。诗话由于是诗人对诗的理论言说和批评，因此，它总是尽量保持在诗歌活动的某一当下的具体处境中，创作也好，批评也好，诗话总是尽量在主体与对象初次相见的第一时间来言说诗歌活动的美妙之处，来言说诗歌活动在这一瞬间开启的意义与价值。诗话的这种近似于现象学的道说方式，使它即便在当代中国诗学的话语场域里，也可以是最为优良的工具。因为，中国当代的诗歌虽然已经以现代汉语为自己存在的家园，书写的已经是人的现代和后现代生活，但是，现代汉语诗歌在创作环节中涉及创作与现实生活之关系、创作心理活动、创作主题的确立与创作素材的选取、诗歌文本书写的修辞技术、言意关系等诸多问题和解决之道，是可以在中国传统的诗话话语中得到帮助和启发的；在涉及诗歌文本的结构描述、语言解剖和意象、意境之分析等方面，古今诗学亦有一脉相通之处。至于诗歌的接受环节，当言涉接受主体与诗歌文本的各种关系的讨论之际，中国当代诗学也会发现自己面对的很多问题在古代诗话中其实早就是古人所苦恼的地方。总之，相对于中国古代诗学而言，中国当代诗学从形式到内容都发生了巨大的变化，但同时，诗歌活动的很多东西却未曾改变，这些未曾改变的地方，使得中国古代诗学可以作为工具进入当代诗学话语场域，可以在当代诗学的运用中被改造为当代诗学本身，至少中国古代诗学话语之进入中国当代诗学，让当代中国诗学既是当代的，同时又获得了历史的厚重感，让中国当代诗学既具有后现代众声喧哗的全球化味道，又具有鲜明的民族身份。

　　总之，在科学成为神话，且主宰了诗学的当代，借中国古代诗话话语"返魅"，不失为一条行之有效的道路。在当下，中国古代诗学诚然已经无法成为当代中国诗歌的家园，但当代中国诗歌家园的建构却又的确是可以用之为有力工具的。毕竟中国古代诗话话语在持守诗本身方面有知识化、科学化诗学所不具备的力量，其思与说能让诗之非知识、非科学的本质更本真的敞亮出来。正因为中国古代诗学总是在诗本身中去洞见诗的本质规律，去生长出诗学的问题意识，去创建出诗学的范畴和命题，所以，它总是把理论之思同感性的言说巧妙地组合在一起，相对于知识化和科学化的抽象诗学而言，它总是因为赋予诗论、诗评以感性的肉身，而能让自身显现为一种有温度的、柔软的和性感的诗学。当代中国需要这种诗学，需要这种保持住了诗本真的存在性状的诗学。

在叙事的时代守望诗，是需要勇气的；在文学终结论的声音四处响起之时，谈论文学是荒诞的；在图像的、娱乐至死的世界里，试图成为诗人中的诗人，光是这念头就多少已经陷入堂吉诃德式的处境。但是，越是世界步入到海德格尔所说的子夜时分，平凡之人就越是应该感激那追踪远去诸神足迹，守护世界平安，也守护诗学残存之地的人。胡亮用《屠龙术》实际地尽着守护者的职责，《屠龙术》作为搭救之光亮，已经先于我们抵达诗学之深渊，在敞亮深渊的那一瞬，搭救就已经生效，该书词语此刻照亮的也许只是一条模糊的小径，但真正的拯救之路，自然带有先天的神圣和高贵。

祝胡亮兄诗学之路高贵的开启，是为序。

[作者单位：四川师范大学文学院]

尝试写出更艰难的事物

——读戴小栋长诗《在累累果实与迟暮秋风之间》

路 也

诗探索14 理论卷 2019年 第2辑

戴小栋的诗歌一向唯美，相当一部分诗作还颇具一些古典主义倾向。而读他的长诗新作《在累累果实与迟暮秋风之间》，发现他的诗歌已经静悄悄地发生了转型，甚至是重大转折。他正在尝试写出一些更艰难的事物，并且做到了。

这是一首现代主义特征十分明显的长诗。虽然作为长诗，它不到400行，共18章节，只能算是一个小长诗，却涉及时代、社会、思想、精神、信仰、日常生活、个人命运、病痛、死亡……读起来有恢宏之感，同时又有着朝向高处和朝向远处的指向的努力。

我以为，戴小栋作为一个诗人，已经写出了他自己诗歌生涯中的《荒原》。其"现代性"，可以从下面几个方面进行解读。

一 充满激情的厌倦

一般大家都会同意，一个真正有才华的诗人每天在等级森严的机关里勤勤恳恳地写作公文并整理文件，案牍劳形，简直是对诗歌的背信弃义……但很少有人会想到，写诗与公务之间的剧烈冲突与矛盾，即那种在自我克制和循规蹈矩的重负之下进行烦琐而单调的工作与诗歌创作所必须具有的生命野性之间，也会摩擦并迸发出暴烈的火花，诗人于是更能触摸到自己的强劲的心跳……这一切，如果又能得以超越，就会获得对于人类生存境遇的同情和理解，甚至得以和解，或许竟会产生出一种奇妙的张力来，我相信这种张力——只可意会无法言传地——存在于诗人T.S.艾略特和银行职员T.S.艾略特之间，存在于诗人华莱士·史蒂文森和保险公司董事长兼律师华莱士·史蒂文森之间，同样存在于小说家弗兰兹·卡夫卡和负责工伤事故鉴定的保险公司职员弗兰兹·卡夫卡之间……以及诗人戴小栋和公务员戴小栋之间。

在对戴小栋的这首长诗新作的阅读过程中，可以真切地意识到，个体在面对集体主义、物质主义和科技主义共同形成的那个巨大而坚固的模板之时，充满了软弱的绝望，由此彰显出来的是现代人类的共同困境，以及因正视这种困境而带来的清醒与坚定。

当下现代生活的本质是什么？是重复。毫无疑问，这早已是一个机器时代，而由于高科技网络和人工智能的进入，使得机器时代生活的重复进一步又发展成了在模板之中的重复，机器时代同时又成了模板时代，于是，这个时代的重复比过去其他任何时代的重复都要严重而且加倍。正是这种高度重复，使得世界不再新鲜，不再具有意义，只是充满了既定的程序，唯有程序是需要遵守的，并无什么真理可言。这导致了现代人尤其是当下人的冷漠、无聊、乏味、麻木、自私、疲倦、昏昏欲睡和百无聊赖——唯有创造可以打败这种重复，而创造何其艰难，同时又可遇而不可求。所以，人们不得不接受这不幸的命运，继续重复。

诗歌第一章，上来就貌似在做着摆脱生活之重复性的努力，写到成田机场和三万英尺之上的航班，"当我们的身体自如地进出云端／思想正在获得最大限度的纵深"，飞机在飞行中，上面的人有一种摆脱了烦琐的尘世生活的幻觉，会有超越之感，暂时获得了自由，甚至感到离上帝很近了。然而这种感觉很快就会消失，人们终将回到地面上来过着重复又重复的生活，这就是接下来章节所写：餐桌上的市井话题、游泳池和桑拿房里那些肉体衰老的难堪、房地产工地现场的轰鸣、夏夜湖畔的徜徉、手术台上的疼痛与晕眩，暴雨来临之前的惶然气氛、情欲之后的茫然、雪地上遛狗时的灵感、夜里失眠的胡思乱想、医院悲惨情境、护城河夜色中的徘徊、节日家庭晚宴上的疏离感……所有这一切，即使充满了具体生动的细节，在诗人笔下却也像笼罩在一团朦胧的雾气里，或浸泡在水中，忽远忽近，影影绰绰，"影子的出现并不需要夜晚""看不清容颜的众生""能感觉到自己的涸湿但天空暗了下来""污秽的墙壁上那些奇怪的脸谱一闪就消失了"……这一切描述，既是失真的，也是失重的。这大概是由于诗人既在这些生活之中，同时又将自己置身于这生活之外，作为旁观者来打量或者审视它们才造成的特殊效果吧。诗人笔下的这座城市，巨大而没有实体，像是梦境或者梦的残片，正如他自己所说的"一段一段的白日梦／被不安薄如蝉翼地连缀着"，这个特点，容易让人联想起当年《荒原》中所写的那座城市，伦敦……以及欧洲。

诗人这种对于当下现代生活的"重复性"的认知和感受，是用一种充满了激情的厌倦来表达的。这似乎是一首依靠神经系统写出来的诗，写作时作者应该处于某种恍惚状态。惧怕、犹疑、焦虑、失败感甚至PTSD（创伤后应激障碍），都有可能。抒情主人公颇似郁达夫、加缪、卡夫卡和村上春树笔下的某些人物的特征，是现代社会中典型的零余人、空心人、多余人、局外人、边缘人和陌生人的形象。

然而，诗中的抒情主人公与上面提到的那类文学作品中人物不相同之处在于，他在试图寻求自救，而不想继续沉沦。他的自救方式是什么呢？诗人似乎找到了办法，他打算对这不得不过的庸常甚至粗劣的生活目不转睛，绝不率先移开目光，绝不率先背过身去，决定要在气势上将它逼退，他甚至还有了实际行动。比如，打算通过写作这样一首长诗来真正表达他的目不转睛和气势，当他决定这么做时，他竟由犹豫不决变得果敢起来，"日子浑浊，黏稠，难以搅动"。那么，怎么办？作者干脆呼唤："就让重复来得更猛烈些吧"，就在这里，就在这时，他已经看清了这个现代社会中这日子的本质就是重复，而这重复又难以超越，那么，倒不如接受这重复，甚至歌颂这重复吧。W.H.奥登说"请相信你的痛苦"，于是，诗人这一呼唤竟比呼唤"让暴风雨来得更猛烈些吧"显得更加无所畏惧和勇猛。

这就是充满激情的厌倦，而在T.S.艾略特看来，这正是造就伟大艺术的基础。

其实，在这个世界上，没有比永远踌躇满志永远志得意满更庸俗的了。不愿意正视生活之真相和生命之本质，靠着建立在自欺欺人基础上的乐观主义来对他人催眠和自我催眠，避开了发现、思考、质疑和抗拒，这正是所有陈词滥调的帮凶，是创造力之敌。

戴小栋在这首诗里写到法桐树，"我注视大院里的这些梧桐树已经十年 / 盛衰荣枯，周而复始 / 全拜时间这把锈蚀的刀子"。这里的"大院"，当然是作者随手写下的个人经验，是实写，但如果看成是象征意义上的卡夫卡的"城堡"，也未尝不可。他在这首诗里，有时未提法桐之名，实际上写的也还是法桐树，"周围的景色开始蠢蠢欲动包括那些树：被修剪后的站立者 / 只有欠伸着的疲惫中年人是偌大芳草地上唯一的静物"，那些被砍去中心树冠之后的法桐树的站立姿势，竟跟疲惫的中年人相仿，也是把身体向前"欠伸着"——随时等待传唤之状……人跟树一样，又何尝不是"被修剪后的站立者"！只有一个深谙命运的诗人才会发现生活中的这类细节并产生出这种联想来，这有些令人心酸，同时又让人为他一直保持着敏锐直觉而感到高兴。

诗探索14 理论卷 2019年 第2辑

二　哀痛与虚空

诗中还有"站在距离生死同样远近的地方"这类典型的中年迷茫。肉体的衰败，疾病，以及永诀……诗人想表达丧失感，或者即将丧失之感。这是他的哀痛，也使他思考"虚无主义就站在门口"。

从诗的标题来看，既有累累果实又有迟暮秋风，诗人立足的坐标应该是秋天，更像是深秋时节，他站在深秋的位置，看到的却是真切的整个四季——全部人生的真相，并且"越来越接近真相"。是的，诗人对于春夏秋冬四个季节都写到了，但无论哪个季节，都让他感到紧张，感到迷惑，甚至颓败。看看春天，"立春之后的日子更加虚无 /……/ 每个人都走在回去的路上"，甚至"又一个春天看到的冥界真相""春天的原野上 / 响彻着亡灵们次第而去的脚步""被急切的夏季追尾后春天的心事散落一地"；至于夏天，"春天的花朵之爱散落在夏天的废墟上""一场急雨后的清凉是可疑的""许多人在夏季到来前已与茂盛无关"；秋天又如何？在秋天"对空洞或灵异的声音可以假装没有看见""一切都似曾相识又面目全非""没有心情再从容面对一场秋雨了""不断叠加的死亡拥堵在每一个秋之门""中秋夜没有团圆月。亲人们的对话 / 像稀薄的空气"；相比较之下，诗人更是用了很多篇幅来写冬天，因为他此时此刻虽然站在秋天的坐标上，但是已经"在提前到来的寒冬感受到了风的怨气"，他意识到"已经没有多少时间了，我们就要和自己的影子 / 一起退回到别人的记忆中"，相对于春夏秋三季，冬天才是大结局。于是，诗人在最后一章里写道："生命的严冬实在过于漫长了"，这句诗似乎也在回应着第 4 章里所写的"是的，无论怎样都得过完一生"。"生命的严冬实在过于漫长了"容易使人想起穆旦的《冬》，里面有"多么快，人生已到严酷的冬天"诸句，据说这是修改以后的版本，在诗歌最初发表时里面复沓的句子原是"人生本来是一个严酷的冬天"——由此可见，如果人生如同春夏秋冬四季，冬天才是它的真相。戴小栋在此诗中对于冬天的描述和感慨，比穆旦更加冷静，更加绝情，当然他跟穆旦一样，都体现出了某种程度上的"忍耐"之意，或者说"苦熬"，福克纳所有小说的深层含义均在于此。面对苦难，面对时间和无限，对付的方式不应该是逃避，而只能是苦熬，苦熬就是直视这个困境并且从头到尾地穿越这个困境，经历这个困境的全过程，人类只有这样才能保卫内心免于外界暴力的摧毁，才有到达澄明境界的可能，才可通向真正的

姿态与尺度

胜利。这漫长的严冬是有意义的，无论是肉体上还是精神上的磨难，最终都会使得我们对外部世界变化更加敏感，于是意识得以产生，心智得以发展，灵性得以精致化。所以，诗人听着铲雪的声音，"内心的力量开始慢慢生长""雪反复落下"，诗人"忽然涌上了难以抑制的和解冲动"。人生的冬天并不全是悲哀的，从这悲哀之中其实还能产生出昂扬的激情，它似乎为人生的其他阶段和时节背负起了十字架，必须经过陵墓和死寂，然后才能复活，于是这人生才真正地具有了深度，必须穿过悠长而昏暗的隧道——这灵魂救赎之路——才能看到终点的光亮……也许这就是疾病和衰老的哲学原理或宗教意义吧。

诗中更是正面写到了死亡，提及"冥界""亡灵""生命坍塌""凶讯""不断叠加的死亡""墓地""行将就木""倒卧的钢铁躯体一点点冷却／怀念它刚刚周祭的主人""行进的亲人队列倏忽少了一人"，还有医院里的呻吟和血肉模糊的情景……当然，即使那些没有直接写死亡的诗句，其字里行间，也会常常笼罩在一种无法把握的不可知也不确定的主观幻象之中，那是恐惧正在悄悄逼近的不祥之氛围，这种对于死亡的完全不避讳，更接近西方人对于死亡的态度。

最终，正是各种无法避免的险境，"乌云以巨大的板块西移"，进一步地使诗人认识到了作为人的局限性——无论是谁，一旦能够深刻地意识到这种局限性，他的自由意志将顺从于更高的主权，从而走向伟大的谦卑。

这首诗中多次直接提及"虚空"，诗的题目后面有题记"云之卷舒，禽之飞翔，皆在虚空中"，后面又写，"稍不留神就会再次跌入虚无的泥潭""看到了边缘／空洞和其他一些生命的本质""虚无主义就站在门口""立春之后的日子更加虚无"……无论使用了"虚无""空洞"还是"虚空"，诗人对于生活意义或者生命意义，既没有明确地肯定也没有明确地否定，而是表达出了自己的深深疑虑。虽然诗人写到了浅草寺的佛身，但他又说，"秋天是离天国最近的季节""唯有被上帝眷顾的人／才会再次看到晴空"，这些句子让人想到这个世界之外，想到更高处的力量。对于他的所谓"虚空"，我所理解的，并不是佛教上的"空"，而是《圣经·传道书》中的那个"虚空"之义："虚空的虚空，虚空的虚空，凡事都是虚空""我见日光之下所做的一切事，都是虚空，都是捕风"。是的，整个外部世界都没有意义，唯一的现实只存在于内心，而内心又是那样软弱并且知晓自己的有限。至此，诗人一定曾经这样问过自己：那么，什么才是永恒？

诗探索14　理论卷　2019年　第2辑

在全诗的末尾，最后两句，诗人似乎又暂时返回了复活的春天的后花园，这其实是他自我救赎之后的春天。这时，他决定做什么呢？他决定"移步换景，写下哀痛日记"。这首诗的最后一个动作竟是：拿起笔来写作。这使我想起卡夫卡的意见："你活着的时候应付不了生活，就应该用一只手挡开点儿笼罩着你的命运的绝望，同时，用另一只手记下你在废墟中看到的一切。"而《哀痛日记》这几个字，曾经是一个书名，是法国符号学和结构主义文学理论家罗兰·巴尔特在丧母之后的两年里写下的日记，以记录哀痛——一种缠绵的绝望，以及自己对于这种哀痛情绪渐渐发展出来的由浅入深的认知。戴小栋或许读过此书并认可这种最终用文字来解决一切的办法吧，诗人用他的诗来直面现实和命运，他不仅记录下了哀痛，也记录下了虚空。

三　戏剧性

这不是一首用口语的直截了当来获得力量的诗歌，而是一首四面八方每个角落都充满暗示的诗歌，但它并不晦涩。这也不是一首纯粹意义上的抒情诗，而是带有很明显的戏剧成分和元素。

这首诗的戏剧性表现在，诗人很擅长设置场景，包括特定的某个时刻、某个地点、人物、对白、细节和戏剧冲突——尽管这种冲突绝大多数时间只是发生在人物的内心。至于对白，有时是诗人独白，相当于自言自语，有时是诗人对着观众、听众或读者在说话，有时是诗人虚构出来的诗中人物正对着诗人在说话。而在这些戏剧性的设置中，诗人把自己对世界的看法放了进去。

诗里有很多个戏剧性构架的场景。比较典型性的有，第1章里去往成田机场的那一幕，雨夹雪的东京，浅草寺，出租车女司机，不知是独白还是对白的"没有消息是最好的消息"；第5章，这一幕，应该是发生在黄昏乃至夜晚的夏日湖畔，烟波，鱼鹰，湖边独立的人或者并立的人，池中的鱼；第8章里那个情欲之后的场景，打开电脑看韩剧，不知所措的茫然与尴尬，窗外的飞雪；第12章，医院场景，女医生与我的对话，"脸为什么会突然肿起来呢？"，挂吊瓶的老妪，从走廊里听到的市声，污秽的墙壁；第14章，大概是一幕洗桑拿的情形，旋转门、浴床、一字儿排开的肉体、地板上的疤痕。第16章，是一幕有关节日家宴的戏剧，没有月亮的夜空，亲人们的对话，酒杯，豆浆，年长者的眼睛，我手中的方向盘。借助这些戏剧性的场景，诗人既是观众也是演员，可以更方便地既从内部也从外部进行多角度的观察，同时也昭示现代生活其实已经丧失了它本身的内涵和本质，只是沦为一出又一出的"戏"而已。诗人其实是想借助这些戏剧场景来展现现代人荒诞的生存状态：无休无止工作着的徒劳，爱的虚假与欺骗，日常生活中不经意显露出来的丑陋与无奈，早衰和疾病的逼近，现实世界的不真实以及幻象。

诗人所选取的这一个又一个场景，像是一个个独幕剧，全都取材于现代都市。戴小栋是一个典型的城市诗人，他描写的都是市区景象，他使用的是高度强化了的城市意象，这些高强度意象将他这个诗人紧紧包围起来，形成了一个封闭的空间，那里面回荡着诗人自己的语调，诉说着人类正被自己创造出来的所谓文明异化的病态与苦情。这类城市场景的诗歌，与同时代其他一些诗人诗歌中的田园景象，形成了一种抗衡或者说互补。

这些戏剧性场景的设置，使得这首诗在写到往事尤其是生命中的荒芜的时候，手法也是有些戏剧色彩的，采取了尖刻、赤裸和激烈的方式，偶尔也夹杂着一丝冥想和神秘主义的情趣。它当然缺乏像米沃什《礼物》那样的冲虚和平淡的口吻，或者换言之，态度不够从容——然而，这里恰好并不需要从容，而是需要对于惨淡真相的直面，至少也要唤起直面惨淡真相的勇气。因为写这首诗的诗人，尚未年迈，他只是在为年迈做着准备，他正尝试着与自己达成和解，他正在做着这种努力，但还没有完全达成。

在这首诗中出现的所有事物之中，似乎只有那只小狗没有怀疑过这个世界存在的意义。这只狗应该就是诗人自己的爱犬，据说诗人的微信头像就用了这只小狗的玉照。"一只宠物狗从毛茸茸被还原为瘦骨嶙峋 / 则需要一个小时和一把剃刀""踏雪的狗记不清自己的过往 / 兴奋得不能自持""临门而卧的狗蜷伏着"，这只小狗勉强算得上是全诗中唯一的亮色，它因懵懂而快乐，还没来得及去怀疑这个世界有没有意义。

四　内部破碎与外部平衡，以及音乐性

我猜测，在写这首长诗之前，诗人早已将里面的一些段落和句子准备就绪，或者已经写了出来或者一直在脑海里盘桓，有的部分也许可以追溯到多年以前吧——那些段落和句子应该早已提前等候在了那里，等

候着自己的使命：进入一首未来的长诗。

现代生活的特征是高速度和碎片化，而且高速度使得这些碎片最终成为无法挽回的支离破碎。于是诗人在表现这种现代生活特征的时候，做了一个卓越的工作：对于大量的生活碎片进行收集、加工和处理，把那些万花筒一样的城市意象，用强烈的自我意识将它们加固和加强，又用一个个典型的戏剧场景将它们还原、再现和统领。于是，读者会发觉这首诗的内部具有明显的非连续性和模糊性，这正与现代生活本质上的重复性、无意义、混乱乃至虚空相适应，而从整体和外部看去，这首诗又由于诗人天生的平衡能力而竟呈现出了大的轮廓上的完整和清晰。或者说，这首诗的内部充满了喧哗与骚动，而从它的外部看去，它又有着一种总体的安静和大的稳重。这首诗的时间线索，如果从内部看去，也是有些复杂的，诗歌内部充斥着季节更替并往返、时间交错、回忆重叠、事件发生次序的纠缠；而从外部看去，这首诗其实只有一个时间：诗人正活在其间的这个当下或现代。

这首诗中也提及音乐，"乐音是回忆的先导""从布拉格乐章到古琴曲／中间只有一扇虚掩的门"。其实，如果从现代意义上的诗歌音乐性来考察这首诗，也是有话可说的。这首诗在音乐性上是多层次的：它的有些段落，富于传统意义上的节奏和旋律的美感，像"马滑霜浓，不如休去""交谈，曲调一样轻盈／黄昏，羽毛一样落下""生如夏花／灭如火烛""在越来越寒冷的金属杆下／在前生和今世巨大的峡谷中间""暴雨到来前蜻蜓和蚂蚁竟同时露出诡异的表情／她们上下翻飞误打误撞一如午夜时分饥渴的女人……极目望去，春天的花朵之爱散落在夏天的废墟上／昨夜的乡宴在酒的助燃下飞升——宽衣解带的美／孔明灯飞越天庭后急速下潜：做一只情人节的深海鲍鱼／感谢天亮前及时的梦醒让一切在崩盘前戛然而止"，这些句子读起来确有某种组词上、语义上和语感上的对称性，常用于强语调中。诗中也有现代意义上的突兀的不和谐音，像"是的，怎么都行。'光芒在蝙蝠身上已经瞎了'……""喜乐结束了。仍有……"，这类是作为强语调和弱语调之间的过渡而存在的。当然，除去上面两种情况，还有处于这两者之间的"散文性"的存在，往往用于语调比较弱的时候，这种情形在这首长诗之中当然是出现最多的，最大量的，在每个章节中都有……正是由所有上面这些要素，才最终构成了一首长诗整体上适合于情感起伏节奏的那个现代意义上的"音乐性"，必须是一种隐含在诗人此时此刻正所处于的这个当下现代普通生活中的音乐性，才是这首诗歌应该具备的音乐性。

由于上面的结构和音乐性诸方面的特征，这首诗真的可以用"恢宏"二字来形容。

五　这首诗的标题

这首诗是恢宏的。

一首中年之诗，只有写出恢宏之势，才是它应该有的样子。

而如今这个标题《在累累果实与迟暮秋风之间》，这个含有联合词组的介词结构，这个长长的标题，其轻抒情的调式，使得它的模样过于年轻，字面上是"飘"的而不是"沉"的，对目前这首诗的恢宏起到了某种削弱的作用。那首著名的《荒原》，如果像起初那样，标题用《他用多种声音朗诵刑事案件》，那么这首现代主义的开山之作的冲击力和影响力将会大打折扣。同理，简言之，如今的这个标题配不上如今的这首好诗——实在是应该有另一个更简洁更有力的标题，像一只粗粝的锚，将这艘大吨位的诗歌之船牢牢地拴系到岸上。当然这只是我的个人意见，仅供参考。

这的确是一首好诗。

诗人的任务就是写出好诗。

[作者单位：济南大学文学院]

优质思维品格的诗意呈现

李观鼎

金属疲劳的周五适合反抒情
一道闪光，二度灼伤
请顺手，带走那些挤成一团的亲昵
连道具也是多余的
在最靠近幸福的瞬间，我们总是闭了眼睛

一道帘子，掩藏孤独的鬼脸
粗颗粒的时间，倒数着一张四格的画面
借我希望借我镣铐
借我造作与顺其自然
投币重来
还是失去温度的吻拍坏了的人生
露齿不露齿
反正，他们都判定我是不合格的女人

所有证件挂着中世纪祭坛绘画的眼神
状态：未婚；病历：单身
重复曝光和卤化银胶片
光泽的特殊药剂
包裹完美恋人和情深一片
修整得面目全非的数码时代
我们决心做冷冽的产物，拨云见日
膜拜错误、缺憾，直至所有瞳孔
充满不确定与不诚实

金属疲劳的周五适合一事无成，适合快件加急

适合独自前来，坐姿端正

适合选择删除，适合伪装情侣

适合强颜欢笑，凝视空虚

适合对世上那个

唯一能包容我所有不完美的人撇撇嘴

——袁绍珊《快照亭》

日前，本澳诗人袁绍珊，以一首短诗《快照亭》赢得台湾第39届"时报文学奖"诗歌组第一名。消息传来，澳门诗坛一片欢呼。我在欣喜之余，反复阅读此诗，感到诗中呈现的优质思维品格，正是绍珊成功的基础和前提，特别值得诗友们注意。

这里说的是艺术创造中的思维品格。诗人优质的思维品格，是指诗人在诗歌创作中表现出来的与众不同的思维个性化优长，包括思维的开阔性、深刻性、独立性、敏捷性，等等。就《快照亭》而言，这些优长是相当突出的。

先说思维的开阔性。这首诗从一间小小的"快照亭"起笔，却能由大处着眼，展开了相当宽广的视野。诗人写亭内拍出的证件照，这些"粗颗粒"组合的相片，被视为一种"眼神呆滞"的"病态"，就像"中世纪祭坛绘画"中的女人，是嫁不出去的"单身"。而在一般人看来，这就须要"重复曝光和卤化银胶片"，须要"光泽的特殊药剂"，来一番深加工、细加工。尽管其中"包裹"着亲朋好友乃至自己恋人"完全"的"深情一片"，但"人"在这种精密加工之下，已被"修整得面目全非"了。这里，诗人的思考和想象已经由狭窄的"快照亭"张扬至整个虚拟的"数码时代"。读后，让人感到诗中蕴涵着一种丰富的知识和经验，一种宽广的意识域，一种发现和提出带有普遍性问题的眼光。

再说思维的深刻性。《快照亭》的抒写，虽然也涉及一些拍摄过程，但并未停留在其次要的、枝节的、表面的"现像"上，而是由此发掘事物主要的、实质性特征，揭示表现对象本质与现象之间的内在联系，从而紧紧扣住核心。诗人在"粗颗粒的时间"里，一边自拍，"倒数着一张四格的画面"；一边思考，想着亭外人们对自己的看法。在这些人的心目中，自己被定格为一张"孤独的鬼脸"，无论怎么拍，"露齿不露齿"，都难以令人满意，"反正，他们都判定我是不合格的女人。"因

诗探索 14　理论卷　2019年　第 2 辑

为，"失去温度的吻拍坏了人生"，也就是说，爱已失去了温度，在这种情况下，"人生"被"拍坏"就成为必然。亭外人们对亭内自拍的否定，是虚假对真实的否定，是做作对自然的否定，这种否定带着社会的普遍性，与诗人内心深处的孤独感形成鲜明的对照，而诗的主旨也由此得到了深化。

三说思维的独立性。这种思维品格表现为一种艺术创造的独立思考，不迎合，不盲从，不模仿，不因循，具有鲜明突出的主体精神。大家知道，是次《中国时报》举办的文学奖，是一次主题性很强的"征稿"，它要求"写情诗，大家谈论爱情"（评委焦桐语）。可是绍珊的《快照亭》开篇即言"反抒情"，对那些千篇一律、矫揉造作、自以为是、强加于人、违反天性的所谓情感、关爱，表示了厌烦、愤懑、不屑和抗议。在她一人自拍的"亭"内，拒绝"挤成一团的亲昵"，甚至"连道具也是多余的"。由此，诗人抒发了一种自然、自由、自适、自主的纯情，从一个相反的维度呼应了赛事主题的要求，将"反抒情"的命意归结为"反爱情"。这种以"真"反"假"、以"实"却"虚"的抒情方式，确乎令人耳目一新。

四说思维的敏捷性。据知，绍珊很忙，她的参评诗作是在征文截至当天的最后时刻才"交卷"的，从作品题材的确定、切入角度的选择、审美意象的形成，直到语言文字的推敲，仅用了几个小时。在匆匆之间，既不迟疑，不优柔寡断，也不马虎，不草率行事，而是当机立断，才思奔涌，在极短的时间内，调动生活积累和情感积累，恰到好处地实现了语言与表现对象的契合。就像诗的最后一段，写诗人在快照亭里自拍的自适和自在，一连用了七个"适合"，充分表现出"我就是我"的个性，无须修饰，无须修正，无须改造，无须美化，因为人无完人，各有所长，亦各有所短，应该彼此包容，即使做不到，也可以自我包容。试想，当诗人在"亭"内对着镜头"撇撇嘴"的时候，那是一种怎样的不无孤独感的自尊和自恃？读绍珊的诗，一如听她吟哦，让我想起古人称赞思维敏捷的两句话，一曰"倚马可待"，一曰"出口成章"。

绍珊《快照亭》呈现的这些思维品格对诗人来说是非常必要的。诗人要发现、捕捉、提炼生活中的美，既能洞察现实生活中具有普遍意义的事物，又能探寻事物的内在本质，见人所未见，言人所未言，就要不断培养、提升自己的思维品格。这或许就是绍珊获奖给我们的一个启示。

[作者单位：澳门文化局]

用烛火修补苍穹的人，
他的孤独异常陡峭

——王文海访谈

师　榕　王文海

采访时间： 2018 年 7 月 1 日

采访地点： 太原，全季酒店

师　榕： 你的诗集《故道书》今年获得了第七届中国煤矿文学"乌金奖"，另一部新诗集《归去来兮》也即将于年内出版。请你谈谈这方面的具体情况。

王文海： 这是我连续第三次获得"乌金奖"了。五年一届的全国煤矿文学"乌金奖"是由中国作家协会和中国煤矿文联共同举办的，全国煤炭行业最高文学奖项。能够获奖，是一件幸运的事情。

获奖诗集《故道书》2012 年由大众文艺出版社出版，收集了自己从 2006 年以来至 2012 年的部分诗作。这部集子可以说是自己写作风格转型或定型的一个标志。诗集里面的诗作几乎都在《诗刊》《人民文学》《星星》《中国诗歌》《光明日报》《山西文学》等报刊发表过；许多诗作都在全国性征文中获过等级奖；部分诗作被收入各种年度选集中。《故道书》还曾经为我获得过全国产业工人文学大奖、首届上官军乐诗歌奖"杰出诗人奖"等，可以说是在自己已出版的著作中，最能代表自身思想和写作能力的一本诗集。

关于对《故道书》的评论有很多，有作家李燕蓉，诗人安琪、唐晋、宋清芳等人。一本书是对自身一段创作的阶段性总结。

《归去来兮》是 2018 年我将出版的一部新诗集，里面收录了自己从 2012 年至今的部分诗作。这几年来，我的写作状态很不稳定，主要是自身思想的起伏不断。尤其是近两年来，写得寥寥无几。诗歌应该是一个纯粹的存在。可因我是俗人，为了不使自身的俗气太多的去熏染上诗歌，在没能进一步领悟之前，终究还是选择先与诗歌保持适度的距离更好。不怎么写东西的这几年，也几乎是我脱离文学活动的几年。唯一的好处，能静下来看山看水，看其他写作人的优点，然后想自身写作的一些毛病。还真是看到了自身不少不足之处，于是下决心自己调整自己，就算从52分提高到56分，也是努力了的表现。

越写越觉得可笑，写下的文字隔天再看，几乎惨不忍睹。我对文字陡然生出的由衷的敬畏，让我许久都沉浸在思索中，再也不能匆忙提笔了。人到中年又会进入一片年轻而沧桑的原野，这会改变我们对日出或日落的理解。当我们开始踱步，慢下来的灵魂会雕刻出生命许多未被重视的细节，我们才能对光阴有实质的认识。说得更具体些，对自我的认识是从自身对时间追逐的态度转变中而豁然顿开的。

目前诗歌生存的状态说不上好与坏。自古以来，无论盛世还是乱世都会出现优秀作品。主要在人，在于作者的修为修行。品行境界高了，一下笔皆是莲花朵朵。

诗集之所以取名《归去来兮》，更多的是包含着我的一种理想状态。人多是生活在两个世界中，一个是物质世界，另一个是精神世界。有些人可能在精神世界停留的时间会更长久些。比之《故道书》，《归去来兮》里的诗作更多的是对内心的凝神关照，一个人的看山看水过程。

因为达不到，所以向往之。现代社会终究是物质性领跑的社会，而我的气质似乎更契合古代文人生活氛围。如果有可能，假设一下可以生活在哪个朝代？是先秦诸子为表露自己的学说而吵吵嚷嚷？是魏晋风骨为张扬自己的个性而古怪奇绝？还是隋唐风采为卓绝气势而长歌当哭？最起码有一个朝代是多数文人可以接受的，文人地位空前高涨的北宋；抑或躲到江南园林里浅吟低唱的明朝？抑或不理政局翻覆而潜心研究的民国？

对于我，不论置身哪个朝代，归去来兮如风一缕，总有一处碧水青山夕阳晚照属于我，总有一行直上云天的雁阵属于我，总有一位可以研墨弹琴的知音属于我，好像已经很多了。贪不得！回归诗歌，就等于回归了《诗经》的源头。

《归去来兮》结集，而我的理想刚刚上路！

师　榕：你长期生活的朔州，是古代名副其实的边塞。前有杀虎口，后有雁门关，内外长城成为史册上的屏风，两千余年间战火不停。当今的朔州市成了中国北方著名的军事要塞遗址地，有延绵数百公里的秦、北齐、宋、明长城；有当今保存最好的辽代广武古城；有杨家将抗击辽兵的金沙滩古战场；有比雁门关军事地理位置更突前的杀虎口，民间俗称的西口。你生长在这片土地上，数千年的烽火狼烟早已浸润到你的血液和骨髓中了。请你谈谈《故道书》与朔州地域的关系，你是如何处理诗歌创作中历史与当下的辩证关系的？

王文海：我没有刻意进行地域写作，但是地理情愫会反作用于每一位写作者。

诗集《故道书》之所以取名故道，会给人以诗歌地理概念的联想，而我内心的真实想法，故道即灵魂的栖息地，不具体指地理。但《故道书》里有大量关于故土和地理区域的描写，如《散落在乡村的比喻》《春之书：晋北印象》《内心的边塞》组诗等。必须承认，我生活的这方土地确实对我的写作有着承载与指引作用。再加上自身本科阶段学习的专业是历史学，所以对朔州边塞文化的了解和理解与其他人相比切入点会有很大不同。我用文字所呈现出的朔州边塞是自己特有的思考，其实也只是从不同角度看事物的另一个侧面罢了。

写作乡土作品，更多的是想要通过反哺式思考来重新细致关照和梳理脚下养育过自己的恩亲大地。最重要的往往最容易被忽略，比如亲情，比如故乡。

我长于大同，工作在朔州。感谢这些地方赋予我的文字灵性，使得我甘心情愿为之歌、为之笑、为之哭。脚下的土地是我永远的母亲，一切的创作动力都与大地相关。而一个写作者的目光与思维不能仅仅盯在一点上，你的胸怀可能决定你的写作宽度；你的使命会决定你的写作深度；而你的良知会最终决定你写作的高度。

地理写作扎实了我的经历和基础，抬头望天，我需要写的东西委实太多。在历史与现实之间凝神品咂，现实的东西更加让我血脉贲张，毕竟生活在当下，我的良知告诫我要对现实社会负责。于是我的笔触摸纯洁的煤炭，触摸那些矿工，触摸心灵深处的呼唤，触摸大自然美妙的琴键。我曾经一段的写作历程几乎是左手写边塞，右手写远方，而如今已经对写什么内容觉得次要了，只是谨对写下的文字心存敬畏、终生负责。

师　榕：近年来，汇入中国当代文学大潮里的煤矿作家走出了诸如谭谈、陈建功、孙友田、刘庆邦、荆永鸣、徐迅等名家。据我所知，煤矿诗人群体也毫不逊色，他们以沉稳、担当、探索、创新的诗歌精神步入了当代诗坛，譬如我谓之的"中国煤炭诗人八骏"：葛平、温古、叶臻、萧习华、师榕、东篱、江耶、王文海，你认同这种提法吗？请问你是如何有效地拓展自己的诗歌创作视野的？

王文海：煤矿文学绝对是中国当代文学的一朵奇葩，带给过人们无比的惊艳与震撼。煤炭诗歌又是煤矿文学中的一朵奇葩，出现过令诗坛瞩目的作品。我一直以来因自己是煤炭诗人而自豪。

师榕老师首次提出的"中国煤炭诗人八骏"这一称谓应该是非常新鲜的，是对煤炭诗坛的一个高度总结，可以说为煤炭诗歌树立了一个坐标。我想这一总结性称谓会对以后的煤炭诗歌创作起到极大影响作用的。

我的记忆中，全国也只有甘肃省作协评选过两届诗歌八骏，这对提升甘肃诗歌的影响力起到了极大的促进作用。"八骏"这一特定称谓，是一种高度赞誉，是一种灯塔的指示，故能引起人们的广泛关注与持久注视。"中国煤炭诗人八骏"的提出，在中国煤矿文化领域，有石破天惊的感觉，是破天荒的创举。任何实践都是需要理论先行的，仅这一诗学概念的提出，就具有重要的学术价值。这是师榕老师对中国煤矿文学的突破性理论贡献。

我注意到您所提及的这八骏是按照出生年代顺序排列的，有五十年代、六十年代、七十年代出生的代表性诗人。他们有一个共同特点就是从事煤炭诗创作资历长久，个人创作历程都在二十年、三十年，甚至四十年以上，并且以其创作实力被吸收为中国作家协会会员，在全国诗坛产生过一定影响。中国煤炭诗人很多，其中优秀的诗人也不少，选出八个诗人的确有一定难度。而师榕老师经过长年追踪、全面综合考量，遴选出的"中国煤炭诗人八骏"都是各个年龄阶段具有代表性的诗人。这对于煤炭诗歌史，也是一个里程碑。煤炭诗歌万马奔腾，说明人才济济。

拓展煤炭题材诗歌创作，是每一位煤炭诗人共同面对的问题。因为煤炭在国民经济发展中不是单一存在的，而是能源重要支撑中的一环，煤炭是要与其他诸多领域环节发生相互关系的。煤炭诗歌也是这个原因，就煤矿写煤炭诗，必然会陷入困境中，放大视野，拓展到与煤炭发生联系的领域去，你的诗歌创作也会走出新路。每一位煤炭诗人，在创作历程中，不可能总局限于煤炭题材范围之内。但是立足煤炭，情系矿工，写出煤炭精髓，是每一位煤炭诗人的职责。以煤炭为题材的诗歌，也可以出精品。

师　榕：有人称你是"游走于灵魂之外的新边塞诗人"，理由就是你的系列组诗《雁门关：一个人的两千年》《辽阔是一个人的事》《内心的边塞》以及《边地暮色》，这些作品处处弥漫着浓郁的"边塞情结"，为你赢得了极大的喝彩声。在煤矿诗人、新边塞诗人、70 后诗人等标签面前，你更加认同的诗人身份是什么？

王文海：我是个既自律又随性的人。写作也是这样的，写自己想写的，很少规划。煤矿题材写过，边塞文化写过，其他题材也写过。自己根本没有注意自己的身份或者标签。

从这些年写作历程看，我着重写边塞的诗歌数量很大。不是有意为之，而是兴致所至。山西省作协主要领导也曾经将我的创作冠之为"新边塞写作"，我没重视，也不介意。因为古代的边塞诗歌是中国文学的一座高峰，我现在只是承袭了雄宏的边塞文化的一缕风，只是想释放出血液和骨髓里的刀戟声和呐喊声。

如果非要让自身认同一个诗人身份，我想"行吟诗人"或许更适合。这种行吟，不是我走了多少路，而是我的思想走了多少路、去了多少地方。行吟即自由，诗人就有责任。行吟诗人既有风雪无阻快意恩仇的江湖豪气，也有慵懒散漫怡然自得的自我陶冶。这是我想要的生活。

写作是随性而自由的，但是你写出来的作品只为自己看，看后就放在抽屉里了，这样的处置方式我不评价。如果你写出的东西要拿来发表，要给别人看，你就有责任对社会负责。不论你写什么，只有发表，就具有社会属性，就不是你一个人的事情了。这时候写作的随意性绝不等于思想的随意性，要发表的东西也就有理由去克制和斟酌。

我只关注想写什么，怎么能写好。至于我写出来以后，别人冠之于我怎样的头衔与称呼，我基本没去想过。我不成熟的认为，我的真实身份就是与作品文本自身的对应，称呼我什么，都没关系。只要大家对我的作品感兴趣，只要我写出的东西隔天再看，不至于一把丢掉。

师　榕：进入新世纪，你以对身边历史的沉迷而转向峭拔深沉的诗风。一方面是成长使然，更重要的是工作环境对诗人的触动，那种结合了旷野的呼号、地层的颤栗、天光云色的倏忽幻化而重新释读人性的内涵，时间和空间的交集似乎一夜之间令你丰富起来、厚重起来。在此创作时段，你是如何写出组诗《雁门：私自下凡的一道闪电》《长城曲：泪阑干》《北风，挟持着星辰》《塞外：诵经的花草》《原野：我的绝句》等名篇的？

王文海：谈不上是什么名篇。这些诗只是在自己创作过程中有一定代表性。要回答这个问题，有一篇关于我的评论可以作答，我将它引用如下，《新边塞诗的歌者：向上的苍凉——王文海诗歌印象》（作者：芙蓉花开，原载《都市》2016年第4期）：

在如此急进的社会，人们的步调根本慢不下来的时候，居然还有人独自蹲在旧时边塞的隐秘时光里，弹奏着那份无人倾听的悲怆，这绝对是个异数。恰巧在我为数不多的几个朋友中，就有这样一位弟兄。纵观王文海近些年来的诗歌创作，他绝对是一个人独自擎着新边塞诗歌的旗帜在义无反顾地行进着。他的血脉里与生俱来有着凛冽的孤单，他像极了古代的侠客，沉默矜持，而手中紧按着剑柄。在浮躁不安，急功近利的当下社会，他的写作态势是往下沉的，沉下去，才会有高度。他的静，让我们看到了闪烁的火花。

王文海新近的《牧边人》这组诗歌，更是玲珑通透的映衬出他边塞诗风的特征，可以说这组作品，较好地诠释了文海本人这些年对诗歌的基本看法，以及他为官为文为人的基本道德轮廓。他在整组诗里，将自己塑造成一个千年前站在长城上戍边的普通士兵，通过时空的转换、心灵的契合，将我们带入到了真正的边塞岁月中。

读王文海的诗，通篇透着大气的风范，他很好地秉承了古代边塞诗的优秀品质，让人有荡气回肠的感觉。从一些诗的题目就能感受出来——《雁门闭，秋风高》《北风，挟持着星辰》《塞外：诵经的花草》《原野：我的绝句》等。一些句子诸如："身为男儿，弯月既是吴钩；剑戟就是呼吸，长城，就当作自家院落的篱笆墙壁"。整组诗里，有沧桑、有苍凉、有苍茫，却没有无奈，这正是文海做人的本色。

师 榕：诗人西翔在评你的名作《最与罪爱》中说："王文海的用喻与指代十分机智，闪烁出文人的智性与思辨之光，这是聪慧的大脑在智慧的转动，让人目不暇接。主要吃惊他的用喻，怕也是他的诗歌比较鲜明的地方吧！只觉得这上面王文海格外出类拔萃，恐怕这世上没有第二个王文海了。他总能将平凡的物象，出其不意的比喻到另一层面，令人匪夷所思。"请你谈谈这首诗的创作过程。

王文海：先将这首诗抄录如下。

我会用日出或日落的方式磅礴地爱你
若你不介意，我也会用一根筷子
碰击另一根筷子的格局纠结地爱你

细雨在打湿细雨之前叫作蝴蝶
如果把蝴蝶插在耳鬓，那就是闪电

你随意拢了拢发梢，五指有鸟鸣缠绕

站在你的侧面，我宁愿省略春天

非要给一颗星星取名，我叫她丫头

我爱，因为你的毒，我拒绝解药

在我重新醒来之前，你走与不走

由落叶来定，每一片叶子

会因为你踩过的脚印，而尖叫一声

  这首诗发表后，引起了一些反响，许多人发表评论文章来论述。有的评论者将这首诗定义为"我心中好诗歌的标准"，称之为想象力奇特的作品，正向思维、反向思维、横向思维、纵向思维、发散性思维等完美糅合在一起的佳作。评论家老井说："这首诗给我的第一印象是想象力惊人，开头没有拖泥带水，直奔主题，在日出或日落的方式磅礴地爱你以后，诗锋一转，用一根筷子碰击另一根筷子的格局纠结地爱你，跳跃性极大。开头起的很高，但中间和结尾却都能跟得上，这是个真正的实力诗人。"

  我写这首诗的时候，并没有进行整体构思，而是边走边停留。但是从题目的确定开始，注入的是内心的真情厚意。《最与罪爱》的题目，即是这样。世界上深刻的爱情，都具有犯罪的倾向。心中有这样一位女子，值得我用尽一生力气去为她牺牲；我理解的爱情，就是无私奉献，直至忘我、无我，眼里只有她。我想唤她做"丫头"，我自己的"丫头"。因了世间最深的情义，毒药和解药已无区别，喝下的，都叫"深爱"！

  写这首诗是很快的，细节与意象反复重叠，美好的期待与现实交相辉映；一边祷告，一边起念。这是心中柏拉图式对爱情的向往，因为丫头，所以如初。

  师　榕：你说过："诗，是灵魂中的一种磁。她有缓慢的气质，但比闪电更快！"你是如何发现这一艺术命题的？诗歌的本质属性应当如何把握？以你三十多年的创作经历，你认为好诗的标准有哪些元素？

  王文海：这些年，总有一些刊物在刊登作品时，让我顺便写一下自己的诗观，我会写道："诗，是灵魂中的一种磁。她有缓慢的气质，但比闪电更快！"

  我的个人诗观就是我的哲学信仰！几乎没有特别去挖掘，稍一整理，它就挺拔在那里。这可能是暗藏在血脉里的阳光，只要让其喷薄，

诗探索14　理论卷　2019年　第2辑

定会展现它的璀璨。

不论中西方，一切文学的源头都是诗歌。中国文学源于《诗经》，欧洲文学源于《荷马史诗》。诗歌就像地球本身赋予的磁场一样，在每个人的灵魂深处，都有诗歌在隐秘召唤。每一个人都有诗人潜质，都应该成为诗人。诗是人与自然、人与社会沟通中的天然桥梁。诗与磁一样，你见与不见，她就在那里。

诗歌的气质是神的气质。诗歌优雅缓慢的步履，证明了她长久以来的贵族血统，她是文学之母。但是诗歌往往会在瞬间击中你内心最薄弱的地方，如同闪电一般；当她优雅地收手转身之际，你已经倒地。诗歌的属性如何去把握？仁者见仁，智者见智。这个问题与接下来的问题是一体两面，相辅相成的。属性的把握就必然会联系到诗人自身对好的诗歌标准的认定上。

我认为好诗是有管理能力的。从管理学的角度分析，管理的最高境界就是服务。西方管理学中认为政府最高的管理就是服务，做好了服务，就是最好的管理。诗歌亦然。所有的努力都是为了诗歌让人看着舒服，读着舒服，咀嚼着舒服。调动一切的手段和标准，为的是塑造出一个管理井井有条的生命体。西方语言学家一致认为，汉语是最适合用来写作诗歌的，因为她有韵律美、内涵美、节奏美；象形会意形声美等。世界上其他语言都不及汉语的写作优势。

手中有了天然禀赋超群的汉语，写作者对待汉语的态度要慎之又慎，散漫与随意都是浪费。好诗可以随时在眼前呈现，每一粒汉字都是珍珠，你有让她们绽放光芒的权力。

师　榕："中年"有一种回望的本能，在诗的角度它更接近一次自我满足的过程。不幸的是，越来越多的怀疑随之产生，比如来源？价值？真实性？许多诗人采取了不同的方式来解决中年写作的困惑，比如转换文体、转向阅读研究、展开游历等。依据罗兰·巴尔特的"秋天写作状态"这个命题，你的《中年之境》是如何实现从"青春期写作"转换到"秋天写作状态"的？

王文海：未必每一位写作者都能进入到"秋天写作状态"中。写作者遇到的写作瓶颈与困惑不尽相同，解决问题的方式也不一样。

我很认同一段话：一个极好的写作者，一年当中看九个月书，写三个月作品；一个较好的写作者，一年当中看六个月书，写六个月作品；一个普通的写作者，一年当中看三个月书，写九个月作品；最差的写作者，一年当中不看书，一直不停写，一个人的知识储量或者经验性思维能有多大呢？一直不学习，而不停写作，除非胡编乱造，否则不太可能有高质量的作品产生。

《中年之境》这组诗，写的是人到中年的心境，而不是人到中年在写作方面的困惑。下面将组诗中的一首抄录如下。

中　途

谁能借我半坡菊花，半块斜阳，半截炊烟，用半心半意
去采摘半边云霞，再借我半窗秋色，绣成那半山烟火
其实有一半就好了，最好的风景就在半遮半掩中
半梦半醒是最理想的状态，半推半就是最深刻的世俗
可我年过半百，一半是沧桑，另一半是寂寥
无数际遇半途而废，半盏空灯那就是我的半壁江山
不惑之年我却半青半黄，将几行诗歌当作人生的半部论语
无须自嘲，前半生已用事实证明这是一个笑话
一半的人生已是极致，可我许多东西总要和别人借来借去
我有的，是半文半白的倾诉和给人半生半熟的面孔

无意用内心的蹉跎在额头堆砌刻意的风暴
失去的渡口已同流水化为蝴蝶背部闪烁的老年斑
青春已经过半，在瞻前和顾后中另一半变得不切实际
作为一个用旧的符号，在模糊的章节我位置不详
册页里夹满风干的丁香，字里行间都是忘情人的脚步
请允许我在中途下车，将借来的闪电缝在袖口示意
夜色黑的更像一种比喻了，无奈致使星空整体沦陷
我是第一个用烛火修补苍穹的人，这使我的孤独异常陡峭
倘若此时让我写好墓志铭，不需总结，支离破碎就是完整

《中途》也是人到中年的反映。长久以来许多老话没有去细细琢磨，反过头一想，为什么说酒半熏时最好、花开到一半最美，这里有深刻的寓意在其中。

人生很多事情我们做不圆满，不圆满是人，圆满即成佛了。所以旦夕祸福、阴晴圆缺都是常态，我们要习惯不完美。具体到中年我的写作状态，因为一直没有中断学习，我现在反而蓄积下来的思考不停冲击着

诗探索14　理论卷　2019年　第2辑

我的感情闸门，有一种时刻想写作的欲望。我大致规划了一下未来两三年的写作计划，总的对自己的要求是大气、厚实、耐读。

中年写作，困惑很多。风格需不需要转变，要看最终适不适合自己。我的写作模式并不固定，因为一方面我不愿故步自封，想着自我突破，另一方面也是没有找到最适合自己表达的抒情方式。我在走，不停留。

《游击歌》的两个版本

绡　红

英国著名诗人奥登（W. H. Auden）和伊修武德（Christopher Isherwood）合作出版了一本书《到战争去的行程》（*Journey to a War*）[①]。文中引用了一首《中国敌后游击队之歌》（*A Song of the Chinese Guerrilla Unit*，见附一），说明"这是我们从上海听来的，系邵洵美先生所译。[②]"事实上那是邵洵美自己创作的。

事隔多年，我找到了刊在1938年上海《中美日报》邵洵美所写的《访华外国作家系列》十篇。其中一篇说的就是这段故事：

1938年六月，斯诺夫人想和几位留在上海的中国作家会面，和邵洵美决定了一个日子，由邵洵美去请大家吃晚饭。两位新从汉口来的英国作家奥登和伊修武德也要加入他们的饭局，那天伊修武德因病未来，席间，奥登说，他们来中国为的是采集战争材料，但是他要知道中国近代诗的情形，外国近代诗在中国的境遇，特别感兴趣的是战争开始以后的新诗与民歌。他说在汉口时，曾得到过几首翻译；但是语辞的老套和意象的平凡，使他非常失望。

隔了三天，奥登来约邵洵美上华懋饭店晚餐，伊修武德也在座。在饭桌上又重提新诗和民歌的话。邵洵美为了奥登的要求太热切了，便造了个谎。说他新近读到一首民歌，或者更适宜呼作军歌，极有文学意味。奥登要邵洵美译几句给他听。邵洵美便临时造了四句外国新诗式的东西。奥登听了，要求邵洵美把全诗译给他。他隔天要动身，当晚要跟邵洵美回家去拿。邵洵美一方面得意，一方面慌张；吃好了饭，便与他一同回家，绞尽了心血，总算把这个难关解决，写出来的就是那首杜造的《中

[①] 书名为邵洵美所译，前曾译为《战地行》。1939年纽约兰登书屋出版。

[②] *Journey to a War* 第204—205页写道："I may as well insert here another song which we heard later in Shanghai. It is a song of the Chinese guerrilla unit which operated behind the Japanese line. This is Mr Sinmay Zau's translation."

诗探索14　理论卷　2019年　第2辑

国敌后游击队之歌》。

　　奥登他们真的相信那首诗歌是邵洵美"译"的。邵洵美临时即兴创作，是为了他们，也是为了中国。他后来一直暗喜着这一个小小的"外交胜利"。这一文坛佳话直到后来还鲜为人知。三个月后，邵洵美在上海孤岛法租界秘密出版了一份抗日宣传杂志《自由谭》，在第一期有一首"逸名"作的诗歌《游击歌》。那就是邵洵美为奥登所"译"的英文诗歌的中文翻版。在他用中文重新写的时候，增加了第四节的四句，表现出游击队员必胜的信心（见附二）。

附一

A Song of the Chinese Guerrilla Unit

When the season changed, so changed the strategy,
We took off our uniforms and put on the old cotton clothes.
Let the enemies fire their guns in vain and be happy for nothing;
They will capture an empty city like a new coffin.

Our heroes will put out their wits and tricks,
To entertain enemies like fathers;
When they ask for wine we'll give them "Great Carving Flowers",
When they ask for dishes we'll give them "Shrimps and Eggs".

When they get greedy for happiness they become afraid of death,
They won't listen to the orders of their superior officials;
They'll insist that the others should go in front when they go to the front,
A handful of tears and a handful of snot.

The enemies will be bewitched to their end,
Aeroplanes won't dare to go into the sky;
Tell them to attack and they ' l l retreat,
Tell them to fire and they will let out their wind.

A shout of "kill" and we'll fight back,
Rakes and spades will be mobilized;

新诗史料

This time our army will come out from the fields,
They will be like storms and hurricanes.

Tens of years of insults, we now have our revenge;
Tens of years of shame, we now have washed clean;
Those who scolded us, we now will flay their skins,
Those who hit us, we now will pull out their veins.

Those who boasted now will be like dumbs,
Eating aloes and galls;
Those who killed and never minded fishy smell,
They will today become mince meat themselves.

Those who burned our houses
Will now have nowhere to bury their bodies,
Those who raped our girls
Will now have their wives as widows.

Widely opened are the eyes of our God,
What you did to others will now be done to you.
Let's wait for the certain day of the certain month,
When we will have both the principal and interest back without
discount.

附二

《游击歌》

时季一变阵图改,
军装全换老布衫:
让他们空放炮弹空欢喜,
钻进了一个空城像口新棺材。

英雄好汉拿出手段来,

诗探索14　理论卷　2019年　第2辑

冤家当作爷看待，
他要酒来我给他大花雕；
他要菜来我给他虾仁炒蛋。

一贪快活就怕死，
长官命令不肯依；
看他们你推我让上前线，
一把眼泪，一把鼻涕。

熟门熟路割青草，
看见一个斩一刀；
我们走一步矮子要跳两跳，
四处埋伏不要想逃。

冤家着迷着到底，
飞艇不肯上天飞；
叫他们进攻他们偏退兵；
叫他们开炮他们放急屁。

一声喊杀齐反攻，
锄头铁铲全发动：
这一次大军忽从田里起，
又像暴雨，又像狂风。

几十年侮辱今天翻本，
几十年羞耻今天洗净：
从前骂我的今天我剥的皮，
从前大我的今天我抽他的筋。

看他们从前吹牛不要脸，
今朝哑子吃黄连；
从前杀人不怕血腥气，
今朝自己做肉片；

从前放火真开心，
今朝尸首没有坟；
从前强奸真开心，
今朝他们的国里只剩女人。

眼目晶亮天老老，
真叫一报还一报：
但看某月某日某时辰，
连本搭利不能少！

（刊于《自由谭》第一期 1939 年 9 月）

[作者系邵洵美女儿]

散点式的历史讲述与见证者的诗学建构

——评《现代诗：讲述与评论》

马春光

诗探索14 理论卷 2019年 第2辑

　　时至今日，中国新诗已经走过了它的百年历史进程。最近几年，围绕"百年中国新诗"，新诗研究界涌现了一股持续的溯源、反思、总结的热潮。对于专门的诗歌研究者来说，纪念百年中国新诗的典型方式有以下两种：第一，拓展研究的深度。返回新诗的历史现场，重新发现历史的缝隙，松动已经固化的历史讲述模式，拓展新的学术生长点。第二，开拓传播的广度。更好、更广地讲述中国新诗，让更多的人了解中国新诗的历史样态、代表性诗人诗作。

　　《现代诗：讲述与评论》是山东大学孙基林教授近年来有关新诗研究文字的结集。这本著作，既有面对普通大众的通识性讲述，更有对新诗史中重要理论与诗学问题的阐释。这本著作的出现，对于了解百年新诗历史进程中的重要节点、拓展新诗研究的新空间，具有很大的启示意义。

一　讲述中国新诗的方式

　　20世纪90年代以来，对中国新诗史的建构与书写蔚然成风，一大批新诗史著作陆续出现，它们或事无巨细，或皇皇巨著，新诗史内部的文本景观和外部的语境特征得以明朗化。在这样的背景下，当我们重新面对一般读者对新诗进行讲述时，所要思考的问题就变成了：面向谁讲述？如何讲述？

　　《现代诗：讲述与评论》不是完整的新诗史著述，而是对百年中国新诗做一次"断片性、散点式的回望和讲述"。该著作分为上下两编，上编为"历史与讲述"，是对从郭沫若、冰心开始，经朦胧诗、第三代诗歌一直到 70 后诗歌、网络诗歌的历史性讲述；下编为"文本与评论"，是对一些诗人诗作、诗学现象的专门化论述。作者没有遵守完整的历史时间线索，在"讲述"中有较大的随意性。针对不同的历史时期，选择了不同的讲述方式。譬如针对现代时期（1949 年以前）的诗歌，著者基本上以单个的诗人为中心，尤为注重对他们生活经历和时代背景的揭示，在此基础上阐发他们诗歌的艺术特征。郭沫若、冰心、闻一多部分较多地讲述了诗人的成长经历，较多介绍性的文字，这其实是出于对"阅读对象"的考虑。据作者介绍，这些文字最初是针对大中学生的通识教育读本，其特点是"偏于知识细节的传播、讲述和通识教育层面。"著者没有进行"二次修改"而保持了文字的原貌，其实潜在地彰显了其对讲述中国新诗之方式的多样化探索。这样一种讲述方式恰恰从某一个侧面强化了新诗发生之初的历史现场感，进而为我们提供了现代诗得以发生、成型的内在历史图景。

在对 20 世纪下半叶的新诗进行讲述时，著者选择的是"诗潮与群落"的角度，在这一部分中，著者淡化了诗人的个人经历，从诗坛中不断变更的潮流与美学嬗变的角度切入，无疑是一种相当精准的叙述方式。经过上编散点式的历史讲述之后，下编通过对单个诗群、诗人的细致文本细读，进一步深化了对诗歌史的理解。选择特定的文本进行评论，主要涉及臧克家、朦胧诗及朦胧诗人、于坚、韩东、台湾诗人张默、台湾中生代网络诗歌等。对于文本的评论与解读，并不是一般意义上的评论，而是善于穿透语言的岩层，直抵诗学的深层奥秘。历史讲述与文本评论既相互佐证，又相互补充，共同搭建了现代诗的历史景观。

一般的新诗史讲述，往往首先建构一套论述的逻辑，然后在这套逻辑的链条中展开论述。譬如，以往对新诗史的讲述，往往企图从新诗的发生发展中找寻到某种历史发展的内在线索。该著作放弃了大而不周的逻辑建构，运用散点式的讲述方式，针对不同的历史阶段，采取不同的讲述方式，使新诗历史进程中的重要时间节点得以自然呈现。譬如针对现代阶段，作者采用"诗与诗人"为线索的讲述方式，就是基于现代阶段的诗歌整体特征。而针对新时期以来的诗歌，则采用"诗潮与群落"为线索的方式，恰好与这一时期运动化的诗歌历史进程吻合。该著作讲述新诗历史的方式，是一种有积极意义的尝试。这种参差错落的讲述方式，在接受的效果上有三个显著的特征：第一，体现了新诗史本身的丰富性和历史言说的灵活性。第二，探寻讲述中国新诗的方式：怎样让新诗变成通识性的知识，让更多的青少年和非专业人士接受，显然构成回望百年中国新诗的重要问题。第三，近年北岛等人编选的《给孩子的诗》，显露出对青少年进行新诗教育的意图，这其实是对新诗的精神传承。于是，讲述经典诗人走上诗歌道路，写出了哪些经典诗歌，这些诗歌有着怎样的闪亮质地，就潜移默化中对爱好文学和诗歌的孩子产生深刻影响，这其实构成新诗研究与传播的重要命题。

二 场景还原与精神洞视

该著作最精彩的"讲述"，莫过于对朦胧诗、第三代诗歌的场景还原与精神洞视。对于朦胧诗以降、经第三代诗一直到世纪末诗学论争这一历史时段的诗歌状况，孙基林先生是名副其实的"见证者"和"参与者"。对于朦胧诗，他 1979 年进入山东大学中文系读书时，正值朦胧诗盛行于大学校园之际，朦胧诗在大学乃至知识青年中产生极大影响的时期；读大学期间，有丰富的诗歌写作实践，与韩东、杨争光等一起参与"云帆诗社"，构成第三代诗的重要源头；对于世纪末诗学论争，孙基林先生不仅参加了相关学术研讨会议，并且撰写了《世纪末诗学论争在继续——99 中国龙脉诗会综述》（载《诗探索》1999 年第 4 期）。不管是对朦胧诗，还是对第三代诗，抑或世纪末诗学论争，著者都是"参与者"之一，有非常强烈的"现场"印象。这种身份，使得他得以从内部进入当代诗歌的历史，进而看到更多更细微的诗歌史内部的风景。如陈超所言，"在叙述和描绘历史性事件及其图景中，突现了一代人精神成长的具体背景和过程。"以对朦胧诗的解读为例，著者在深入理解时代、文本的基础上，辨析了朦胧诗进行历史书写的向度。而他贡献最大的、论述最精彩的，无疑是对由朦胧诗转入第三代诗，特别是第三代诗的诗学特征的论述。生命诗学、过程意识等诗学命题的提炼，加深了我们对第三代诗的理解，同时推进了诗歌研究界对第三代诗的深入研究。正是这一原因，孙基林先生对朦胧诗和第三代诗歌的讲述显得与众不同，"现场感"与深刻的"精神洞见"是其显著特征，保证了其历史讲述的"原质性"。随之而来的特征是，他对朦胧诗和第三代诗的讲述，能够从"哲学—文化—语言"的错综复杂关系中，揭示出其内在的诗学特质，但这种阐释又是浑然天成的。

该著作的视野非常开阔，体现在第三部分对 20 世纪末及 21 世纪初诗歌状况的讲述。诸多的诗歌史著作对这一部分往往是回避的，因为其

诗探索14 理论卷 2019年 第 2 辑

尚处于急剧的变动之中，对其的评价与判断也存在较大的分歧。该著作在纷繁的诗歌现象中，提炼出四种诗歌写作形态：基于民间立场的写作、知识分子写作、中间代与 70 后诗群、网络诗歌。这一整合显示了作者驾驭中国新诗史的纵深历史视野和突入新世纪诗歌现场的敏锐洞察力。对于"90 年代诗歌"的讲述，作者从世纪末的诗学论争顺延出诗歌发展的内在线索，从"基于民间"和"知识分子"两个方面展开讲述，又分别以伊沙和臧棣为例深入阐释其文本的深层特征。对于台湾诗歌，则关注到前行代诗人张默、中生代网络诗歌。

如何讲述新世纪之初的诗歌发展状况？作者采用了回到历史原点和比较的视野，"面对新世纪两个率先登场的群体中间代和 70 后，我们不妨回到它们各自由之出发、生长的原点和语境，从比较的视野看它们不同的特质、面向以及各自同一性的内在机缘与其相似的面目。"作者一方面表达了对"中间代""70 后"之命名的价值认知，同时针对"中间代""70 后"等相关命名，作者也明确指出，"中间代诗人的大面积集聚，其功能意义明显大于诗学上的价值"，"当我们面对以代际命名方式划分而成的群体或写作现象时，对统一或同一性、整体通约性的追索依然是批评的功能与内在的驱力。"事实上这也是作为一个群体，诗学价值评判的主要表征之所在。这种认知与评判，无疑是一种辩证、灵活的讲述方式，他一方面指认了中间代的两个特征：第一，相对于朦胧诗、第三代诗，它们的生成是非群体、非运动性的；第二，暧昧、含混，或杂合性、多元性，致使他们缺乏流派性的整体风格与美学上的通约性或者大致统一的特质。因而，在此基础上，他表露出对"中间代"的进一步反思与追问，"中间代在多大程度和视域内是一个诗学意义上的命名？它除了集聚为一个群体，是否为当代诗歌历史进程提供了新的诗歌美学、思想艺术范式或写作向度？这的确是需要全方位观察和检视的诗学命题。"显然，"中间代"是一个进行中的诗学概念，作者对其的反思与质询，为进一步对其展开深入研究，乃至后继的诗歌史写作提供了富有启发性的参照。

三　见证者的诗学建构

孙基林先生的现当代诗歌研究，在总体上给人印象深刻之处在于，他总是以深厚的理论修养，在对诗歌文本进行精细阐释的基础上，建构出独具个人标识而又具有普遍适用性的诗学形态。在《现代诗：讲述与评论》以及其他若干诗学文章和早期著作《崛起与喧嚣》（国际文化出版公司 2004 年版）中，孙基林先生建构了一系列重要的诗学形态，这又鲜明地体现为以下几点：

第一，对朦胧诗深层思想症候的揭示。通过对朦胧诗语言、意象的解读抵达对其历史想象、时间观的阐释，进而发现了朦胧诗的深层思想症候，指出其内在的进步现代性特质。在对朦胧诗文本的解读中，显示了深厚的哲学理论素养，并将之放在历史与文学的关联性视域中考察，指出其中潜隐的现代主义时间观，这一学术洞见，既是对"朦胧诗"之流派特征的深刻指认，同时拒绝了朦胧诗阐释的"政治"话语范式，将朦胧诗研究引向深入。

第二，对第三代诗"生命意识"和"过程主义"哲学思想的阐发。通过对第三代诗之生成历史场景的还原和对被历史遗落的诗歌文本的打捞，孙基林先生命名了"热态生活诗""冷态抒情诗"等诗歌形态，由此进入到第三代诗的文本深层，提出"视觉叙述""时空诗学"等诗学命题，进而揭示了第三代诗的思想特质（"生命意识"）和文本特质（"过程主义"）。以对韩东的论述为例，惯常的文学史叙述格外重视其《有关大雁塔》和《你见过大海》，但他以历史参与者的身份指出，"《山民》是韩东探索与转型期的一首代表性作品，虽然后来未被纳入自选集中，但它在韩东实验过程中的价值意义以及对第三代诗歌发生期的影响不容忽略。"究其实，《山民》显示出韩东已经挣脱了朦胧诗的影响，呈现了某种原始的"生命意识"。他较早地对第三代诗展开了深刻的言说与"命名"，他关于第三代诗的这些论断，在今天仍然有持续的影响力。

第三，"叙述性诗学"的建构与论述。针对由朦胧诗向第三代诗的诗歌转型，以及 90 年代以来的诗歌写作风尚，孙基林先生明确指出，"民间写作在日常生活书写的基础上，从艺术层面上看便呈现为基于口语的叙述性特征。新时期诗歌在走出朦胧诗的意象诗学之后，一股叙述性的思潮、风气得以漫溢开来，以至于形成拒绝象征、拒绝隐喻之后的一种基本写作方法。"正是基于对第三代诗学的精深研究，自然而然地延伸出对叙述性诗学的建构，显示了深刻的生命体验与诗学积淀。对"叙述性思潮"的揭示与阐发，深刻地揭示了诗歌的内在走向，成为作者日后不断深入研究的课题。总的来说，今天的诗歌写作中，"叙述"而不是"叙事"已经成为一种基本的写作与修辞方式，这正是孙基林诗学建构的深刻与历史预见性。

诗探索14　理论卷　2019年　第 2 辑

章亚昕先生在《知青体验与校园体验》一文中指出，孙基林总是"将特定时代的诗歌写作思潮与一个时代潜在的精神走向内在地联系起来。"这正是其诗学研究的显著特征。在纷繁的诗歌现象中，敏锐而又准确地提炼、建构富有启示意义的诗学形态；在历史、时代与诗歌的驳杂关系中，洞悉诗歌的历史经验与理论走向；在日益轻飘的时代坚守诗歌之重，在日益急躁的时代固守诗思之慢，孙基林先生的诗学研究以及文字中隐现的"诗性主体"，值得我们尊重并珍视。

　　［作者单位：河南财经政法大学文化传播学院］.

·新诗理论著作述评·

历史结构、严肃性与在场

——论诗学批评的另一种范式

敬 笃

诗学批评是一种从阅读、体验、解读、分析等方面出发，对作品有针对性的鉴赏与评析。通过这样一个剥离的过程，把握文学作品的话语，帮助读者更好地阅读和理解作品。诗学批评，是一门极为枯燥且又极具难度的学问或知识。倘若把诗学批评放置于中国新诗百年的视野内，更是一门有难度的学问或知识。为什么会这样说呢？正如敬文东在夏汉《语象的狂欢》一书的序言中指出，"每天都有不可胜数的诗作发布于网络，它们虽浮出电脑和手机的屏幕，被转发，被点赞，大多却难逃被遗忘的宿命——新诗的惨淡名声，并未因圈地自嗨式的繁荣景象得到实质的提升。"① 诚然，对于百年的新诗试验，我们暂且无法评论其对与错、没落与繁盛，但是有一点我们不得不承认——经典的缺席。无论是卡尔维诺，还是 J.M. 库切在讨论经典的时候都强调了经典之于文学史的意义、经典之于文学自身的价值。那么，当代诗歌经典的缺席表现在哪些方面呢？通过文本的考察与综合，本文认为主要表现在以下两个方面：一方面，主体自身的焦虑，泛诗化现象严重；另一方面，批评功能的淡化，批评责任的缺失。

由于本文是以探讨诗学批评为主题，并结合夏汉批评新著《语象的狂欢》展开讨论，对"主体自身的焦虑，泛诗化现象严重"这一点暂不做探讨。批评者的责任是判定经典的重要指标，一旦批评缺乏责任感，不敢对所谓的经典进行考量与质疑，自然而然也就很难发现经典。"人云亦云，趋之若鹜"是当下批评的一大通病。那么，批评的价值在哪里？J.M. 库切认为，"批评不仅不是经典的敌人，而且实际上，最具质疑精神的批评恰恰是经典用以界定自身，从而得以继续存在下去的东西。"②

---

① 夏汉：《语象的狂欢》，南方出版社 2017 年版，第 6 页。

② ［南非］J.M. 库切：《内心活动》，汪洪章、黄灿然译，浙江文艺出版社 2017 年版，第 182 页。

诗探索 14　理论卷　2019年　第 2 辑

批评，是考察文本的重要依据，也是可以使经典文本得以存续的重要依据。我们所处的时代，恰恰是一个去经典化的时代，欲望支撑的现代社会，在自我与现代性视域范围内，过于强调个性化、个体化。每个人都要凸显自我的主体性，从而忽略了其存在的共生性，希望得到社会正面的褒扬与认可，畏惧或者排斥负面评价与定义，这样也自然而然地给我们带来了一个现实中的自我、一个概念中的自我。那么，诗人作为生活在社会中的个体，也不例外。诗歌，作为时代的衍生品，也随之会发生翻天覆地的变化。顺应时代潮流，似乎被认为是大势所趋。

在时代的大潮中，批评家担负着中国诗歌的巨大责任。罗振亚曾指出，"对于已经逝去的和正在、即将发生的中国先锋诗歌，每个文学批评工作者责无旁贷的任务就是描述其历史，评判其得失，指明其方向。"① 这就是一种诗学批评的态度与担当。而这种担当是消除百年新诗被误解的有效途径之一，也是从庞杂的诗歌作品中精析出经典文本的重要方式之一。

考量文本，是文学批评的重要手段，正如夏汉所言，"在诗学批评里，我们理应选择走一条诗人批评的路径或批评范式，那么，期待诗歌批评首要的就是从诗文本入手，把诗文本作为批评的出发点与切入点，这就规约着对诗的细读的到位与持之以恒。"② 从文本自身出发，以解构学的方法论为指导思路，执刀而入，以最真实、最贴切的语词，解剖诗歌，还原诗的本质。这并不是一个独创性的批评方式，但却是当下最行之有效、最具现实意义的批评手段，这种把抽象还原为具象的批评，能够使我们从根本上捕捉到诗的"肌质"。每一个诗人都有自己的特殊性，当然也自然而然地具备一般性，那么诗学批评的作用就是要通过对诗人及作品特殊性的认知、总结、归纳之后，寻找出它们的一般性即共性。

夏汉的诗学批评是同时代诗人的批评，往往这种批评会或多或少的夹杂着个人感情、好恶，容易让自己陷入一种批评的焦虑与误区之中。索性他是从诗的文本出发，没有以个人感情色彩、人情世故，来批评一位诗人。这也正是敬文东所看中的，他指出，"他的批评因发自友谊的意切，而显出坦诚和贴切的情状，却不见交际场上的套话与恭维。"③ 这是一种公允的判断，也是一种负责任的态度。由于《语象的狂欢》所涉及的大多数诗人为当代诗人，作品尚未定论，批评的平衡度是很难把

---

① 罗振亚：《20世纪中国先锋诗潮》，人民出版社2008年版，第26页。

② 夏汉：《语象的狂欢》，南方出版社2017年版，第263页。

③ 夏汉：《语象的狂欢》，南方出版社2017年版，第264页。

控的。而夏汉合理而有效的避开了定义或者定性诗人的视角，转向一种文本的阐释，这样在细读的关照下，诗的"本真"将会裸露出来。

一　一种批评的逻辑：语言的历史结构

众所周知，诗，是一种非常难以把握的文体。其语言的难度及指向具有多义性，特别是一些哲理诗、讽刺诗、教谕诗，语言理智化程度更高，导致批评难度也进一步加大。勒内·韦勒克曾指出，"文学语言深深地植根于语言的历史结构中，强调对符号本身的注意，具有表现情意的一面。"① 这也就阐明了文学评论，要基于其历史、时代背景，在变化的语境中揣摩语义。与此同时，20世纪90年代之后，诗歌审美也有了新的向度，日常化诗语的转向与对传统的深入挖掘，以及语言的明澈化更加凸显，成了当时必不可少的写作态势。夏汉的《"在句子以外，我更倾向于一首诗"——读孙文波〈新山水诗〉》《爱、时代的焦虑与救赎——沈苇及其近年的诗学嬗变》《卡夫卡的背影后：我们依然重要——在余怒和魔头贝贝中寻找》等篇目，其实核心都是围绕这样一个宏大主题展开批评的，站在先锋诗歌的批评立场上做了较为翔实的探究。

作为先锋诗人、后朦胧诗歌时代代表人物的孙文波，一直以来活跃在诗坛，持续创作了大量的富有探索意义的诗歌文本。夏汉在讨论孙文波《新山水诗》的时候，专门提到了几个关键词：历史、语言、当代性、文以载道、虚无感、传统等，从本质上把握了孙文波的诗学脉络，抓住了诗人的内在精神要旨，这是一个批评家敏锐眼光的最佳体现。在做结论的过程中，他指出，"孙文波近年的写作，像波德莱尔在浪漫主义的全盛期，走出一条背道而驰的诗歌之路那样，他在汉语新诗走过百年之后，重又走了一条与已有'传统'和自己的诗歌截然不同的路径，从受西方现代主义的影响，到寻找与自身的文化传统契合，但又不是简单地回归，而是从中发明传统的路，其中包含了我们对自身处境的反复认知——这既需要胆略，也需要眼光和清楚的认知。"② 作者没有给诗人定性，而是做了一种诗学意义上的预判，这种预判是尊重文本考察、尊重创作规律、尊重文学本质的。文章架构了孙文波形式时代创作的基

---

① ［美］勒内·韦勒克、奥斯汀·沃伦：《文学理论》，刘象愚等译，浙江人民出版社2017年版，第18页。

② 夏汉：《语象的狂欢》，南方出版社2017年版，第41页。

诗探索14　理论卷　2019年　第2辑

本范式，从"语言的转向"层面，准确提炼出孙文波诗歌的文本价值及研究意义。

诗人沈苇，投身于祖国的边疆建设，创作出大量脍炙人口的诗篇。沈苇的诗歌，具备了边疆诗人的辽远、苍茫、广博、地域性，同时也有着一种迁徙的精神，是属于他们那一代新疆人自身特有的品质。夏汉对沈苇的评论中，并没有针对沈苇诗歌的主题做过多的阐释，而是基于其历史纵向考察，将个体文本的特殊性挖掘出来，全面、合理的阐释了诗人诗学嬗变的过程。沈苇在塑造"本我"的诗歌王国，多元化的写作手法，更是赋予了王国更多的可能性。夏汉紧紧抓住沈苇诗学中的"蜕变"这个显性特征，从生与死的宏大叙事中拿捏出诗人的精髓与精神内质。从文本着手剥离出来的恐惧、焦虑、敌意、幻想等等关键词，皆来自于诗人所经历的显著事件上，这是一个历史的节点，也是诗人诗学嬗变的"变"之初衷。大时代背景下的诗人，会产生本质上的"蜕变"，这种"蜕变"是诗人叩问自我的"变"，也是灵魂之变，更是语言之变。所有的"变"，最终都要回归语言，因为那是"诗"的归属，也是"诗"的宿命。"族群冲突后的诗人，其语言也明显地呈现出与种族灾变搏斗的痕迹。"语言的力量，坠落在历史的结构之中，那种斗争的痕迹，是一种信仰的挣扎。夏汉在剖析沈苇诗歌的过程中，抓住了沈苇诗歌"蜕变"的本质，以诗人的视角解读诗人，以语言的本质来还原语言，完成了诗学层面上的批评。

而对余怒与魔头贝贝的批评，从卡夫卡的现代性出发，对号入座，将两位诗人的诗歌特点逐一呈现。夏汉在开篇的时候提到，"卡夫卡的文本里充满了象征、隐喻、暗示、碎片化及其缝合，还有通篇的晦涩乃至无主题变奏，这些都成为现代诗的基本构成元素"[①]，这些恰如其分地归纳了卡夫卡基本特点，同时也指出了现代性诗歌的基本符号。夏汉强调，"如若对其文本进行过度的抽象与理论阐释，势必形成'阐释过度'的诟病，从而愈加远离其诗学本初。"这是对余怒、魔头贝贝共同特点考察之后得出的结论。批评家在做一个预判，给自己的批评导向找到一个合理的维度。众所周知，诗的隐喻多藏于日常之中，特别是俚语和俗谚中显而易见。隐喻的转化，可以使我们从具体的物质关系中抽象出术语来，这样隐喻的特点也就凸显了，想象性也会大幅增加。"余怒和魔头贝贝，都是从日常生活里发现诗意的高手，或者说，他们把诗看

---

① 夏汉：《语象的狂欢》，南方出版社 2017 年版，第 202 页。

作生活本身，这样，他们诗里的日常性就格外地浓郁"①，恰恰证明了隐喻的源头，也为二者的现代性做了基础性的评判。诚如夏汉所判断的那样，"感觉余怒有一种'无所谓'的语言姿态，不知道这姿态是佯装的嬉皮士般的脾性，还是预兆诗学的策略。但这种语言姿态恰恰与时代形成了张力，或一种不妥协。"语言的张力来自它本身的外延，诗人如何赋予它足够的张力，考验一个诗人的想象力的时候到了。而在魔头贝贝那里，"魔头贝贝为我们呈现了一个扭曲的现实，在他酒精浸泡过的大脑独特的感受与他修辞的语言锦囊里，这样的语言现实则拥有了几分荒诞感"更折射出现代性，荒谬、晦涩、隐喻的特点。"现代性"作为余怒、魔头贝贝文本考察的基本依据，是贴切的、恰到好处的、符合二人创作要旨的。而"现代性"是建立在历史结构中的文学，是时代背景与现代化语境的有机结合下的产物，折射出一代人的创作特点。

二 一种批评的可能：诗的效用和严肃性

亚里士多德曾经不止一次的强调过诗比历史更具有哲学性。不难看出，诗处理的事情多半是可能发生的事情，而历史所处理的事情是已经发生的事情。这就是从诗与历史的作用角度进行考量而提出的观点。可能发生的事情，具备可能性，那么也就会有预言性、多变性。而诗学评论，正是基于这一点，对诗所做出的可能性做一个有效的预判，从而使诗歌发挥其效用。虽然诗人艾略特曾说过，"在这个世界或另一个世界里，没有一样东西可以取代另一样东西。"② 但是，批评家从不会试图用批评去取代诗的效用，而是借助批评，找到真正的对等物，从而使诗在价值上更有存在感。夏汉在《语象的狂欢》有几篇批评文章恰恰符合这样一个判断标准：《在乐器上弹奏最后单调的音乐——西方诗歌死亡主题的辨认》《生命深处不期而遇的美学典范——在微观审视中论多多的诗歌艺术》。

在讨论西方诗歌死亡主题的问题上，夏汉用了一个非常形象的题目《在乐器上弹奏最后单调的音乐》。死亡，作为西方哲学史一个复调式的命题，在西方诗歌史上也从未缺席。夏汉在考察死亡主题的时候，涉及了波德莱尔、狄金森、茨维塔耶娃、阿赫玛托娃、索德格朗、特拉克尔、阿米亥、普拉斯、弗罗斯特、曼德尔施塔姆、辛波斯卡等经典诗人，诗人们从自身的遭遇、所处的历史环境、社会现实、阅读经验中剥离出"死亡"的真谛。虽然每一个诗人对"死亡"的认知方式、体悟角度有所不同，但是"死亡"的本质是相同的。"死亡"对于有生命的个体和诗人而言，只要他们活着，"死亡"就是一种可能性，可能发生的"事情"，对人类而言"死亡"是一个非常严肃的话题。而对诗人来说，诗歌中"死亡"的主题，恰是对"死亡"的敬畏，也是对诗的严肃性的尊重。夏汉认为，"诗人是在死亡的已知之中探索更深远的未知，从而让死亡拥有其延展性。这其实既有诗人对死亡自身的认知，也有哲学意义上的谋求，这样才会让诗人有了对死亡主题表达的乐此不疲与愉悦。"[1]这里的未知恰好是一种可能性，也是哲学性的体现。无疑，在西方诗歌死亡主题的探讨上，夏汉尊重了西方哲学的精神内核，也尊重了西方诗歌的现代性走向，而且这种尊重是源自文本的细读，就此批评家的严肃、认真的态度彰显得淋漓尽致。

作为朦胧诗代表诗人之一的多多，他诗歌的技艺和洞察力是有目共睹的。对于多多诗歌的批评与阐释，国内许多评论家已经做过，甚至给了某些定论，想要再从其诗歌中挖掘出更多出彩的地方，确实难度不小。作为批评家的夏汉，并没有走传统批评的老路子，而是另辟蹊径，从微观的角度审视多多的诗歌艺术，这是一个非常精准的批评方向。夏汉抛却朦胧诗的语言特点、写作、表现手法不谈，反而抓住多多诗歌审美的特点，进而以回归诗歌本质的方式来讨论诗的美学指向。夏汉分以下三个层面展开探讨：一是复合、歧义与多解：诗的发生；二是绝望、血与死亡：独异的主题；三是高贵、骨节与张力：诗的语言。

在诗的发生层面，夏汉提炼出复合、歧义与多解等词汇，直接明了地指出多多诗歌的文本特点。而这几个主要词汇，恰恰体现出诗人诗歌创作的多义性和可能性，这种可能性，给诗歌带来了更为有效的价值，同时也使得诗歌在发生学的意义上产生更为广阔的外延。而多多诗歌里，绝望、血、死亡这些异质性的主题更加契合西方诗歌死亡的主题，也从另一个角度阐明多多在"死亡"的问题上做了一定的思考。在生与死的命题上，诗人反思，评论家也在反思。夏汉指出，"我们看得出这种来自于生存的洞察与彻悟给予我们内蕴精湛的诗句，而在这诗行间所涌现的语言的力量则给读者以宗教般的温暖与魅力，从而让人们因为有了这

---

① 夏汉：《语象的狂欢》，南方出版社 2017 年版，第 17 页。

些诗篇而拥有了寄托和希望。"① 由死而生，在宗教范畴内考虑死亡，自然要上升到神圣而庄严的信仰之上。这种思考死亡的方式，是严肃的、是虔诚的、是反诘的，也体现了多多诗歌的审美与价值观取向。在语言方面，多多诗歌以高贵、骨节、富有张力而著称，这是一种风骨，也是一种贵族气质，更是一种责任担当。高贵在虚无的词语中散发着诗人独有的魅力，灵魂在此刻获得飞升，于是一切的美好都与诗有关、与语言有关。正是这三个层面的论述，结合文本细读，以"艺术的洞察"，很好地把握了多多诗歌的艺术特征，解剖出隐蔽在句式下的身影与面孔，也赋予了多多诗歌新的"知觉价值"与"美学性质"。基于这三个微观层面的考察，剖析出多多诗歌在审美上达到了历史与心灵的同构，从而澄明诗人文本的价值趋向。

三　一种批评的向度：诗人批评的在场性

作为批评家的夏汉，本身就是一名优秀的诗人。从《河南先锋诗歌论》到《语象的狂欢》是夏汉从诗歌评论者向批评家转向的一个标志，也是他从诗人蜕变为批评家诗人的象征。

优秀的批评家首先是一名诗人，只有这样他在诗歌现场，才能准确、有效的把握诗坛变化、诗歌流派的变迁，从而获得第一手诗歌资料，为批评留下最符合当下的文本。在西方许多大批评家本身就是诗人，比如波德莱尔、奥登、阿赫玛托娃、布罗茨基等。

诗人批评家，是独立于传统批评之外的第三种批评。批评家所具备的理性、客观以及扎实的理论基础，恰恰可以在一定程度上弥补诗人的不足。众所周知，一般意义上的诗人多为主观性比较强、个性十足，缺乏理性的人。正是这种先天性的弥合，可以让诗人与批评家更好的结合在一起。诗人批评诗人，摆脱主观性、非理性的因素，从客观、理性的角度出发，结合评论家自身的理论素养，能够迸发出更多的不一样的火花。正如夏汉所言，"诗人批评家缘于其长期的诗歌写作实践，对诗的发生、意义的生成与语言形式的接纳与变化十分熟悉，故而能够从诗人的角度与诗的内部考察，得出合乎诗本身的判断，能够'尽可能地接近作者的原初思想与意图'"②，诗人从文本内部出发结合自我体验、经验，

<hr>

① 夏汉：《语象的狂欢》，南方出版社 2017 年版，第 28 页。

② 夏汉：《语象的狂欢》，南方出版社 2017 年版，第 265 页。

诗探索14　理论卷　2019年　第 2 辑

能够从最本真的诗的原初处获得诗意的收集。纵观诗学批评的历史，我们不难发现，每个诗学批评家都在和具体的诗歌作品发生着直接的关系，他们都是从文本中发展自己的诗学理论。那么，更了解或者熟稔诗歌作品要领的人，其中不乏优秀的诗人。诗人批评的在场，可以有效地对作品做出正确的筛选、评价、分析，从而获得最恰当的判断。

在我个人看来，诗人的在场性是构成诗人批评家的基本要素。美国作家艾默生也曾说过，"美就是它自身存在的理由。"那么，诗人的在场就是诗歌自身存在的理由。真正的批评来源于诗歌作品自身，理论需要作品作为支撑，需要在作品中证实理论的正确或者错误，只有结合具体的文本，才能令人信服。另一方面，批评家马维尔认为，"诗必须作为诗来读，即：它'讲'的是什么，是一个由批评家来回答的问题，不管有多少历史证据，最终也不能决定诗到底在'讲'什么。"[1]他站在历史的角度，考量了批评应依据历史证据，这些证据是什么？是作品本身，只有真正的诗歌在场者才能体会到作品衍生的意义与讲述的是什么。诗歌本身就是一个虚构的世界、想象的世界、创造的世界，批评家如何与这个世界产生对等、发生关系，最好的方式是参与到对于世界的"虚构""想象"与"创造"之中来，也就是在场。勒内·韦勒克认为，"艺术须有自己的某种框架，以此述说从现象世界中抽取的东西。"[2]作为重要艺术形式的诗，也有自己的框架，而在这个框架之内，诗人构建着自身特有的世界，他们从现象世界中抽象的事物，恰恰具有独特性和异质性。那么，什么样的人可以最直接、本真地获得被诗人抽象的"物"与"象"呢？我想只有诗人自己或者另一个诗人，因此确认了诗人在场，也为诗歌的批评提供了一个可供参考的维度。

诚如夏汉提出的那样，"在诗人批评领域，文本、细读以及亲切的文体形式构成其基本范式。"[3]这样建基在文本细读之上的批评，也可以称得上是一种有效的批评范式。勒内·韦勒克认为，"批评与艺术之间的关系依然悬而未决。"[4]这准确地阐明了批评与诗歌之间的关系问题是一个悬而未决的问题，也恰如其分地确证了诗人作为批评家的可能性。作为诗人批评家可以最直接地进入到诗歌作品内部，从作品自身出

① 勒内·韦勒克：《批评的诸种概念》，上海人民出版社 2015 年版，第 122-136 页。

② 勒内·韦勒克、奥斯汀·沃伦：《文学理论》，刘象愚等译，浙江人民出版社 2017 年版，第 231 页。

③ 夏汉：《语象的狂欢》，南方出版社 2017 年版，第 265 页。

④ 勒内·韦勒克：《批评的诸种概念》，上海人民出版社 2015 年版，第 211 页。

·新诗理论著作述评·

发，解释、评价。

无论哪种批评方式，都应该坚持一个原则，即：评价来自理解，正确的评价来自正确的理解。每一个批评家在理解上，由于自身学识、涵养、理解力上的差异，必然存在着对作品理解的偏差与是否妥当的问题。批评是一个相对的概念，没有一个绝对意义的标准来规范批评必须是什么？必须评判出对与错，也就成了一个伪命题。

概而论之，评价一个批评理论恰当与否，来源于批评家是否依据诗歌作品，是否基于诗歌纵向、横向历史的考察，来作为判断标准。作为在场者的夏汉这本诗学批评文集《语象的狂欢》中，他充分尊重了我们所谈到的判断标准，为我们指出了一条诗人批评家的批评范式，注定会在诗学批评的场域内发挥一定的作用，让我们拭目以待吧！

结　语

在中国文学批评领域内，诗学批评一直处于边缘位置。诗学批评发展到今天，面临诸多问题，甚至一些西方诗学批评的老问题也会在我们这里重演。那么，重申诗学批评的中心问题，即是"批评"，也是迫在眉睫的事情。诗学批评注定在诗学理论与方法上获得足够的支撑，而不仅仅局限于纯粹的形式分析。同样，我们也不能忽略诗学批评中的"诗学"，这个关键词。曹丹红在总结了当代法国诗学批评现状的时候，认为，"诗学批评最重要的任务是对写作与形式特征的提炼，在此基础上揭示形式元素具有重复性。"[①]这从侧面阐明了诗学批评要抓住的核心内容与特点。那么，提供一种有效的诗学批评方式就显得尤为重要。

诗学批评首先通过文本细读，进而获知作者创作意图及语言机制，展示出文本的基本形式及特定的效果，对诗人的创作产生启发、反思。这是诗学批评的功能之一，也是一种有效的诗学批评方式。随着时代的不断发展，诗人的创作风格、手法以及时代背景都在发生着变化，那么我们的诗学批评理论与方法也会随之再思考与观念调整，才能使诗学批评活跃在文学研究的场域内。按照马克思主义认识论经典描述的那样，"实践决定认识，认识反作用于实践。"应用到诗学批评上仍然重要，在理论与实践之间，作为诗学批评的理论方法指导着实践，同样也被实践所检修。

---

① 曹丹红：《当代法国文学批评中的诗学途径》，《文艺争鸣》2017年第12期。

诗探索14　理论卷　2019年　第2辑

总而言之，能够有益于读者阅读和理解作品，揭示作品特征与价值的批评方式，或者可以为创作者提供纠正与反思的理论依据的批评方式，就是一种有效的诗学批评方式。作为诗人批评家的夏汉，在为我们提供了一个可供参考的诗学批评范式之外，也为我们打开了诗歌创作的一扇新的大门。这是一个理论与创作相互结合、相互影响的最有效的方式。夏汉的这本诗学批评文集《语象的狂欢》，阐明了诗学批评中语言的历史结构、诗歌的严肃性、批评的在场三者的重要性，为诗人批评家作为一种诗学批评范式的可能性提供思考的空间。同样这本书，势必在不久的将来会为中国诗歌批评提供一种可靠的、相对有效的批评范式。

[作者单位：乌兰察布市民政局]

访毕晓普 ①

阿什利·布朗（Ashley Brown）采访　李嘉娜　译

译者前言：

伊丽莎白·毕晓普（Elizabeth Bishop, 1911-1979），美国 20 世纪杰出女诗人，1956 获得普利策诗歌奖。她的创作长度跨越 50 年，其间旅居巴西 17 年，其创作风格无法划入同时代美国任何诗派。本访谈是在 1966 年，美国文学刊物《谢南多厄》记者阿什利·布朗到巴西对毕晓普进行的采访。在这次采访中毕晓普聊到对她产生影响的诗人以及对诗中政治表达、宗教倾向、神话结构、超现实、童谣、戏剧独白诗形式等看法，还提到巴洛克关于"行动中思考"对她创作影响等，最后还涉及对美国诗坛印象等，这些对我们深入了解毕晓普创作大有裨益。

在彼得罗波利斯市郊外伊丽莎白·毕晓普位于小山坡的书房，彼得罗波利斯是皇家夏天行宫所在地。书房栖息在瀑布之上。从书房窗户可望见一片竹林，往下是一方小泳池，潺潺水流提供即刻的休息。书房内装满了书、成排成排过往的文学期刊及舒适的沙发，书架上摆着从米纳斯吉拉斯州带回的宗教神剧剧照和其他各种小玩意儿。文学访客还会注意到在诗人书桌旁摆放着诗人波特莱尔、玛丽安·摩尔、罗威尔的照片，大猫托比斯和他的伙伴暹罗小猫铃木，都不愿踱离打字机半步。

记者：我看您窗外的景色真是世上难得的绝佳美景，作为诗人还有它求吗？您是否感觉如此清丽美景是您写诗的诱因呢？或者您希望在创作时避开视觉的纷扰？

毕晓普：你看到的书房是背靠山景——太诱人的！但我还有观景的最直接视角：近景赏竹叶，到这来的人都问：这给您灵感吧？我想我得在那些竹子上挂一个牌，写上"灵感之源"。可作家认为最好的酒店要

---

① 本篇访谈出自《谢南多厄》17，（1966 冬季刊）3-19 页。见 George Monteiro ed, Conve sations with Elizabeth Bishop（Literary　Conversations），Jackson: U Press of Mississippi, 1996,pp18-29。

绝对远离纷扰。

记者： 自从 1952 年您就一直生活在巴西？

毕晓普： 是的，1951 年底我来到巴西，你还记得我的诗《抵达桑托斯》吧。

记者： 就您的诗看，您写到巴西的表像，您还捕捉到其他吗？我的意思是这里的社会和文学传统。

毕晓普： 我因偶然原因来到这里，认识巴西人，我有一种强烈的异样感。总的来说，这里生活肯定对我影响很大，让我学到不少东西。许多纽约知识分子关于"欠发达国家"的观点部分是错误的，在这里与文化相异的人生活在一起修正了我不少固有想法。

谈到巴西文化氛围，这与我们的大相径庭，比如在里约，法国影响力很大，我感觉这里的诗歌很有趣，与当代英语诗歌关联不大，我们的诗歌在更早时候就朝着多重方向发展了。

记者： 我们诗歌朝着多重方向发展，您的意思是指？

毕晓普： 早在 1910 年——现代派时期艾略特与庞德不是这样吗？今天的巴西诗歌比我们更顾及形式——更远离民众。当然，1922 年他们就有现代主义运动，是马里奥·德·安德雷德等领导，可他们写诗还是与说话不同。我认为他们还很难脱离浪漫主义。一个有趣的事实是葡萄牙语中竟没有英语里"understatement"一词（夸张的反义词，意为低调说话——译者注），在玛丽安·摩尔（Marianne Moore）诗歌里都是低调说话。这样，他们能理解我们吗？我们有大量的英美传统涵盖在诗歌中；他们有反讽，但没有低调说话。

另外，20 年前我在墨西哥住过一段时间，我认识巴勃罗·聂鲁达，某种程度上我受到过他的影响（如我的诗《致玛丽安·摩尔小姐的邀请函》），与其他南美诗人比较他算是相当"前锋"的诗人了。

简单说，我因偶然闯入异国他乡，确实会受到巴西文化影响，但我依然是个地道的美国诗人。

记者： 您怎么看葡萄牙语？您觉得看、说葡萄牙语（生活在这样环境）是否可以增强您对英语的感受？

毕晓普： 我还没有形成这样的阅读习惯——只是看些小书报。在这里生活的几年我就像一只狗：他们对我说的话都能听懂，可我不怎么会表达，实际上我并不觉得英语感受力增强。这与战前我在法国生活的情景一样。我非常喜欢这里的还是安静！在彼得罗波利斯这块山上，一切幽静极了。

记者： 有人把葡萄牙语形容为一种诗性语言，您怎么看？

毕晓普： 从我们的视角看，这是一种拖沓的语言——口语用起来很麻烦。从语法看，这种语言也很难，即使受过良好教育的巴西人用这种语言去写作也会感到困难，事实上他们不说葡萄牙语。我估计用葡萄牙语写自由诗可能会容易些——可以解脱束缚，这里的人写起自由诗的确比较上手。

记者： 我们聊聊您在北美时期及童年的生活吧。您早年在新斯科舍度过是吗？您的家人是那种鼓励孩子阅读的家庭吗？或者您的文学兴趣是在后来培养起的呢？

毕晓普： 我的童年并不都在新斯科舍度过，1914—1917年战争期间我在那儿，13岁前我每年也在那里度过漫长的夏天，之后我偶尔到那里。我的亲人怎么说都不是文学类型，但我从他们身上学到许多。从某种意义上讲，我居住的加拿大小村庄比我后来居住的波士顿郊外更具文化氛围。我们家的书，有艾默生、卡莱尔和所有传统诗人。我很小就开始阅读，后来我把全部津贴都花去买书了，除了书，我没有其他更想买的东西。

记者： 您喜爱的书籍都有哪些？在那些年里您受到阅读影响吗？

毕晓普： 我对童话故事着迷——安德森、格林等。像让·保罗·萨特（如他在《词语》里说的）一样我也读看不太懂的书，学着去领会。13岁那年我发现惠特曼，那个时候这对我意义非凡。也大约在那个时候我参加了夏令营，遇到几个更成熟的女孩，她们读过艾米丽·狄金森、H.D、康纳德、亨利·詹姆斯等。有个女孩还给我读哈丽雅特·门罗（Harriet Monroe）选编的现代诗人文集，这次阅读体验对我意义重大（我实际8岁开始读诗），我还记得当我读到门罗引用霍普金斯（Hopkins）的一句话，"上帝的威武"时，立马背下来并想到，"我一定得弄到这个人的作品"。1927年我读到了霍普金斯作品的第一版，也读到雪莱、布朗宁诗句，还有斯温伯恩简述，可我却错过了很多学校课业，而我读书又是间歇性的。

记者： 去瓦萨上大学前您是否写过诗歌？我记得您说过在上纳蒂克核桃山中学时遇到特别好的老师。

毕晓普： 我写过很多，8岁开始写作，12岁因一篇关于"美国语言"获得美国退伍军人协会颁发的奖金（一个五美元金币），这是我职业生涯的开始，我已不记得都写了什么！我是学校文学杂志的编辑，在那上面发表过诗歌。在核桃山学校我遇见很好的拉丁文老师和英语老师，教学质量很棒，我是在那里学拉丁文，到了瓦萨后开始学希腊文。现在回想要是自己在大学只学拉丁文和希腊文那该多好！我真的觉得自己没有受过多少教育，用拉丁文写诗文依然被看作一个诗人接受的最好训练。

记者： 您在瓦萨时期属于杰出文学家一代——玛丽·麦卡锡（Mary McCarthy）、埃莉诺·克拉克（Eleanor Clark）、穆里尔·鲁凯泽（Muriel Rukeyser），还有您。您和同学在那个时候就建立起批评的高标准吗？

毕晓普： 事实上我只和玛丽是好朋友，埃莉诺也是我的朋友，可她离开那里两年，穆里尔在那里也只待了一年。是的，他们、我们那时都很挑剔。那个时候堪称大事件的是我们办了一个小杂志，玛丽前不久也谈到这件事，我记得是这样：当时常规文学杂志太枯燥、守旧了，玛丽、埃莉诺和我及其他几个就决定办一个去和它竞争，来个匿名，我们经常在非法经营酒吧喝度数有点高得吓人的红酒。（后来校医说她把酒拿去分析发现含酒精 55%，我可不相信。）我们把杂志取名《高昂》（*Con Spirito*），只出过三期，可我们赢了。我在《高昂》发表过几首诗歌和短篇小说。这个时候艾略特来到我们学校，我被推出去采访他，我好紧张呀，可他非常斯文，他还恭维说他喜欢我们杂志里的一些东西呢。

记者： 那个时候您想过要当诗人或作家吗？

毕晓普： 我从没多想，但我相信自己那时的兴趣是做个诗人。

记者： 我成长在 30 年代，您认为那段极端的政治经历对作家有价值吗？或者说它钝化了我们的视界，一旦用那种特别的政治术语去思考的话。

毕晓普： 我始终反对作家做这样的政治思考，那个时期真有什么好的作品出来吗？也许有几首好诗，肯尼斯·费林写过一些，一大部分在我看来都很假。政治上我认为自己是个社会主义者，可我不喜欢"社会意识"的作品。当所有人都在谈论詹姆斯·T·法雷尔的时候，我声援艾略特。瓦萨的气氛是左翼当道；当时那可是很时髦，有人总是告诉我快到警戒线了，后来又叫我去约翰·里德俱乐部读诗，多数大学女孩不太清楚我们的社会环境。

我对"大萧条"感受强烈——我的家人也深受影响，大家若到纽约乘坐高架车就会看到情景不太对头。我和穷人居住在一起，亲身感受到贫穷，同时大约这个时候我在纽芬兰做徒步旅行，见证了那儿的赤贫状态，不管怎样我赞成做一个社会主义者，直到听到诺曼·托马斯的讲话，他说得实在太乏味了，后来一段时间里我尝试无政府主义。现在我对社会问题和政治学比 30 年代时候兴趣大多了。

记者： 您在开始迈入社会都遇见哪些诗人呢？我知道您认识玛丽

安·摩尔很多年了。

　　毕晓普：我是在 1934 年认识她，那是我在大学的最后一年，通过校图书管理员范妮·波登，她是摩尔家的老朋友。（我曾在文集读到她的诗）我问波登小姐为什么校园图书馆没有《观察》杂志呢？她就说，"你对摩尔有兴趣？她很小时我就认识她了"，很快她就介绍我去认识她。

　　我读大三时候，《猎犬与号角》（*Hound and Horn*）杂志为学生组织了一次竞赛，我投去一个短篇和一首诗，两个都获得优秀奖，另外我还有一首诗、一个短篇发表在《杂志》上，是霍华德·贝克（Howard Baker）和他太太组办的。贝克的朋友叶佛·温特斯（Yvor Winters）写信告诉我；我想温特斯要收我到他麾下，可结果没有，他给我介绍一个他以前的学生唐·斯坦福，在哈佛上学。

　　记者：*30 年代您是否受到奥登影响呢？*

　　毕晓普：是的！我在大学时候开始读奥登，我买过奥登出版的所有书籍，花大量时间读他，但他并没有影响到我的诗歌创作，我想华莱士·史蒂文斯（Wallace Stevens）是那时对我产生最大影响的同时代诗人。另外，我从霍普金斯和玄学派诗人那里比从史蒂文斯和哈特·克莱恩（Hart Crane）那里学到更多东西，我还一直崇拜赫伯特（Herbert）呢。

　　记者：*您这么喜欢赫伯特什么呢？*

　　毕晓普：首先，我喜欢语调的绝对自然，柯勒律治对此有过很好的评论，你记得吧。另外赫伯特那很是超现实的诗歌让我着迷，比如《莫名的爱》（30 年代我对超现实主义颇感兴趣），我也喜欢多恩（Donne），当然特别是他的爱情诗歌，还有克拉肖（Crashaw），我发现自己很多时候一再重读克拉肖。

　　记者：*您的诗歌受到赫伯特影响吗？*

　　毕晓普：是的。《小草》多少是模仿他《莫名的爱》，可能还有其他诗也受过影响。

　　记者：*您对 40 年代宗教诗歌什么看法？我主要指艾略特和奥登的长诗，也指像塔特（Tate）《冬日的海》和罗威尔（Lowell）《威利爵爷的城堡》长卷。那些年代我们似乎朝着相当不可预测的方向移动，那是基督教诗歌的辉煌时期，可后来断了，是这样吗？*

　　毕晓普：说到艾略特和奥登，我感觉艾略特更好理解，经过漫长的过程他把我们带到他的《四个四重奏》，艾略特并不很爱说教（散文是另一回事）。奥登后期有些诗歌在我看来因说教而掉价。一般来说我不喜欢现代宗教狂；这似乎总是导向一种道德优越感的语调。当然，我对诗人奥登崇拜无比，至于宗教诗歌以及一般宗教题材诗歌，怎么说呢，赫伯特以来时代已经发生了变化，我不是宗教徒，但我还是带着极大的快乐去读赫伯特和霍普金斯。

记者：您觉得诗人有必要用"神话"——基督教或其他——来支撑作品吗？

毕晓普：看情况——有的行，有的不必。你要有东西支撑你，可也许你未意识到支撑你的东西。看看罗威尔：他写的好诗都是在离开教堂以后，再看保罗·克利（Paul Klee），他在同一时期里画出了16幅画，可他并没有把神话作为框架去依赖，但显然他的成就令人瞩目。我承认，关于支撑问题我没有兴致，我对规模大、宏大作品也不感兴趣，我认为有些作品大未必就是好。

记者：可有诗人和评论家对这个非常在乎，不是吗？

毕晓普：一些人比另一些人更渴望构成体系，——渴望一切按部就班。奥登实际也是这样的人，我以为。玛丽安·摩尔就没有特别的"神话"，可她不时呈现一套了不起的信仰，一种主心骨般的信念。

记者：我知道您对其他艺术——特别是音乐和绘画兴趣浓厚，您的诗歌受到这方面影响吗？

毕晓普：我想我比多数诗人更具眼力，许多年前，约在1942、1943年，有人提到艺术评论家迈耶·夏皮罗（Meyer Shapiro）说我，"她用画家的眼睛写诗"，我听了受宠若惊。我一辈子对绘画兴趣不减，我的亲人中也有搞画画的，孩童时代我常常被带到波士顿美术馆、加德纳夫人博物馆、福格艺术博物馆等，我是很想当个画家。

记者：《有色歌手之声》怎样？您似乎还没有让人把它谱成曲？

毕晓普：我正希望有人把这些谱成曲，心里想到比利·哈乐黛（Billie Holiday），我在诗歌中用到一两个大词，就是因为她唱大词唱得好——比如"蓄谋的根"。至于泛论音乐，那我更愿作曲！我学过多年复调和钢琴，我想自己依然具有"音乐"能力。可我也想当医生，我还报名去读康奈尔医学院呢，是玛丽安·摩尔劝我别去。

记者：我想知道您有时是否凭节奏感用自己的方式去"感知"一首诗歌，甚至在主题还未明朗之前——就像《海滨墓园》的创作方式？

毕晓普：是的，一群词、词语会自己游到我的脑海就像某个东西游入大海，随即把其他东西吸引。我的确会用自己的方式去"感知"一首诗歌，就像你说的。人们心智运转的方式出乎意料。我写《公鸡》时就被死死卡住，怎么也写不好，后来有一天我在放拉尔夫·柯克帕特里克

（Ralph Kirkpatrick）演奏的《斯卡拉蒂》录音：奏鸣曲节奏紧紧攫住我的心，使得我又重新启动了创作。

记者：创作这样一首诗歌，您是从诗节安排的兴致入手呢？还是让经验主导形式？

毕晓普：这种情况我不好说哪个先来，有时是形式，有时是主题主导心智。我们有过交流的一些诗人也大都谈到相同的情况。关于这个话题我更倾向豪斯曼（Housman）的文章《诗的名称与本性》，虽然那只提到问题的一个方面，可讲述得非常好。

记者：您可以说说创作六节诗《早餐奇迹》的感受吗？这首诗具有迷人的超现实主义特征，可我对产生这首诗歌的那种体验充满好奇。

毕晓普：噢，那是我在"大萧条"时期的创作，时间约 1936 年发放救济粮、男人上街卖苹果后不久写出来的，这是我关于"社会意识"的诗歌，关于饥馑的创作。

记者：那不也是超现实主义的鼎盛时期吗？

毕晓普：是的，那时我刚从法国住了一年回来，在法国我读过许多超现实主义诗歌和散文。

记者：我在巴西这里朗读这首诗歌时，学生不停问我："她在等渡船吗？"您记得这首诗歌前面写到一次渡河。转其他话题吧：《在渔房》是您第二本诗集中我最喜欢的诗，这首诗在我看来像华兹华斯式，像他的《决心与自立》，但您这首诗多用现在时态，更具亲临感和"存在主义"感，华兹华斯似乎真的是在写"宁静中回忆的情感"，所以多用过去时态，我这样做比较您看如何？

毕晓普：这属于诗歌创作问题。我们对诗歌心理的认知，或至少在态度上发生了巨大的变化。这当中霍普金斯是一个伟大的革新者，我上大学时候写过一篇关于他的文章，在准备材料过程中，我读到关于 17 世纪巴洛克散文的文章，作者——我忘了——极力彰显巴洛克布道（如多恩），极力表现行动中的心智，而不是寂静中的心智。把这点用到我在写的霍普金斯，他的诗歌《德国残骸》里一个令我深刻印象的词，霍普金斯说，"幻想，来得更快"，他突然转去自言自语道。这是一首巴洛克诗歌。勃朗宁也说过类似的话，可没有如此震撼。换句话说，现在时的运用有助于传达行动中心智的意义。卡明思（Cummings）在诗中也有类似表述，当然其他语言（特别是法语）的诗人比我们用更多"历史现在时"，尽管实际上不是一回事。但时态转换总是能产生深沉、空旷、前景、背景等诸多效果。

诗探索 14 理论卷 2019年 第 2 辑

记者：有点像音乐中的变调。

毕晓普：的确，非常相像。

记者：您怎么看戏剧独白作为一种诗歌形式——当诗人是角色的时候？这样的"体验型诗歌"对很多诗人具吸引力。我相信您也写过两三首——比如《有色歌手之声》《杰罗尼莫的房子》等。

毕晓普：我没想太多。罗威尔和其他诗人在这方面干得漂亮。我想这个行为本身就是一种放松，你可以说许多在抒情诗里无法说出的话，如果再配情景和服装，那就更投入，我眼下正在写这样的诗。

记者：我最近在读您的一首诗歌叫《夏日之梦》，这是一个很棒的小诗，为濒临死亡的海滨小镇招魂，每个细节都不可小觑，您是把长诗压缩吗？

毕晓普：在夏日的一天我去了布雷顿雷角，这个小村庄真是小，我在诗里提到那里有几个怪异人，实际上人数还有点多。可出乎意料那个村庄也出过几个巨人，我的诗里已经表现了那是些什么样的人。我没有压缩。

记者：您会对诗歌进行修改吗？

毕晓普：不会，诗歌发表后，我只会偶尔改写个别词，有的诗人喜欢改写，可我不喜欢。

记者：您是怎么想到去基韦斯特并在那里创作出好东西的呢？您是否觉得那是块创作宝地？

毕晓普：那是 1938 年，我在佛罗里达西海岸钓鱼，去基韦斯特待一两天想看看那里人是怎么钓鱼，我喜欢那个镇就决定在 1939 年再去那里，于是在欧洲游走了八个多月后又去了。我买了一处小而别致的房子。不能说基韦斯特为作家提供什么特别的得天独厚，可我喜欢住在那里，色彩的光鲜和炫目令我印象深刻。我还喜欢游泳。那个年代小镇破败极了，所有人都靠政府提供的工程类活儿糊口，那个时候我对贫困区持一种特别好感，可是我的基韦斯特时光很快就过去了，1949 年我回去过冬，而战后一切就不复如前了。

记者：提到基韦斯特，您能否谈谈约翰·杜威，您在那里跟他很熟吧？我想您会同意说他的撰文风格看起来相当笨拙，即便是在他的著作里关于美学的那部分，这对他的声誉不好。可他是个非常敏感的人，对吗？

毕晓普：是的，非常敏感。我觉得他是个可爱的人。他可以在任何条件下工作，即使已是 85 岁高龄了还是一丝不苟。他和玛丽安·摩尔两人是我认识的人中少见的可以与社会各界、大概所有人聊天的人，而且说话方式一丁点不会改变。这说明他们身上具可贵素质——对别人持本能的尊重，这点我们也但愿自己如此可也只是但愿而已。不管你的提问有多愚蠢，他总能给你一个完美而老道的回答。他喜欢小东西、小植物、小草、小动物等，他为人当然非常慷慨。我记得我的诗歌《公鸡》在《新共和》发表时候，他读到后对我说，"喂，伊丽莎白，你的这些三行韵用得太棒了，要是我年轻时能多学些写作就好了。"

记者：弗兰纳里·奥康纳（Flannery O'Connor）崇拜杜威，这让不少人感到惊讶，我上次见到她是在1963年，她正在读杜威的两本书。

毕晓普：嗯，我相信她比我更了解他的哲学！

记者：你和罗威尔是多年的文学伙伴吧？

毕晓普：是这样，诚然。我们是20年的挚友，他的生活和工作始终是我最为关注的，他属于那种，在你看到作品前，名字出现在杂志封面或目录里能给你带来兴奋和希望而为数不多的诗人。

记者：您是怎么看他这几年诗歌转向——从《人生研究》开始？

毕晓普：人们的确怀念威利爵爷破喇叭的声响，可诗人也得改变，也许后来他压低气势的语调更显出慈悲胸怀。

记者：现在请谈谈50年代您在国会图书馆履职，您是在博林根诗歌奖项被追回[①]后到那里任职的是吗？

毕晓普：蕾奥妮·亚当斯是我的前任，她算干得很糟糕；麦克利什（MacLeish）在任上很有些点子。有的诗人很适合这个位子，可我很不称职——我没有去开讲座、去读诗，事实上从来没有。然而那是我人生中唯一见证官僚体制运行的时候，这自然与我所接受的教育有关。

记者：和文学界许多同仁一样您在50年代拜访过庞德，除了您自己用诗歌记录《专访圣·伊丽莎白医院》，您是否另外撰文评论过他呢？

毕晓普：我想我该说的都在那首诗里说了，我极为崇拜他的勇气；他在那段艰难的十三年里用事实证明了自己对文学的赤诚。

记者：顺便请教，我对这首诗的形式框架特感兴趣，您是怎么想到用它的？

毕晓普：那是引用古老的童谣《这是杰克盖的房》，我一直很喜欢童谣，这个正好就用到了这首诗里。

记者：巴西这里像费尼希邬斯·迪摩赖斯（Vinicius de Moraes）一

---

① 1949年博林根诗歌奖设立，该奖每年颁发给通过国会艺术院士遴选出最有影响的诗人，1949庞德获首届奖殊荣，可不断有人怪罪庞德与意大利法西斯曾经的牵扯并要求庞德退回奖金。此事发生在毕晓普到国会图书馆任职之前，毕晓普在国会图书馆任职时间是1949—1950年。

诗探索14 理论卷 2019年 第2辑

直在为开创波萨诺瓦舞曲风（bossa nova）创作抒情诗，您想过也用英语这样做吗？

毕晓普：我一直想写流行歌曲，也写了几首可不成功，我非常喜欢流行歌曲的歌词，比如《对我意味着》，还有奥格登·纳什（Ogden Nash）《悄悄地说》。

记者：我想很多人都读过并崇拜您写的新诗民谣体《巴比伦盗贼》，很引人注目，您在找寻适合这首诗的形式花了不少时间吧？真的是从报刊材料加工来的吗？

毕晓普：没有，我坐下后很快就写出来，只稍添加和修改了几个地方。这一类大多在一天里就写成，自然看起来就像个民谣，从报端取材来的真实故事，对事实处理我实际上只修改了两个小地方。

记者：您真的看到迈苏库在里约巴比伦山上被人逮捕吗？

毕晓普：没有，但我看到了士兵，从我们公寓阳台用望远镜就可以看到他们。

记者：随着您的新诗集《旅行问题》马上要杀青，您眼下还有其他创作规划吗？

毕晓普：嗯，总是这一句话，能写就写。我也在计划写一本关于巴西的书，目前暂且叫作《黑豆和珍珠》，这是有关旅行、回忆录、照片等的汇集。我对摄影很感兴趣，我要让巴西看起来不那么遥远，不仅只作迷人的幻想目标，实际上巴西离纽约并不太远。自从伟大的自然学家（达尔文、华莱士、布鲁斯等）到过巴西后，再没有人对巴西进行过近距离地观察了（至少外国人），也许除了列维·斯特劳斯。

记者：您怎么看当前美国诗坛现状呢？

毕晓普：很好！我们有很多好诗人，也许我最好别指名道姓，但我真的钦羡、带着愉悦阅读同时代至少七八个诗人作品，就诗歌发展来看，虽然还不太快，但这是一个我赞赏的时期。

[译者单位：福建师范大学]

Poetry Exploration

(2nd Issue, Theory Volume, 2019)

CONTENTS

图书在版编目（CIP）数据

诗探索 . 14 / 吴思敬，林莽主编 . — 北京：作家出版社，
2019 . 7

ISBN 978-7-5212-0616-6

Ⅰ . ①诗… Ⅱ . ①吴… ②林… Ⅲ . ①诗歌—世界—
丛刊 Ⅳ . ①I106.2-55

中国版本图书馆 CIP 数据核字（2019）第 124631 号

诗探索·14

主 编：吴思敬 林 莽

责任编辑：张 平

装帧设计：杨西霞

出版发行：作家出版社有限公司

社 址：北京农展馆南里 10 号 邮 编：100125

电话传真：86-10-65067186（发行中心及邮购部）

86-10-65004079（总编室）

E-mail：zuojia@zuojia.net.cn

http：//www.zuojiachubanshe.com

印 刷：三河市紫恒印装有限公司

成品尺寸：165×260

字 数：406 千

印 张：25.75

版 次：2019 年 7 月第 1 版

印 次：2019 年 7 月第 1 次印刷

ISBN 978-7-5212-0616-6

定 价：80.00 元（全二册）

《诗探索》编辑委员会在工作中始终坚持：

发现和推出诗歌写作和理论研究的新人。

培养创作和研究兼备的复合型诗歌人才。

坚持高品位和探索性。

不断扩展《诗探索》的有效读者群。

办好理论研究和创作研究的诗歌研讨会和有特色的诗歌奖项。

为中国新诗的发展做出贡献。

POETRY EXPLORATION

作品卷

主编 / 林莽

2019年 第2辑

作家出版社

主　　管：中国当代文学研究会

主　　办：首都师范大学中国诗歌研究中心

　　　　　北京大学中国诗歌研究院

《诗探索》编辑委员会

主　　任：谢　冕　杨匡汉　吴思敬

委　　员：王光明　刘士杰　刘福春　吴思敬　张桃洲　苏历铭

　　　　　杨匡汉　陈旭光　邹　进　林　莽　谢　冕

《诗探索》出品人：北京人天书店有限公司

社　　长：邹　进

执行社长：苏历铭

《诗探索·理论卷》主编：吴思敬

通信地址：北京市西三环北路83号首都师范大学

　　　　　中国诗歌研究中心《诗探索·理论卷》编辑部

邮政编码：100089

电子信箱：poetry_cn@163.com

特约编辑：王士强

《诗探索·作品卷》主编：林　莽

通信地址：北京市丰台区晓月中路15号

　　　　　《诗探索·作品卷》编辑部

邮政编码：100165

电子信箱：stshygj@126.com

编　　辑：陈　亮　谈雅丽

目 录

南尾宫　凌　斌　赵金钟　李明刚

// 译作与研究

诗坛峰会

诗人刘立云

作者简历

　　刘立云，1954年12月生于江西省井冈山市。1972年12月参军，1978年参加全国统考，考入江西大学哲学系。毕业后回部队任职，1985年调解放军文艺出版社工作，历任《解放军文艺》编辑部编辑、编辑部主任、主编，解放军出版社文艺图书编辑部主任。2015年至2018年任《诗刊》主编助理（特邀）。编辑出版过大量军事文学作品。个人出版诗集《红色沼泽》《黑罂粟》《沿火焰上升》《向天堂的蝴蝶》《烤蓝》《生命中最美的部分》《眼睛里有毒》《猛士如虹》；长篇纪实小说《瞳人》，长篇纪实文学《血满弓刀》《莫斯科落日》等十余部。获中宣部"五个一工程奖"、全军新作品特殊贡献奖、《诗刊》2003、2008年度优秀作品和全国优秀诗人奖、《人民文学》和《十月》优秀作品奖、中国人民解放军图书奖、闻一多诗歌奖等。诗集《烤蓝》获第五届鲁迅文学奖。

诗人刘立云

苍茫二重奏

刘立云

A面　风雨洗刷草木

大地上万物皆有信使

我们是既渺小又伟大的物种：春天用万紫千红
给我们写信，报道这个世界阳光灿烂
晴天永远多于雨天；夏天
燃起一堆大火，告诉我们食物必须烧熟了再吃
或者放进瓦釜与铜鼎，烹熟了再吃
秋天五谷丰登，浆果像雨那样落在
地上，腐烂，散发出酒的甜味
冬天铺开一张巨大的白纸，让我们倾诉
和忏悔，给人类留下证词
而妹妹，这些都是神对我说的，它说大地上万物
皆有信使，就像早晨我去河边洗脸
不慎滑倒，木桥上薄薄的一层霜
告诉我河面就要结冰了，从此一个漫长的季节
将不再需要渡轮。甚至天空，甚至宇宙
比如我们头顶的月亮，你看见它高高在上
其实它愿意匍匐在你脚下，做你的奴仆
即使你藏进深山，修身为尼
它也能找到你，敲响你身体里的钟声

鲸

一头鲸！它庞大的身躯蛰伏在我们的视线之外
与海底休眠的火山和沉积的火山灰

混为一谈。现在它是深渊的一部分
海沟和海床的一部分
两边的腮大幅度张开。现在它是巨大的无

大师总这样遁于无形，它是那么沉着和谦卑
懂得必须慢，必须像日月星辰那样
把自己控制在运行的轨道
之中。而当它上升
当它某一天浮出水面，一座大海就将溢出来

向天堂的蝴蝶

——题同名舞蹈

今夜我注定难眠！今夜有
十七只蝴蝶，从我窗前飞过
就像十七朵云彩飞向高空
十七片雪花飘临大地；十七只蝴蝶
掀动十七双白色翅膀，就像
十七孔的排箫，吹奏月光

十七只蝴蝶来自同一只蝴蝶
美得惊心动魄，美得只剩下美
十七只蝴蝶翩翩飞舞，携带着
谁的哀愁？谁的恩怨？谁的道别
和祈祷？十七只蝴蝶翩翩飞舞
就像十七张名片，递向天堂

音乐的茧被一阵风抽动，再
抽动，丝丝复缕缕，让人感到些许疼痛
谁的心就这样被十七只蝴蝶
侵蚀？并被它们掏空？牵引出
一千年的笙歌，一千年的桃花
与一千年的尘土血肉相连！

诗探索 14　作品卷　2019年　第 2 辑

十七只蝴蝶出自同一腔血液
同一簇石中的火焰，那劈劈啪啪
燃烧着的声音，是谁在大笑？
死亡中开出的花朵，是最凄美的
花朵啊，它让一切表白失去重量
更让我汗颜，再不敢旧事重提

啊，今夜我注定难眠！注定
要承受十七只蝴蝶的打击和摧残
可惜太晚了，已经来不及了
今夜十七只蝴蝶从我窗前飞过
我敲着我的骨头说：带我归去吧
明天，我要赎回一生的爱情

在秋风楼读秋风辞

我说，快脱去那件飘摇的长袍吧
现在我要让你一步越过大河
回到这座临水的木楼上
站两千年，想两千年
看眼前的秋风怎样磨亮它的刀子

黄河依旧汹涌；依旧衔一轮高天的白日
在箫鼓中流，在棹歌中流
河那边的兰啊，河这边的菊啊
你们纤纤的身子细细的腰
此刻又在草木中枯黄，在白霜中凋落

而那些美人也总那样如鲠在喉
总那样比芦苇还茂盛，比桃花还灿烂
但说尽缠绵，她们那十粒
比芦根还白的小脚趾，却蹀蹀躞躞
经得起秋风的几次砍伐？

啊！在这样一个夜晚，谁还在西望长安？
谁还在马踏飞燕？谁又继续在一壶浊酒里
醉生梦死？而你说：人啊，人啊
你站起来是一片江山，躺下去是一堆黄土
唯有青草爱你爱得最疯狂……

壶口·老虎！老虎！

飞流直下！那么多的老虎从水里跑出来
那么多的怒吼
和咆哮，大地在颤动中裂开一道峡谷

不！我看见的不是一脚踏空，不是
疯狂地去追逐仓皇奔逃的
一群兔子，或者麋鹿
这激情的老虎，嚣张的老虎，血脉贲张到
前赴后继的老虎，它们互相撕咬
互相挤压、冲撞和踩踏
就这样不要命地，纷纷，也就是一群
接着一群地，从三千尺高的悬崖
跌落下去，翻滚下去
那勇敢并骄傲地献身，光芒灿烂

信不信？老虎藏在水里，老虎藏在岩石里
老虎也藏在我们的身体里
我们奔腾的血液里
此刻，老虎们在摇晃栅栏
是把它们放出来，还是把它们按住？

是的。这个上午，我因为看见和听见
而成为最后的盲者
这个上午我都在念叨：老虎，老虎……

诗探索14　作品卷　2019年　第2辑

瓷，或者赞美

都在写瓷！我认识的男人怜香惜玉
我认识的女人痛心疾首
而我们的瓷器却早已习惯了黑白颠倒
它让所有的忧伤，所有的
赞美和自恋，从此无地自容

我要指出的是瓷器的清白，那一种坚持
不是虚无，也不是空
更不容滑腻腻的手掌轻易染指
啊，瓷器太高洁了，并准备冷酷到底
为此，它宣布今生不再要体温

但它需要呼吸，而且从来都在呼吸
从来都只发出自己的声音
如果你红颜一怒，请把它粉碎吧
粉碎的瓷器恰恰以粉碎而再生
如同铁铲下的蚯蚓，如同伟大的思想

是的，是的！瓷器是有灵魂的
它会在黑暗中走动，会在奔腾的浊流中
保持一个朝代的品相和高贵
甚至拒绝比喻，拒绝无聊的攀附
因而它不朽，它永垂不朽……

瓷就是词？我相信这是神的启示
不然这汉语中最微小的颗粒
何以光彩照人？何以让众多大师失语？
词和瓷站在一起，如同赤裸的美妇站在浴室
看见它，你必须长出第三只眼睛

化身为雪

笨人自有笨人的办法，比如说我爱你
我将化身为雪，不是为炫耀我的白
我的轻盈、飘逸和晶莹
穿着白裙子满世界起舞
而是要告诉你：高山、屋顶，我们这座城市最高那座
电视塔的塔尖
只要你喜欢，我都能爬上去
把你高高举起来，让你像星光那样闪耀

如果你喜欢低处，我就落到水里去
落到汹涌的大海里去，像间谍那样
身负使命去卧底
但我会告诉遇见的每一滴水
清者自清，浊者自浊，我拒绝同流合污

钻　石

我可以把诗人想象成一座城市的钻石吗？

我是说黄沙敲门的兰州，寒风割面
的兰州，枕着一条大河
睡眠和醒来
他们以沙哑的声音歌唱，用它水土的苦
它植物、动物和泥沙中
折断锋刃的
刀剑的饥饿，扼制这片土地的苍凉

是在皋兰山长久地眺望天狼星的那个
在红火焰的季节里祈求
落下一场雨那个；也是脸色忧伤地朝向熟稔的乡音
神色慌张地掏出一张纸币那个
总在街道的拐角处遇见

诗探索
14
作品卷
2019年
第 2 辑

低头点烟时，被相互围住的一团火照亮
如果离开，是想念它的时候
眼泪流到唇边
又用舌头舔回来，独自咽下去那个

或大地上粗粝但晶莹的石头，被隐形的黄金分割律
反复分割之后，剩下的那一小部分
呈现出优美的晶面
悒郁而苍茫的灵魂，可以读作胆汁
汗血，良心，我们这个时代失传已久的解药

眼睛里有毒

无需更多，诗歌只需要一行
我就能看见你的骨头
这没有办法
我也不知道我为什么会长出这样一双眼睛
不知道为什么眼睛里有毒

多年前我在垃圾上爬坡
在白天展开的纸张上
独自看见黑
大师们喝令我退下
我说不！我的双脚不是用来退下的
我的思想也是
他们又说，那你就站着吧
那就读着，写着，寂寞着
等待在某一天庄严地凋谢

凋谢有那么可怕，有那么恐怖吗？
你知道那年我从南方归来
见过碑石辉煌
当着青草、绿树和盛大的落日

我也发现我比以前更聪明了
因为我在等待凋谢
等待吞尽生活里的那些毒，就像一条蛇
自我盘起来，吞食自己的尾巴

爱情如滴水穿石

我断定这句诗早已埋藏在我生命的
废墟之中，然后它独自翻身
露出峥嵘的一角。我看见它或听见它
只不过是我看见或听见
我的伤口在痛，我曾经的爱情在痛

你听我隔壁的水依然在滴，在滴
那么空洞响亮，坚忍不拔
但黑夜依然弯下它那庞大的脊背
让这滴水从黑到黑，从这次
睡眠，到下次睡眠
就这样空洞下去，响亮下去
坚忍不拔下去。那滴滴答答的声音
有如一场战争被拖入泥潭

噢，这个晚上我又在失眠
这滴水因此被我反复看见和听见
并让我反复感到它的
冰凉，柔韧，和凌迟般的缓慢
在一滴水与另一滴水之间
我只能引颈就戮，就像一只野兽
落入陷阱，等待猎人的捕杀

爱情难道还会有第二种写法？
这欢乐和痛苦的源头
温存而持久的暴力
没有人能逃得过它缓慢而柔韧的打击

诗探索14 作品卷 2019年 第2辑

就像这滴水，在滴答中既腐蚀
金属，也腐蚀时间
你沉默，你坚硬，你即使是块石头
也将被它滴得体无完肤

这注定是一个荒凉的夜晚
如同我荒凉的睡眠。在一滴水和另一滴水之间
在从黑到黑中，我辗转反侧
眼见着四周……杂草丛生

界线：五十岁献诗

我知道我迟疑的脚还穿着昨天的鞋子
春天如此浩大，树木峥嵘
我至今却仍在股票，低碳，恩格尔系数
和纳斯达克指数的丛林
盘桓，找不到出口
而与我相对的另一半，她们衣着嚣张
相貌光鲜，正走过千山万水
让我怎么也读不出来龙去脉

我血流里的一些东西也在吵吵闹闹
医生说，那是一群恐怖分子
名字叫胆固醇、甘油三酯
红血球和白血球，不是偏低就是偏高
当我仰躺在病床上接受仪器的勘探
那么多的管线吸附上来
我知道我麻烦了，天使们如临大敌
正把我当成罪有应得的贪官

其实咬文嚼字的有什么可贪呢?
如果硬性归类，我可说是一个失业孩子的
父亲，一个更年期患者的丈夫
剩下的梦想、野心、钩心斗角的伎俩

我放在一个盘子里
对人们说，这些你们都端走吧

现在我最关心的是五十岁的诗歌怎么写
五十岁的诗写什么，但对此
我束手无策
暂时还没有办法把自己解救出来

十年中的某一年

真想不起来，突然每年只列举一件事地
回想过去十年，有一年，我绞尽脑汁
我上穷碧落下黄泉，可什么也
想不起来。就像这一年无端地蒸发了，不小心
丢失了，什么也没有留下；就像
我这十年旅途，在这一年
没有进站停靠，我乘坐的列车呼啸而过

一年中大大小小该发生多少事？一年中
欢喜的，悲伤的；快乐的，悒郁的
情深意长的，云淡风轻的……
即使杂乱无章，鸡零狗碎，一地鸡毛
可一年中少了哪件事，就算这件事微不足道
如同一粒尘埃，这一年也过不去
但十年中忘记这一年，我是怎么过来的？

就这么耐人寻味，当我们回想过去十年
会没缘由地忘记某一年
怎么也想不起来，该庆幸还是悲伤？

或者说，对过去十年中的某一年
我既忘记了它的阳光
曾照在我脸上，也忘记了它的阴影

诗探索14　作品卷　2019年　第2辑

水底一枚硬币

不是多年前遗忘在抽屉角落的那一枚
也不是寂寞地躺在路边的草丛里
懒得弯下腰去拾捡的那一枚
我说的是时光：那年我十二岁，还是一个
青衣少年，愣头愣脑地跳进故乡的水潭里
野游。水清得能数清河底的鹅卵石
但我突然呛水了。我惊慌失措。我感到我的肺
就要炸裂；拼命扑打着往水面上钻
水底的涡流像撒野的村妇，死死
扯住我的小裤衩，在我的仓皇逃离中
放肆地嘲笑并羞辱我的稚嫩
我的孱弱；我作为一个孩子尚未展开就被
扑灭的年少轻狂。当我死里逃生
趴在岸边的岩石上，嗷嗷地吐着灌满一肚子
的水，这时我看见我遗落在水里的
一枚硬币；它影影绰绰，像一小朵明亮的
阳光，一段美丽但瞬间即逝的早恋
一个握在我手里，总也舍不得松开的梦
我懊恼不迭，真想一个猛子钻回水里
把它捞回来。可我惊魂未定，两条细细的腿
软塌塌的，小小的一颗心在剧烈颤抖
瘦削的身子像颗蚕茧，被一只看不见的手
一丝丝掏空了，一点力气都没有
也就是说，在几十年前的那一天
我完败于流水，提前交出了对这个世界的恐惧和妥协
许多年后，我才知道我当年遗落了什么
水底一枚硬币，一直在我的眼前晃呀晃

六月的鼹鼠

六月，我是作为一只鼹鼠而存在的
为儿子的升学打洞，为躺在

病床上挨刀子的妻子
送饭、买药，开着车从城东反复跑城西
身后仿佛有条狗在追赶
气喘吁吁，拖着猩红的舌头

我也拖着猩红的舌头，以笨拙的爪子
在坚硬的泥土中挖掘啊挖掘
当我顺着微弱的光芒
把儿子小升初的洞穴打到校长门前
压住洞口的是一块巨石
有人悄悄指点说，要炸开这块巨石
起码要捆绑一个三万元的炸药包

妻子那边还好，我只用了四千元的炸药当量
但疾病在她的脖子里埋下了一颗
烈性更高的炸弹
病理切片指出，这颗炸弹一旦爆炸
哐当一声，足以炸翻我这三口之家

我六月的天空电闪雷鸣，眼看要下雨
下冰雹、下刀子
我知道我无论如何绕不过去
只能躲在地下，挖掘啊挖掘，挺进啊挺进
让指甲渗出的血染红刨开的泥土

从前的一场雨

雨在沙沙地下。长鼻子的乡村班车向竹林
深处驶去。她就坐在我身边，长着
一张城里人好看的脸，而我觉得
她就是一滴雨：清澈、沁凉，亮晶晶的
刚刚从窗外溅进来，压住了车厢里
浓重的汽油味，和一摊摊呕吐物的
酸腐味。我自觉地踡起腿，听她字正腔圆

诗探索14 作品卷 2019年 第2辑

从嘴里吐出的每个字，却不敢靠近她
保持着一个乡村少年固有的自尊
和隐忍。但在颠簸中，我还是触电般触到了
她的手臂和大腿，闻见了她雨水一样
清新的味道。这让我愉悦，心在嘭嘭地跳
我努力想对她说点什么，但不想告诉她
我是附近山里的一个孩子，父母是
农民，正要去雨中的那片竹林里
扛毛竹。我十五岁嫩豆芽般的小身子将被
沉重的负累压弯。但她好像不在乎这些
她好像很愿意有我这样的一个忠实
听众。她在讲述她的童年，她在城里曾经
拥有的画片、镜子、小轮自行车
少年先锋队的队旗、队歌和咚咚敲响的
军鼓。这又让我想入非非，让我在许多年
又许多年后，仍然记得她身上那股味道
感到她好听的声音就像那天的雨
打在我心里：清澈、沁凉，亮晶晶的
许多年又许多年后，我老了，在城市的雨中
我发现每一张回头的脸，都似曾相识

梨花，梨花

你们看见我素面朝天的姐姐吗？
你们看见我红唇白牙的妹妹吗？
穿越三十年尘梦，我素面朝天的
姐姐，我红唇白牙的妹妹，是否依然
在那儿站成一树梨花，是否依然
在那儿湿漉漉地开，湿漉漉地白

哦哦，一棵棵梨树，一树树梨花
并且是在雨中！并且开在春光
撩人的灿烂中，甚至还有蝴蝶飞来
蜜蜂飞来……我素面朝天的姐姐

我红唇白牙的妹妹，她们就随时手
摘下三两只蜂蝶，插在自己头上

想想吧：这虚拟之美，有多美！
这开在纸上的梨花，当它们摇晃
颤动，然后像鸟群那样振翅欲飞
将带来一场多么美丽的灾难
假如还有一个约定，我们就几乎要
纵身跳进花海，让火焰焚身

但谁是那个预约的人？谁能守着
这一棵棵梨树，这一树树梨花
让汹涌的花朵，刺痛自己的双眼？
而我们只是悄悄地从梨树下走过
信手捡起一瓣落花，那失聪的耳朵
却早已听不出这是白骨的音乐

确实如此啊！我素面朝天的姐姐
我红唇白牙的妹妹，你们在梨树上
盛开，又在梨树下凋谢；当我
怀抱一把烧焦的梨木琴，弹响
天上的雨水，梨花便从我的指间
纷纷飘落，像一场崩溃的大雪

母亲在病床上

我抱紧我的母亲。在小城吉安
我的母亲哭了，像孩子一样
哭。他们在她的肚子里翻箱倒柜地找石头
用刀子和腹腔镜
第一次失败了，第二次医生说
难免不失败，石头总也找不完
"我做了什么伤天害理的事？得这恶病。"
我母亲说这话时，惊恐万状

诗探索 14　作品卷　2019年　第 2 辑

我八十五岁的母亲，那么小
那么无助。我听见她的骨头
在哗啦哗啦响。我抱紧我的母亲和她这身骨头
哗啦哗啦响。我感到我母亲在我怀里
颤抖，有几次我发现她在暗暗用力
她想把自己从我的怀里
拔出来。我用身上两个最隐秘的地方养育我的母亲啊
当着两个同是从乡下来的病人
她想把她自己，从我的怀里拔出来

我的母亲在哭，她说她现在知道
什么叫疼了。我生育过八个孩子的母亲
用身体经历过八次脱胎换骨
八次疼痛至十二级的剥离和撕裂

我抱紧我的母亲，他们在她身上找石头
没完没了。我八十五岁的母亲
在哭，在我的怀里颤抖
我和我母亲
抱紧她一身松散的骨头，在哗啦哗啦响

落　下

夕阳落下。谷雨的雨落下，霜降的霜落下

衙门的惊堂木落下，好汉梗起的头落下
去京城告状或喊冤的人
在戏台上，那一咏三叹的咿呀哎呀落下

从后街抬来的花轿落下，从花轿里探出的
绣花鞋落下；窗牖上的影子落下
前朝遗老的棺盖落下；未第书生淋淋漓漓咳出的血
落下；从石头里錾一尊佛的粉尘落下
梨花落下，樱花落下，芙蓉落下，牡丹落下

旗杆上的旗落下，屋檐下的酒晃落下
灯笼落下，鸟雀落下，蒲草落下，经幡落下

正如此时此刻轻飘飘的一片羽毛，从天空落下

给一座山峰命名

惠特曼说，给万事万物命名
总统不行，诗人
行

想起这句话，我正在陇南宕昌的一条
叫官鹅沟的峡谷里行走
天下着毛毛雨
我裹在黄黄蓝蓝雨衣里的同伴
混迹在黄黄蓝蓝的游客中，渐行渐远

猛一回头，我看见了那座山峰
看见了她在大雾里若隐若现
浮出的额际、鬓角
头钗，和时而挽成云朵时而挽成雾幔的发髻
她高耸的起起伏伏的
胸；她锋芒毕露，站在悬崖上
差不多就要俯冲下来的
身姿
我说：神女峰！神女峰！
大家惊奇地看着我，又惊奇地看着
浓浓的，在山顶上翻滚的雾
我说是的，我看见了
神女峰，不是巫山的那座，也不是赣东
我的故乡三清山的那座
而是她自己让我指认的那一座

我和她，我们在十万年前走失

诗探索14　作品卷　2019年　第2辑

为找到她
我翻山越岭，走过了沧海桑田

窗外拉二胡的

我在屋里子写诗，但并非栖居在诗意中
窗外有个拉二胡的，他一曲
接一曲，在热情洋溢地拉
孜孜不倦地拉，总是把我的思绪带走
我听出来了，他是业余选手
把一支支好听的歌，拉得荒腔走板
像木匠用钝了的锯子锯木头，又像枯水季节
我们弯下腰，踩着河岸高高低低的岩石
拉纤；还像少男少女系一只小塑料桶
在月下割胶——而这些，我都能
听出来，我甚至还能听出他光荣退休了
就像我也退休了，头发和胡子
开始稀稀拉拉地白，影影绰绰地白
因为，他拉的都是我熟悉的歌
我记忆里的歌，比如他拉红太阳照边疆
拉阿佤人民唱新歌，拉我为伟大祖国
站岗，拉我爱五指山，我爱万泉河
拉挑担茶叶上北京……而这些歌，哦这些歌
都刻在我年轮的吃水线上，融化在
我的血液里。说不清为什么
当琴声响起，我的血压会伴随起伏的旋律
莫名其妙地升高或降低，我的喉咙里
会马蹄嘚嘚，烟尘滚滚，仿佛
一队野马就要冲出来——我没有撒谎
我一个上午都在写诗，窗外
那个拉二胡的，一个上午都在拉二胡
我们互相不相识，一个在明里，一个
在暗中。但他江河滔滔，一曲接一曲
在热情洋溢地拉，孜孜不倦地拉

一次次把我的思绪带走，一次次把我
带进风雪里，烈日下，暴雨中
带到千里跋涉的野营路上
渴得能喝下一条河，累得人还在路上行走
却能听见彼此在打鼾的和磨牙的
日子。后来，我认识了这个拉二胡的
每当琴声响起，我都打开窗，喊他
锯木头的，拉纤的，或者割胶的
吹号的，喂骡子的，炊事班背行军锅的
他都昂起头答应，并且，一脸灿烂

B面　世界苍茫如铁

内心呈现：剑

我要让一个身穿白袍的人
住在我的身体里
我要让他怀剑，如天空怀着日月
大地怀着青山和江河
如果我豪气逼人，在旷野上
大步行走，那么请原谅
这是住在我身体里的那个
身穿白袍的人，在行走
是他身怀的剑在行走

住在我的身体里
那个怀剑的人，是个简单的人
从容的人，徒步的人
白衣飘飘，身背芒刺和积雪
他须发丛生的脸颊
习以为常的沉默和坚忍
让他怀着的剑
藏得更深，如初孕的母亲藏着胎儿

谁都知道血是滚烫的
不容打破缺口，不容挥霍
而他的剑却渴望豪饮
必须按住它的杀机！

但那个身穿白袍的人
那个怀剑的人，住在我的身体里
我和他，我们一生的努力
一生的隐忍和等待
就是护卫这把剑的光芒
让它灵醒的，如霜如雪的锋刃
在静夜，时刻鸣嘤和颤动
毕竟天命难违啊
一把剑，当你从怀里拔出来
如果不能削铁如泥
不能像江河那样发出咆哮
请问，那还是剑吗？

在祖国的大地上行走
我很高兴一个怀剑的人
能住在我的身体里
我很高兴能成为这个人和这把剑
共同的知己，和共同的鞘
我很高兴，当我最外面的皮肤
被另一把剑戳穿
那股金子般的血，将溅红
我身体里的那件白袍

火焰之门

必须俯首倾听！必须登高望远
必须在反复的假想和模拟中
保持前倾的姿势；必须锋芒内敛
并把手深深插进我祖国的泥土

每天到来的日子是相同的日子
没有任何征兆，呈现出平庸的面孔
而每天磨亮的刀子却荡开亲切的笑容
必须把目光抬升到鹰的高度

然后请燃烧，请蔓延吧，火焰！
请大风从四方吹来，打响尖厉的唿哨
而我就埋伏在你脚下，一种伟大的力
如一张伟大的弓，正被渐渐拉开

那时即使依恃着钢铁，即使依恃着
我身后优美的山川、河流和草原
我也将在火焰中现身，展开我的躯体
就像在大风中展开我们的旗帜

听某老将军说抗战

他们用比我们提前一百年的钢铁打我们
又用比我们退化一百年的
野蛮、凶悍和残暴
杀我们。他们训练有素，精通操典
和武士道，枪法百步穿杨
如果落入绝境，不惜刎颈、切腹、吞剑

他们是一条大象粗重的腿，提在半空
而我们是一群溃穴的蚂蚁，四处奔逃

只有熬！只有在血泊里熬，在刀刃上熬
只有藏进山里熬，钻进青纱帐里
熬。只有把城市熬成废墟
把田野熬成焦土，把黄花姑娘熬成寡妇
只有在五十个甚至一百个胆小的
人中，熬出一个胆大的
不要命的。只有把不要命的送去打仗

诗探索14 作品卷 2019年 第2辑

熬成一个个烈士。只有像熬汤那样熬
熬药那样熬；或者像炼丹
炼铁，炼金，炼接骨术和不老术
只有熬到死，只有死去一次才不惧死
只有熬到大象不再是大象
蚂蚁不再是蚂蚁
只有熬到他们日薄西山，我们方兴未艾

只有把一座大海熬成一锅盐，一粒盐……

烤　蓝

我要写到火　写到像岩浆般烧红的炭
写到铁钳　铁锤　铁砧
写到屠杀和毁灭前的
寂静。而我就是煨在炉火中的
那块铁　我红光烁烁
却软瘫如泥　正等待你的下一道工序

我要写到铁匠的饥饿　仇恨　愤怒
写到一条雪白的大腿从顶楼
的窗口伸出来　打翻昨夜的欲望
我要写到比这更剧烈的
冲床　铣床　刨床　它们的打击是致命的
足以一剑封喉

我要写到血　它们在铁中隐身
粒粒饱满　有着河流般的
宽阔　野蛮　生猛
但却不允许像河流那样泛滥
我要写到地狱　写到它与天堂的距离
就像我与死亡的距离　近在咫尺

我要写到这块铁从高温的悬崖

跌落下来　迎接它的是
零度以下的寒冷　然后带着这一身寒冷
再次进入高温——如此循环往复
并在循环往复中脱胎换骨
渐渐长出咬碎另一块铁的牙齿

我要写到烤在这块铁上的那种蓝
那种炫目的蓝　隐忍的蓝
深邃而幽静的蓝
我要写到这种蓝的沉默　悬疑
引而不发　如一条我们常说的不会叫的狗
如一颗在假想中睡眠的弹丸

十二枚钉子

阳光砸在我头顶上。阳光响亮地
砸在我头顶上。我们十二个人
在八月的太阳下，站成十二棵树
阳光响亮地砸，响亮地砸！它要把我们
砸弯，把我们砸扁，把我们深深地
砸进泥土中去，砸进岩石中去

我们目视前方。我们不动。我们
十二个人。十二个患难兄弟。十二团
日夜抱紧的血肉，在八月的太阳下
站成十二棵树。十二根木桩。十二道
雪白的栅栏。我们唯一要做的，就是
把自己的影子，狠狠地砸进泥土

我们来自十二个方向。十二条道路
十二滴黏稠的血。又被十二道
耀眼的光芒，删繁就简，千锤百炼
但我们不动，就是不动！直到让阳光
的瀑布，打落病中的叶子，直到让

诗探索 14　作品卷　2019年　第 2 辑

年轻的骨架，回响金属的声音

八月的太阳多么酷烈！八月的烈火
穿过我们的十指，在熊熊燃烧
八月的阳光在我们的头顶上响亮地砸
响亮地砸！它要把我们砸成十二道
墙。十二道关。十二枚亮晶晶的钉子
钉下去，便再也拔不出来！

步兵们

啊啊！我属水的肺叶，应该
长出鳃；我属土的脚掌
应该长出蹼；但我属火的喉咙
必须继续用来呐喊，我每天
都要喊醒草，喊醒沙，喊醒
深藏在我身体里的那头野兽

多么苦命的职业！与虎狼
为邻，危险而又凶残，就像
一只奔跑的缸，我随时都将
被风打碎；或者我就是风
凌厉并凶猛，我呼啸，我怒吼
只为打碎另一只奔跑的缸

就这样前进，前进！让我的骨骼
在生长中断裂，在断裂中生长
因此我骨节粗大，你只需轻轻一敲
便能听见岩石的回声；因此我
移动，是大地的一块皮肤在移动
是祖国的一块骨头在移动

汗珠和血珠从我高耸的额头上
滑下来，滑下来，再滑下来

那运动的方式，沉重而舒缓
构成从山脉到河流的走向；又像
一滴岩浆，在黑暗的溶洞里
滴落，让时间悄然坠入虚空

因此我手里的枪，我原始而沉重
的属性，只能用我脚下的力量
命名；因此我腾挪，我攀升，我
匍匐。我一步，一步，又一步
先迈出左腿，但决不会想到
我还能把右腿，重新再收回来

告诉你：在这个硕大的世界上，根和
翅膀，是我最想得到的两样东西

歌，或者赞美

唱个歌吧！在队列里，在行进的大道上
一堆火就这样燃烧起来；一条大河
就这样奔涌起来；一阵阵雷霆
就这样轰鸣起来，震荡起来，山呼海啸起来
唱个歌吧！兵心似铁，歌如炉

此歌非彼歌，这是需要特别强调的
就像我们必须特别强调
你无须字正腔圆，无须柔肠寸断
但这样的歌唱起来，你必须青筋暴跳
必须血脉贲张，直至嘶哑

就像一座山怒吼着，咆哮着
撞向另一座山；就像一群烈马撒开四蹄
在原野上狂奔，踏起漫天烟尘
就像德沃夏克用重槌和弓弦，用震颤世界的
铜号，喊醒一片沉睡的大陆

诗探索14　作品卷　2019年　第2辑

而在歌声中沉浮，在歌声中站立和行进
你是幸福、快乐和勇猛的
因为你正被一种力量提升和融化
当你打开喉咙，其实就是打开生命的
阀门，让热血如大河放纵奔流

也许这是最后的时刻，旗帜上满是弹洞
鲜血就像溃堤那样喷涌而出
我们说唱支歌吧
这时这支歌就成了我们最后的堡垒
成了我们用身体射出的，最后一粒子弹

望着这些新兵

站在操场上　这些用时代的化肥
像树苗那样催大的新兵
他们的眼神是散乱的
他们的皮肤　我怀疑只要用指甲
轻轻一划　就能渗出血来
而当微风吹过　吹动他们穿着的那身崭新的
但却松松垮垮的军装
这时你怎么看　他们怎么像一畦畦
嫩绿的　刚刚长出来的韭菜

我站在队伍面前久久地望着他们
用锥子般的目光
反复瞪着他们　刺着他们
我厉声喊道　都给我注意啦　稍息——立正！
我喊你们头要正，颈要直
两眼要目视前方　胸膛要像山岳那样
高高挺起来　小肚子要像学
女人束腰　让前腔贴向后背
而两臂要自然下垂
食指贴于裤缝　两腿要像剪刀那样

夹紧　再夹紧
不能让一丝风　从那儿吹过……

我知道我在扮演军阀的角色
恶魔的角色
望着这些新兵　我狠毒地
呵斥他们　嘲讽他们　激怒他们
在他们自尊的伤口上撒下
一把盐　又一把盐
偶尔　我还会用脚踢他们
用手故意扯一下他们的耳朵
我说　我现在要让你们的
每块肌肉　每条神经
都停止思想　都要无条件服从我的意志
都必须像遇到火那样
下意识地收缩　躲闪　弹跳
我说此刻在你们的脚下
就有一团烈火在燃烧
请想想　你能无动于衷吗?

我甚至要让他们咬牙切齿
像我瞪着他们那样
瞪着我　在眼睛里公然打开一把
短剑或匕首

你看这些乳臭未干的新兵
这些即使站在队列里
仍然在东张西望的
孩子　他们的眼睛是多么的清澈啊
清澈到没有任何一丝阴影
清澈到没有仇恨
但一个士兵怎么能没有仇恨呢?
一个士兵的眼睛里
怎么能像天空那样空荡呢?

那就从仇恨我开始吧！从我
把你们钉在这里
从我把你们扔进狂风暴雨
用无穷无尽的奔跑
与负重　灼烫与冷藏　消耗与折磨
开始……直到让你们
迸出全身的力气
对我　像狼一样的发出嗥叫

战争是一把多么锋利的刀刃啊
望着这些新兵
我坚硬如铁
就是不想让他们像韭菜那样
皆时，被一畦一畦割去

热爱这支枪

你可以把它想象成一道堑壕
一座环形高地
一个随身携带和移动的堡垒

一个士兵有一千种理由
热爱这支枪
就像一个婴儿有一千种理由
咿咿呀呀，热爱他每天含着的奶嘴
或者你可以把它想象成恋人
想象成继承你天性的孩子
每天搂着它，抱着它
枕着它入眠
与它形影不离，相亲相爱

我们知道凡枪都有枪号
却没有档案（虽然我们认为它应该有
但确实没有）这就使一支枪

变得陌生和神秘起来

变得有点来历不明

比如你是否知道：在你接过它之前

有谁曾佩带过它？

在战场、靶场或发案现场

有谁使用过它？

从这支枪的枪膛里飞出去的子弹

曾杀过人吗？杀死过几个人？

他们是好人还是坏人？

如此一想，一支枪握在你手里

你就会忍不住颤抖一下

这支枪就会变得

沉重，悬疑，不怒而自威

枪都是有灵性的。用过枪的人

或与枪打交道的人

都这么说，而且在说这话时

脸上都浮现出对枪的迷恋、偏爱和敬畏

因此。你必须不断地擦拭它

摩挲它，用你手中和怀里的体温

像温润一块玉那样

悉心地抚摸它，温润它

让它和你一道思想和呼吸

一道潜入意志的岩层

那时，它便会对你开口说话

对你吐出它深藏的奥秘

你摸得出一支枪的心跳吗？

听得见它偶尔的咳嗽

它在失意的时候

或落寞的时候，对着无边的寂静

独自低语和呻吟吗？

一支枪交到你手里

诗探索
14
作品卷
2019年
第2辑

你如果不能像抱孩子那般抱紧它
呵护它，与它患难与共
肌肤相亲，当危险来临的时候
当你四面楚歌的时候
它凭什么伸出钢铁的手臂
死死抱紧你？凭什么像条猎犬
那样，呼的一声窜出去
帮助你怒吼，撕咬
让你死而后生，在绝地展开反击？

我至今还记得我用过的那支枪
记得它是：中国制造
五六式，仿苏 AK-47
单兵装备五个弹夹，150 发子弹
既可单射和连射
也可慢射和速射
而我记住这支枪，是因为它在陪伴我的
那些日子里
我用它陪伴着我的祖国
岁岁平安，从未用它杀过人

闲暇时数数子弹

最优美的身子与最狂野的心脏
结合在一起
这就是竖在我面前的子弹

我在看着这些子弹，数着这些子弹
我把配发给我的十粒子弹
弹头朝上，一粒一粒竖起来
像队伍那般排列起来
认真地数，仔细又反复地数
我想每粒子弹其实都是
一只鸟

一生仅能鸣叫一次，飞翔一次
在它还没有鸣叫和飞翔时
我要数清它们，就像数清我的手指

就像每次发起进攻之前，我必须
数清楚站在我面前的十个士兵
他们可都是我的兄弟
年少气盛，也像一排子弹那样在蓝天下
竖着，怒放金灿灿的光芒
而我知道走进战争的人
有如飞向战争的子弹，当他们呼啸而去
这时你的手指就断了
这时候如果拾起一枚弹壳
你将看见它在滴血，在鸣咽

闲暇时数数子弹，而且要认真地数
仔细而又反复地数
这是我在当兵时形成的习惯
我乐此不疲的一种嗜好
是这样的！我不认为这是一种游戏
一道简单的算术练习
就像我不认为谁都能数清子弹
谁都能掂出一粒子弹的
重量、质量，和它的爆发力

哦，子弹的造型，实在是太优美了
你只有把它压进枪膛
听见砰的一声，又噗的一声
你才知道战争有多么丑恶

放牛班的春天

三个兵和三头牛，构成一个战斗序列
这源于那个特殊年代的荒诞

诗探索 14

作品卷 2019年 第 2 辑

源于一支部队放下枪
向荒原挺进，向庄稼和农事挺进
把我们这些兵，像放牛那样放回土地

我们因此成为一个最小的军事单位
最小的编制班
我们三个兵每天全部的军事行动
全部的生活和生存内容
就是把三头牛赶上山坡，看它们吃草
然后便等待这三头牛，开口说话

这年的春天首先是被施培来发现的
施培来是班长施培来放的那头牛
那天施班长坐在草丛中
读着一纸命令：部队回归建制
三头牛送地方屠宰场屠宰
叫施培来的牛好像也认识命令上的文字
顿时不吃不喝，眼泪像雨那样落下来

叫杜立明的那头牛刚在小水洼里打过滚
浑身粘满厚厚的泥浆
此刻它甩着尾巴，赶着讨厌的蚊蝇
正在心思重重地晒太阳
它知道爱犯困的青岛兵杜立明
正在草丛里打呼噜，一时半会还醒不来
必须赶紧把一身的泥晒干

叫诗人的那头牛再次显得烦躁不安
它既不像施培来那样在草地上
发呆，也不杜立明那样在水洼里打滚
仿佛有一件事总也想不起来
就像我年少轻狂
每天都在纸上胡涂乱抹
被暗藏的野心折腾得惶惶不可终日

屠宰场的卡车是在第二天早晨开来的
当三声喇叭嘹亮地响起
叫施培来、杜立明和诗人的三头牛
早早来到一片山坡
哦，那儿是它们登车的地方
水草丰美，如同它们预留的一个梦

我对春天和生命严峻的认识
就是在那一天开始的
那一天，这三头牛站在水草丰美的山坡上
从不抬头，始终在一丝不苟地吃着
生命中的最后一把草
好像草里的滋味，永远也尝不尽

如果这三头牛真能开口说话
我想它们一定会说——
"噢，请等一下，再等一下
就让我们低下头去，静静地，静静地
把这一坡的草吃完……"

大 雨

火光刺痛我的眼睛。那么多尖牙利齿的鸟
在疯狂地向我扑来，又在疯狂地
啄食我身上的谷粒。我是一棵刚拔出田野的
庄稼，在大雨中跋涉
闪电搬过来一架奔跑的梯子

大雨在前面追我，大雨在后面追我
那逼人的速度，正在医治我曾经的狂热和盲目
一滴雨滴入我的身体，在我的
骨缝里嘀嗒，让我听见祈祷的钟声
正从辽远的地方，袅袅传来

诗探索14 作品卷 2019年 第2辑

我的手缓缓地划过天空，缓缓地划过天空中
更猛烈的雷霆，更耀眼的闪电
和更密集的雨滴，就像一只音乐的手
伸出黑色的袖管，突然
碰响一支庞大的打击乐队

哦哦！我还想再得到什么，我还能再丢弃什么
滴入我心脏的是另一滴雨
这一滴雨足以让我腐烂，又足以
让我再生，就像一根草将带领一个春天
在来年的这片山谷，卷土重来

他们的名字

太阳照常升起
你照常在裸露的岩壁上
用折断锋的刺刀
刻那些名字

那些名字都很亲切
你每刻下一笔
都能触摸到他们的体温
听见他们呼呼喘气的声音
以及闻到从他们身上散发出来的
那种血味与汗味混杂的气息

有些名字已经被风雨剥蚀
你就沿着被风雨剥去的纹路
重新镂刻起来
于是被剥蚀的名字
渐渐清晰
你这时就听见了遥远的笑声
从猝然裂开的石缝里
隐隐传来

后来有块跟踪你很久的弹片
尖叫着，向岩壁下砍来
后来在本该刻上你的名字的地方
溅满了花的颜色
和火的颜色……

这些都是后人们想象出来的
像游人走进古老的山洞
想象那些古拙而破败的岩画
只是这岩画般的石刻还清晰如初啊
有如刀片划进肌肤
还未渗出鲜血的
那些伤口……

流弹意识

拍死一头苍蝇抑或消灭一匹蚊子
总在一念之间
之后，我们照样喝浓浓的茶
照样灌鼓满泡沫的啤酒
五点钟的太阳照样撞向黎明之钟

说秋天总有落叶的时候你就站在断崖上
手里摇着一朵野花
断崖上风很大，山风吹起你的衣角
像旗，又像一缕袅袅炊烟
你密密的胡茬总让人想起古诗里的
某一个名句
对了，你磨牙的声音尖锐刺耳
昨夜晚折腾得我们差一点火并

突然啊的一声
你就栽倒在战壕里
从你手中脱落的花瓣还在空中飘舞

诗探索 14　作品卷　2019年　第 2 辑

刚刚扔下的烟蒂还在山坡上燃烧
你就栽倒在战壕里
流出一些血
这过程与战争片里那些演员的表演
简直有些雷同
但你栽倒在战壕里
再也没有起来

惊讶的是仍然站在断崖上的人
我们咬破手指
也不敢相信这不是梦
我们就从断崖上跳回战壕
把手伸进你的鼻翼
就有一种探入冰窟的感觉
直到这时候我们依然不敢相信
手和手一旦分开
竟永远不能相触

现在我还能说什么呢
你因站在我的左边坟头上已开满鲜花
我因站在你的右边如今依然在太阳下行走
夏天来临，我们照样喝浓浓的茶
照样灌鼓满泡沫的啤酒
并且照样高举起拳头
拍死那些苍蝇消灭那些蚊子
只是从此后我就有了一些忧郁
就常常发一些诗人的感慨
静下来的时候
就格外想念仍在远方的一个朋友

我的朋友在西藏当兵
他走在路上
总爱清点自己的手指

隔墙的声音

回家的路已经迷失
红土用温暖的植被覆盖起士兵
如同地膜覆盖起越冬的种子

那些士兵里有我
有我熟悉和不熟悉的许多面孔
我不知道我怎样来到这里
只知道我的颅顶，我的胸腔
还脆嫩得像抽穗的麦秆
使所有走过这里的人
都听得见拔节的声音

最难耐的是寂寞
天空用一千种一万种版式
排印出一千种一万种版本的
百年孤独。千年孤独。万年孤独
也被我们读得纸页翻卷
读得铅字脱落如雨
黑色就这样一年又一年地
漫过岁月……

但我坚信能找到同伴
就像坚信石碑终不会沉默
每当太阳落下叹声响起
我就擂响墙壁
并且呼喊——

"隔壁有人吗？"

遥远的黄金麦地

他忽然从轮椅上抬起头来

诗探索 14　作品卷　2019年　第 2 辑

说：
"琼，我看见你了。"

那个叫琼的姑娘
就这样一步一步向他走近
一种草叶倒伏
微风在乔琪纱套裙上
荡起水波的声音
缓　慢　传　来

声音消失。
他感到头颅被一双手
很亲切很熟悉地抱紧
感到有两片嘴唇
在他眼睛的绷带上狂吻
（似乎还有两点水珠
温暖地滴落在他的手背上）

他忽然想起了什么
于是触电般地把她推开
——那情景就像炮弹落下的瞬间
他突然推开那个
愣怔在开阔地上的新兵——

他说：
"琼，别这样，别这样
天，就要下雨了。"
（其实太阳刚刚升起
琼就放开双手
莫名其妙地望着他）

一阵轻风吹了过来
他蓦然感到有把柔软的镰刀
割草般地把他割进一片

丰腴而富有弹性的黄金麦地
他就又闻见了从麦地里飘出的那股
甜蜜而诱人的乳味……

　（当时所有的人都看见了
他偎依在那片黄金麦地的姿势
真像个温顺的孩子）

一个伤兵对腿的怀念

市声噪起
他总喜欢趴在窗台上
看那些城市的腿
那些男人的腿和女人的腿
从暖色的光斑里
匆匆移动

夏天已经来临
腿们欢快地裸露着
洁白，颀长
如白杨树干般地
撑起裙裤或者泳装
行进时像纷落的雨点
在光滑的水泥路面腾跃碰溅
他常常为这些腿
为这些腿行走的姿势
和噼噼啪啪踩响的声音
激动得热泪盈眶

现在正是清早
洒水车的铃声露珠般滚过
水龙头撒开的扇面里
无数条腿纷至沓来
踩起一片水花

诗探索14　作品卷　2019年　第2辑

他记得他的腿也曾这样
噼噼啪啪地踩过田埂
记得草尖在裸露的脚板
扎起的那种麻麻酥酥的快感
以至每每想起这种情景
那条空空荡荡的裤管里
依然奇痒而难忍……

有关水的传说

这条坑道怎么变得这么长啊
这条坑道又是在什么时候
改变了它的走向呢?

他这样想着
摸　来　摸　去
总被坚硬的墙壁挡回
他感到碰响过什么
声音沉闷且短促
(可不像横在坑道口的那把铁锹)
他就呆呆地站在原地
静静地听
静静地听

突然电灯亮了
灯光炫目而逼人
穿睡衣的妻子正怔怔地看着他
眼里漾着一层霜花

他惊惶地回过头来
看着妻子
然后歉疚地笑笑:
"哦,就是这样,就是这样
那时候我们夜夜都被渴醒。"

"哦！睡吧，睡吧！"
说完他径直走回了卧室
进门的时候习惯地弯了弯腰
忽然又想起了什么
就再次回过头来看看妻子
再次笑笑

从此后他夜夜无梦
从此后他蜷缩在妻子的怀里
像一只温驯的猫

从此后寂静的厨房里
夜夜传来滴水的声音

河流的第三条岸

他们那边叫阿穆尔河，我们这边叫黑龙江
我知道它还有第三个名字
叫墨河，隐藏着河流的第三条岸

那时我正站在江中心的古城岛，眺望雅克萨
河水寂寂流淌，像认出了我的亲人
放慢了脚步
它肯定看见我内心凄楚，眼里含着一大滴泪

现在。我应该对你说出这条河的容颜
它是黑色的，不是浓烈的黑
轻描淡写的黑，而是静水深流的那种黑
仿佛携带着某种暗物质，让它不堪重负

那样的一种黑，我能找到的比喻是：一方
水墨，它留下的白
有如铁被磨亮之后，隐居在自己的光芒中

诗探索 14　作品卷　2019年　第 2 辑

四十二年那么厚的一种钢铁

我在穿透四十二年的一个孔隙里
看他——

冰天雪地。生命中的第一班岗
旷野上的风像一群猛兽
在相互厮打，吼声如雷；有几次把他置身的岗楼
推操得摇晃起来。他下意识把手
伸向扳机，又下意识
缩回来
他感到他触到了一块巨大的冰

那天他记住了度日如年这个词
其实度一班岗也如年
一生多么漫长啊！当时他想，就算活到六十岁
年满花甲，也还有四十二年供他
挥霍。确实如此，他当的是炮兵
用破甲弹打坦克那种
当时他又想，那么四十二年近半个世那么厚的
一种钢铁
用什么弹头，才能将它击穿？

2015 年 2 月 28 日是个平常的日子
我的上司通知我不要上班了
准备收拾东西回家
他说呵呵，辛苦了，到站了，接下来的每一个日子
你都可以去钓鱼，去游历名山大川
也可以去寻医问药，治治
长年累月被压弯的颈椎、脊椎和腰椎

我愣在那里，恍恍惚惚又怅然若失
透过穿越四十二年那个孔隙
我心里一惊：四十二年近半个世纪那么厚的一块钢板啊

嗖！嗖！嗖！就这样被我击穿了？

透过穿越四十二年那个孔隙
我看见十八岁的他，仍然傻傻地背着那支
老式 AK-47 冲锋枪
站在风雪中的岗楼里，不时倒着脚

刘立云诗歌创作年表

1954年12月5日，生于江西省宁冈县东上乡桥头前门村。几十年后，宁冈县作为井冈山斗争时期的中心区域，与黄洋界、桐木岭等五大哨口环绕的井冈山管理局合并为井冈山市；山上山下的故乡人，从此由乡民变为市民。

1960年就读宁冈县东上公社席塘小学，和所有农村孩子一样，每天上学打赤脚，带午饭，走路来回。1966年，临近小学毕业时遭遇"文化大革命"，县里仅有的一所中学不招生了，学校增设毕业班，组织学生参加如火如荼兴起的群众运动。因爱好文学和文艺，被选为宣传队员，配合扫"四旧"，由老师带领下乡巡回演出。至今记得有表演唱《十颂十六条》："一唱十六条，十六条呀么真正好……"十六条即《中国共产党中央委员会关于无产阶级文化大革命的决定》。

1971年，在县城砻市镇宁冈中学读书，由语文老师谢庚华带领参加省里发起的歌颂井冈山诗歌征稿活动。砻市在井冈山斗争时期是红军活动的重要区域，1928年4月，朱德、陈毅率领南昌八一起义的队伍与毛泽东率领的秋收起义队伍在这里胜利会师，因此歌唱井冈山斗争和南昌起义成了江西当年文学创作的第一主题。在这次征稿中，创作此生的第一首诗《会师广场春雷动》。那时已读到北京大学鄱阳湖分校工农兵学员徐刚诗作《夜读》："滚滚涛声急，／点点渔火红。／翻开红宝书，／页页风雷动。"明显存在模仿痕迹。

1972年10月某日，冒着瓢泼冬雨，在泥泞路上骑自行车赶回原籍东上公社参加征兵体检并顺利过关。12月，穿上新军装离开故乡。因是第一次出远门，第一次看见火车，第一次到达省城南昌，让他永远记住了这段经历。不过，很快感到遗憾的是，接兵汽车把他拉到未来服役的南昌文教路省军区独立团机关大院，松开背包只住了一个晚上，第二天便被分到远离省城的高安县灰埠五七干校七五炮连。下连后，幸运地遇到了更早从事文学创作并小有成就的山东老兵李世欣，并认其为文学领路人。半年后，连队移防至南昌近郊梅岭，又认识了从团部下来，以乒乓球专长特招的同年兵戴志刚，戴志刚也是文学青年。从此三个人惺惺相惜，臭味相投，如痴如醉地陷入追梦之中。他的诗歌写作和投稿历程，就这样缓缓启航了。

1975年8月，作为干部苗子选调江西省军区党的基本路线教育工作队，被派往抚州地区进贤县张公公社全福大队北头生产队，与地方干部一起，开展"农业学大寨"和割"资本主义尾巴"运动。一年来，与农民同吃，同住，同劳动，但无论在水利工地，还是春耕季节，业余时间仍坚持诗歌创作。

1975年10月，《江西文艺》当年第十期发表处女作《军向井冈山（外一首）》。按照当年工农兵创作惯例，与李世欣、戴志刚共同使用笔名"钟长鸣"。

1976年3月，革命样板戏《平原枪声》编剧、在国务院文化部任职的部队著名诗人张永枚来江西庐山疗养，省军区政治部文化处李彦处长郑重将他的一叠诗稿推荐给张永枚批评指正。张永枚愿意见见这位部队基层作者，但他因参加省军区党的基本路线工作队而无法从农村赶回来，错过了当面向张永枚请教的机会。多年后，他以《解放军文艺》诗歌编辑的身份去广州军区组稿，特意登门拜访这位赋闲回到广州军区的部队诗坛老前辈。当他说出当年如何与他敬重的前辈失之交臂时，张永枚慷慨系之，大喊相见恨晚。

1976年8月，省军区撤回党的基本路线工作队，此时独立团已分为独立一团和独立二团。他被分到团部驻在新建县长头岭的独立二团；原来服役的七五炮连改为一营三连，从梅岭移防到南昌西河砖瓦厂看守劳改犯。独立二团担负的任务由军事训练改为看守监狱，即将转为武警编制。分团时，他人还在农村，由于新闻写作和群众工作突出，从战士提拔为独立二团一营营部书记。但是，回到部队，既没有去三连，也没有去营部，而是直接去团政治处上班，担任新闻干事一职。10月底，新闻干事的命令还未下达，"四人帮"被粉碎，省军区政治部鉴于他的写作能力，命令他到宣传处报到，成为省军区大批判组（写作组）一员。一年后，正式调省军区政治部宣传处，任宣传干事。

1977年10月，前往福州军区绍武五七干校学理论接受劳动锻炼。晴天起早贪黑铲草皮，种茶叶；雨天学习马列哲学经典《反杜林论》《费尔巴哈和德国古典哲学的终结》等。期间，得知即将恢复高考，与同班两位学员黎明即起，每天上饭堂自学英语等文化课。五七干校作为"文革"产物，几个月后宣告解散。

1978年7月，以身患伤寒刚刚治愈之躯，参加全国统一高考，被江西大学政教系马列主义专业录取（后改为哲学系；再后江西大学改为南昌大学）。此后四年，穿着军装读大学，在全民追捧学历之前完成大学教育，获哲学学士学位。

1979年夏天，江西大学学生会举行文学作品比赛。因这年的2月17日爆发中越边境自卫反击战，以军旅诗《友谊关来信》参赛，获得诗歌类第二名。

1980年12月，在江西省文学期刊《星火》杂志第12期，发表长篇政治抒情诗《井冈山呵，我为你呼喊》，反映老区人民生活贫穷，冤假错案得不到平反昭雪，青山绿水遭到严重破坏，受到省委宣传部内部通报批评，《江西日报》组织文章准备公开批评，但突然偃旗息鼓，不了了之。

1981年8月，在《解放军文艺》第一次发表诗作《我枕着翠绿的军衣》。

1983年5月底至底7月上旬，参加"闽赣作家长征访问团"，从江西瑞金出发，沿红军二万五千里长征路线采访写作。成员包括（福建）柳名理、黄文忠、陈志铭、黄小龙、朱向前；（江西）郭蔚球、徐万明、李前、刘立云。沿途受到昆明、成都和兰州军区江西籍著名老将军张铚秀、萧华等亲切接见；同时拜访途经省市著名作家和诗人晓雪、白航、叶延滨、贾平凹、梅绍静和延安老艺人韩起祥。

1983年12月8日，在《解放军报》长征副刊头条位置，由著名军旅诗人杜志民编发长征组诗《啊，当年……》，开始引起部队诗坛关注。

1983年12月底，江西省作家协会召开刘立云、许洁等三位青年诗人作品研讨会。1984年3月号，《星火》杂志刊发江西著名诗人胡平在研讨会上对刘立云作品的点评《热烈期待着……》。

1984年6月，经部队著名诗人、《解放军文艺》诗歌编辑程步涛推荐，从江西省军区东乡县武装部政工科副科长任上，借调解放军文艺社《解放军文艺》编辑部帮助工作。编辑部散文诗歌组组长陶泰忠率两位资深编辑程步涛、郭米克前往北京站接站，让他受宠若惊，从心里向往这个集体。当时，在《解放军文艺》5月号刚发表中篇小说《穿迷彩的儿子在微笑》的郭米克，手里抱着不满周岁的女儿郭伊迪。许多年后，郭伊迪以优异成绩考取清华大学。

1984年11月，大型军事文学双月刊《昆仑》第六期第一次发表组诗《太阳照亮的金盔》，同期配发部队青年小说兼文艺评论家方位（刘方炜）诗歌评论《东方古老而年轻的尊严》。

1985年9月16日，总政下达调令，由江西省军区东乡武装部正式开始调入解放军文艺社，接替程步涛任《解放军文艺》诗歌编辑。这一工作调动，是他从部队基层宣传干部变为总政军事文化重镇解放军文艺社职业编辑的一个重大人生转折。他和家人陆续迁入京城。让他倍感神圣并积极进取的是，他知道他坐着的这把椅子，之前坐过李瑛、乔林、胡征、纪鹏、雷抒雁、程步涛等全国全军著名诗人。

1986年7月底至8月中旬，以特邀记者身份，随成都军区司令员傅全有、副司令张太恒巡视日喀则、亚东、乃堆拉、林芝、墨脱、山南等西藏边防。同时受邀的有《解放军画报》记者李前光、《昆仑》编辑江宛柳、解放军出版社美术编辑简简。回京后，他把沿途采访的西藏军人献身国防的事迹，写成中篇报告文学《中国山》，刊《中国作家》1987年第三期，香港《大公报》连载。

1986年9月，由江西省作家协会扶植，在江西人民出版社出版以军旅作品为主的第一本诗集《红杜鹃，紫杜鹃》（谷雨文学创作丛书，与钟祖基合著）。

1987年3月，带领空军青年诗人简宁、西藏军区青年诗人蔡椿芳，前往云南老山前线举办"战壕诗会"。在47军军长钱树根、27军政治部主任朱增泉将军细心关照下，三人沿文山、新街、麻栗坡、蔓棍洞、南温河、老山一线寻访战地，见识现代战争的残酷和参战军人的百般艰辛，受到极大震撼。之后，在昆明西山空军某雷达站招待所闭门深思，潜心创作。三人思绪如涌，得到激励，通宵达旦，陷入从未有过的狂热写作中。诗会结束时，已是硕果累累，满载而归。

1987年5月，诗作《中锋在黎明前死去》获《萌芽》杂志1985—1986年度文学创作荣誉奖。前往上海领奖中，编辑部组织参观绍兴鲁迅故居。

1987年8月，《解放军文艺》以超常篇幅刊登"战壕诗会特辑"，分别刊出简宁长诗《麻栗坡》、刘立云大组诗《红色沼泽》、蔡椿芳长诗《南殇》。三个人的作品一反常态，推陈出新，以纯粹的战争体验和思考引起军旅诗坛的强烈关注。数年在编辑岗位上默默耕耘的他，被评价"换了一个人"。

1988年3月号，《上海文学》刊发诗作《火鸟》。

1988年第8期，王燕生任责任编辑，《诗刊》第一次发表诗作《黑橄榄（外一首）》。

1988年5月，随社长凌行正、编辑部主任陶泰忠和编辑部同事刘增新、郭米克、王瑛等，赴河南新乡54军举办"中原笔会"。部队著名老作家王愿坚、苏策、彭荆风、肖玉等出席，在官兵中引起巨大反响。会后，陪同苏策参观洛阳白马寺、龙门石窟。

1988年6月，参加兰州军区在临潼47军举办的业余作者创作笔会。笔会由兰州军区文化处干事王久辛主持；《人民文学》主编韩作荣、编辑陈永春，《中国作家》编辑部主任杨志广、解放军艺术学院文学系教师朱向前、张志忠等出席笔会；军区业余作者有曹树莹、许明善（后遇车祸死亡）、李鑫（后任《解放军报》副总编）、辛茹（后调二炮文工团）、张悦（后调总参某部）、沙戈等。

1989年6月，协助《诗刊》编辑郑晓钢向部队诗人约稿，编辑8月号屈塬、殷实、杜离、阮晓星等"军旅十人集"。化名"厉云"发表战争组诗《无尘地带》。

1989年8月号，《青年文学》第一次刊发组诗《我们这个世界》。

1989年11月，在《人民文学》"诗专号"刊发战争组诗《红色沼泽》。

1990年11月、12月，分别由解放军文艺出版社和上海百家出版社出版诗集《黑罂粟》和《红色沼泽》。

1991年7月，《当代作家评论》刊发简宁评论文章《距离的消失：咏叹与震惊——评析刘立云两本战争诗》。

1994年2月，由中国华侨出版社出版长篇纪实小说《瞳人》。

1995年4月，与中央党校教授姜跃女士合作，由甘肃敦煌出版社出版长篇纪实文学《莫斯科落日》（上下集）。《南方周末》连载一年有余。

1995年5月，《解放军文艺》刊发长诗《黄土岭》。

1998年8月，长江遭遇百年未遇特大洪水，代表《解放军文艺》编辑部，与总政文化局干事汪守德（后任总政文艺局局长）一道带领部队作家徐贵祥（后任中国作家协会副主席）、赵建国、李亚赴长江沿线九江，武汉、荆江、公安等地采访。与赵建国、李亚合写中篇报告文学《生死簰州湾》，载《解放军文艺》10月号。《中篇小说选刊》《中华文学选刊》和《小说月报》分别转载。

1998年10月，由编辑直接任《解放军文艺》编辑部主任、主编。

1998年12月，由甘肃敦煌文艺出版社出版诗集《沿火焰上升》。

1999年1月，《人民文学》刊发由商震编辑的组诗《向天堂的蝴蝶》，其中短诗《向天堂的蝴蝶》日后被许多选本收入。

1999年8月，由部队著名诗人、副政委朱增泉中将亲自带队，解放军总装备部在新疆马兰原子弹基地举办诗会，邀请军地著名诗人和诗评家张同吾、叶延滨、王燕生、李小雨、陈永春、雪汉青、刘立云、刘方炜、殷实等参加。诗会后期，组织嘉宾穿越茫茫戈壁和浩浩罗布泊及原子弹、氢弹爆心，参观古楼兰。

2002年7月号，《诗刊》"特别推荐"栏目刊发组诗《生命中最美的部分》，附诗歌随笔《我们能否在尴尬中自拔？》和唐韵推介文章《坚守是美丽的》。

2003年2月，组诗《生命中最美的部分》获《诗刊》2002年度"优秀作品奖"，授奖词为："他的诗来自生活最深层的挖掘，将与时代共振的军人的内心世界艺术地表现出来。他的诗经过细心打磨，呈现出优美的晶面。他的诗赋予语言的力度不是在文字表面，而是质地本身。他的诗虽然写的是士兵，反映出来的却是中华民族积淀已久、一旦显现便令人赞叹的精神。他的诗歌深沉的思考总是和感情的火焰融为一体，那灼热的内核，使人的灵魂感到欢悦。他的智慧体现为吸收中外语言叙述精华时，很自然地就会引起读者强烈的共鸣。"

2005年2月，《解放军文艺》刊发长诗《父亲们！父亲们！》。

2005年12月，为迎接50岁之后的第一个生日和诗集《向天堂的蝴蝶》出版，仿博尔赫斯短诗《界线》，郑重写作自白诗《内心呈现：剑》。

2007年7月，《人民文学》以头条位置刊发组诗《紫荆花臂章》。

2009年11月6—10日，在庐山领取《诗刊》"庐山杯"2008年度诗人奖。授奖仪式上，代表傅天琳、李琦等十名获奖诗人发表获奖感言《我们共同面临的时代》（载《诗刊》2010年2月号）。

2009年11月，由解放军文艺出版社出版诗集《烤蓝》。

2010年10月，诗集《烤蓝》获第五届鲁迅文学奖诗歌奖，授奖辞为："刘立云把军人、军队、战争，用火焰般的词语表述出来；把命运、坚韧和错综复杂的情感表达得淋漓尽致。壮阔的诗句，惊涛拍岸，慷慨高歌，敲打出钢铁的声音。"11月8—12日，赴鲁迅故乡绍兴，与同届鲁迅文学奖诗歌获奖者车延高、傅天琳、李琦、雷平阳共同领奖。

2012年1月，《解放军艺术学院》刊登洪芳评论文章《穿越火焰之门的生命图景——刘立云军旅诗歌论》。

2012年5月4—9日，由中国作协创联部胡炜任翻译，与李琦一道赴以色列加利利城参加"尼桑"诗歌节。诗会之余，自费游览宗教圣地加利利湖、耶路撒冷和特拉维夫老城、海法空中花园。

2015年1月，《诗刊》刊发长诗《金山岭》。

2015年2月28日，总政下达退休命令。当天下午，《诗刊》常务副主编商震先生特邀担任主编助理。为纪念一生以42年服役，把生命中最美的部分献给军队，在慷慨中，写作短诗《四十二年那么厚的一种钢铁》。

2016年6月16日，与刘福春、霍俊明一道，以编委和发稿编辑双重职责，参与《中国新诗百年志》编纂工作。作为中国作协纪念新诗百年重大文化项目，该书分作品卷和理论卷共4册，2017年4月由中国工人出版社顺利出版发行。

2017年8月号，《中国诗歌》刊发800行长诗《上甘岭》，附创作谈《回顾一场战争》。

2018年6月5日，离开《诗刊》，任主编助理（特邀）共三年零三个月。

　　2018年10月19日，参加武汉诗歌节。20日，长诗《上甘岭》获"闻一多诗歌奖"，评委会主任张清华教授宣读授奖词："磅礴的诗意，细腻的笔触，思想性与个人性兼顾的双重视角，历史与现场的逼真还原，刘立云的《上甘岭》是一首气象壮阔的战争史诗的缩微版。作者超越了政治化、民族性的单一视角，是以多维的视野、人类性的眼光，书写战争背后的人性与精神内涵，战争本身的残酷又复杂的历史奥秘。传达了尊重生命、思考人生、追求正义、捍卫和平的崇高理念。是对以往战争与军事文学思维的一种超越。"

　　2019年1月18日至3月10日，完成即将由中国青年出版社小众书坊出版新诗集《大地上万物皆有信使》、即将由江西百花洲文艺出版社出版军旅诗选集《火焰，你说话》的修订和汇编，交出版社编辑出版。

探索与发现

探索与发现

青年诗人谈诗

作者简介

梁书正，湖南湘西人，苗族。湖南省作协会员。作品见《诗刊》《人民文学》等，入选多种诗歌选本。获"紫金人民文学之星"诗歌奖。参加《人民文学》"新浪潮"诗会，曾就读于鲁迅文学院。著有诗集《遍地繁花》《唯有悲伤无人认领》。

我的写作是诗歌大背景中的浪花

梁书正

我出生在湖南湘西的一个小山村里，从小在农村长大，每天接触到的都是山脉、河流、田野、庄稼、牛羊、农具、鸟雀、昆虫……无法道出这些到底与我的诗歌有怎样的牵连。直到很多年之后，从我笔尖自然而然写出这些事物的时候，我知道它们早已在多年前悄悄融入了我的生命。

在中国新诗创作与变革的大背景之下，我的写作是微不足道的，甚至不值一提，也无法从这如宇宙般浩瀚的诗歌世界里找出我书写的意义。很多时候，只是源于一种想表达的冲动，就如同婴儿慢慢长大后有想说话的那种最原始的愿望。而当我开始表达之后，这种表达是否属于或者存在与诗歌大背景之下已变得不再重要了。

第一次接触诗歌时，我还在乡村生活，无意中看到一本《1993年诗选》，第一次发现，原来还可以写这么短的文字，至于有什么深沉的内涵，那时候也还不懂。乡村精神物质的匮乏，让获得一本书变得如获珍宝，几乎天天随身携带、阅读，也尝试写了一些简单的分行，后来都不知所踪了。随着时间的流逝，我也慢慢长大，走出了故乡，走到县城、省城，后又去外省打工多年。这十几年的时光里，我也从来没有考虑"诗歌大背景"这种宏大的命题，倒是生活中的爱和痛感让我再一次写出分行。那是我在省城读书的日子，远离故乡，居然对故乡产生了别样的情愫。大抵在那时候起，"怀乡诗歌"开始在心底生根。后来去了广东，正直"打工诗歌"风起云涌，开展得如火如荼。而生活的现状和痛感，让怀乡与打工现状产生了激烈的碰撞，在不断的交锋和融合之中，我的诗歌书写开始呈现两个方向：一种打工题材，另一种怀乡题材。始终遵从最初的心，最真实的生活，最切身的体验，把所见、所闻、所感、所想、所爱、所悟逐一赋予笔尖。

　　有的路，走得越久越深越远，就会看得越透。笔下一张纸，大地和苍天也是一张纸。大地的纸张生长庄稼和果蔬，苍天的纸张写着泪水和敬畏。而我明白这些，居然是因为我的故乡，那个小小的山村。当我看到乡亲们在田野里劳作，他们的样子让我想到了诗人的耕耘；当我看到老阿婆流泪咒骂苍天的样子，我知道天空写满了生命的密码……

　　现在，我回到家乡，在小县城生活。作品也在慢慢从"怀乡"往"原乡"剥离，而打工诗歌也慢慢淡出写作的视野。但是生活还在继续，我在虔诚的回望和感知故乡的土地和人们，在追溯古老源头和对未来憧憬的道路上，一次次触摸到了神性的光芒，也感知到万物齐一的古老哲学。"神会在古井旁倒出新鲜的土豆/并用井水/洗净双手和双脚"。"散落在武陵山脉上的/是神的家园"。这些诗句都是在重返故乡之后的创作。它们又契合什么呢？或者什么都不契合，这些都不重要。只是在新诗近四十年变革与转化背景下，我们的写作都受到了时代的影响，在变革的波澜之中，我们写作的浪花也在随之变幻，保持着现实、本真、良知……这些，从来没有改变过。因为生活总是会越来越好，努力了，总会越来越有希望。在前行的道路上，我们流泪，是为了洗掉眼里的灰尘，望见那些耀眼璀璨的星星；我们匍匐，是为了和大地拥有联系，保持朴实平和的脾性与担当……

　　以后的路会怎么走？这个问题很难回答。曾一度沉迷于佛学，三年的时间，一个人走遍了全国各大寺庙，以为能找到某些答案。事实上，三年寻寻觅觅，苦苦追寻，并没有找到什么。倒是一日在一条大河旁打坐，听哗哗哗的水声，写了一首《听流水》的诗——禅师说：听流水可以听到无//他静静坐着/山风吹了一夜啊//桉树结着它的叶子/槐树开着它的花。猛然间似乎触摸到了什么,三年时间学佛,只在一瞬间开花。一天海灵寺的年轻住持打电话给我,问为什么好久没有去庙里了。我对他说:寺庙已经搬到我的心里了。从那时候开始,我的诗歌慢慢回归,又一次感知到生活和自然的体温。在这过程中,我居然奇迹般地发现,儿时见到的那些牛羊庄稼、鸟雀昆虫,原来都有道,原来都是道。那么,这是不是"乡土诗歌"的另一种写法和方向呢?我也不得而知。怀化学院教授潘桂林在评论我的诗时说:我读到的是,神即自然,自然即神,而诗是神性和生命奥秘的自然呈现。一首看似简单的诗,可以很丰盈,但丰盈存在于言辞之外的静默,那才是诗人意欲表达的神奇领悟。这领悟如此神奇,一点即破,即碎,唯有沉默才能持守其丰盈和完整。梁书正曾经透露过,他信佛。论文至此,我不仅看见了佛的慈悲渗透于他的诗作,更看到了禅悟思维融汇于他的体验和诗学实践。

谈到这些,就不得不谈莫言的一篇写母亲的文章,他写那个苦难的年代,饥饿和死亡弥漫,但是她的母亲去洗苦苦的野菜的时候,居然是"一路哼着歌"过去,这对我触动非常大。而另外一个电视画面也让我难以忘怀,那是在战火纷飞的废墟中,一个老人拎着篮子洗菜,记者采访她。她说:"我们世世代代生活在这里,就是吃土也要活下去。"那么,她们告诉了我什么呢?伟大的母亲在告诉我们什么呢?生生不息的人类在告诉我们什么呢?

吉首大学教授陈文敏在点评我的作品中写道:没有人是一座孤岛,其实人人都是孤岛,这一个个原子式的存在,连成一片坚实而悲情的大地。书正在这一流动的现代性进程中,以放大湘西的美好人事、洁白岁月、个人记忆来对抗时代焦虑、身份焦虑,是草根阶层善良、静默、悲悯的社会镜像。我想,她说出了一部分。至于另外的,就交给时间吧。

愿我们不忘初心,在诗歌时代的大背景下,保持最初的自己,展现出最闪亮的那一朵浪花……

『附诗』

满月颂

下班归来，父母并排坐在一起看电视
他们边看边笑，指指点点，两个人
挨得那么近，那么近……

多年了，第二次看到他们这么坐在一起
第一次，是在结婚合照上

在他们的背后
是一张已过世奶奶睡过的床

再后面，一轮满月正从他们之间的肩膀
慢慢升上来

春天不远

我看见斑斓的阳光，如蝴蝶展翅
我看见清亮的流水，如钻石闪耀
我看见你眼里的闪烁，如夜空的群星

春天不远
刚垒起的新土上，青草开始冒尖
一朵小雏菊
开在了佛像的脚旁

村　路

结亲的人走过去了
送葬的人走过去了
待产的人被抬过去了

播种的人走过去了

算命的瞎子一路磕磕点点
人们来来往往

春日夜归，村路空无一人
除了孑然的身影，只有满地的
月光和落花

荒草连到天边

从清晨的鸟鸣声中，我听到体内的泉水
从田野的谷粒中，我触摸到饱满的生活

谁曾想过这么些年，我会在
一只羊羔清澈的眼眸中
洞悉命运

那一日，山岗高远，漫漫的荒草连到天边

洲上坪

以前没有洗掉的
现在，河水带走了

没有找寻到的
山顶的积雪让看清了

在这片
厚实的土地之上

奶奶留下菜种
先人埋着骨头

诗探索 14　作品卷　2019年　第 2 辑

寺庙点燃香火

一切一切，我眼眶湿热
无法一一细说

寒夜独宿山岭

我是肩膀积雪最厚的人
我是听到万物低伏的声音最清晰的人
我是看到人世灯光闪灭最辽阔的人
我是内心悬崖最陡峭的人
野兽在我心底怒吼，钻石在我眼里生辉
我沉默着，隐忍着
我也是低身俯吻大地的人
也是离星空最近的人

作者简介

林东林，诗人、作家，《汉诗》主编助理、湖北省文学院签约作家。曾就职于北京、上海、桂林等地，现居武汉。曾为《南方周末》《南方都市报》等撰稿人，发表小说作品多篇。著有《谋国者》（上海三联书店）、《身体的乡愁》（译林出版社）、《情到浓时情转薄》（江苏文艺出版社）、《替全世界去仰望》（文化艺术出版社）、《线城》（广西师范大学出版社）、《跟着诗人回家》（江苏凤凰文艺出版社）、《你的眼泪是我看不见的那片海》（诗合集，北京联合出版公司）、《人山人海》（中国友谊出版公司）等作品多部。

诗歌与我

林东林

2003年9月，在刚抵达那座煤矿小城读大学的第一天的下午，我在一根电线杆上看到了一张名为"美术青年"的社团招新指南，我把指南揭下来夹在腋下就去了上面的那个地址——后来成为我诗歌领路人的胡伟的住处。他看了看我的诗歌，很认真地跟我说："你这还不是诗，是顺口溜！"这句话，便是我在初写诗歌时所遭遇的当头棒喝，同时也是我对当代诗歌的入门和启蒙。后来的很多个夜晚，在一家打字复印店楼上，我们喝着九毛钱一瓶可以退瓶的啤酒，就着从附近烧烤摊上买来的烤鱼，胡伟跟我说起那些在我笔记本上已经闪耀多时而且还在继续闪耀的名字——于坚、北岛、王家新、西川、海子等。他还说到著名的"盘峰争论"、韩东的"诗到语言为止"。有一次他从怀里掏出一本《于坚的诗》，高声朗读《怒江》《女同学》《感谢父亲》《松果》等。他激扬澎湃地念，轻声细语地念，抑扬顿挫地念，以至于我觉得他的每个表情和动作背后都隐藏着莫大深意，而我的每一下咀嚼、吞咽和饮啜仿佛都会影响到我是否能准确理解，于是我把动作的幅度放慢、放缓，异常小心谨慎，甚至于诚惶诚恐。

那时候生存还远没有这么迫切，物欲也不那么横流。我们的追求近乎傻、近乎梦、近乎奢侈，对形而上的东西还保持着足够的热情和兴趣，眼前破碎而艰困的生活总是那么容易打发，理想和愿望也总是那么

诗探索 14 作品卷 2019年 第2辑

容易接近与容易满足，一行结实有力的诗句足以让我们兴奋半个下午。周末没课时，胡伟就带我去他的出租房前后转悠，到了饭点我们就去买两毛钱一个的大馒头，在小摊上要一碗一块钱的烫面——主要是为了喝不要钱的汤，使劲喝，喝完再加，吃不要钱的辣椒油，吃得满头大汗。然后我们就去爬山，一直爬一直爬，没有目的地爬，累一身臭汗，下来之后就去吃一大碗羊蹄板面。我们经常会带回来一瓶黑米酒，还是去那家打字复印店的楼上继续念诗：于坚的"从前我统治着一大群黑牛，上高山下深谷我是山大王"，西川的"风吹着空旷的夜也吹着我，风吹着未来也吹着过去"，海子的"草原尽头我两手空空，悲痛时握不住一滴眼泪"。对酒当歌，人生中见到的最美夜色似乎也是那个时候，大雾被街对面的霓虹灯染成梦幻般的粉红色，水汽蔓延开来，我们被包裹在其中，宛如两个等待着领取圣餐的孩子。

毕业后，我前往桂林工作。因为一个偶然的机会，我认识了诗人刘春，后来成了好友。我们经常光顾的一家书店叫刀锋书店，装修雅致，环境清幽，就在漓江边上。有时我推门而入会迎面碰见他，有时他推门而入会迎面碰见我，更多时候我们会约在那里买书看书，对着很多新书品头论足。很多次我们还相约步行回家，一路上谈的都是诗歌和诗人。我们曾商量编选一套诗人随笔，想法还尚未成形，他的《朦胧诗以后》就出来了。我的目光又一次停留在那些熟悉的名字上：于坚、王家新、韩东、柏桦、北岛、翟永明、西川、欧阳江河、海子……后来我去上海工作，刘春刚写完《一个人的诗歌史》——当时叫《当代诗坛的十副肖像》，我便在所就职的出版社出版了。那些年，刘春一直生活在桂林，湖光山色不但没给他平添暮气，反而愈见锐气。很多个早上，他会疲惫但掩不住激动地跟我说，昨天晚上又写到半夜，又写了谁和谁，兴奋之情溢于言表。多少个不眠之夜，他就隐藏在那座小城逼仄的角落里为一个时代的诗人诗歌画像，为我（们）曾经的阅读寻找发源地和每一条主流与支流，他用每个字和每句话带着我（们）去诗歌原乡，而我也因此得以深入整理对当代诗歌的认知。

而真正成为一个诗人，是2014年我从北京来到武汉之后。直接原因是因为一帮诗人朋友影响，深层原因，应该是我想从文化写作中逃离出来。之前我写了十几年散文随笔，这充分显示了浪漫、修辞、文化、知识等传统写作美学在我身上的劣根性。那种写作是无我的，所以也是无效的。诗歌给了我一条"有我"之路，让我从"无我"转向"有我"，用简单的语言发现、接近和抵达我的日常和日常的我。对我来说，如果随笔是右手，那么诗歌就意味着左手，右手用习惯了就换左手试试。左手是陌生、新鲜、不听使唤的，但等用多了你会发现右手是大家的右手而不是你的右手，左手才是你自己的左手——你原来竟然毫无发觉。诗在日常，我的诗写的也无非我的日常。但与很多诗人相比，我并不愿多写底层生活和苦难生活，因为我没有沉重、陡峭和苦难的生活经验，也不愿为了写诗去接触和描述它们，轻逸、平坦、幸福的生活尚不值得炫耀，何况其反面？同时我也不觉得很多诗人对这些内容的书写真实有效，更多可能是追随而已。我也不写抽象性、思辨性和知识性的诗歌，知识分子写作曾在我的写作中有所尝试，但我现在忌惮它的语言打滑——言不及义或因言害义。相比之下，我的生活是简单、随性、日复一日的，我愿意贴着这种生活去写——无论诗还是其他，它们未必奇崛、深刻或神圣，但一定是个体的真实感受和即时感受，我不违背这种真实和即时。

2016年夏天，在跟随诗人张执浩回到他的荆门老家并和他做了一次长篇对谈之后，我萌发了为20世纪60年代出生的几位诗人做一次群体回顾的写作计划。后来，我跟随杨黎、蓝蓝、臧棣、余怒、陈先发和雷平阳等诗人回乡，分别为他们做了一次长篇对谈。这本以《跟着诗人回家》为名出版的作品，包含了现实中的重访故里和精神上的诗歌原乡，也实现了我以三四十年来的时代巨变和七位诗人的诗学转变呈现中国当代诗歌整体风貌和细微思路的初衷。这本书对我的影响无疑也是巨大的，具体说，那就是作为一位80年代出生的诗人我在当代诗歌图景中如何写诗？我想一是题材，二是语言。前者前文已有所述，对后者的认识是这样的：在对我的一次访谈中，王单单说我的诗歌属于"有篇无句"，整体感很强，完成度也很高，但很少有名句，他问我是否为了维护一首诗的整体感而刻意消解名句？老实说，我也想过写名句，也为写不出来焦虑过，但现在我避免写出"名句"。写名句，其实还是传统美学里的文化意识和浪漫感觉在作祟，那更多是一种古典文学的诗意，而非当代诗歌应有的特征体现。相比于局部的炫目刺眼、流布传诵，我更倾向于从整体意义上去观照一首诗，让它呈现出一种事实的诗意甚至是反诗意的诗意。所以我更愿意用日常语言写作（不仅是口语），即把每个汉字都当成一个单词甚至字母，去修辞，去意象，去传统，让它们像自行车链条一样咬合在一起以载行内容，像砖块一样垒砌出一个空间以容括情感和意义。在引而不发之中铺以匠工精心，犹如在炉火上千万次锻打一枚铁块，让一首诗呈现出"什么都没说又什么都说了"的质地，而非借助于某些字词、成语或句子的"点睛"效果去完成一首诗。

近四十年来的中国当代诗歌，早已蔚为大观，也早已在技艺、题材、风格和美学等方面丰富完善了其蓬勃之姿，诗歌内部和外部的公众性正在（已经）被诗人的个人性和具体性所替代、所践行。众人之诗让位于个人之诗，传统之诗让位于当代之诗，这当然是中国诗歌现代性的必由之路。事实上，我一直觉得现代性的一个根本前提是个体性——在某种程度上个体性就是现代性至少是现代性的一部分，也即要写出个体表达和个体感受，不能在集体或某个人的美学阴影之中写作，而要到空旷地带去写作。但在这个基础上，对当下更有必要保持深思警惕的是诗歌写作的"职业化""目的化"和"唯个人化"，也即是不要作为一个诗人去写诗——而要作为一个人去写诗，也即是不要为了一种"为了"去写诗——而要为了自在和表达本身去写诗（不要"写诗"，而要写"诗"），也即是不要只作为一个个体去写诗——而要作为一个人类的"最小单元"去写诗。而归根到诗歌写作的"写作"层面，这些当然属于我习得和自得的一些写作观念，不过观念易得、手艺难成，最难的其实还是手上功夫——让肉身通过语言准确地发声。在这一点上，诗人韩东是我的学习榜样，与一些灿星高照的天才诗人和靠才华胜人的诗人相比，他们诗歌的"不可学"和"一学即死"，反证了韩东诗学的"值得学"和"应该学"，也即学习他那样的诗歌和他那样写诗歌，冷峻、节制、隐忍，一遍一遍不断修改（修改比写作更接近写作），直至靠近、抵达某种境界或想象中的境界——你越写，也就越懂得写。在今后的很长一段时间内，我想我都会以这样的方式去锻造手上功夫，去掌握一些结实有力的经验，而非将纸上得来的观念理所当然地就视为自己已经拥有的。

『附诗』

瓦 松

房子要老到一定程度
屋顶上才会长瓦松
上次是在石牌
这次是在上渡
一样的瓦松
长在不一样的屋顶上
一样的瓦松
以前用来入药

现在成为荒芜的象征

经过这些瓦松

这些老房子

和它们紧闭的木门

你走远了

并在走远中想起

一段去向不明的生活

和一些面目模糊的人们

你什么都不清楚

只是知道

他们也都曾经

拥有一颗颗清晰跳动的心脏

坐轮渡

到了江中心时

才感觉到长江的宽

江风的大，和夜色的深

有个姑娘趴在栏杆上吹泡泡

泡泡一串一串又一串

刚飘出塑料棒，就破了

有一个孤零零的泡泡

飘了好远才破，它破了真好

不然总是担心它会破

母亲，或者遗物

十点起，照例去小店过早

照例一碗热干面

旁边，已经坐了两个老太

一左一右，边吃边聊

诗探索 14　作品卷　2019年　第 2 辑

一个说，儿子刚移民加拿大
另一个说，儿子英国毕业
在北京八年，前些年去了澳洲

边说边拿出手机，划拉照片
同时口中念念有词：
这是歌剧院，音乐厅，唐人街

我不如她们的儿子这般出息
远渡重洋，成了洋人
我只是从农村来到了城市

但我的母亲与她们倒有一比
年龄相仿，口气相似
谈起我时必满脸幸福，且左顾右盼

仿佛，只有在谈论之中
她才拥有一个确定无疑的儿子

听　海

在夜深的时候来到海边
海就成了一种声音
机械，单调，一遍一遍
走着听，坐着听，躺下来听
也在不听的时候听
浪声扩大了被夜色缩小的海面

你我日日相伴，几近无话可说
但是此时又没话找话
说高悬于头顶的那片星辰
说右前方那轮西沉的通红上弦月
直到浪声成为一种背景
直到我们沉默下来，浪声又起

上渡渡口

在陌生的地方而不觉得陌生
见到素不相识的人
而感到亲切
但此地的生活已不再属于我们
我们从遥远的地方
从时间的前端而来
早上又从对岸来到这里
在镇子上转了一圈
此刻又回到这里
对岸于是成为风景
遥远的地方于是也更遥远了
胖嫂的船已经开走
我们没有赶上
就只好在渡口等着
空阔的江面上没有一只船
空阔的江面上来了一只船
（不是我们在等的那艘）
直到它开过去很远
浪才拍到岸上

秘密旅行

我楼下的街叫后长街
出了小区右拐到后长街上
走大约五十米
就到了彭刘杨路
然后右拐到彭刘杨路上
一直走
走过三医院门前
走过湖北剧院
然后再穿过首义广场
就走到了武珞路

诗探索 14   作品卷   2019年   第 2 辑

然后沿着武珞路一直走
走过湖北省立图书馆旧址
走过李书城旧居
就来到了龙华寺门前
龙华寺门口有一片竹林
竹林中的一棵竹子上
刻着一行歪歪扭扭的字
"陈小董我只爱过你"
有一段时间
每天晚上十点之后
我就沿着这样的路线散步
每次都散步到那棵竹子那里
然后再沿着同样的路线走回来

作者简介

田凌云，陕西铜川人，1997年生。诗歌见《西部》《扬子江》《诗歌月刊》《青春》《星星》《延河》《当代教育》《飞天》《岁月》《伊犁河》《湖南诗歌》《汉诗》《安徽诗人》等刊。获2018年度第三届陕西青年文学奖，获《青春》杂志社2018年度中国大学生诗歌年选佳作奖，获《大别山诗歌》十佳新锐诗人奖。入选《2018年中国诗歌排行榜》，入选《2018中国最佳诗歌》，入选《2019天天诗历》。参加第八届"十月诗会"，第十一届"星星夏令营"等。著有诗集《白色焰火》。

从过去看发光的未来

田凌云

从胡适的《尝试集》，到北岛、舒婷、顾城、海子，再到当今诗坛，诗歌从节奏、先锋度、境界等多个方面已发生了质的变化。中国新诗不过百年，已有了当下相当辉煌的成绩，让我在陈旧与先锋中，也探索出了一条自己的诗路，也借着这凡人之手发出圣光。

我写诗是因为孤独，也是因为无能。当然，很多人都孤独着，我常常自认为：生存本身就是孤独的样子。所以我用写诗发泄我的沉闷与情感，用写诗探索着自己的灵魂，虽然我从不想控制它，但是我想尽可能了解它。

我对某些诗歌有着魔鬼般的偏爱，昨日第三遍阅读俄罗斯女诗人"吉皮乌斯"的《致群山中的她》很多诗句又活生生的击中了我，比如"不，我永远不接受调和，/我的诅咒永不收回。/我不原谅，我并不想摆脱，/再落入残酷的氛围"，以及"我既没勇气生，也没勇气死……/上帝离我很近——我却不能祈祷，/我渴望去爱——又不能付出爱情"等诗句深深的震撼和击中着我，甚至和我的灵魂约定好似的举办哭泣大会。我知道每个人好诗歌的标准不一样，对句子的审美也相差很多，但我在诗歌的道路上，永远佩服敢想也敢说的人。在当下，敢想的人很多，敢说的人很少，大家畏惧一些人世的看法，任凭才华飘远，也不愿揭开自己心灵上的布，我想这就是我喜欢吉皮乌斯的原因吧。我也立志要把真实的内心变成文字，烙于白纸与黑字之间。

我写诗的时间不长，从2017年元旦到现在刚刚两年时间，在这两年里，我看了国内优秀诗人的大部分诗集，最疯狂的一段时间，宿舍的床上书多到让我深夜睡觉缩成一团，书成了我的围墙，也好像是我的安全伞，以安慰我的孤独和麻木，安慰我跟这个世界的格格不入，安慰我表面镇定下内心的彷徨和无助。"我知道，/纵使我要度过错误的一生，/尽管我全身贴满着世人不理解的太阳"（田凌云）。我在尽力跟这个世界和解，跟自己和解，诗歌是我的渡口，也是可以让我无所顾忌的脆弱之地与恸哭之所。

我的诗歌除了吸收国内外优秀诗人的养分，更多是一种内心的揭示。很多时候，我的情感饱满滂湃，变成了诗句。这可能跟我从小不乖、大胆的性格有关，也跟我可耻又光荣的孤独有关。我人生大部分光阴都是一个人度过，或许这是某种预兆，或许纯粹就是一种错误，都交给时间好了。年轻人，就应该有属于这个年纪的迷茫与懵懂，不成熟与失误，撞了南墙、头破血流后，也会收获一些别致的成长与诗句。我因此不断的肯定错误，为了生存，不断的宽恕自己，尽管这样的宽恕不洁。

我看过一些诗歌理论的书籍，柏拉图和亚里士多德的诗学之争，其实当今已有很多诗人用写诗的方式默默延续着。无论是灵感迷狂还是模仿自然，我都坚信每个人的频率和环境会给这个人最适合自己的选择，诗歌的辩论从未停止。我又觉得，诗歌是小众的、自我的、不能拿来探讨的。乔治·巴塔耶的书《不可能性》的原名是《诗之仇恨》。他认为只有内心充满愤怒和仇恨，充满很多对自我和世界的控诉，才能诞生惊世之作。我跟一些当代的优秀诗人交流中，有人告诉我，诗歌旨向爱，由此可见，每个人写诗的初心和目的也相差很多，甚至可以形象地比喻为南北极之差。

我在参加2018《星星诗刊》举办的夏令营交流活动时，前三句话便是请求大家对我接下来的话给予原谅，我知道每个人都很有才华，也很有主见，而每个人的灵魂又千差万别。我希望所有诗人都能够放下偏见，相亲相爱，互相包容，这也是我的一个小小愿望。

我在想，现在很多人选择写诗，是不是有一种可能，是屈服于当下的世界了？或者是跟这个世界妥协了？现在的社会，人人都想把自己保护起来，把自己的心灵捂得密不透风，孤独得要死了，还得给自己灌输"享受孤独"这样的概念，这实在不是一个好现象。大家确实都有自己的生活，也都忙于生存，但把一点孤独灭杀，奉献给爱，我想会改变很多，对这个社会，对自己内心的寒冰。我就当下正做着灭杀孤独的事情，虽然有时疲惫，但心里温暖了很多。

2018年可以说是我比较丰收的一年，我从2017年开始将自己的创作重心正式转向诗歌，2017年末开始正式在一些官刊上发表作品，这一路除了我的父母，没人知道我付出了多少辛苦，但我依然感恩，我认为自己是幸运的。2018年通过自己的努力，投稿参加了"星星夏令营"和"十月诗会"，因此我十分感谢《星星诗刊》和《十月》杂志，是他们的爱让我有勇气生，让我看到了一些人世的光芒，让我有力气去取回自己丢失的勇气，磨灭掉一点无能。我开始坚信，世界是充满爱的，只要自己不虚度光阴，不断地进步与成长。

我经常会写一些自我灵魂反省与追问的诗，我痴迷于探寻万事万物的本质，也刻意地锻炼着自己这方面的能力。我想写出死物的话语与情感，经常在诗歌中赋予他们生命，我也时常想想不同时空的遇见，在我看来，任何的写作都是对视觉所知、伦常所奉的一种打破，唯有打破常识认知，才能把熟悉和疲惫的万物写出新鲜感，写出独特的生命力。比如"在紫色的天空下，我要怎么唤醒自己心脏上的牛奶？"（田凌云）。

于我看来，写诗更像是跟神的一种相会。只有内心最平静的时候，方能写出最直击灵魂的诗句，文学像是我的续命丹，我在这世上的依托，也是我选择活下去的理由，尽管"我爱极了这糟糕又荒谬的人世"。希望诗歌可以一路伴我成长，助我增添灵魂的光芒，或是孤独的色彩，一生奉献给文学，不留遗憾。

青年诗人谈诗 三 探索与发现

那些背影

我看过自己的很多背影，在即将掉落的悬崖
你是那么轻盈。背着蜗牛、房子、面包
料想盘缠已经足够——我不推你下去

我还看过自己在深夜的海边，那个听海的背影
很奇怪，听着听着，海水越来越激烈
你的思维，沉静地充满了杀机。你，
躲避那个迫切寻你的男人，心中默念：
"请再给我十分钟——"
再给我十分钟，我就能活过今天
活过今天，明天才能不远
我们才能继续跟破碎，形同姐妹

可是你还是打开了恐惧
篝火晚会、兔子舞、小情歌
你把它们高高捧起，如捧起你的痛苦
你不该抱怨那个男人，再多美好
都美不过内心的荒草。他已经做到极致——
而我们所要关心的，是今夜的粮食
他们已在海底的怪物嘴中——
一并吞噬着你的灵魂——

我到过那个小镇

我到过那个小镇，因斯布鲁克
那天，雪下的和我的壁垒一样深
驾马的人从我流泪的眼角恍过
我的动脉跳动，蓝天跑下一万匹骏马
我不束缚自由，把自己从监狱里放出

这次不管是癞蛤蟆和青蛙，我都愿意做
这次不管是打开还是关闭，我都不恐慌
我要把那些树木弄败，那些阳光弄暗
我想赋予自己忧郁症的解药
忘记那些跳跃的海豚，刺目——
我想看看身边的男人，深情的眉目
安在我的断骨之上。如果允许
请让我再用身体看一眼那些最深的海底
有漩涡的部分，构成我人生的美好
我爱海，被盐巴充满的
我爱铁，被生锈纠缠的
可是还有那么多个我，都被谢而再兴的自然爱着
这多么令我痛苦——

穿梭之学

装作一切不曾发生，我一如既往
用隐恶爱你，夜晚，我出去砍伐椴树
杀死午夜，甚至，抢过一个幼儿的奶水
这些我该怎么告诉你呵——
我还为了看星星，在窗边，抚摸了十四天仙人掌
把手指变成了蜂巢
这些，我又该怎么告诉你呵——
你不时地拿来孤城，海子
让我不要学他们，我深深纳闷——
他们只是死在了我的前面，但谁说
过去之人就不会学未来之人
我傲立——

度 量

你以你的灵魂度量别人的灵魂
你以人类之心度量人类之心

我最不喜欢表演征服或被人信服的词语
两股歧途的力量，不断地用背离靠近
我该怎么说破——

一个被吃掉的蚌壳，一个淹没头颅的海
很多都给你看见了，还有我在夜晚的样子
也给你看见过。可是你还要我解释
黑与白、罪与罚
我始终不是专业的戏剧演员——抱歉

如果一定要度量，我希望你，用大树
度量一棵病危的草。用人间，度量
一片沙化的湖，用我，度量
你看不到的自己——

呐　喊

忘记一个词语，亲人尚且存在
文化不是声音，形同内心的呐喊无人聆听
从虚无中来，我没带来希望
到虚无中去，我带走一片荒草之美
请原谅我没有给后人，更多哭泣的可能
我未拥有地球的全部海洋，我只是一朵向日葵
我不面向太阳
我享受死亡——

看不到丰乳肥臀，所有的眼睛都向北
该破碎就破碎。不用担心玻璃的眼珠
就让它摔过一千次——

用心在心中呐喊
"我不曾疲惫，只是无意间翻开了绝望"

夜不能寐，想到你

话像钉子，把自己的谨慎刺痛
我念着被拾起的痛苦的咒语
它像天空中被遗弃的牡丹
想到远方有人。用他的拒绝，在我
心上描着接受。种着枯萎之花。于是我向他
靠近，靠近，靠近。直到远离。
你属于所有人。我跟在人群的最后面。
我是最后面的一枚闪亮的钉子。用刺痛自己
照亮所有人。他们都和我一样
是被你用拒绝征服的爱徒

作者简介

刘大伟，中国作家协会会员，青海省作家协会委员，西宁市作家协会副主席，青海师范大学副教授，鲁迅文学院第36届高研班学员。作品发表于《人民文学》《诗刊》《星星》《绿风》《诗潮》《读诗》《滇池》《散文诗》《江南诗》《青海湖》等刊物。出版诗集《雪落林川》《低翔》，文化散文集《凝眸青海道》，曾获第六届青海青年文学奖、第七届青海省文学艺术奖、"中国梦·天佑德杯"全国诗歌大赛二等奖。现居西宁。

从《雪落林川》到《低翔》

——我的诗歌创作

刘大伟

上　篇

我曾怀疑一部诗集印行于世的价值和意义。在生活比文学更具神奇性和虚构性的当下，这样的怀疑使我愈发沉默。后来，我逐渐体悟到：沉默也是自我与世界沟通的一种方式。譬如一座沉默的山，能轻轻接来一场雨；譬如一场沉默的雨，会悄悄压低世间的粉尘。

我将这份沉默留给了林川。这是一个很少出现在文字里却颇具诗意的小乡镇。她偏僻、贫瘠，囿于达坂山与龙王山的夹角内，如我般沉默。十三年前的仲秋，我在霍湾沟的青稞地里捆绑完第四十个麦捆后，穿上大哥给我的略显宽大的西服和夹脚的皮鞋，欣喜而不安地走向了省城。搭上班车，耳边呼呼的风声，将麦田吹向远处。几经拐弯，林川已然成为我心底的想念。

那时候，村里还没有电话。父亲说，你写信回来吧，见了信就不会太牵挂。我也写过几封信，但写完后总觉得过于呆板而未曾发出。我猜测，父亲定然希望通过阅读信件来了解我的学习和写作情况——从小学校长的岗位上退下后，他就没有了一个学生。于是，我用年度奖学金和发表的一些豆腐块文章，去消除他满心的疑虑。每次回家，父亲总要探问我带了什么报刊，上面有没有我的文字。若有，他一定会戴上老花镜，默默捧读一番，然后递给母亲。只有小学四年级文化的母亲也会有声有色地读起来，她说她不怎么懂，但很高兴。

鸿鹄在高处飞翔/庄稼于田间生长/我是林川的孩子/以青稞的姿势/走过土语的村庄……从乡村返还省城后的某个黄昏，我写下了这样的诗句。是的，在林川，大河欠是我土语的村庄。自小行走在脑山深处，早已习惯了青稞谦逊站立的姿势；习惯了油菜花漫过缓坡的风景；习惯了羊群踩着晚霞归来；习惯了巷道里采撷阳光的老人，用捻线杆旋转出又一个暖冬……这是我诗意的林川、心底的大河欠。

而今，离开故乡已经十八年了。十八年是个什么样的概念？是青春的行刑队悄然走过的路口，领受被岁月雕琢的唏嘘；抑或是被落雪深深覆盖着的乡愁，陡然消融并彰显出所有的记忆？有人说，诗人的一生都在寻找故乡，对我而言，无须寻找，林川——既是生我的故土，也是我注定要坚守和回归的精神家园。

跟许多歌者一样，我也边走边唱，并探寻一种适合自己的表达方式——单纯，干净和必要的沉默。

在路上，我也听到过很多驳杂的声音，碰到过难以计数、热闹无比的文学"圈子"和"主义"。然而我终归是个沉默者，只醉心于一棵草低微的音符。我始终忘不了垂首的青稞，静默的大山，墙体斑驳的老庄廓，以及那些单纯的眼神、干净的微笑，乃至毫无遮拦的号啕……这些足以让我坐穿一个个夜晚，在窄窄的屏幕前，慢慢捕捉生活的平淡或美艳。

于是，我决计剔除虚妄，独自前行。因为沉默，我浑身充满着力量。白天，我是物质的忙碌者，上课、坐班、月初去查看工资；夜晚，我是精神的享有者，写作、学习、聆听天籁之声。其实，我的生活跟你的想象如出一辙，或许比起你来更显无聊和单调，但我始终认为血是红的，骨骼是白的，眼泪是含有盐分的，诗歌是可以当作灵魂的。每当夜晚来临，温暖的血液找到韧性的骨骼，诗歌的灵魂如月显现时，我便感动了自己，或许也能因此感动世界。如此，我也倍加珍爱自己的骨血，小心守护着它们的柔弱和坚硬。

毫无疑问，我痛苦过，并且今天也是。但那不是大悲苦。大悲苦能造就大诗人或艺术家，他们的作品像史诗，像画卷，卷帙浩繁，大气磅礴；再看我零敲碎打的章句，分明是对生活片段的零星截取，字里行间带着几分为生活所置换的想象和柔弱。2010年秋，我不慎将孪生儿之一的灏丢失在青海的大风里，剜心之痛一度让我的诗句充满了宿命的意味和凄怆的底色，虽然尚未读懂生命的真谛，但文友们说这次伤痛是我诗风转变的分水岭。

多年来，我刻意保持着一种孤独感。我近乎偏执地认为，没有孤独感的诗人很难写出杰作——因为"好的诗句应该让你刺痛、沉默，以及知道自己是孤独的"。孤独，如我的林川，渐渐变空的大河欠，村子里的留守老人和孩童；孤独，如我的夜晚，一首诗里闪现的无处躲藏的忧郁之眼。或者更像我们的诗歌，为世俗所流放，为浮华所充斥，熙熙攘攘的人群中，我们越来越难以听到那些真诚的庙宇之音。

回首过去，诗歌繁盛，我们捧读至今的依然是《诗经》、楚辞、唐诗、宋词，几千年的辉煌何曾昭示过今日诗歌和诗人的孤独？既孤独，就该选择一条路；怎么走，需要一种态度。

现在，我要做的事情是用心生活、学会驻足，从庸常日子里看到人的生存与挣扎，从通透的诗句中读出神的存在与超越。

下　篇

这本诗集被搁置了三年，尽管早以《低翔》的名义发布了出去，但它依旧像个执拗的孩子，在大雪来临的路上紧攥着去年的芳草，在麻雀撤离的村庄流连于消隐的金黄。

它显得过于单薄、零碎、缓慢，在什么都讲求效率与效用的当下，显得毫无用处。但我认为一部诗集的价值就是"无用之用"。一切太有用的东西往往体现为物质、工具或模式。"有用"让有用之物了无生趣，"无用"让诗歌艺术充满魅力。

我那小小的幸福即源于诗。它让我淡看高官厚禄，它让我撤离"假面舞会"，它让我像认识一个个生字一样认识世界、生活和自己。

它让我偏处一隅，在靠窗的位置上坐下来，静观天宇。

我看到甲壳虫慢慢翻越石头，到一簇苔藓上与阳光汇合。整整一个上午，它都在做这件事情。风吹时，它停一停；蒲公英飘走了，也要停一停。而我一直在疾走、奔跑。身体躺在床上时，内心奔跑得更加迅疾。我来不及驻足，哪怕在一棵孤树前稍作停留。

不该忘记，诗歌是寺庙之言——真实、简洁、干净；诗歌更是心灵之语——清澈、柔软、温暖。如果真的放慢了脚步，我就有可能去忏悔。用一首诗，一字一句，重新找回丢失的自己。

慢：多么惬意的艺术。从前车马很慢，邮件也慢。冰凌儿结在屋檐上，像时间伸出了手——它就那样慢慢地，从我的头顶流走。

犹如诗歌，在某个夜晚将自己渗透。语言精致而有力，情绪饱满而节制。懂得节制的诗歌在这个浮躁的年代更显高贵。能够流泪的眼睛比所有形容词更加动人。

我无数次猜想自己的眼睛，究竟缘何视物不清，却又常常带给我纤细的触动。我以为生活的针尖比命运的刀刃更锐利，有时候远远地看见就痛了，有时候深深扎进肌肤却毫无知觉。

这或是荒诞之所在？就像自封名号的诗人、自以为是的深刻和自欺欺人的追寻……我必须面对这漏洞百出的生活，并在某一个漏洞里遇见意义。我怕随即而来的修补遮盖了诗歌一样纤弱的美。

美在一瞬，犹如此刻——水洼里摇曳的星辰，每经过一个巷子都要叹嘘一下的风声。

可我不能停留太久，"在路上"是一种神秘的召唤。如果去往远方，我将选择低翔；如果回到故乡，我空空的怀抱，至少还蕴藉着感念的热浪。

辛波斯卡说，我偏爱写诗的荒谬，胜于不写诗的荒谬。

米沃什说，我不想成为上帝或英雄。只是成为一棵树，为岁月而生长，不伤害任何人。

我说不出什么，且因深度近视而只能关注身边琐碎的事物，只能从一根青丝出发，慢慢把它写成白发。当然，我也想把远处的你，写成此刻的自己。

母亲告诉我，选好一条路就踏踏实实走下去。这条路很长。这条路不长。我因此选择低翔。

对一场雪的猜测

它飘下来，是刻意的
花朵敛去媚，群山沉寂
青海男子的高原啊，愈发空旷

它飘落时，街头没有风，巷道没有人
时间止于屋檐。仿佛世界空了很久
唯有高原之河不断越过自己
低沉的涛声

这时候，我猜想威远镇以北的林川
大雪早已让塔尔湾成为一面镜子了
那镜子里，有一条弯弯的
命运的缰绳

行　旅

这些匆忙的箭镞，携带生活的风阵
自高原出发，越过冬日薄暮
和涉水自缚的冰层

多少假如已被道路洞穿
露出衰败的底色
草木城池，也被夜火攻陷

只消几个时辰，满弓就会瘦成弯月
大雪封锁故乡。不再回头的云啊
越飘越远

你知道，送粮的马匹不再回来

命运之轭，只能拖紧一个
丢失了长河的落日

风中的青稞

我曾跟随母亲在庄稼地里锄草、捋燕麦
青稞的目光多么柔软，它们盯着达坂山时
山上的雪就化了。它们掏出生命里的蓝时
炕上的人就醉了

母亲的目光也是软的，她喜欢遥望的河欠口密林
是绿叶黄叶红叶和枯叶构成的日历
每看到一种叶片，她就要在泥地上划拉几下
似乎在记录什么，又像是抹去了什么

我问过母亲，原来她在确认
董家房背后的油菜倒伏了几处
到省城上学的孩子，回来了几次
当然，可能还有个秘密
尽管母亲没有说，可所有的青稞
都在风中点头

你不能赶走一粒尘埃

你不能多画一座建筑物，不能
在生活的罅隙里，躲开一粒
问路的尘埃

——它那么小，就失掉了
立锥之地。它飘到你的眼前时
有着光阴的斑点
它以舞蹈的姿势坠落，为自己
寻找安魂的方式

你不能赶走任何一粒尘埃，不能
在离散的土地里，漠视一株
你我般柔弱的麦苗

风吹骨笛

在乡下，一支《满天星》
就是一首安魂曲
音符如烟，织出一个人缥缈的过往

有些花儿在音乐里绽放
有些河流沿着山坡拐弯
夜幕降临，大地敛起金色光芒

而满天星斗如此璀璨
仿佛一个人耗尽光阴蓄积的心湖
于此刻宣布决堤

你将看到深深的灰烬
你将听见风吹骨笛。你能想象
一滴水，正缓缓漏出生命的河床

山 居

汲水，温酒，烘烤土豆
柳枝的涛声荡漾着
送来山寺悠远的钟声

独坐岩石，看落木萧萧
内心的鹰隼开始敛翅
一汪水，映出黄昏光滑的脊背

风乍起，整座山都在摇头

走回低矮的木屋，我看到
一本书正在被自己阅读

晾晒的衣物，互相依偎着
时间被隔在窗外。屋檐下
一朵孤傲的花，露出了秋天的伤口

作者简介

康雪，女，曾用笔名夕染。1990年冬天生，湖南新化人，现居益阳。2010年开始诗歌创作，主要发表于网络。2015年后陆续有作品发表于《人民文学》《十月》《诗探索》《诗刊》《长江文艺》《汉诗》《花城》等。曾参加第四届《人民文学》"新浪潮诗会"、第34届"青春诗会"；曾获诗同仁2016年度诗人奖、2016湖南青年诗人奖、《广西文学》2017年度诗歌优秀奖等。2018年出版诗集《回到一朵苹果花上》。

谈谈我在中国新诗近四十年变革与转化背景下的诗歌写作

康 雪

对于一个长期活在自己狭小世界中的人来说，这是一个过于宏大的题目。中国新诗、四十年、变革与转换，这些词每一个都比我辽阔、深邃和富有活力。很长时间，我不知道如何写这篇文章，直到我愿意先放下中间这个庞大的主题，转向"我"与"诗歌写作"。

我出生于1990年末，一个大雪纷飞的日子。到今天，还不足二十九年。我有些惶恐又有些庆幸，二十九年意味着我与中国新诗近四十年的变革与转化，有一段硬生生却又无须承担责任的距离。这是一段强制性、不可逆转的空白，即使我往后的人生经验可能会有些必要的回溯与弥补，不管我是否自知、自觉。

我当然知道我与这个大背景的真实距离，比时间上的距离要大得多。我出生在农村，一个极其普通的家庭。我的父亲其实骨子里是个文艺分子，但因家境所困，只念了个小学。在八九十年代的小山村里，没有人知道我们国家有多少青年正满腔热血地追逐诗歌。我的父亲本可以成为他们中的一个，但是，他又无缘成为他们中的一个。要不然，我今天面对这个题目时，可能更有底气，甚至可以相信，在我出生以前，我的父亲就已经替我与诗歌建立了一层亲密的关系，并在后来，通过血脉完好无损地传给了我。

遗憾的是，我的家里只有些武侠小说。在我小学毕业前，我除了从课本上学习一些唐诗，再没有其他机会接触到与诗相关的文学。所以，十三岁以前，新诗于我还是一段纯粹的空白。读初中后，课文里有新诗了。（也许是高中课本中才有）我印象中最深刻的新诗有舒婷的《致橡树》、余光中的《乡愁》、郑愁予的《错误》。也许还有食指的《相信未来》、海子的《面朝大海，春暖花开》。那是我最早接触的新诗，但不是自发的，不是我能选择的，它们只是非常正统地出现在我的课本中，像其他考试内容一样让我心怀警惕，这几乎是一段被迫记忆的关系。

但是读初中时还有一段插曲，是我与诗歌真正产生关系的前奏。那时我有一个同学在某本杂志上发表了一首小诗。这让当时的我很是羡慕，也许正是这羡慕激发了我对诗歌的寻觅之心。我甚至有段时间尝试过写一些分行，尽管那些稿子已经不复存在，但我还是大概记得一些内容，有点像现在流行的通俗歌词，有点强说愁的矫情与做作。

前段时间我有看到一个读者给我留言，说我的诗歌有点席慕蓉的味道。说真的，我内心很不赞同。但是当我现在回头看我的高中年代，想起我最先自主选择阅读的诗歌，的确就是席慕蓉的诗歌。不，也许我当年阅读的是一本散文集，但是我想，我应该是在潜移默化中，有受到一些席慕蓉先生的影响，虽然我读得不多，但是我本身就很喜欢那种纯净的抒情诗歌。

2009年我开始读大学。我的大学生活与我最初的想象完全不一样，我不断见识到许多人性的贪婪与丑陋。这让我的性格变得有些孤僻，大多时候我都独来独往，常去网吧写写东西刷刷贴吧。对，我是无意中撞见百度贴吧中有很多发新诗的地方。那时我已经读大二了，省吃俭用买了一台很小的笔记本，经常在百度贴吧里发发自己的诗，也看看别人的诗。

我至今对那个地方充满了好感，虽然有了微信后我再也没有去过。其实在微信出来前，大部分在网络上写诗的人都玩论坛和博客。在我个人的认知中，论坛比贴吧更火热和权威，现在很多好诗人过去都有几个爱去的论坛。博客更安静与私人化，我刚开始写诗的那几年，也会把稿子存在博客里。而贴吧是个什么地方呢？大部分人都只是纯粹的诗歌爱好者，甚至和我一样，都才刚刚开始写诗。我们都热心和真诚，谁发了新作品，都会好心留个评论。

不知道为什么，我每次发了新东西，都会受到一些称赞和鼓励。这对一个在现实生活中毫无存在感的人来说，太重要了。我就是从那时起开始了真正的诗歌写作，尽管坦诚来说，当初的诗歌写作，仅仅是一种表达自我与满足虚荣的需要。

虽然贴吧是个开放式的交流平台，但由于多是诗歌初学者，我的阅读视野相当狭窄甚至封闭。那时我对诗坛一无所知，几乎没有读过任何名家的诗，就连众所周知的海子，我也只是在大学临近毕业时粗略地读过一些。这对刚刚开始诗歌写作的我来说，有利有弊。利的是我没有崇拜和模仿过任何诗人，没有在无形中受到很大的影响，我的诗歌还有些自己的特质。弊端当然更明显，我犹如井底之蛙，根本不知道这个诗歌世界有多大。

2015年，我突然加了好几个诗歌微信群。各种各样的诗歌、各种各样的诗人、各种各样的诗歌活动突然涌现。2015年秋我参加了第四届《人民文学》"新浪潮诗会"，2018年秋我参加了诗刊社第34届"青春诗会"。短短三年，我写的诗歌、读的诗歌，比前二十几年加起来的还要多。但是我越写，越读，就越茫然沮丧甚至疲倦。

我认为，在网络时代，超快的信息传播与更替，一方面加快了中国新诗的发展，另一方面，也存在着一定程度的颠覆和破坏。我们的新诗表面上看起来更多样化了，学院、民间、口语、抒情等。但是，网络也似乎让诗歌的门槛降低了，我们的诗歌正在快餐化，快速生产、快速传播，也快速消失。真正震撼人心、有力量、有意义的诗歌有多少？能被人记住的诗歌有多少？

这让我很沮丧，我常常不知道诗歌写作的意义与必要性在哪里。我甚至惊惶地发现，我们都在相互复制，诗歌同质化现象越来越严重。我也清楚地看到，自己的诗歌正在逐渐丧失辨识度，这是个悲哀的问题，几乎让我想停止写作。从去年开始，我的确写得少了。刚好这两年我也过渡到了一个人生新阶段，我结婚生子，有了更多更深刻的生命体验。

这体验算不上独特，几乎每个人都会结婚生子。但是每个人在经历时的感受一定是不一样的。这时候我想写的诗歌，更多的是对自我情感与经验的呈现，尽管可能没有对整个大环境的承担能力，看起来很小我，但是我还是希望自己多写这样的诗歌。

所以坦诚地说，中国新诗近四十年的变革与转化对我个人的诗歌写作影响不是很大。但是也许可以从另一种角度看，社会的变革与转化必然影响到我的生活，而生活的动荡必然影响到我的诗歌写作。

无论如何，我现在更希望自己的诗歌写作是向内的，即使有对外界环境的观察与探索，也是出于对自身的信任。我想每一个诗歌写作者，都是渴望在这个纷繁的大环境中发出自己特有的声音的，我也在努力。

『附诗』

成为母亲

昨夜的暴风雨已在万物的回忆中
找到合适的位置
而婴儿还在熟睡，耳郭上透明的绒毛
使梦境的边缘显得情感茂盛。

我依然要在清晨排空双乳
多余的奶水用来浇灌栀子、绿萝和
一片永远凌驾于男人想象之上的
空地。这空地多年后会生出什么？

一个人逐渐褪去少女的羞涩，却又重获
婴儿般的赤诚与骄傲。

婴儿与乳房

以前不知道，天生柔软的乳房
能变得比石头还坚硬
不知道石头里有河流
河流里有怎样壮阔的温柔与暴力
这暴力是婴儿独自承受的。

以前不知道

不是一生下婴儿就能成为母亲
不是掏出乳房就能轻松地
喂养这个世界
是婴儿，以非凡的耐心
慢慢教会一个人成了母亲。

是婴儿
让普通的双乳有了潮起潮落
有了月亮一样的甜蜜盈亏
是婴儿，平衡了一个母亲乳房内部
与外界无垠的疼痛。

深处的爱都是很苦的

一只蜜蜂告诉我它最喜欢的花
就要开了
这一生何其美好。

我美丽而纤弱的邻居，在白昼采蜜
我美丽而纤弱的婴儿
正在用第一颗洁白的乳牙
在黑夜采蜜

月光从她的边缘分走一点甜
我却想从她的深渊，分走所有的苦。

回　忆

山崖上有棵什么树开了花
再近一点，红屋顶从竹林里露出来
再近一点，一只麻雀停在马路上
再近一点，护栏上放着竹筛
竹筛里的紫苏有种内向的美丽

诗探索14　作品卷　2019年　第2辑

再近一点，水龙头在滴水
再近一点，暮色宽松地罩在你身上

再近一点
不能更近了。你正在我漆黑的心底
深一脚浅一脚地走着。

在梦中

重逢时你的样子清晰，笑起来
仍是一个孩子。
我们快速地经历了所有分别的时光
在空旷的雪地。你的一只手搂着马匹的脖颈
另一只手伸向我

这个过程只融化了几朵雪花。
但又那样漫长——

醒来时我仍想着马匹的鬃毛正透着
湿润的热气，你的手指还在轻微地抖动。

水 牛

它吃草的样子，真是温柔。
它的尾巴
甩在圆圆的肚子上，也是温柔

它突然侧过头看我，犄角像两枚熄灭的
月亮，但它的眼睛
黑漆漆的，又像蓄满了水。

我们短暂的对视，再低头时
它脖子上的铃铛发出

轻微的响声——

我们就这样交换了喜悦，我们将
在同一个秋天成为母亲。

作品与诗话

诗十首

祝立根

访山中小寺遇大雾

与一场大雾对峙
我也有一颗孤岛的心，看万物
各怀心事、互为峭壁
空中的白鹭，越飞越慢
一点一点丧失自己……
我想要抽身逃跑，一转身
却又迎面撞上了
山中小寺，一声急过一声的木鱼

与兄书

兄，玉和劝诫收到
很惭愧，我还是不甘心
想怀抱烈火，在精神上直立行走
前几年，向猪问道
贪恋烂泥和残羹，到最后
还不是白刀子进红刀子出
狼嚎、猿吼，会伤及爱人
我知道，现在我在学习把心坎上的石头
扔进流水，或某首小诗
多喝茶，少饮酒
远离刀剑和舌头，我记住了

但比德于玉，我们已经布满了水渍和裂痕
连活着都打了折扣……这几天
我就把玉挂在胸口，望能镇痛、祛悲
哪天你过昆明，再帮我捎草灰一把，二两乡音
我还有怀乡病要治，亦有走丢的魂魄要招回
回家时，务必告知父母大人
儿在外，好！吃得安，睡得宁
工资又涨了一级，见人打招呼
科长如父兄，远乡如故土
上坟祭祖，请替我向祖父祖母问安
小子不孝，不能坟前添把土、插杨柳
前夜梦见祖母感冒，大汗如雨
亦见祖父在雨中
劝勉孙儿勤奋读书……肝肠寸碎
不想说了。恐西山建新城事急
明年清明，我想争取回家一趟
磕个头，洒杯酒，哭一场

无醉不欢

"我们在金沙江……送一个故人
去梅里雪山……"
借这酒精的海拔，我们
纷纷登高，把送别的酒席
喝成重逢者的三月三
杜松、胡正刚、李安庆
子人阿强阿刚晓斌金珊，三五个
大理人，一两个来自湖北或山西
另外的家伙，来历不明，像我
话音里夹着风声和水响
仿佛没有故乡，也没有未来
没心没肺，我们嘲笑取霹
委任他为局长大人，让他
回到梅里雪山下的国税局

诗探索 14 作品卷 2019年 第 2 辑

代我们向雪花和流水，征收光阴的白银
还命令他，兼做出库入库的小吏
为我们算计裂腹鱼和丹顶鹤的归期
如果想我们了，就罚他
一个人坐在宽大的雪山办公室，拨弄石头
大吼三声。我们都知道
这更多是出于嫉妒、美慕
恨，像一群弄丢了自己领地的末代土司
在昆明，继续以酒取暖
装疯卖傻，躲避生活的斩草除根
就像今天，我们在怒江饭店的金沙江包间
又一次地灵魂出窍，歌舞不休

夙　愿

站在怒江边上，我一定美慕过一只水鸟
贴着波涛的飞翔。
离开故乡我穿过了怒江
回到故乡，同样需要。
有过一次，在怒江的吊桥上我反复地
走去又走来，反复地
穿过怒江，迷恋着脚下的波涛和胸中
慢慢长出迎风羽毛
那是一个灵魂出窍的黄昏
滔滔江水就像朝圣者，手捧着烛光
仪式般的行走一直持续到了我的梦中
那天晚上，在江边旅馆
我一再梦见一只水鸟，在辽阔的江面上
飞翔，像在寻找着什么，又似乎一无所求。

在夜郎谷兼寄贵州兄弟

瀑布是青山的白发，青山老了
白花茅是一堆堆乱石的白发，石头
也老了。我一直在等一个这样的下午呀
身体里的黑，被一根根白发照亮
就像今天，在一个蓑尔小国，想象中的
废墟或墓地里，我目光短浅
像一个婴儿，像一个白发丛中的
倒垮下来的石头的雕像

在大山包顶

泪水掉落的地方
绽放着，白色的野花和村庄
骨头崩裂的地方
风吹奏着，风笛的悠扬
我多想像这座山峰一样
在大江东去的地方
悬崖勒马，守着额头上的一块草场
等秋风来白
我多想像它那样
在靠近胸膛的地方，养一群绵羊
让它们像白云那样
有着无心的繁盛，和无心的消亡

在凤羽

山是小山，一阵春风就将我送至山顶
墓是小墓，仅够容身
也不显出死亡的恐惧，野花
也小，小如衣襟上的针脚
寺也是小寺，里面住着的菩萨

笑容可掬，庇佑的乡镇也很小
几朵闲云就能盖住
在这儿，用不着问路
也没有那么多的悬崖和荆棘
我也乐意做一个小地方的自己
安静、清澈，就像山下的小湖
你一眼就能看见，我胸膛里的
倒影和蓝天

春风烫

我又咧着嘴笑了
查姆湖的波涛
向我涌来
胸中的波涛
向查姆湖涌去
就像失散多年的亲人
他们踮着脚尖，隔着我的肋骨哭喊……
其实我真的不是我自己的
集中营

你看，我身后的春风
已经从桃树的黑枝条里，成功的越狱……

喜白发

噢，我终于长出了一根白发
天呐！那么多胸中的尖叫
积压的霜雪，终于有了喷射而出的地方
那么白，像黑山林间的一丝瀑布
那么骄傲，像我终于在敌人的中间亮出了立场

汪　洋

走丢了，她想找回来
头顶雾露的大妈，逢人便问
"你知不知道我是谁？"，一半埋入沙
一半被流水洗得面目全非，电话里
传来的声音，"你知不知道我是谁？"
我理解出于个体的极度孱弱
街上吼叫的男子，把自己扮成一个恶棍
"你知不知道我是谁？"
每天，收银的女孩在一张张纸币上
写自己的名字，渴望着
它们飞去又飞回……
多么令人叹惋！公园里刻自己名字的人
全都很年轻，又加入了集体主义的大合唱
同质化的口吻，像秋风
灌装滩涂上一个一个的空贝壳
他们在唱，又仿佛在呜呜哀鸣
还请不要撕开荒草，念响
坟碑上那些溃逃的人名
一个又一个，搁浅的漂流瓶
装着一个又一个无法摆渡的汪洋

作者简介

祝立根，男，云南腾冲人。参加《诗刊》社第32届"青春诗会"、《人民文学》首届"新浪潮"诗歌笔会、第8届《十月》诗歌笔会、第8届青创会，获第16届"诗探索·华文青年诗人奖"、首届云南省文学创作优秀作品奖等。诗歌发表于《人民文学》《诗刊》《青年文学》《边疆文学》等。出版诗集《宿醉记》《一头黑发令我羞耻》。诗歌散见《人民文学》《诗刊》《滇池》《青年文学》《读诗》等。现居昆明。

诗：寻求心灵的救赎

林　莽

2018年春天，祝立根获得了第十六届"诗探索·华文青年诗人奖"，他是全国48位获此奖项的诗人之一，是云南的第四位获此奖项的青年诗人。我之所以强调这点，是因为这48位诗人，近些年来一直是中国诗坛最具活力的诗歌写作者，他们是中国诗坛不能忽视的一股力量，祝立根就是其中的一员。

"诗探索·华文青年诗人奖"评奖委员会给他的获奖词是这样写的："祝立根是一位对原野和故乡充满了无限热爱与赤子情怀的青年诗人，他的诗情感深沉，心怀悲悯，作品语言节制、凝练、富有张力，他在'离乡与返乡'之间，为自己也为读者开辟了一片心灵救赎的疆域。"

在当下的云南，作为一个青年诗人应如何写诗？自20世纪80年代以来，前有于坚、海南、雷平阳，再有朱零、刘年、王单单等一批优秀的诗人不断涌现，如何继承并有别于他人，如何写出自己的特色，如何找到属于自己的创作路径，寻找自己，完成好属于自己的生命经验和文化经验，是问题的关键。诗人祝立根，作为一个出生于腾冲，生活在云南的本土诗人，他以自己的努力完成了这一跳跃，他找到了自己，并以一个画家的独特的眼光为我们呈现了他独有的诗歌艺术魅力。

一

读祝立根的诗，最先触动我们的是新一代乡村青年无法摆脱的"离乡与返乡"情境中的情感冲突与最终的无可奈何之痛。

在一首名为《汪洋》的诗中他这样写道：

多么令人叹惋！公园里刻自己名字的人/全都，很年轻，又加入了集体主义的大合唱/同质化的口吻，像秋风/灌装滩涂上一个一个的空贝壳/他们在唱，又仿佛在呜呜哀鸣/还请不要撕开荒草，念响/坟碑上那些溃逃的人名/一个又一个，搁浅的漂流瓶/装着一个又一个无法摆渡的汪洋。

在另一首《与兄书》中也有这样的句子：

> 兄，玉和劝诫收到/很惭愧，我还是不甘心/想怀抱烈火，在精神上直立行走/……/但比德于玉，我们已经布满了水渍和裂痕/连活着都打了折扣……这几天/我就把玉挂在胸口，望能镇痛、祛悲/哪天你过昆明，再帮我捎草灰一把，二两乡音/我还有怀乡病要治，亦有走丢的魂魄要招回。

灵魂的走失，搁浅的漂流瓶一样的人生境遇，同质化的集体的哀鸣，他们已无法返回自己的故乡。即使他们再不甘心，再努力寻求精神上的直立行走，但：

> 手指处皆是汪洋，与虚空/解药或者毒药，我都试尽了/活着，就是自顾自地/丢魂和喊魂/哪一天，真的累了，我们/可有故乡可回？（摘自《乡晏上》）

即使是他们身体回到的故乡，也已经是陌生的、失望的、无可奈何的。他们心怀悲悯，但无法解救他人和自己于苦难。看看他这首《回乡偶书，悲黑发》：

> 杀人犯的母亲吸毒者的爹
> 上访者的老泪苦荞烤的酒
> 坐在他们中间，如坐在一堆堆荒冢之间
>
> 秋风白了小伙伴们的坟头草
> 一头黑发，令我心惊
> 令我羞耻

这就是故乡的现实，曾经一个老妇人向他哭诉家庭的遭遇，那些来自所熟悉的人们的无情与残酷，令他无言以对。对故乡的回望中他的失望和无处附着之感令人心痛。但这就是生活的现实，诗人必须面对的现实。触及生活的根本所在，让祝立根的诗品质真挚而浓重，并有了根。

二

诗人再也无法真的回到故乡，那就只有面对内心，回到内心之中，

诗探索 14 作品卷 2019年 第2辑

在心中完成好自我心灵的救赎。在祝立根的诗中我们可以不断感到，他在努力打破生命的藩篱，渴望着心灵的自由。他的短诗《春风烫》中说："其实我真的不是我自己的/集中营//你看，我身后的春风/已经从桃树的黑枝条里，成功的越狱……"他希望自由的灵魂像春风一样逃出黑色的枝条。他甚至希望自己像一片小小的山林湖泊那样安静、清澈，倒映出蓝天。"手中的刀剑，不知何时已经变成了芦笛"。

他的一首五行短诗《喜白发》中写道：

噢，我终于长出了一根白发
天呐！那么多胸中的尖叫
积压的霜雪，终于有了喷射而出的地方
那么白，像黑山林间的一丝瀑布
那么骄傲，像我终于在敌人的中间亮出了立场

诗人要在一根长出的白发中释放出积压于心中的霜雪，内心的压抑，生命的困惑，这些早已积蓄于心中的一切来自哪儿？在祝立根的一篇短文中，他说从14岁离开故乡开始：

在城中独自面对着一个灯火通明又孤独陌生的世界，自我保护意识让他迅速地将自己包裹起来。许多年后他才意识到，那种内心既羡慕又抗拒的疏离感，将始终贯穿他以后的人生，和他始料未及的诗歌写作。

他要从这种感觉中解放自己，这种打破生命的桎梏，完成自我心灵救赎的，这是祝立根诗歌写作中的重要组成部分。诗歌是生命与心灵的对话，它首先是写给自己的，从这种意义上讲，祝立根再用诗歌审视自己，并用诗歌唤醒一个新的生命。

三

祝立根是诗人，他也是一位画家。我看过他一部分绘画作品，我以为他的绘画具有超现实主义的风格。超现实主义者主张把生、死、梦、现实、过去、未来结合在一起，把它们统一起来。并坚守只有梦幻与现实结合才是绝对的真实、绝对的客观的理念。祝立根的绘画作品，大多统一在一种灰绿色的调子中，像隔着一层有色的绿玻璃看世界，那种梦境而又具象的绘画手法，在他的诗中同样有所体现。读《在夜郎谷兼寄

贵州兄弟》我感到了他诗句中的色彩，形象与超现实的想象力：

> 瀑布是青山的白发，青山老了
> 白花茅是一堆堆乱石的白发，石头
> 也老了。我一直在等一个这样的下午呀
> 身体里的黑，被一根根白发照亮
> 就像今天，在一个蕞尔小国，想象中的
> 废墟或墓地里，我目光短浅
> 像一个婴儿，像一个白发丛中的
> 倒垮下来的石头的雕像

而生活的现实依旧是残酷的：

> 放生池的水，有泪水之咸/不可以啜饮/空中的落叶，有烙铁之烫/不可以用额头去触碰/圆通山动物园里传来的/狮吼和猿啸，里面藏着一个人世/的断崖，不可以用心去聆听。（摘自《圆通寺的一个下午》）

当我们面对这些，只有将精神寄托在诗中"借一只白鹭，飞去飞来的轻/向你们寄送问候，兼收/这些年，一直丢失在外的灵魂"。

诗人在他的短诗《夙愿》中，更好地体现了以超现实的目光凝望这个世界，并在精神寻求中呈现心灵的飞翔。

> 站在怒江边上，我一定羡慕过一只水鸟
> 贴着波涛的飞翔。
> 离开故乡我穿过了怒江
> 回到故乡，同样需要。
> 有过一次，在怒江的吊桥上我反复地
> 走去又走来，反复地
> 穿过怒江，迷恋着脚下的波涛和胸中
> 慢慢长出迎风羽毛
> 那是一个灵魂出窍的黄昏
> 滔滔江水就像朝圣者，手捧着烛光
> 仪式般的行走一直持续到了我的梦中
> 那天晚上，在江边旅馆
> 我一再梦见一只水鸟，在辽阔的江面上
> 飞翔，像在寻找着什么，又似乎一无所求。

梦中的黄昏，迎风的羽毛，出窍的灵魂，一只飞鸟往返于辽阔的江面上，不为什么，只是飞翔。这种诗意的画面构成了某种有意味的形式，它是一种自我的超越，生命以另一种形态呈现出来。也以这种方式建立起自己的另一个世界。

在这片短文中，我简单谈了我对诗人祝立根诗歌的大致认识：

他是一位优秀诗人；

作为诗人，他心怀悲悯，在离乡与返乡之间，有着无法破解的无可奈何之痛；

他的诗中在力求心灵的救赎，渴望打破生命的藩篱；

他的诗有着他绘画中的超现实主义方式，并在自我精神寻求中建立着属于自己的世界。

祝立根诗歌的三个层面或者说是三个写作方向：一是向下的，及物的，有根的，指向生活体验的。二是向内的，寻求生命内在感受，努力完成心灵救赎的。三是面向更高层次的，向艺术最本质的追求。从这个三个方面看，祝立根的诗歌已取得了优异的成绩。

如果说祝立根的诗应该注意些什么，我想有以下三点：避免与相近诗人构思与表达上的同质化；诗的语言和情感呈现再空灵些，再讲究些；加强语言艺术方式上的意味感，让诗更具现代之美。

我相信祝立根会不断地发现自己内在世界中潜在的诗意，成一个独具诗歌艺术魅力的优秀诗人。

汉诗新作

新诗五家

作者简介

张毅，八十年代开始发表作品。有诗歌、散文、小说散见报刊和选刊。现居青岛。

风暴及其它

张　毅

风　暴

一个中午，天空像一个巨大的雨滴
火车正在通过一辆失修的铁桥
汽笛尖锐，夏天的裸石划过皮肤

马车的出现没有触动天空的云层
那是一辆木轮马车，车轮苍老
马蹄"哒哒"响着，我是说暴雨来了
暴雨临近，大地露出不安的面孔
动物逃亡的侧影加重了天空
风暴中心，一些草类在摇动
一个男孩与马车对视着
它们相逢于一场暴雨，然后消失

诗探索 14　作品卷　2019年　第 2 辑

雨使事物不经意间发生了改变
瞬间，那棵树已不是同一棵树
雨在黑暗中穿行。石头露出底色
很远能听到母亲打破陶罐的声音
生活的破败声和碎片四处飘落

尘土的气息穿过夏天，在空中弥漫
我想起更早的下午
北方昏暗的房间，华姐从乡下进城
她的手指带着青草气息。潮气从窗户飘出
时间、暴雨、无数个虚幻的夜晚
形成一个死结。她的死隐藏许多秘密

夏天我乘火车去岛城。那间房子
有着黑暗阴冷的街景
不远处是教堂。钟声久久不散
闪电、雷声、暗淡的光线
如同希区柯克的电影画面

我在雨中奔跑。往事迅速退去
我在奔跑。在纸上。在梦里
一片乌云到一场暴雨
让我不断回到黑暗，并且愈加黑暗

低　飞

1960 年秋天，故乡天空有一群鸟
它们趁着夜色往西北方向远行
姑姑，多年后
我终于听到你内心的鸣叫

姑姑是我们家的美人。那个秋天
姑姑坐上西去的火车
车厢里，她的视线逐渐模糊

那些年，祖父不停地抽烟
祖母在油灯下听我读信
那是姑姑几千公里之外的来信

姑姑有一年回来，带着几个土豆
和一身寒气。她的六个儿子是一群饿狼
我家的米迅速减少。母亲把菜板剁得山响
我看到姑姑的眼睛像一家破产的银行
她取出一个手镯对母亲说：
三妹，去一些换粮食吧

手镯是银质的，在木桌上发出
隐隐的响声，像月光落进草丛
我67年去过兰州，火车朝西北方向行驶
太阳和月亮在车窗外交替着

姑姑晚年是孤独的
她常常说起家乡的一个草垛
一条街和一些陌生的人名

我多次梦见过一只鸟。它的翅膀被风折断
落在我家的屋顶上，瓴羽闪烁
我无法说出那场风暴来自何处
就像我不能确定一个人的命运

鲁庄记忆

这是昌潍平原的一个村落
河在记忆深处。光暗下去
地气上升。空气弥漫着牛粪的气味
一只猫像我的童年。猫的眼神在下雪
那个黄昏，它叼起我扔的鱼骨
"喵"的一声从世界消失了
这只猫后来在梦中反复出现

诗探索 14　作品卷　2019年　第 2 辑

我养过一条狗，三只兔子
它们在同一个冬天神秘地死了

夜晚，我们隐身于草垛的阴影里
忐忑地等待寻找的伙伴
总觉得，有一只手从黑夜伸来
夏夜，祖母纺车的声音突然停下
祖父离开人世。他是我生命中最早
离去的亲人。眼前突然飘满大雪

那些年，祖父住在乡下的老屋里
黄昏临近，老屋传来尘土一样的叹息
祖父坐在火炕上，变形的指节让我想起
苍鹰的爪子。他手中的旱烟一明一灭
祖父不停地在夜里抽烟
他有三个儿子，一个死在朝鲜战场
一个去东北没了音信，一个在家种地

鲁庄是我老家。那些年
黑夜像一口井，渐渐淹没了
亲人的脸和一些挣扎的手势

星空深邃

星空深邃。从近处可以看见
雨后的河流，诗歌和平原
母亲趔回的身影，灿若桃花
门开合有序，夜归的人隐含星相
比瓷更温暖。坐在夜里
看静物被笼罩，与星空相近

一年须有几次出行，然后回家
在夜里静坐，与星空交谈
思想的树，命运之果

呈现成熟的颜色。平静地想
平凡的日子，生活中的刀具
衣着，恋人和笑声，被星光照亮

在星空下面，寻找失去的物器
出走的亲人突然敲门，满眼泪光
世间景物模糊不清，但触手可及
伸手会触到熟悉的墙和楼梯
伸手就会摸到回家的方向

解读星云，命运的掌纹清晰可辨
一些闪光的东西
如同哲人深邃的目光。天上的云
地下的路，一一记清

落日之怀

落日是对宇宙而言，黑夜的走廊
持续不断。时间可以用河流过渡
太多的星辰削弱了天空
我与落日的约会是从冬天开始的

落日之美无所企及，上帝的指环
压着世界。从伽利略
到汨罗江的水纹
生命始终是对哲学的拷问

我曾多次观看落日。于城市窗口
用不同的手势虚构星座
在落日的光晕中与时间亲吻
而早晨的重复无关紧要

落日与常人很远但与真理接近
苍凉的事物独具其美

诗探索 14　作品卷　2019年　第 2 辑

阴影中没有真实的事情。落日
在你之前，一切早已沉没

真正的落日只有一次。最后的恋人
失之交臂。哦，孤独的旅者
谁敢预言
何年何月，与世界再次相遇

流　年

那一年，沙滩被月色涂成玫瑰
海上花从梦幻中升起，开落
我们坐着，童年浪花飞溅
我刚想说：生活多么美好
瞬间，海水已涌到眼前

天空暗了下来，风向变幻不定
那只风筝是十年前飞逝的
它在眼前一闪就不见了。鸟
来自故乡，带着青草的气息
很想告诉父亲，我在外面过得很好

我不该让你去那大海中的岛屿
火车近在眼前，它黝黑的影子
一直在梦中飞驰，车轮旋转不停
但我心里垒满石头。是啊
生活总要更快马加鞭，总要
把旧鞋子扔进火焰。我也想飞
像那只鸟。我有很多想法
想告诉朋友，他们已远在异乡

流年似水，多么精妙的比喻
当我老了，去海边观望落日
那时你啊，早已不在身边

如果看到花开，我会悲伤
现在不行，现在我必须加快速度
明天在招手，明天是一艘废弃的旧船
船体脱落，齿轮苍老

车　站

汽笛在黄昏响了很久，一只鸟
在天空飞了很久，我手持车票
在雨中走了很久

时空走廊中一个模糊的站名
在某个时刻突然明亮
一列黑色闷罐车缓缓驶来
它要到达的地方十分遥远

铁轨在月光下起伏着
一张发黄的车票从风中飘下
落在空无一人的站台上
我从哪里来？我要向哪里去？

有一个终点在虚构的城市
有一座建筑在洁白的纸上
有一个旅者始终在途中
有一辆列车总是晚点

那是一个风中的车站，在胶东与
昌潍平原交会处。我手持车票
以火车的速度赶到站台
那辆火车已经开出车站

火 车

那时我在读一本关于蒸汽机的书
玻璃模糊了我的眼睛
我看到火车的轮子在眼前飞速转动

我向外望去。鸟在飞翔
我不知道鸟在减速还是风在慢行
我不能确认眼前的景物谁在晃动
我不能确认火车带来的
是故乡月色还是北方的雪

一列火车在加速。一列火车
使黑夜缩短,在两次话语之间
一列火车让数字变成玫瑰
让月光提前抵达站台,在风暴和落日之前

一列火车在加速,天空被打开
道路两旁大雨如飞,河流苍茫着
许多事物在时光中愈加模糊

一列火车在不断加速,并且发出
轰鸣的声音。许多事物在时光中跑动
一个动词迅速将我的记忆覆盖

雪 山

一座雪山可以放牧几匹藏马?
一座寺院能住几个喇嘛?

夜晚在云南大地降临,雾气很重
旅馆是一座明清年代的民居
房舍传出原木和红土的清香
这是我喜欢的建筑,质朴如蜡染艺术

雪山安静。它的安静让我不安
风在吹。吹着远方的游客
在山上可以听到
上帝的呼吸和灵魂的跳动

寺院像佛号中的红衣喇嘛
在夜色中飘荡。石头沉默
静默是花。孤独是雪
记不清那座寺院和喇嘛的名字
背后，雪水发出奇异的声音
在五月的夜晚，我想到了神谕
想到这片土地上陌生的藏饰品

我的内心有一座雪山
寺院设在寂静的角落

交　谈

我们在临近六月的窗前
雨在对面的天空下着，光从薄雾中透过
这很像我几年前的经历
你在对面的雨境里缥缈起来
很多事顺着雨伞流下。一年后
我的记忆里总有一种声音

那时，我们像两条平稳的船交臂而过
你的消息通过鱼族的声音达到给我
迷航的经历使我习惯了黑色
因此我总能熟练地穿过黑夜

蜥蜴开始出现，它们褐色的花纹
揭示墙缝的秘密，眼睛充满遥远的哲思
雨还在下着。你的感情之门一开一合
应该发生的事始终没有发生

诗探索14　作品卷　2019年　第2辑

花就在夏天之外开落了

现在，我住在北方的天空下
那些梧桐树的叶子不怎么好看
鸟群一只只飞走了
只有你在我梦中破门而入

作者简介

　　康承佳，武汉大学研究生在读，90后重庆山城姑娘。作品散见于
《诗刊》《星星》《草堂》等。

诗九首

康承佳

先生，这一生

先生，这一生，故土极远
常有母亲的病痛祖父的死，以及
从儿时开始就到不了的远山

该有多绝望，大地上
村庄坐失于土地和拆迁

先生，这一生，春天有绿
从桉树的伤口到小麦的鹅黄，还有
枝头一闪而逝蝴蝶的翅膀

该有多安慰，人间词话
只是我们默契而相似的孤独

一日三餐

我已经疲于告诉你今天的琐碎
激情褪去后我不愿意声张
我爱过你，就像一条鱼从缺氧到死亡

多么难受，其实只是季节换了
我们应该学会去安静过渡
一切正在来临，我提醒着自己
我们的耐心应该比岁月更长

晚上，我把饭菜做好留在桌上
我突然慢慢退出我的身体
旁观自己被日子包围，我爱你
已超不出一日三餐

黄昏祭祖

落日后，雪覆盖山形曲折
白鸟晚归时，冬天已经深入人间
祖父从墓碑往回撤，退回到东风剥落梨花
他还抽着水烟，给我哼着摇篮曲

晚风更大了一些，不断地
消融着老树和枯藤。似乎有雨
但迟迟并未落下，我起身的时候
膝盖映着石阶古旧的折痕

野草在深秋，似乎还在疯长
我终究躲不过相似的面孔
延续着祖父的命运，在人世
和草木互换着身体和疼痛

给父亲

爸爸，想您的时候，城市突然就老了
念及慈悲欢喜，风在枝头来回动荡
重复着千万年前就开始的困惑

爸爸，许多年过去了，我依旧记得那些人
您看窗外，人群拥挤，来回交换着疼痛
我知道的，其实，十月并不适宜悲伤

爸爸，秋天将我们不断地过渡成他者
死生疲劳，爸爸，您看我多像你

如你所见

如你所见，我已经供出九月
供出远山和倒影。从纸上收回生命辽远的澎湃
听夜色安息，似乎，足够拿来安慰所有的失眠症

如你所愿，我依旧失落于生死
失落于季节与爱情。像古老的疼痛因为古老
而不被书写，随摇晃的枯枝继续着动荡

我知道，我们应当对所有的立场保持警惕
让我再一次为你重复——
把命运的归命运，把自由的还给自由

还有什么呢？让我再一次为你重复——
"君埋泉下泥销骨
我寄人间雪满头"

新诗五家 ≡ 汉诗新作

写给母亲

妈妈，喊你的时候，武汉已经秋天
本质上而言，季节只是时间和界限
与我们无关

妈妈，长久以来
生活变成了一件勇敢的事情
但我并没能因此变得勇敢一些
无路可走的时候
我总是在深夜想起小时候的村庄

妈妈，我的脐带连着你当年的疼痛
而我醒着，借新的疼痛盖住老的一重

妈妈，"流年并无新意
经年只有旧梦"我多想回去
从武汉到重庆，从故土到子宫

中年遇雨

先生，相较于雷声，我更害怕小荷的战栗
雨水凭空而下，掷地有声
收起这场雨，便获得了——中年的肉身

先生，我们必须承认，生活终究
比我们预想的要危险，要艰难
这些年来，房价、雾霾、二胎以及母亲的病
日子在你左手边，生生地喊疼

先生，人到中年，爱你，一如三餐的朴素
可有时候依旧有些吃力，也是这时候
黄昏，分外诱人

诗探索 14　作品卷　2019年　第 2 辑

还没来得及由雨水抵达你，先生，天空
已经转晴。草木露出更加葱郁的部分
你听远处云和云相撞，下一场雨也正在出生

山　川

河流蜿蜒，此去，鞭打出群山的形状
山上有坟，有路，有草木年复一年的枯黄

在山上，多年来，植物早已失去了两岸
它们迷醉于出生，更迷醉于死亡

我总是从万事万物中寻找生命同构的隐喻
就像，我们生来拥有河流，拥有
高于本质的假象

晨起无风，一夜的雨
雨水，授予山脉那河流多年以前的身体
多年以后，群山，将以泥土归还

空山寂

风起时，你以大于自身的密度再一次
把故乡占领。河水回赠你以三千里不回头的曲折
你收下，赐草木以肌肤的纹理

多年前，我曾从你身体里出走，半生已过
我并不能因为离开而更靠近神明

你说，不怕，凡我所爱的，都是退路
你说，回去，空山新雨后，自有苍生

作者简介

于海棠，女，《北京诗人》副主编。热爱诗歌，喜欢落日和飞鸟。有诗和组诗见《诗刊》《星星》《扬子江诗刊》《诗潮》《山东文学》等刊物。

西木栅（组诗）

于海棠

雨

雨要落下来时
天空有明亮闪现，鸟雀压低翅膀
风吹乱风中的黄栌树
夏天总是这样，你得接受
这时而缓时而急的状态
雨水把墓碑洗刷干净，野花栉鳞其上
消弭和生长渐次而来
我不能跟随你了
亲爱的雨
我的心底涌起悲伤
我该怎样向你描述我站立的一切
——
孤独是蔚蓝色的
它正把我慢慢包围

我在重复同一个下午

我经常重复同一个下午
珍贵寂静带来的疲倦感，和空气的腥甜
搅动的微小震荡

躺在一株麦蓝菜里
体验一种无所欲求的心，尝试
像白嘴鸟一样飞
我们都有相同的属性
我的白色，
粉色，黄色花盏仰望的下午

窗外光线带来的稀松感，使你进入一种
薄薄的轻，我们都在等待某种
碎片重叠时的喜悦
而最终它会把你引向某种深深的孤独
而无法自已

我们总是爱的不够，需要再用力些

很多次，想把这种情景写出来
很多次，我坐在你里面，
是爱的一部分
外面细雨纷飞，叶子飞来飞去
我在窗前，写一首诗，
一天没有事情发生，而悲伤是道裂隙
而一首诗的结尾
白色羽毛笔旋转写下：
"我们总是爱的不够，需要再用力些。"

立　夏

风穿过湖水，和秩序的一切
我再次成为你的一部分
湖水岸，我是细微的苦楝花，
它们单纯，饱满

当我抬头仰望它们

我们平静而又充满期待
光线和浓郁的花香从树间落下来，
恍然一天重新开始

当我望向远方，天空多蓝啊
一只白鹭从湖面飞起

它越飞越远，最后融入遥远的
天际，成为蓝的一部分。

去阳台看了看雨

去阳台看了看雨，而不是客厅的窗台。
这样离雨更近一些，
雨像一种极其轻柔的低叹。
像理查德·克莱德曼的钢琴演奏
我看到灯光中的雨，和黑暗中的雨
像黑白世界的两个界面。
让人产生恍惚的错觉，这是过去的哪个
夜晚？和今天的
雨一样有一些微微的倾斜。它们落在
桐树叶上面，杨树叶上面
没有一滴雨是多余的
我伸出手，
它们带着针尖的凉意
提醒我
一生中总有几个瞬间的哀伤
在雨夜中醒来。

在镜湖的长椅上静坐

落日正穿透树叶慢慢沉降，是的
当它完全落下去的时候，一种寂寥

诗探索14　作品卷　2019年　第2辑

慢慢向四周侵染

我坐在镜湖的长椅上，没有思想

面前是继续蔓延的黄昏

我感到片刻的惆怅，而找不到关键点

凝望那些暗下去的绿和渐渐消隐的红

一种巨大的虚无抵住我，而我不能发声

我将成为暗下去的一部分

随它们消失或者隐去。

如果此时我赞美它们，

那么赞美是一种略微的哀伤。

如果此时我略微哀伤，它们的美就消解我的哀伤

那些刺柏，旋覆花，和野蔷薇，

它们隐没的侧影浮动着微光。

如果此时缄默是一种完美的表达

那么那些逝去呢？

覆盖蔷薇丛的风慢慢覆盖我。

花香迷乱，恍若虚构。

小 满

近一点，就有了爱的感觉

像亲近点什么？

什么就有新鲜的芒刺

和饱满的乳房，你看那些雨，它们移动着

吃掉鸢尾花，女贞果

和鸟的翅膀

吃掉赞美和昨天的爱情

我是红的，黄的，白的花蕊，我离我而去

我是将来的红的，黄的，白的凋落

一切新鲜的都将变旧

而我们孤独到无以复加

你把花开在眼前

黄昏如细纱，

透过薄雾般的玻璃，
我看到上午，和下午，

我看到，晚樱开了一些
落了一些

一天如同衰老。

如同透明的空气，恍然微小的颤栗
如同，掀掉的指甲，含住的痛。

光影在花木间移动，如同你把花开在眼前
把凋败赠予夜色。

倾　斜

夜晚像未开尽的杜鹃花束
香气从低处弥散开来，周围充满橘色
褐色和茶色的虚构

我们是彼此需要的白天，握紧的双手
什么让此刻具有巨大的吸引力
两个爱过很久的人
穿越十一点的疲倦，窗外雨滴倾斜

交错的影子像古老而又虔诚的信仰
我们结束对话
我们顺从内心
我们像合拢的夜色平铺在地平线上。

一天幸福的到来

楼顶方格子小窗
安静在晨曦里
鸽群缓缓降落，风从东吹到西
白色条形的光线里，鸟鸣是一种
美妙的补充，你的眼睛空洞而美好
我以为的春天来了
我敢直视，它温暖且
不拘谨，像一天幸福的到来
我的瓜叶菊花开满了窗子
一些绛紫
一些天蓝。

周围充满花

我们坐下，细风微凉
周围充满花

明亮的阳光落在
花瓣上，每一朵都在流动，种子在飞

风拍打叶子轻轻回响
像爱突然降临到身边，如白鹭，湖水
和芒刺

周围充满花

流　逝

没有什么
是永久存在的，没有什么
就像现在

风把忧郁的细雨递来

鸟鸣在消失

长满羽毛的身体像彩虹

风斜斜地吹过来

塞满小线菊和松香

万物飘着

万物

抵触而又依偎

我要做的

是留住它们，我能做到吗

长椅上的风静静地吹

松针倚着月亮

花靠着另一朵花

作者简介

　　孙江月，1962年生，重庆丰都县人。《方向》诗刊社长、主编。鲁迅文学院学员。系中国作家协会会员、中国诗歌学会会员、丰都县作家协会主席。出版的个人专著有诗集《幻之水》《孙江月诗选》《故乡，我的故乡》等。作品主要刊发在《人民日报》《人民文学》《文艺报》《诗刊》《星星诗刊》《海外文摘》《青年文学》《散文选刊》《写作》等报刊。

诗七首

孙江月

故　乡

故乡真小

小得像我心中

呼之欲出的两滴眼泪

陪一位蹲在玉米地里的老人抽一支香烟

老人蹲在地头
抽着我递过去的香烟
他一边抽一边念：
谷雨扬花
小满挂苞
芒种饱粒
小暑打粑……

他守望着，他笑着
脸上的皱纹藤蔓一样爬着
他心里的滋味有谁知道？

夕阳西下
玉米秆像我少小时儿童团的
一根根红缨枪
排排插满了乡村
插熟了夏至……

一树樱桃满相思

红樱桃，小时所栽的红樱桃，
隔壁汪小妹栽的红樱桃。

红樱桃，星星一样繁多的红樱桃，
像玛瑙，像珍珠，像耳坠……
怎么数也数不尽，
不，是汪小妹的酒窝、口红、眼睛……
怎么看也看不倦。

红樱桃，隔壁汪小妹栽的红樱桃，
而今，我来寻你，采你，
采你的酒窝，采你的口红，采你的眼睛，

可是啊——
你的甘甜，你的手香，你的笑声
都不在树上了！
你去了哪儿了呢？
去了天堂了吗？

红樱桃，小时所栽的红樱桃，
隔壁汪小妹和我一起栽的红樱桃呀！

夜过张掖怀张骞

月光像丝绸一样
铺在脚下

张骞西行的驼铃声
我听见了
但看他不到

河西走廊茫茫无涯
车行驶如一只爬行的甲壳虫
好慢
两千年啊
隔离几万里路？
真的我赶不上
我只有写诗化符去追问

仰望祁连山的雪

祁连山的雪
如丝绸
起伏褶皱，横亘数千里
更像月光
铺天盖地，光银闪射

诗探索 14　作品卷　2019年　第 2 辑

裹覆着河西走廊
车在此向西
沿着两千年前
张骞的驼铃声旅行
茫茫戈壁，漠漠沙丘
我难辨西东
也难辨哪是天哪是地
古丝绸之路啊
你好艰辛
你好悲壮
你好豪迈
仰望着祁连山的雪
我只有敬畏
我只有顿首
我只有惊叹和失语

野荞麦

野荞麦，开着雪白的花
零星儿的小白花呀
开在山岗、原野
开在我归家的路旁

野荞麦，故乡低矮的植物
每次看见你
你都在风中芬芳、摇曳
仿佛一位等待的女子
向我点头叙说：
"你回来了，我的哥哥呀
我好冷……"

罗云山上为红子所动

一种红使我怜爱不老
那是长在山野里的山红子
寒冷的冬天，大雪封山了
山红子就像一粒粒红宝石
在雪里泛着刺眼的红
那红好像就是唐朝宫女们唇上的胭脂
娇美欲滴……

在穿越罗云山的旅途中
我以无限虔诚的目光
一次又一次地
用手捧着它——
雪天里，这圆润剔透的红啊
足以让我浪漫千年，怀想千年

作者简介

芷妍，居河北唐山，作品见于《诗潮》《诗刊》《飞天》《中国诗歌》等。2015年《诗人文摘》年度诗人。参加首届《诗潮》新青年诗会。

正午贴（组诗）

芷 妍

人到中年

过了三十几岁
日子开始变柔软，挂在墙壁上观看
人也越来越软，像流水沿着山壁行走，穿过桃花林
一边厌恶憎恨一边溶入谄媚

诗探索 14 作品卷 2019年 第 2 辑

一边咒骂一边妥协
一边心怀纯洁一边藏污纳垢
这些经纬编织的人到中年啊
开始原谅那些见风使舵的人，花言巧语的人
那些跟着指鹿为马的人
中庸，皂白不分明的人
溜须拍马的人
心口不一的人
趋炎附势的人
甚至爱他们，怜悯他们
因为我也偶尔成为他们的一部分

逆　行

谷雨节气有雨，赶一趟江南晚春
车过徐州，定远，南京
烟云在山间绿色里翻滚，正是少年，没有定数
躺在车上，想与春天和死神各自对饮一杯
它们是逆行的天生一对

及春图

过了立春
柳枝上长出东风
麻雀影子穿过，被午后的阳光剪碎
寺院钟声一滴滴铺满湖面
尚无桃花酿酒
仍有残雪耀世
风筝天上飞，庭院该长荠菜了
不久桃红柳绿蘸东风
瓜秧会爬上藤架，碎花衣衫会从墙外走过
浆果又可以榨出汁液
清明寒食日没有炊烟

即将的圆满又开始新的破坏

这是哪一年的初春
还是少年模样

晨梦贴

凌晨有梦很好，记忆清澈
第一次梦到想见的人
闭着的眼睛里群山漂浮，阳光刺眼
有酒放在书案上
醒来天还没亮，星光还在
呆坐半小时
有些后悔，没有把梦中人和所有明亮带回来
曾经廊下有月，杯中有你

空　旷

在北新道上走
高层楼房的阴影把我掩埋了
包括身体里君临天下的空旷
那些路口等着干杂活的临时工蹲在墙根
都低头看着手机
好像去年冬天我在南湖冰层里抠出来的枯莲子
底商店铺有一半锁门出租
一副老妓女的样子
北新道也裸着干瘪的乳房和不能压缩的空旷

诗探索 14　作品卷　2019年　第 2 辑

诗歌作品展示

2018年度年选精选作品六十首
（之二）

戒备之心

陆辉艳

诗探索14　作品卷　2019年　第2辑

那一年，父亲捧着我的大学录取通知书
又欣喜，又忧愁
天黑了，他去了堂伯家
坐下来还没开口
堂伯就开始骂他的大女儿
我的堂姐，职校刚毕业
一声不吭，勾着头
蹲在火塘前烧一锅饭
干竹枝燃得噼噼啪啪的
后来父亲双手空空地
退出那扇门，仍听得见
堂伯骂人的声音

偶尔我回老家
将要经过堂伯家
远远地，抱着孩子的堂姐
就会闪进屋子里
十七年了，她仍然对我
怀有一份戒备之心
而她不知道，我对世界

怀有的谦卑之心，足以贴近地面
熄灭胸腔里噼啪燃烧的竹枝

（原载《诗刊》2018 年 2 月号上半月刊）

欢 喜

阿 华

天降甘露，那是农人的欢喜
马遇青草，那是牧人的欢喜

一株青稞，俯身亲吻一朵格桑
那是一个少年的欢喜

冬天的雪地，一只麻雀觅到了
箩筐里的粮食，那是一个老人的欢喜

一座寺院，燕子诵经
佛灯开花，那是一个喇嘛的欢喜

日月山以西，十万亩风暴里
还有一株开花的树，那是大地的欢喜

如果在六世轮回中，我和他
能成为生生世世的亲人

——那将是我的欢喜

（原载《诗潮》2018 年第 6 期）

风雪：美仁草原

阿 信

好吧，在五月
泛出地表的鹅黄我们姑且称之为春意。
迎面遇见的冷雨亦可勉强命名为雨水。
但使藏獒和健马的颈项一次次弯折
并怯于前行的冰雪呢？

我深信这苍茫视域中斑驳僵硬的荒甸，
就是传说中的"凶手之部"——美仁大草原了。

是在五月。
是在
拉寺囊欠^①中的佛爷都想把厚靴中的脚指头
伸到外面活动活动的五月啊！
我深信这割面砭骨的寒意后面，
一定是准备着一场浩大的夏日盛典——
赛钦花装饰无边的花毯，
斑鸠和雀鸟隐形，四周
散落它们的鸣叫之声。

我深信这苍茫视域中斑驳僵硬的荒甸，
就是传说中的"庇佑之所"——美仁大草原了！

（原载《诗刊》2018年6月号上半月刊）

---

① 囊欠，指藏传佛教活佛府邸。

诗探索14 作品卷 2019年 第2辑

一串珠子散落之后

陈小虾

匆忙抓起电话，逐一打过去：
外公、外婆、父亲、母亲、丈夫
又低头摸一摸肚里的小 baby
——确定，在人间
我们依旧一起
串在一根绳索里
之后，才把珠子拾起
数了数，少了一颗
再一阵心慌
一边打了自己一个耳光
一边念着阿弥陀佛
相信自我惩罚
就会被赦免，被原谅
或躲过什么

（原载《诗潮》2018 年第 9 期）

木　头

陈　亮

父亲每每伐掉一棵树
都会用斧头仔细削去枝杈
然后竖立在墙角阴干

新鲜的木头
会散出极浓烈的香味
甚至在深夜里

还发出咯咯的响动
让我以为它们会逃跑

慢慢地，它们消停下来
直至变成一根彻底沉默的愚木

——父亲走后的一个冬天
因为空落和寒冷
我开始用这些木头取暖

当我把它们劈开
扔进炉膛
这些木头竟吱吱喊叫着
涌出热泪，并把它们
浓烈的香味迅速充满屋子

仿佛在告诉我
这么多年，它们并没有死去

（原载《诗刊》2018年8月号下半月刊）

秋　虫

邵纯生

还是去年的一缕月光
小虫摆好了姿势，就是那种
叫人动心的样子

今夜，这条垂下来的绳子
要带它回到天上
伸开的触须，收紧的翅
抖索在深秋的风里

凉，缓慢浸入小小的身体
清澈，透明。它明白
凡与神交集的事物，都得是干净的

（原载《江南诗》2018年第1期）

横　溪

林　莉

阵雨使它充盈、饱胀
石埠上，一只旧竹篮装着
刚摘的茄子、豆角
后来，浣洗的妇人提着它们
蹚水去了对岸
我们沿溪轻快走动
偶尔手臂碰触到一起，触电般
事实上，我们在世间已分离得太久
那些久违的喜悦或绝望
皆来自前世
那一次，我们目睹
横溪不舍昼夜，自顾远去
难道，在时间的跑道上
它也是一匹不能回头的马？

（原载《诗探索·作品卷》2018年第4辑）

祠　堂

林　珊

在炊烟越来越稀疏的故乡

唯一还保持原貌的，只有祠堂
众多的先祖，在年复一年的祭祀里
不断获得告慰。一九八七年的天空下
我曾在祠堂的侧厅里读幼儿园
二十多个眼神清澈的孩子
尚不懂得敬畏，也不明了生死
课间休息时，我们围绕着神龛做游戏
快乐的笑声一阵高过一阵
有一次，村里的一位老人辞世
朱红的棺木在祠堂里停放了三天三夜
我们在放假，天空在下雨
身披袈裟的和尚吹起声声唢呐
出殡仪式结束后，当我们重新回到课桌前
弥漫的硝烟，遍地的碎纸屑
并没有让我们，感到慌张和恐惧

（原载《人民文学》2018 年第 6 期）

那碰触我心的只是一个简单的汉字

林　莽

那碰触我心的是一首童年时并不喜欢的歌谣
一个推着铁环狂奔的下午
一位哭泣的老者让我呆立在哪儿
一棵沧桑的老树在秋风中将枯叶落满了庭院

那碰触我心的是一条别离的乡路
懵懂的少年向着并不知晓的未来迈出了稚嫩的脚步
汽笛长鸣　那辆冒着浓烟的老火车开向了多年后的现在

那碰触我心的是父亲强忍住病痛的脸
那些群盲涌动的年代　动荡是生活的常态

诗探索 14　作品卷　2019年　第 2 辑

我们的上一辈人承受了太多的生命磨难

那碰触我心的是与母亲深夜卧谈时她轻轻地诉说
从一个乡村少女到银发稀疏的老年
我听出了乡愁的遗韵和对故土深深的眷恋

而许多时候　我们逃离现实沉于孤灯与书卷
那碰触我心的有时只是一个简单的汉字
当我用诗歌诉说　这些分行的文字
跌宕起伏　有时慰藉　有时释怀
我真想知道那触动我心的诗情到底源自于哪儿

（原载《诗刊》2018 年 3 月号上半月刊）

石片、水漂和涟漪

武兆强

孩提时代的石片，被我打成
水漂，打成一蹦一跳
口衔水珠，又口衔水珠的燕子
美妙又轻捷，只有到了最后的最后
毫无力气了，才悄然隐去
一圈一圈的涟漪似乎放大了视野

之后的多少年里，那枚小小的石片
再也没有离开过我，上班路上
我会停下自行车，一试身手——
不过，这个简单的动作已不再纯粹
悄悄地，被我在心里夹杂了一些私货
用涟漪的大小，对应命运如何

第一圈，被我命名为爱情

第二圈，被我视为事业
第三圈，被我称为生活；以此类推
还有身体、财运以及出入是否平安等等
这徒劳的游戏竟构成了一种诱惑
一玩就是几十年

（原载《诗探索·作品卷》2018 年第 4 辑）

白鹭赋

邰 筐

不是《诗经》里飞出的那一只
不是惊飞破天碧的那一只
不是一树梨花落晓风的那一只
不是一滩鸥鹭里
惊起的那一只
不是翘立荷香里
窥鱼的那一只
……

那些都是白鹭中的白领，都太白了
它们作为鸟类中的大家闺秀
和文人骚客攀上亲戚，成为相互矫情
和意淫的工具，被他们反反复复
描绘得那么美
那么不合群众路线

这是落寞的一只。像个鳏夫
它以八大山人的技法
在龙虎山下，一块水田里
遗世而独立
我用长焦镜头把它拉近，再拉近

它既没有想象中的白，也没有想象中的美
身子蜷着，脖子缩着，翅膀耷拉着
上面还沾着一些黑泥点

毫无征兆地，它全身的毛
突然耸起，一条鱼瞬间被叼进嘴里
它接着腾空而起，像一团飘起的白雾
越飘越远，很快就散了
只留下一个凶狠的眼神，似乎还久久地
在镜头里盯着我

（原载《诗探索·作品卷》2018 年第 1 辑）

我们都是简单到美好的人

周　籁

垂丝海棠的花瓣落在我的膝盖上
春天的短笛在寂静中骤然响起
柳丝抵抗着风的秘语
忍住摇摆
万物都有一颗叛乱的心

我立在江岸久久凝视零落的海棠
恰似我的一些念头
纷沓滑过江面
我们都是简单到美好的人
比如这一地嫣然
比如那一江春水东流
再比如，我的体内正落花籁籁

（原载《诗探索·作品卷》2018 年第 4 辑）

家 人

侯 马

我父亲高中毕业后
有一趟事关命运的远行
他骑自行车
先去看了一位老师
老师家锁门
他就去了更远的一个女同学家
女同学把她的妹妹
许给了我父亲
返程时
我父亲又去了老师家
老师提出把女儿许给他
我父亲说刚才
芬南已经把玉珍许给他了
我深知我母亲家族
男性忠厚勤劳
女性贤惠美丽
世界上也还有其他多灾多难
又美好善良的家庭吗
我可能由另外一位女子
带到这个世界上来吗
这虽然是父亲的命运
我也完全看作是我的命运

（原载《诗潮》2018 年第 7 期）

诗探索 14　作品卷　2019年　第 2 辑

春 忆

侯存丰

早些时候，大概 2015 年四五月间，我去赴一场
诗歌交流会，那是大学生诗社组织的小型活动。
就在这次诗会上，我结识了 An，一个端庄聪慧
并在以后的岁月里不断给予我无限欢愉的女孩，
那天，她穿着浅蓝色牛仔外套，翻领匀称如翅。

诗会结束后，我们约定夜晚一起游平湖，这是
离学校很近的一座开放式公园，我本科的时候
去过几次，对中心湖的音乐喷泉印象深刻。由
于双方都有点迫不及待，出行时间被大大提前，
我们走出校门，顺着公路一侧的建筑物行进——
当我们躺在床上，述说着这次约会时，An 总会
不无温柔地提起，在横过马路时，我向后伸出
手她接住我的手的那份自然，说这是命中注定。

我不否认。即使现在，我们共同居住在虚无的
房间里，看着你熟睡的面容，轻微的呼噜，我
仍以书页裹遮长颈台灯，这样我能离你更近点。

（原载《草堂》2018 年第 9 期）

群山里的灯

俞昌雄

同学朱奶根头一回去省城，看到
彻夜不眠的街道人流，他哭了
想起自己执教的那所群山里的学校

那夜里昏暗的灯
他狠狠地拍了一下脑门
天就亮了
我去过那里，一个叫当洋的地方
村庄挨着村庄，峰峦连着峰峦
长尾鸟嚼着溪涧的梦
而溪涧的下方，总能听到
唯一的一所小学那琅琅的读书声
朱奶根就在那里，如本地植物
他曾无数次赞美他的学生还有那
脚下的土地，可是
他无法抠除弥漫眼角的雾气
还有肋下私藏的草木腐朽的气息
每当夜幕降临，他就守着校门口
那盏孤灯，群山不动声色
虫鸣咬人耳根。他的梦是一片
带露的叶子，在黑漆漆的世界里
他时常默念我写下的句子：
空山无一物，灯为宇，我近星辰

（原载《延安文学》2018 年第 4 期）

旧货市场

高鹏程

一件旧衣服里有陌生人的汗液也有
未曾消失的温暖
一辆二手车里有别人不曾用旧的远方
而一本旧书里有可能
依旧暗含着通往新世界的入口
在旧货市场，我淘来旧药罐，它能否
还原出一个未患风湿病的母亲

诗探索 14 作品卷 2019年 第 2 辑

我淘来的旧罗盘、眼镜和烟嘴能否拼凑出

一个已经离开的父亲

我淘来一张旧餐桌，它能否像一块吸铁石把我们

小图钉一样吸附到

一个旧式家庭清贫、富足的日子中央

这些，只是我

一个逐渐变旧的人的想象

有时候，我会站在一面淘来的旧镜子面前

用淘来的旧剃须刀收割

用旧的光阴

有时候，我用一只旧式望远镜望向更加古老和陈旧的岁月

偶尔，我会把它倒过来——

我看到了一种尚未经历过的，新鲜的日子

（原载《人民文学》2018年第2期）

那些笨槐花

幽　燕

小时候，我曾长时间仰望它的花瓣

怎样自树端簌簌地飘落

没有香气，也不悦目，很快铺满路面

有风的时候她们会沿街奔跑

又忽然犹疑着停下

仿佛一群并不出众的姑娘

总爱顺着大溜生活

那时候，槐北路行人稀少，被笨槐树巨大的

树冠遮盖得幽暗清凉

长长的暑假，我和小伙伴

捉树上垂下来的"吊死鬼"吓哭更小的孩子

踩着路上细密的绿虫屎去同学家写作业

时光，仿佛街边呆立不动的笨槐

迟钝、滞重，沉默地陪着一群盼望长大的孩子。
不像现在，是飞奔火热的年代
槐北路已显逼仄，经常塞车
那些伙伴，也四散在各自的命运里
生活中的泪滴，仿佛笨槐结出的豆荚
在各自的枝叶间一簇一簇，若隐若现

（原载《诗探索·作品卷》2018 年第 1 辑）

青野之乡

谈雅丽

蓦然想起我爱过的你，想我从田野回来
你故意躲避着我
让我感到十分痛苦

你穿深蓝短袖，阳光下满脸温和如水
如果我回头看你，你会不自觉露出
紧张和尴尬

想起翠绿稻田，我把田埂越拉越紧
只有铁轨令人炫目地延伸
将我送向了远方——

从此后我假装忘记了你
故乡的临湖小镇在梦里回荡
摇动的水柳，圆脸铜钱草
整日下个不停的细雨啊……

从此后我每次做梦，都想问："你，爱过我吗？"
每次你默不作声·漆黑的眼睛

诗探索 14 作品卷 2019年 第 2 辑

就像故乡远逝的——青野之乡

（原载《山东文学》2018 年第 5 期）

倘若喜欢

桑　眉

喜欢一个人是什么感觉
我们都知道
你的喜欢与别人的喜欢有什么不同
你却不知道

我的喜欢是十八岁的
从约会开始
手牵手过马路
电影散场后拥抱依依惜别
站台上与车轮一起奔跑

有一天你突然立在我经过的地方
我会飞扑过去
仿佛蝴蝶出茧
仿佛生命中最初最后的投奔
从此，白昼有南风夜晚有星辰

我的喜欢是崭新的
不因为人到中年积满尘灰
我的喜欢是梦境的
要用无数虚构来排练

（颤抖的
要用手掬着的
口含着的

用胸膛不灭的焰火烘烤着的……）

（原载《汉诗》2018年第1期）

廊棚记

梅苔儿

廊棚临水，廊里多游人
我闯进去之时，正是黄昏
夕阳投影于水面，给水中万物的倒影
镀上了一层木纹的光辉
我闻到了木质的香味。安详，甜美
与人性呼应
心中磨了多年的刀，应声放下

在廊下慢慢走
走回外婆家的木房子
走回泊在岸边等我的旧船
走回人头攒动的古戏台
走回妈妈味的麦芽塌饼和荷叶粉蒸肉
走回安静的乡村夜晚

一盏挂廊顶的灯笼，奉命迎我
有水声，轻轻，不绝于耳
如叮咛，如祈福
起于风，起于十月的乐队
起于人间无数"行善而搭"之廊棚

（原载《诗刊》2018年6月号下半月刊）

藏　剑

商 震

新办公室的一角
放个一米多高的仿古花架
摆了盆兰花
兰花长得俊朗飘逸
与花架浑然一体

原来挂在书柜上的宝剑
我把它摘了下来
抽出剑身一看
发出月亮照在雪地上的光

我不能再把剑
明晃晃地挂在书柜上了
要严严实实地藏到兰花后面
除了我
没有人能看出
斯文的兰花后面
有一柄装满寒风的利刃

（原载《芳草》2018 年第 5 期）

盛满月光的院子

梁久明

推开院门，恍若突然看见
整个院子一下子盛着满满月光
看见那些家什沉在里面

挂在屋檐下的是上午用来铲地的锄头
立在墙角的是下午用来挖土的铁锨
它们没有一点疲乏的样子
个个神态安详
院子中央的压水井
墙根下的两只柳条筐
井边的洗衣盆和旁边的一块石头
都不是白天看见的模样
都像刷了很薄的银粉晾在那里
一声鸡啼是梦中的声音
狗老远就听出了我的脚步
在我进院时一声不吭
双脚试探着移动
最后停在院子中央
我不知道月光照在我身上的样子
我想，肯定跟照在家什上不同
月光透进了我的身体
我不会像那些家什
在月光移走之后
又回到原来的灰暗中

（原载《诗探索·作品卷》2018 年第 4 辑）

交　换

崔宝珠

一只灰地鼠窸窸窣窣地穿过草叶
它啜着露水说它看到过
天与海的界限
海中升起的月亮远比你们看到的
大而明亮
母地鼠们成群踏着草尖上的月光跳舞

我请求它让我看看

那个世界的月亮

它们的、蚱蜢、蟾蜍的

它提出与我交换身体

那夜

家人说看到我

在逼仄的房间里踮起脚尖站立

双手交叠着举起来

像在祈祷

我真的在梦里看到了

草叶间升起的月亮

在天海之间

车轮一样骨碌碌滚动

而那晚一只灰地鼠

获得了半个夜晚

独自仰望

窗角一颗小行星时的莫名忧伤

（原载《诗探索·作品卷》2018年第3辑）

中秋过峤山水库

蓝　野

小时候，这片水就是我对大海的想象

在大石头河下游

父亲和我用独轮车将弟弟从大姑家接回来

车轮碾过冰雪，嘎嘎的声音还在耳边响着

而峤山水库

已经好多年没结过冰了

这世界确实温暖了许多？

上一个月圆之夜

五个孩子和一位父亲
在一辆加大了油门的面包车里冲了进去
那位被生活压榨得无处可去的父亲
那位开大货车拉钢铁跑长途的父亲
那位糟糕的父亲，那位被诅咒的父亲
拉着自己的骨肉至亲奔向了我童年的大海

有关事件的各种因由
曾在媒体上铺天盖地
中秋节，已再没有人提起
天将黑下来，圆圆的大月亮挂上了东山

天地间一片冰雪样的银白

（原载《青岛文学》2018 年第 10 期）

致月亮

雷平阳

月亮，今生我想至少与你相聚一次
地点由你选定：天心、海面、旷野、寺院后的山头
当然也可以就在你的体内

或者我的屋顶上
只要能接到你的邀请，一个唯心主义者
他想听见你凌空的脚步声，想看见你
因一场酒席而停顿，关键是他想
与你为徒，扛一棵桂花树走在你的前面
为你打扫满天黑暗的灰尘

（原载《滇池》2018 年第 1 期）

阳 关

路 也

二十一世纪的大风吹着汉代颓圮的烽燧
唐朝的一句口语诗悬在天地间：西出阳关无故人

我看见了什么？看见少，看见无，看见时间
看见时间把多和有变成少和无

我还看见写下那句诗时，那个长安诗人哭了
那个有雨的春天的早晨
犹如一封信函，邮寄至千年后的今天

阿尔金山在远处，爱着自己的白色雪帽
一条长长大路用丝绸铺成
倒换通关文牒，下一站即楼兰
和亲的公主最后一次回头，告别青春

风在沙漠上写下一个个姓名，又将它们掩埋
一只露出地表的陶罐是断代史的注释
惊扰了整个戈壁滩

只有红柳，胆敢与骆驼刺相爱
地平线不朽，地平线折不断，地平线永远横卧在前

是谁把我逼成了徐霞客，一个人跑出这么远
再也不会相见了，再也不会有音讯
故人啊，我已西出阳关

（原载《中国诗歌》2018年第1卷）

2018年度年选精选作品六十首（之二）∥诗歌作品展示

偷生记

臧海英

我用另一个名字
把写作中的我，和生活中的我分开
我多么想，摆脱自己
狼狈不堪的命运
这段时间，我的文字里
果然都是清风明月
虚构出来的幸福，比现实还要令人感动
我也真就以为，自己多出了一条命
从此过上了另一种生活
而被我弃于现实的那个人
常常闯进来，让我不得安宁
她塞给我一地鸡毛
让我承认，那才是我
让我承认，偷生于另一个人的生活
是多么虚妄
逃避、怯懦、自欺欺人
——我也为此羞愧过
但我真的不想，在困境里一而再
再而三地挣扎下去

（原载《草堂》2018 年第 1 期）

父 亲

髯 子

候车室里，几十排背靠背的固定座椅上
挤满了候鸟一样等车的人，只有他

在过道上席地而坐，一副木拐
左右摆放——当然不是我
为他添加的两条腿、两只脚
一个小男孩
围绕他跑来跑去，仿佛不断重复着
一块形状相同的幸福
要进站了，他慌忙架起双拐
艰难地站起身来，而孩子
一只小手已紧紧抓住他的衣襟
"父亲，哪怕是贫贱的，残疾的
但在孩子的心目中，仍然是天……"
这时，我看了看身旁的女儿
心头有些发热，像端着一碗水
我努力掌握着内心的平衡
生怕一摇晃，把女儿的天
泼出去一片

（原载《扬子江》诗刊 2018 年第 1 期）

傍晚经过你的城市

熊 焱

动车在经过你的城市时停下来
夕阳正衔着房顶，晚风正吹集暮云
下车的旅人如席卷的江水
同行了一段长路，一旦分散
也许就成永别

那些年我们在这里穿过霜降和谷雨
背影青葱，步履蹒跚
最后一次分别时细雨如酥，天空为谁哭湿了脸

现在时针抵达了六点，秒针嘀嘀嗒嗒地奔跑中
是我们在马不停蹄地赶路
是我们颠沛的人生，有时一阵酸，有时一阵甜

我突然想下车去找你
我突然想大河倒流，时针逆行
我们又一次穿过茫茫人海，在十字的街头相见
岁月苍茫，风为我们掸去白发和细雪

这是二月的傍晚，我经过你的城市
动车只停留了十分钟，却仿佛跑过了漫长的岁月
夕阳正衔着房顶，晚风正吹集暮云
我临窗远望，浩荡的大江正在蜿蜒穿城
一去不回，整夜整夜地为谁压抑着悲声

（原载《诗探索·作品卷》2018 年第 2 辑）

水中的一棵芦苇

潘志光

坐在河边
背靠夕阳
看着水中的一棵芦苇

水波涌过来了
水中的芦苇被压在下面
水波涌过去了
水中的芦苇抖抖水珠
站起来了

更大的水波涌过来了
水中芦苇又被压在下面

诗探索 14　作品卷　2019 年　第 2 辑

水波涌过去了
水中的芦苇又抖抖水珠
又站起来了

夜晚，我湿漉漉的梦中
看见一棵挺拔的芦苇
将枝叶伸进了太阳

（原载《诗探索·作品卷》2018 年第 3 辑）

湛江诗群诗人作品小辑

剩下的日子

陈雨潇

我的购物车，没有清空
信用卡还没有刷爆
出走地图，只规划到脚下
工作桌上的钟表，和欲望清单
按部就班，谋划什么

日子照常不误，每天
从写字楼群的后面，升起
全世界的广告牌、霓虹灯，和我一样
不慌不忙地享受它，就像享受
多余出来的，青春和野心

剩下的日子，就像广场上的人潮
像商店里的物品，还有很多
太阳，向都市的深海，撒下金币
让我以为，剩下的日子
就像抓在手里的金币
多么富裕

路过废铁站

杨晓婷

废铁站里
那些坚硬，闪着寒光的事物
好像从来没成为过我的生活
我一直缺少阳光和铁
在异乡的小镇里提前过着自己的暮年
而那一堆老死的废铁
正在等待打包，压缩
等待开启一场生死的轮回
我知道时间的锈迹，层层包裹
所有的闪亮和崭新
都逃不了暗淡和熄灭
只是，当阳光浏览人间
经过我和一座废铁站时
一道反光从暗处
折射了出来

那些年……（节选）

郑成雨

二

那些年，我们和邻村的孩子爆发瓦砾土块战，血色的同仇敌忾
开满山岗。那些年
我们打假仗，剧情与电影相仿。旧报纸折叠的
驳壳枪，指挥千军万马"南征北战"
"智取华山"；竹子做的机关枪
从我们的嘴里喷射出快乐的火焰

把白天和黑夜，都打得落花流水

四

那些年，我们翻山越岭去讨扫墓人的糕饼
渴了就喝田沟里锈色斑斑的水，寄生虫
如今还在我们的体内蠢蠢欲动，冷不丁
咬你一口。那些年我们用烂铜烂铁鸡毛鸭毛鸡肾皮
换货郎担的腌蒜头，还有神奇得
手指轻轻一敲就断的花生软糖。
那些年我们拾过荒，跟大人积过绿肥。掏螃蟹的手
在洞里被水蛇咬过。那些年我们拾过粪
看见一堆牛粪插上一根小树枝它就是你的了。
那些年我们怀揣一角的压岁钱
甩响炮五分钱一个，过年的快乐
就是转瞬即逝的两声闷响。那些年母亲唱的
"白狗崽，黑脚跟，备船备车回娘家"
现在更好听

六

我至今也不能说出一个村庄的悲欢
譬如放牛时给我们讲过中美苏子母弹的日钦
怎么后来就疯了？穿喇叭裤的观林
怎么莫名其妙就死了？他的父亲鸿安六爹
怎么就在菜地里用毒死虫子的敌敌畏
毒死了自己……

七

那些年，我一直匍匐在那个叫作田心的小村子
头颅低于地面，梦想矮过屋檐，饥馑
就是我们的名字。
那些年的时光骑在牛背上，露兜草编的笛子

比秋风还薄的忧郁，至今仍在牛蹄窝里闪着浮光。
那些年天空蓝得虚幻，空气亦正亦邪
那些年日子是一件百衲衣，青菜叶子被虫子咬了一个
又一个洞。我的鸭脚木吸收着过剩的阳光，歪歪扭扭
就长成今天这副模样。
那些年的时光慢成了一种病，阴天雨天
便有甜或者酸在骨头里隐隐作痛

李树开花

庞小红

田野里，除了地毯一样的绿草
就剩下诗经里栽种的李树

李树开花，满枝碎雪。令茫然四顾的人
有了飘浮的念头

它们的横折撇捺，弯曲了阳光
一会落进心里，拭擦沾满灰尘的词语

一会又回到脸上
抚摸那些横生的皱纹

有那么一瞬，我误以为
那株躬身弯腰，孤零零的李树
就是身披白云的母亲

田野旁边的土黄色泥房子
如果远远端详，多么像是
微缩版的故乡

表　象

黄　钺

火在木头里，以柴的形式，掩人耳目
树杈上的鸟巢，即随风起伏
而我，就是那个形迹可疑的樵夫
现在，我早已下山，可我发觉，时光流逝
事物的某些表象，却早已刻进一座山的深处
无法更改……

山村笔记

梁永利

山稔果避开蜂棘，它的球部
饱满，我想起正在发育的胸脯
白里透红，晨露滴落，这手掌上的蓓蕾
我吮出了心头热气，倏然开苞
阳坡是紫色的暖流，春江水翻动
满山的眼睛，看守不同的惊叹

小径旁的三叶草，有蹄印
印痕上的浪花找到逝去的汗味
蒲公衔住鸟声，你来，岸上的巢
养活一个姓，或者一条村

叠在一块的礁石会唱歌
我打磨歌谣成一把钥匙
解开山里山外的苦结，佩挂连心锁的人
心路走远，亲！我拿宿世的缘来安家

春去秋来，花蝶翅翼略显呆板
你看茶树赶月追云，上山下海的人是我

伏渔开渔，十万锣鼓，航灯闪亮在诗篇里
千年码头朝深海吐纳一些酸水
我借六十个日夜养大骑鲸之志

造林封林，村口的牌坊多一层色
一只果子狸攀援过来
它嘲笑夜的烟幕弹射错方向

山村傍海，人口五百余。多面手来自坑田
坡地，蛋家篷船，和五月的杂耍节

你看，那燃烧的星辰

林水文

凌晨三点，星辰东斜
吱吱的行车声碾过夜色
已闻到生活被月光炙伤
越来越重的腥味
"每个人都有过往的秘密"
然而眼睛在头顶上穿行
硬盘在网络中高速地运行
转向某处
老鼠们叼着肉块灯光中跺脚
一些人或明或暗的示威
一些人沉默地工作
另一些人再讲笑话
分享明星们的私生活，刀子剖开表皮
剖不开星空的幻想
"你看，星辰在燃烧……"

我不想说星空的孤傲，正如不想说内心的孤傲
我收获了最后隐秘的星空

我的母亲叫罗瑛

黄药师

"瑛瑛听话，乖乖"
大概是第一次听到小儿子这么喊
在手术室门口，她绽放了少女时代的娇羞

我觉得面前这个
从儿女，从家庭，从生活，从病痛中
被我喊出来的女人。才应该是我的母亲

而留在病床上的她，原来叫"罗友典"
更多时候叫"婶子"——
在马光村，大家一律这么喊
我弄不清，临老了
斗大的字不认得一个的她，为什么
要把名字改成"罗瑛"

我们不问，她也从来不说
就像这么多年
我们一直理所当然领受她甜
却从未照顾过她酸的部分一样

也许，这是一个秘密
一个被儿女被庄稼占用几十年的幸福秘密
五年了，每每在梦里这样喊
我的母亲，还是那样，一脸的羞涩

诗探索14 作品卷 2019年 第2辑

年的味道

符昆光

年橘，就是要红给团圆看
从花市搬回来
年的味道，在眉宇间
浮上来
一个橘子，一粒火苗
安放在门口，是炉堂中
烧得正旺的火
如同父母，瞭望
披着寒气远道回家的儿孙

草原有没有灵魂的归路

袁志军

六匹马。漫步在华年的五弦琴上
有轻盈的忧伤流淌。在心的河床
七色的青草渐次铺陈　恣肆疯长
灵魂的忘川。喧嚣和迷茫
隐在草青色里。掌心里盛不下的温暖
凝成草尖的露珠
怎是那辽阔的孤独可比

落日掩面而去不着一言
夜色对峙。温柔而又决绝
骤雨打湿了隐秘的翅膀
马头琴声从远处的蒙古包里飘来
在星光里静止。晨曦逆着夜色的方向
轻轻而来

我是那匹纯粹的马
你是无边的草原
信不信我们终会遇见

马蹄落花，青草离离
古长城的遗址
怎么也隔不断朔风的凛冽
而在尘埃的碎片里
残缺的诗歌
又如何能缝补出时光的完美

快乐被流年风蚀
悲伤也会
今夜，草原注定失眠

机场端午节

程继龙

在突然的敞开中遁世无门
推开咖啡杯，面壁，想到了玻璃制造的打滑
和火焰内部的冰凉，连仰头的动作
都变成了荒芜

早餐吃过的粽子搁在内心的架板上
酝酿不出合适的氛围，供一个节日落脚
和弥散开来。必须面对巨大的苍凉
这里缺了一条江，也没有喝彩或悲悼的人群
代之以几乎无限展开的水泥平面
你不想说，眼前的一切只不过是遗址
内爆后巨大的空寂，连蛮荒都谈不上
我们曾经拥有过什么，价值几何
连草木的影子也逃亡了，鸟儿刚一飞起

诗探索 14 作品卷 2019年 第 2 辑

就被无形的子弹击中，化为白色泡沫
消失，仿佛是为了完成无效的仪式

巨大的悲伤和爱都已成往事
云烟从广场的中心滋生
恍惚间羡慕缓缓滑动的飞机，那么光滑、确定
仿佛一切都有定论，用不着操心来去
从漫长的玻璃通道走过去，难道是为了加速终结
苍白的旭日升起来，没有血色
总是在一个灰色平面上徘徊，打滑
这是多么使人疲倦

还要面对更大的虚无，撑开眼眶
吞食更多的蔚蓝和云朵，没有谁能和那个遥远的人
形成坚实的对位。这亘古如斯的幻影

低　处

史习斌

河水竞流，飞鸟啄食
低处是必争之地
重力压低身段
从云端降落，抵达
万物最后的归宿

泥土长出丰盛的胃
婴孩透明的笑洗涤心灵
阳光落到低处
灼伤隐藏的黑暗
照耀人群

那么多人从四处赶来

山岗，河谷，洞穴
告别飞翔，低到尘埃
低到各自最初的来处

生命低到死亡
活着就是重新开始

壁 虎

陈波来

一面无动于衷的墙壁也许因为
那些纵横捭阖的壁虎而具有
别开生面的意义。我看见
壁虎的眼睛在日出和日落两种时分
同样的眈眈生辉。微茫的空气中
条条嗜血的路时隐时现
生命是如此的简单而自信，仅仅是
追猎到被追猎之间的距离
我看见一次次地扑杀和吞噬
迅捷如梦中的一声虎啸。尘世的耳郭
不挂一丝腥风血雨
而心门嗒然开启
凶猛的兽的本能随之大梦初醒
事实上那些命定要死去的蛾子
谈不上美丽也谈不上丑陋
它们飞舞，囿于纤维质的梦幻，然后再次
囿于纤维质的梦幻而倦于飞舞
而当翅羽战栗着被撕碎之时
我看见壁虎一如既往地匍匐着
使生与死在悄无声息中尽显奢华

诗探索 14　作品卷　2019年　第 2 辑

困 兽

—— 阳江大角湾一瞥

林改兰

满溢的水
膨胀的欲望
退了又涌起
海喘着粗气
往前冲又退下——它的对手
有一颗石头做的心
任凭你泪汗纵横
仍不为所动
远处
恬淡的风织出椰林树影
坚硬的理性缚住不成形的兽

突然长高的桉树

南尾宫

受一场雨的撺掇，一株桉树
可着劲儿往上爬，站在 20 多米高处
被风
摆来
摆去

它踮着细腿，在 20 多米处
左瞧，右瞧
跳也不是，不跳也不是

这一颗小胆

湛江诗群诗人作品小辑 ⋛ 诗歌作品展示

就这样悬在 20 多米高处
被风吓一阵
又一阵

时间在一点一滴

凌　斌

流水勒不住马，河道越走越远
帆影挥别了岸，挥别了云与月
归航是一种思念
写在沧海上面，错过轮回的鹰
我的身份，生活涂改过

有人对着餐盘嗟叹日月
那张生存的面孔，长出树纹
有人在歌厅里挥霍欢乐
少年的青春以梦为马
一首诗的平仄，修改不了白发

沧桑是磨刀石，再锋利的青春
人海也能把锐角磨平
我从不感到悲伤
鸟儿带走的云片

灵魂该安放哪里？谁给我答案
沙漏在诉说梦想
妙手书生，他能盗走世人的财富
她的芳心，如何用一份承诺换回

我将远行，到没有寒冷的地方去
放牛，脚步带着花香与泥土
像一位离家的老人，在遗忘的站台上

诗探索 14　作品卷　2019年　第 2 辑

等一辆晚点的高铁，这时
请允许我借夕阳再回望一下故乡
回望那一张张带着阳光离去的脸
和那草木深入的春天

紫荆花这样开着

赵金钟

一觉醒来，所有门窗突然打开
紫荆花们从各自的闺房走出
把最美的时刻摆放枝头
大红，紫红，粉红
朝霞树树，烟云朵朵
一团团激情四射的火滚动，燃烧

这南国的精灵
当冬天来临
她们竟开得如此泼辣，如此风流

夜晚，你还能听到她们的声音
细的，柔的，甜的
顶替了聒噪的蝉鸣
以温暖的方式擦拭着人类留下的污渍
笑靥，舞姿，芳香，一齐收敛
收敛成红色的旋律
夜深人静的时候热情地流淌

在遥远的南国
紫荆花这样开着
白天是火，夜晚是歌

阳朔西街

李明刚

闪烁的霓虹灯，唤醒百年街
满街诱惑，套牢如织的游人
阻断乡愁的是，清凉如漓江水的雨珠

淡去的夜色，隐去喧嚣
雨声滴滴答答，街巷寂静
老街本色，在粥香里还原

深巷对青山的凝视，岁月静谧
在城外转弯处，漓江放轻脚步
不敢惊动静静的街巷

译作与研究

两个语言世界的书

——关于沃尔科特《早安，帕拉敏》

刘泽球

　　绘画和诗歌代表两种不同的艺术语言，但从某种意义上讲，它们在人类的"语言"传统里，同样具有镜子的属性——虚拟或者再现对面的事物，要么是世界，要么是被说出的世界，要么是说出它的人。而当两种语言出现在同一本书里，"如同我的钢笔和你的画笔混合在一个韵律里"（《拉佩鲁斯的伞》），跨越物理世界和精神领域、弥合人生交叉和分离边界的对话，变成一种共享的语言体系，无疑会创造另一种令人惊讶的语言。那些绘画的细节在诗歌中闪现，而诗歌扩展了颜色和线条的立体世界，注入更多情感，甚至一个人一生浓缩起来的内容和素材，这让这本书具有足够复杂，也足够简单的主题：回忆和观察，时间和痛苦，以及它们所伴随的一切。

　　2017年3月17日，被布罗茨基称为"当今英语文学中最好的诗人"德里克·沃尔科特（Derek Walcott）去世。2016年由英国费伯出版社出版，为他的挚友、画家彼得·多伊格（Peter Doig）作品而作的诗集《早安，帕拉敏》（Morning, Paramin），成为他生前出版的最后一部作品。批评界一直以来把2010年出版的诗集《白鹭》（White Egrets）视为他的封笔之作，而《早安，帕拉敏》的出版填补了他生命最后几年创作的空白。

　　沃尔科特1930年出生于圣卢西亚首都卡斯特里，受父亲和母亲影响，14岁即在当地报纸发表诗歌，18岁靠母亲资助自费出版了第一本诗集《二十五首诗》，在当时只有不到8万人口的地方，诗集居然靠销售奇迹般赚回本钱。年轻时向哈罗德·西蒙斯学习绘画，2007年，他的画作跟另一些作家的作品一起，在纽约的安妮塔·夏坡尔斯基画廊（Anita Shapolsky Gallery）展出，展览的名字叫"作家的画笔：作家的画"。1959年，创办特立尼达戏剧创作室。1971年《猴山上的梦》

以"最佳外语剧本"获奥比奖，1992年获诺贝尔文学奖，2004年获安斯菲尔德·沃尔夫图书奖终身成就奖，2011年诗集《白鹭》（*White Egrets*）获艾略特奖。多伊格1959年出生于苏格兰爱丁堡，著名写实主义画家。毕业于英国切尔西艺术学院，生活于特立尼达、纽约和伦敦。善于运用明信片、唱片封面、电影海报进行图像再创造。1991年获英国白教堂艺术家奖，1994年获特纳奖提名，2017年获第四届年度艺术偶像大奖，多次打破在世艺术家作品拍卖纪录。

沃尔科特作为诗人、画家和剧作家的身份，以及跨领域的博学和跨国界教学生活的经历，让他对多伊格的绘画理解具有更多值得信赖的专业背景和广阔视野，也更能自由地把自我观察与多伊格的艺术观察放到同一文本里，并且展示他对其他著名画家作品在诗歌场景里恰到好处的运用。比如："在一片罗斯科的天空里寻找抛锚的地方/下面的海湾像一盆鲜血"（《鹈鹕岛》），"德·基里科的截肢"（《无题〈帕拉敏〉》），"繁茂的橡胶树纵横交错的树干一直/伸出塞尚和西斯莱的画面外"（《帕拉敏》）；在《抽象》一诗里，他甚至把波拉克、奥基夫、比尔敦、多伊格的画赋予声音的联想。他的诗歌，让多伊格的作品在文字里同样获得了风俗和风景画的再现。同时，也让他有机会向未成名时期艺术家所遭受的世俗蔑视和不理解表达同情。"现代诗歌必定是有难度的，/绘画也是；但藐视这些很容易"（《胃痛》）。他写杜米埃在巴黎的落魄，"至于你，老流浪汉，受尊敬的杜米埃/在巴黎发现你用石灰创作这幅漫画/在一堆不准备被支付的画中间闲逛——/好吧，也许下个满月会有人买上一幅。""贫穷与艺术如何/实现繁荣，但它们总是分离""这是来自不能承认的/内心的距离""他的被评论家嗤之以鼻的围巾和补丁"，而"彼得·多伊格得到的/只有远方"（《大都会〈房子的照片〉》）。

本书书名提到的"帕拉敏"，是位于特立尼达北部山脉西部区域最高点的一个村庄，属于马拉瓦尔（Maraval）地区的一部分。"要么我谁也不是，要么我就是一个民族。"拥有英国、荷兰和非洲的混合血统，本土文化与殖民文化的冲突、多元文化下的复杂心理不仅困扰了沃尔科特的一生，也是他作品的重要主题，加勒比海文化更是他全部文学的背景。多伊格的画中多次出现寓言般的独木舟，被批评界认为是他的一个重要艺术符号，那正是来自沃尔科特生活和精神背景的加勒比海标志。"独木舟是一个连字符，在世纪之间，/几代人之间，树木之间。"（《百年以前〈卡雷拉〉》）。"他们的文化平和而宁静，主要来自河流，/短吻鳄和螺旋角野牛的河流/正如你在中间看到的，耷拉的耳朵/和扑哧的鼻孔，白鹭眼睛盯着/牛椋鸟发现扁虱的地方。"（《红

两个语言世界的书／译作与研究

色小舟上的人》）。这些标志也出现在为多伊格创立的工作室电影俱乐部所写的系列诗歌里，"徽记：一个加勒比人和一个半卷起的锚"。但这些都被殖民主义改变，包括他们制造的产物——克里奥尔化（克里奥尔，Creole，前美洲诸殖民地的土生白人或黑白混血儿）。帕拉敏就是其中一个代表，多数原住民是法国克里奥尔移民后代，讲法国克里奥尔语或者土语。那里也是两个音乐流派的发源地——Crèche（法语意思为托儿所，也可翻译为圣诞马槽，描述耶稣在伯利恒降生）和帕兰（Parang），二者都主要在圣诞节期间表演，反映出法国和西班牙音乐的影响，与非洲和加勒比的节拍相混合。

沃尔科特对殖民主义的痛恨一直没有改变过，如同那些"戴着头罩出现"、"草地上绷紧的黑色椭圆形"的秃鹫。"杀死我们的剑和被诅咒的十字架/从摩鲁加的发现日开始。/一切已经被彻底排练。"、"事实上，十字架树已经生根/并且从这里传播它邪恶或者善良的践行"（《摩鲁加》）"因为我爱马而我们所要做的/只是一场征服，只是谋杀和贪婪。"（《格朗德里维耶尔［二］幻影战马》）。"大口吞着麦芽酒的矮人/尖声发出亵渎神明的诅咒，当微弱的月亮/引导征服者的船只去昏暗的码头/如同分出枝杈的神话在男人们心中扎根"（《橡树的手臂发出命令》）。面对一匹也许并不存在、具有象征意义的白马，他陷入复杂的内心焦灼，被殖民地居民的焦灼。"印第安人没有马，这一匹马/也许是征服者的战利品/此刻在太阳下安静地抖动鬃毛""我能用什么样的语言/给他一个命名？我知道那不是加勒比语，/不是阿鲁卡语，不是泰诺语，但我觉得/我的要求不可避免，当我们划得更近/更迅速，尽管这白色的动物没有名字"（《格朗德里维耶尔［二］幻影战马》）。这或许正是一种身份迷失的困惑和痛苦。尽管他在晚年作品里已经很大程度摆脱多元身份的焦虑，但出于对加勒比海文化的热爱，他对人类活动的破坏也表达强烈关注和不满，在《鹈鹕岛》中他写下杀虫剂使用让鸟类消失，"在我们的时代我们已经对大自然做了很多事情。/受害者可能已经消失，但不是因为犯罪。"（《鹈鹕岛》）

沃尔科特大学毕业后于1953年搬到特立尼达，多伊格2002—2007年居住在特立尼达。"那是一个充满适合作画名字的国度：/帕拉敏，法扎巴德，库瓦，树木都带韵脚。"（《拉佩鲁斯的伞》），这里成为他们人生重要的重叠部分，也成为一张友谊的珍贵地图。"它穿越了两个人物理和精神的景观，从白雪覆盖的埃德蒙顿大地到阳光冲洗的加勒比海岸，从悼念爱人的过程到看一场电影的经历。"（原书评语）

"欢迎你，彼得·多伊格：鸽子岛

曾经有一条木麻黄树的大街；

提供给我土地的一切

也全部属于你"（《致S.H.》）

"你知道彼得吗？彼得·多伊格。

是的。他爱这个地方。一个好伙计。"（《在竞技场》）

　　在许多诗篇里，沃尔科特非常认真而真诚地表达了这种情感。同样，他也把这种情感献给布罗茨基。"我在这里，非常，感谢约瑟夫/这座伟大城市的客人"（《一头狮子在大街上〔二〕》）。

　　作为一名以87岁高龄谢世的诗人，他的时光已经足够漫长，甚至让本人感到厌烦。正如毛姆晚年所吐露过的痛苦，他不得不遭遇越来越多离去者的事实，这无疑让衰老成为一件异常残酷的事情。他在诗中回忆曾经生活过的埃德蒙顿、圣克鲁兹、威尼斯、帕拉敏、卡雷拉，以及特立尼达的许多城市、街道和山脉，他在回忆中清点亲人、朋友的名字，像等分成颗粒状的眼泪。

"亲爱的离去者，你们分享每一天的爱。

光明让生活更难理解

而每一个明亮的瞬间让白昼减少。"（《紫色耶稣〈黑色彩虹〉》）

"心爱的人已逝，他们的生命超过信仰。"（《紫色耶稣〈黑色彩虹〉》）

　　在诗集《白鹭》中，沃尔科特曾悔恨自己对三任妻子所做的不公。在本书中，他特别表达了对第二任妻子玛格丽特·梅拉德（Margaret Maillard）的怀念。玛格丽特是一家医院的救济品分发员，沃尔科特与她1962年结婚，1976年离婚，生有两个女儿。"玛格丽特，马克·斯特兰德——/你们是我右手创造出来的孪生影子，/为彼得·多伊格撰写这本书"。马克·斯特兰德是谁，暂时没有资料可以查证，但玛格丽特显然对这本书的写作很重要，沃尔科特有意借这本书表达对她的怀念。"对我而言，醒来之日是玛格丽特的""林荫大道明亮，带着一种悔恨：/每个记忆如今都是哀悼者。""玛格丽特走了，但所有的街道仍是她的……这些都是她的群山，不是画也不是诗。""所有坎塔罗的屋顶都湿漉漉的/沾满玛格丽特记忆的眼泪""她在那个国度沉睡，那里没有时间""一切皆因欲望而消逝，/即便是萤火虫，即便是爱妻紧闭的眼。/我独自坐着，突然泪流满面"，特别是在《帕拉敏》里，

两个语言世界的书 ≡ 译作与研究

他用一种让人心碎，几乎带着温柔的呼唤回忆他与妻子、孩子在一起生活的情景，"她喜欢说出它，而我喜欢听见它。/'帕拉敏'，里面含有可可的香味"、"她已经离开，但山还在那里/当我加入她，那里将会是/我们两个和孩子们的帕拉敏，山上的空气/没有名字含义暗示的音乐，/它在那里轻轻摇晃，'帕拉敏'，'帕拉敏'。"（《帕拉敏》）。沃尔科特以《早安，帕拉敏》来命名这本为多伊格作品而创作的诗集，而不是以多伊格本人的作品来命名，显然个人记忆发挥了重要作用，这既是写给多伊格的诗集，也是写给他自己的，某个时期的爱情成为这部作品、也成为他本人生活的一个解读符码。在《拉佩鲁斯的墙》和《拉佩鲁斯的伞》里，他正像那个每天打着一把女人用的阳伞，沿着拉佩鲁斯公墓墙散步的男子。"阳伞，我要说，属于他死去的妻子；/它决定带着他漂泊，在烈日下，/在街道和屋顶上沉思；他每天经过/同一条街道，如同他自己的画一样重复。"、"她所遗忘的你每天都在发现"。

除了妻子，还有更多的亲人离去。"我的兄弟、妹妹和母亲走了，所有一切都已被时间带走"、"几个黑皮肤、瘦弱的乐手/站在七十年前的契索大街街角。每次我听见/它都会让我心碎"、"对我母亲，在缝纫活儿方面从来没有认输"（《一头狮子在大街上〔一〕》）。在日渐增多的离别里，沃尔科特不得不面临衰老和死亡持续放大的阴影，"我想当一名客人/在我自己的葬礼上"、"不要'乐极生悲'/但就在此时此刻，不是明天。/持续为每样东西敲打节拍，鼓掌，/这让死亡看起来像是最幸福的事情发生。"对待死亡的这种近乎喜剧式的态度，正是老年应有的宽阔和豁达，沃尔科特做到了，用回忆的不紧不慢。

在一个访谈里，沃尔科特讲道："我花了一辈子来寻找这种自然的语言，这对诗人来说是极其困难的——找到属于自己的语言，无须矫揉造作。我不可能用英式英语或美式英语来朗诵自己的诗歌。我希望有一种语言，可以用来写诗，也可以用来说话，不只限于词汇……作为诗人，应该终其一生追求这样的语言。"（引自中国诗歌网2017年12月11日译事君译《沃尔科特访谈录：关于帝国、身份、语言》）沃尔科特是公认的诗艺大师，早年诗歌具有一种波斯地毯般缜密的结构、紧张的节奏和丰富的色彩，而越到晚年越变得简洁、直接、自我经验化，特别是本书，它的复杂不单纯靠语言的繁复，而是事物的呈现方式，比如："为我们灵魂准备的避难所，满是热气""雪从第一个单词开始堆积/堆成从未被听说过的章节""带鹿角的树林向前穿过一道雪景""结结巴巴演讲的霓虹灯""树木和十四行诗脱落着闪耀的叶子""每个黄昏，天空都会穿上灯光的外套"，这些诗句一眼就能让人看明白，但却充满异质化的强大词语张力和魅力，熟悉而意外，这也是沃尔科特晚年诗歌

诗探索 14 作品卷 2019年 第2辑

语言的一种特征：表面的自由随意和内在的严密紧凑，平静叙述的诗行里压紧令人期待，甚至带有挑战性的节奏和诗意。"我们的复杂性是白底之上的白"（《窗玻璃》），这里涉及一个著名的绘画技巧，在白底上如何画下白色的花。沃尔科特用最简单的语言挑战我们最复杂的想象。

　　对一个东方诗人而言，翻译沃尔科特的诗歌，的确是一个很大的挑战，深远的殖民文化背景和人文风俗、广阔的加勒比地理线索和自然场景（甚至植物名称）、私人化的记忆碎片、丰富的历史和文化资源、敏锐而独特的词语呈现方式（甚至一些法语、西班牙语表达），很多背景资料都需要艰难的发现才能获得，甚至这些资料也可能存在很大误差的风险。但这种探秘式的翻译挖掘，也的确是一种苦中之乐，如同发现一个诗人隐藏在词语里个人秘密的喜悦。将一种语言变成另一种语言，本身就是一种冒险。沃尔科特把多伊格的画变成另一种语言的诗歌之书，我的翻译或许把沃尔科特的诗歌变成另一本书。希望老爵士不要把这些汉字视为冒犯，让我们以文字的另一种造型方式向那颗不肯垂下的头颅致敬。

《早安，帕拉敏》

作者：德里克·沃尔科特　翻译：刘泽球

本书简介

　　《早安，帕拉敏》为我们提供了一个诺贝尔奖获得者诗人德里克·沃尔科特和著名写实主义画家彼得·多伊格之间绝好的合作。它穿越了两个人物理和精神的景观，从白雪覆盖的埃德蒙顿大地到阳光冲洗的加勒比海岸，从悼念爱人的过程到看一场电影的经历。用这种呼唤与回应的形式，绘画在一边，诗歌在另一边，沃尔科特特有的感知和智慧在他对多伊格散发着冷光的作品有启发性的回应中闪耀着光芒；诗歌和绘画都是对人生快乐和痛苦胜利的庆祝——爱，观察，衰老。

　　沃尔科特，出生并生活在圣卢西亚。多伊格居住在特立尼达，参与一场关于加勒比海殖民遗产的强有力对话，包括家庭和归属感的政治，以及艺术的边界。这是对一段友谊的深刻探索，也是对加勒比海艰难之美充满活力的沉思。《早安，帕拉敏》探讨了交流的边界，并庆祝一种共享语言的震撼。

　　该书于2016年由英国费伯出版社出版。

作者简介

　　德里克·沃尔科特（1930年1月23日—2017年3月17日），出生于圣卢西亚的伟大诗人和剧作家，拥有英国、荷兰和非洲的混合血统使他的作品充满丰富的多元化。他先后出版了17本诗集，9本戏剧集，1本随笔集。1992年获得诺贝尔文学奖。诗集《白鹭》获得2010年度艾略特奖。2016年由英国费伯出版社出版的他为著名画家彼得·多伊格画作所做的诗集《早安，帕拉敏》，是其生前出版的最后一部作品。（彼得·多伊格是出生于1959年的苏格兰画家，从2002年起在特立尼达生活和工作。1990年获白教堂艺术家奖，1994年获特纳奖提名，2008年获沃夫冈罕奖。）

摩鲁加①

这里是历史的对面，它的起源。
发现的神话，日历从一艘
渔船开始，一张粗糙的帆和几个
代表征服的男人，所有的一切
都是为了向海军上将的聪敏致敬——
杀死我们的剑和被诅咒的十字架
从摩鲁加的发现日开始。
一切已经被彻底排练。
多伊格为了它的本来面目而画下它：一个寓言。
哥伦布从没有在这里登陆，但重要的是
事实上，十字架树已经生根
并且从这里传播它邪恶或者善良的践行。

鹈鹕岛

在一片罗斯科②的天空里寻找抛锚的地方
下面的海湾像一盆鲜血——
"我们过去常常傍晚来这里观察它们
不计其数地栖息，此时却只有一只？
它们都去了哪里？"我问罗伯特·戴沃克斯。
"鹈鹕？"他问。"我告诉你。"
他是一个可爱的人非常爱这座岛
"杀虫剂，"他说。他也走了。

---

① 摩鲁加，印度尼西亚的一个群岛，又被称为"香料群岛"，葡萄牙殖民主义者在 16 世纪初期发现。

② 马克·罗斯科（Mark Rothko，1903—1970），美国抽象派画家，生于俄国，十岁时移居美国，曾在纽约艺术学生联合学院学习，师从于马克斯·韦伯。他最初的艺术是现实主义的，后尝试过表现主义、超现实主义的方法。以后，他逐渐抛弃具体的形式，于 40 年代末形成了。

无 题（帕拉敏）

梯田上的大理石哲学，
德·基里科①的截肢，
处女和半张脸孔的丰满女神，
一个种马的大理石拱门：这些我们都知道
从画册、明信片和博物馆，
还有古典主义的毕加索，一片
蔚蓝海面和白色石头的爱琴海，所有白色的
长袍和雪花石膏，当我们要表达的意思是
我们岛上的遗传是夜晚，
它的王冠和花冠被看成是
希腊式的矛盾，
因为她是我们岛上的精灵女王
血红的嘴和火烛的眼睛，
蝙蝠和狼人的女魔头②，人狼③，老女人④。

完美的运动

激情在男孩背后放下一根球棒，
保持平衡的激情，把他的外旋球击向
一个想象中的三柱门；沙地

---

① 乔治·德·基里科（Ciorgio de Chirico，1888～1978）意大利画家。1888
年7月10日生于希腊沃洛斯，受业于慕尼黑美术学院，1978年11月19日卒于罗马。
作品风格怪异，自称是采用了"形而上"绘画手法和造型方法。代表作《一条街上
的忧郁和神秘》等。

② 女魔头（la diablesse），原文法语。她是一个加勒比海民间传说中的人物，
生下来本来是人，但她与魔鬼的交易使她变成一个恶毒的变形精灵。对其他人来说，
她的风度、身材和衣着使她看起来很美。然而，她狰狞的面孔隐藏在一个大遮阳帽
底下，长裙子掩盖住她的独腿牛蹄，她用一只脚走路，把牛蹄印留在路边的草地上。
她可以对毫无戒心的男性施魔法，用性好处的承诺带他们去森林里。当进入森林，
她就会消失，男人陷入迷惑、迷路和恐惧，在森林里奔跑，直到他掉进峡谷或者河
流死去。

③ 人狼，Loupus Garous，原文法语。

④ Douennes，原文法语，网络有解释为"老女人"。

从每一次进攻的纯粹激情中变得殷红
将到水边的场地分成六块。
在另一个边界，外野手没有晃动
投球手；越来越多的人习惯于
这种像爱情一样激情的灾难。
哦，那条右臂可爱的激情！
一个没有发出警报的边界
尤其是对投球手，努力把球更快地
打到底线边缘，波浪在那里跳起来接住
这场板球比赛中人们平静的喜悦。

大都会

我不知道，我不知道，我不知道。是我还是这棵树要倒了
或者我们两个。反正不是一棵树就是一根灯杆。
我发现自己在一圈后殖民时期的石头
中间；我的帽子是一面旗，看不见的军队
随着我呼吸的命令摆动。"你在哪里
这很重要，"人们说。街道说是巴黎
那就让它是吧：巴黎。无论何处醉了又醉
但要带上口音去，这是最好的①。
所有法国制造都来自干邑白兰地的赞助，
苦艾酒和开胃酒②。我正在重读勒南③。你是否知道
波德拉尔的忠告？"如果你已沉醉，就继续沉醉"
尤其是在台阶上，最美妙的啤酒。
我唱着捣蛋鬼唱的歌，"我快要倒了。"

---

① 原文法语。

② 原文法语。

③ 欧内斯特·勒南，法国19世纪哲学家。他曾有一个非常著名的观点，即：
国民同一性需要集体创作的失忆。

格朗德里维耶尔^①（一）

一个马里亚特^②船长或者康拉德^③式的场景，
一艘纤细顶子的小艇悠闲停泊在
一部维多利亚小说的卷首画里——"绿色"
森林滴淌着吞噬探险者。
草地上绷紧的黑色椭圆形是秃鹫，
一般称为黑秃鹰。某种含糊不清的恐惧
在未被施洗礼的灌木里。一匹幽灵般的种马
甩动它的尾巴。啪！秃鹫将飞起
从画布和长椅远远离开。
这低垂的绿色空虚正是你所热爱的
像彼得·多伊格一样强烈。秃鹫等待着，
愚蠢的耐心包围着它们的理智。
你不记得曾听见它们的哭泣
除了它们戴着头罩出现清点缺席者：
没有船员，没有船长，没有野餐的乘客。

格朗德里维耶尔（二） 幻影战马

于是我们顺河漂流而下，我看见这匹马
我马上就想拥有的属于我的伟大战马，

---

① 格朗德里维耶尔，特立尼达位于托科和马特洛之间北部海岸的一个村庄。最初由来自委内瑞拉来的移民定居，种植可可和粮食作物。自从20世纪20年代可可价格下跌和虫害蔓延引发的可可工业崩溃，格朗德里维耶尔发展持续走下坡路，直到生态旅游的兴起。从1931年到2000年，格朗德里维耶尔的人口从718人减少到334人。格朗德里维耶尔是特立尼达比较偏远的定居点之一，距离大桑德雷60公里远，距离首都西班牙港100公里。

② 弗雷德里克·马里亚特（Frederick Marryat, 1792—1848），英国皇家海军上校，皇家科学院成员，也是狄更斯的友人。航海类型小说的创立人。在英国海军服役长达24年，退役后专事写作，其作品多根据其漫长的海军生涯写成，如早期的半自传体小说《海军候补生伊齐先生》，还有较有影响的儿童历史小说《新森林的孩子们》。

③ 约瑟夫·康拉德（Joseph Conrad, 1857—1924），英国作家，擅长写海洋冒险小说，有"海洋小说大师"之称。他一共写了13部长篇小说、28篇短篇小说和2篇回忆录，代表作有《水仙号上的黑水手》《吉姆老爷》和《黑暗的心》（后来被改编成电影《现代启示录》）。

诗探索 14 作品卷 2019年 第2辑

所有笼罩在威严里的神话，因为我爱马而我们所要做的
只是一场征服，只是谋杀和贪婪。
印第安人没有马，这一匹马
也许是征服者的战利品
此刻在太阳下安静地抖动鬃毛——
我怎么能给他套上缰绳？河流压低的咆哮
穿过芦苇；我能用什么样的语言
给他一个命名？我知道那不是加勒比语，
不是阿鲁卡语，不是泰诺语，但我觉得
我的要求不可避免，当我们划得更近
更迅速，尽管这白色的动物没有名字。
当它开始走动，犁开河流
登上另外一边，恐惧
在河堤上闪烁；那匹马已经离开。
只有秃鹫在移动的阳光下等待。

圣克鲁兹① （一）

一场猛烈的罗马雨正席卷岛屿
牲口将被淹没，桥会被撕裂，
在圣克鲁兹山谷，没有一寸干旱土地
能从天空雷霆马车倾泻的暴雨中逃脱。
一定要打败迦太基②，恺撒说道，
望着香蕉地庞大的军团
舞动长矛、旗帜和他们竖起的盾牌。
迦太基必须被毁灭，迦太基
将在褐色的战壕里流血，那里没有草木可以幸免
因为自然的暴政必须被遵从。
大屠杀是留给迦太基的，

---

① 圣克鲁兹，美国加利福尼亚州西部城市

② 一定要打败迦太基！（Delenda est Carthago!）古罗马政治家参议员迦图所说，并在各种场合不断重复，最终使打败迦太基成为罗马人民共同的目标，导致三次布匿战争，迦太基的势力被清除出地中海，整个地中海的沿岸都变成罗马的势力范围，为罗马帝国的版图打下了坚实的基础。

因为每一场风暴都遵从他的命令，
秃鹫将用弹开的翅膀
在高速公路上，与跟它竞赛的树一起盘旋。

圣克鲁兹（二）

一场细细、细细的雨正把圣克鲁兹变得迷蒙，
丘陵等待彩虹和它的光环。
教堂已经关闭，但它所有被百叶窗遮住的座椅
都在低语这个名字：神圣牧羊女^①——
在这个名字的轻微波澜里祝祷，
神圣牧羊女；就在马路那头
我的女儿们住在临近的好房子里。
在附近饲养马的小农场上，
一匹红棕色的母马正喜不自禁地畅饮，
摇晃着鬃毛和尾巴；马路允许
特立尼达人的每一种特征：
杀气腾腾的交通；愿你带给
你的女儿巨大的爱和关怀，彼得。

圣克鲁兹（三）

我把笔举起，它开始歌唱
雪开始把每样东西变成粉末。
圣克鲁兹的所有树叶都已凋落。
一只乌鸦啼叫着从树林穿过草地。
世界的改变自我的笔尖迅速扩展，时光之箭；
圣胡安^②变成白色，还有白纸般的坎塔罗^③。
教堂在冬天深处站立，马路
沉默如同教堂的钟，披着

---

① 神圣的牧羊女（la divina pastora），原文为西班牙语。

② 圣胡安，特立尼达的第三人口大市。

③ 坎塔罗，特立尼达的一个地名。

诗探索14　作品卷　2019年　第2辑

积雪，所有坎塔罗的屋顶都湿漉漉的
沾满玛格丽特记忆的眼泪。
这是她的安静山谷，她的国土，
但克鲁兹已经换成瑞士；
乡村公路安静如同一只钟
只有花朵从每一个盘旋的山丘上落下：
非洲郁金香和蜡菊。

圣诞节已经结束。现在是节礼日^①。
没有暴风雨或者暴风雪把我的痛苦
从两座岛的任何一座中赶走，因为艺术
能让我们用一颗心同时爱两个国家，
也不会孤独，只是混合：
一片云、一个国家和一个大陆，
翻开多伊格的一页，你可以
从圣克鲁兹一直忍受到白雪覆盖的埃德蒙顿。
然而山丘上到处都是雨水带来的葱绿。
乡村公路安静如同一只钟。
"燃烧的婴儿"^②索思韦尔再次敲响钟。
花朵落下：非洲郁金香，蜡菊。

我刚认识的朋友正在建造一栋新房子，
他的女儿们已经成为我的朋友。
两种气候也已成为他的朋友。
在房子下基石的时候，我祝他幸福快乐。

工作室电影俱乐部（一）

在有额外椅子和一架放映机的工作室里
他建立一个电影俱乐部；他在那里学习。

早安，帕拉敏 三 译作与研究

① 节礼日，圣诞节后的第一个工作日。

② 《燃烧的婴儿》（The Burning Babe），英国文艺复兴时期诗人罗伯特·索思韦尔（Robert Southwell, 1561–1595）的作品。他是一名天主教神父，也是一名诗人，他的作品对同代人和后来者都曾产生较大影响。

从比赛画面的速度看，他不可能期望

片段的出现或者消失，他学会编辑。

如同在电影中，当一盏灯

从银行里面亮起，你突然吓住坏人

制止抢劫，一个带鹧鸪鸟的男子

在耀眼的月光下被抓住，它的翅膀不见了。

要不然，像在《卡萨布兰卡》里，意中人

迷恋吸烟更甚于亲吻。

每部电影都需要属于它的象形文字的海报：

列车铁轨意味着告别，火车头嘶嘶作响，

只需再来一声汽笛，你就已经失去她。

背叛是主题，还有《手枪》

手枪在克里奥尔语[1]的意思是通奸。

徽记：一个加勒比人[2]和一个半卷起的锚。

工作室电影俱乐部（二）

这些大影院包括罗克西[3]、皇家和环球，

上演热门电影《十诫》[4]和《圣袍千秋》[5]。

不是在贝尔蒙特[6]的金字塔，你在那里的人行道上

---

[1]　克里奥尔语（Creole Language），是指一种混合多种语言词汇，有时也掺杂一些其他语言文法的一种语言，这个词是用以泛指所有的"混合语"。

[2]　加勒比人，南美洲东北部的印第安人。

[3]　罗克西电影院位于纽约市，建造时花费 1.2 亿美元，是当时造价最高的电影院。1927 年 3 月 11 日，在塞缪尔·罗西费尔主持下开幕。该院原来可容纳 6214 位观众，雇用了 300 名职工，其中包括 16 位放映师和 110 名乐师。但是，到 1957 年，影院将座位减少到 5869 个，让位于无线电城音乐堂成为世界最大的电影院。1960 年 3 月 29 日，罗克西电影院倒闭。

[4]　《十诫》，1956 年派拉蒙电影公司制作，塞西尔·B·戴米尔导演的一部史诗电影，故事取材自《旧约圣经》的《出埃及记》，讲述犹太先知摩西领导以色列人出走埃及，并接受上帝耶和华颁布"十诫"的故事。

[5]　《圣袍千秋》（The Robe），亨利·科斯特导演，1953 年上映。荣获 1954 年第 11 届金球奖剧情类最佳影片，并获得第 26 届奥斯卡金像奖最佳艺术指导（彩色）、最佳服装设计（彩色）两项奖项，以及提名奥斯卡奖最佳影片、最佳男主角和最佳摄影三项大奖。

[6]　贝尔蒙特，美国西弗吉尼亚的一座城市。

诗探索 14　作品卷　2019年　第 2 辑

等着，直到房子被烟熏消毒；

没有空调，房子里依然暖和，

总的原则是你必须横冲直撞。

横冲直撞只是另一种说法

你被控没有付钱就冲过票房。

一包坚果，两颗晚餐薄荷糖，一杯可乐——

一杯可乐，也就是说，如果你不太一文不名。

工作室电影俱乐部（三）

他们从两只褪色的鞋和箱子向上摇镜头！

屏幕被一张熟悉的脸填满。

大声叫喊，"鲍嘉！"，然后转身离去，

眼睛带啮齿动物眼睑的彼得·洛[1]

向黑帮老大爱德华·G·鲁滨孙[2]

和他未点燃的雪茄，倾诉自己

牢骚满腹的故事。大西洋和太平洋

地区的战争

为钢鼓乐队[3]、东京、卡萨布兰卡命名，

---

[1] 彼得·洛（Peter Lorre），著名反面杀手演员，在伦敦和巴黎流浪时，他和希区柯克一见如故，两人合作了《擒凶记》和《间谍》两部作品，他经过磨练锻炼了自己并不流利的英语发音，为他日后的好莱坞生涯打下基础。1941年拍摄黑色经典电影《马耳他之鹰》后，开始了自己的巨星生涯，此后的《卡萨布兰卡》《姐妹情仇》《疯狂世家》等片，彻底将他锻造成好莱坞第一男星。

[2] 爱德华·G·鲁滨孙，原名埃马缪尔·古德伯格，生于布加勒斯特，10岁时随家人移居美国，成长于纽约下东区。在纽约学院读书时加入"伊丽莎白剧场"，并获得奖学金进入美国戏剧艺术学院进修。1913年起参加戏剧演出，两年后进入百老汇，演出了许多舞台剧。他只参与演出过一部无声片，但有声片兴起后，他开始频繁地在银幕中出现。1931年以《恶霸》倍受好评，之后在诸多影片中扮演了各种不同类型的角色。40年代一些心理片如《灵与肉》《火车谋杀案》《绿窗艳影》《长恨天》等中的表演也给观众留下了深刻的印象。50年代在继续影视表演的同时，1956年在百老汇《午夜》一剧中又以老鳏夫一角获得成功。1973年1月因癌症去世。

[3] 钢鼓乐队，1945年夏，二次世界大战结束，特立尼达岛上的人倾城而出欢庆胜利，拥塞在西班牙港的街道上，在狂欢的极度兴奋中，青年们随手拿起了垃圾箱、白铁桶甚至玻璃瓶来敲打，以表达他们的喜悦和欢乐。此后，慢慢形成了具有特立尼达特色的民间音乐形式。

当亨弗莱·鲍嘉^①还在独自作战，
当不朽的杰克·帕兰斯^②还在《原野奇侠》里，
当东京和柏林变成西班牙港。
同一个徽记：一个加勒比人和一个半卷起的锚。

夜晚工作室（工作室电影和球拍俱乐部）

他从黑白电影学到很多，
头剪乱成猪鬃一样，加上一个像那样的名字——
一个叛逆的德国军官
他只服从一个上校——光。

房子的照片

在黑暗的橱窗里翻找，罗森克兰茨，
头发那么长，就像是一个女人的
你的一双疯狂老鼠般同性恋的手
正在为王子的谜挖洞；
制造出这个属于你自己的橱窗，尽管它不是——
在那里你可能会意外发现一些东西可以选择，

---

① 亨弗莱·鲍嘉（Humphrey Bogart,1899–1957），出生于美国纽约，美国男演员。1930年出演个人首部电影《恶魔与女性》，从而正式出道。1932年参演爱情片《三对佳偶》。1936年因主演犯罪片《化石森林》而获得关注。1941年主演的悬疑片《马耳他之鹰》成为黑色电影代表作。1944年凭借爱情片《卡萨布兰卡》奠定其在影坛的地位。1948年主演个人首部电视剧《小城名流》。1952年凭借爱情片《非洲女王号》获得第24届奥斯卡奖最佳男主角奖。1953年首度担任制作人，制作并主演冒险片《战胜恶魔》。1955年凭借战争片《叛舰凯恩号》获得第27届奥斯卡奖最佳男主角奖提名。1956年主演个人最后一部电影《拳击场黑幕》。1957年1月14日，因病在美国逝世。1999年被美国电影学会选为"百年来最伟大的男演员第一名"。

② 杰克·帕兰斯（Jack Palance），在百老汇舞台剧《欲望号街车》中代替马龙·白兰度出演"斯坦利"一角，此后相继与20世纪福克斯合约出演《原野奇侠》（Shane）、《喋血摩天岭》（I Died a Thousand Times）、《拿破仑光荣史》（Austerlitz）、《午夜枪声》（Once a Thief）、《野狼》（Chato's Land）、《午夜大杀手》（Alone in the Dark）、《甜蜜咖啡屋》（Out of Rosenheim）、《蝙蝠侠》（Batman）、《天鹅公主》（The Swan Princess）和《金银岛》（Treasure Island）等众多影片，1991年参与制作《城市滑头》（City Slickers）赢得奥斯卡最佳男配角。

一些罕见的、封面干瘪
而模糊的自传体书籍已经枯萎。

橡树的手臂发出命令

橡树的手臂发出命令，紫杉弯腰哀求。
当我第一次看到英国芥菜地
它像一本打开的书上嵌满铜钉的门
城堡倾斜的护城墙屈从于
沸腾汤锅的指引。大口吞着麦芽酒的矮人
尖声发出亵渎神明的诅咒，当微弱的月亮
引导征服者的船只去昏暗的码头
如同分出枝杈的神话在男人们心中扎根。
淹死的军队和弯曲的长矛填满整个池塘；
所有英格兰的河流都有淹没的传统。
雾霭的灰色围巾盘绕向隐士的视线，
泥地里的头盔，一只蜻蜓在上面舞蹈。
他的河流繁衍同样的幻影、头盖骨和恍惚。

祖尔·穆尔登塔斯皮尔客栈

（Gasthof zur Muldentalsperre）

好像在狂欢节上，两个穿戏装的人
正停步片刻，等待他们的乐队经过
在海的巨型幕墙放大的马赛克中
带着淡淡的微笑凝视着画笔。
画笔瞬间变成一个相机；
在一个版本里，穿蓝衣服的人
僵硬站着，像一个没有佩剑的军械士，
甜腻的枯燥将两者融合在一起。
另一个穿着袖口和领子镶黑边的
橘色外衣，看上去似乎

他朋友的蓝色制服让他感到困窘；
他们身后若隐若现的墙像一个山丘。
文官和武官都面临同一个命运，
在这幅靠近某扇门的巨大快照画里。

大都会（房子的照片）

至于你，老流浪汉，受尊敬的杜米埃[①]
在巴黎发现你用石灰创作这幅漫画
在一堆不准备被支付的画中间闲逛——
好吧，也许下个满月会有人买上一幅。
这里所说的是，贫穷与艺术如何
实现繁荣，但它们总是分离；彼得·多伊格得到的
只有远方。这是来自不能承认的
内心的距离，一个很老、很老的腔调
他的被评论家嗤之以鼻的围巾和补丁。

胃　痛[②]

现代诗歌必定是有难度的，
绘画也是；但藐视这些很容易；
普通人对神秘学感到迷惑，
粗俗如同一个打嗝庆祝被恶心；
没有伟大的意义需要
来自这种描写的曲解，只是一种令人作呕的感觉

---

① 奥诺雷·杜米埃，法国19世纪最伟大的现实主义讽刺画大师。他出生于马赛一个有文学修养的玻璃匠家庭，6岁时全家迁居巴黎，由于生活贫困，杜米埃少年时就自谋生计，曾当过听差、店员，这使他深知官场龌龊和民间疾苦，产生民主思想和正义感。

② mal d'estomac，法语，胃痛。

诗探索14　作品卷　2019年　第2辑

像有人对克里斯·奥菲利①使用大象粪便

作画的感觉，他是彼得·多伊格的好朋友，

支持我们的君主。无关紧要的是，我选择

用愤怒和悔恨来看这幅画

这可能恰好是古斯顿②想要的

必需的反应，但我恨多伊格的满意

所有那些戴"KKK"头套面具的人，雪茄，带钉子的鞋。

抽　象

我们想象我们能听见某些画家

在他们工作时所听到的：波洛克③刺耳的交通

奥基夫④某种百合的引擎，比尔敦⑤

天鹅绒里低沉的短号，彼得·多伊格

充满沉思的、幽深灌木形成的寂静，

---

①　克里斯·奥菲利（Chris Ofili）1968 年出生于英国曼彻斯特。在切尔西艺术与设计学院获得本科学位之后，到英国皇家艺术学院学习并拿到美术专业的硕士学位。1998 年获得英国现代艺术的最高奖"特纳"奖，并于 2003 年作为英国代表参加了威尼斯双年展。克里斯·奥菲利现在工作和生活于特立尼达。克里斯·奥菲利的作品通常是巨幅的色彩鲜艳活泼的油画，上面总是细致的使用细小镶嵌样的圆点，颜料和少许色情杂志上的图案。但是最引人瞩目的还是他用大象粪便来创作。1992年，克里斯·奥菲利获得了奖学金，前往津巴布韦。这次行程，对于有着尼日利亚血统的奥菲利是一次非常重要的经历。在那里，克里斯·奥菲利钻心研究洞穴壁画，这对他的绘画风格产生了一定的影响。并启发了他用特殊技术和材料（包括大象粪便）运用到他的艺术创作中来表现来自爵士、嘻哈、漫画、种族偏见、天主教（奥菲利是一位虔诚的天主教教友）和非洲织物等方面的主题。同时，作品中装饰风格和社会内容的结合也是他对有关黑人身份问题的有趣探索的一部分。

②　菲利普·加斯顿（Philip Guston，1913-1980），美国新意向绘画的重要先驱人物。原是一位很有名气的抽象表现主义画家，1968 年他的艺术创作突然抛弃已有的风格，而采用一种粗糙的具象模式，融入更多的符号，使风景和静物场景的扁平化，具有卡通化的风格。他的绘画创作及其艺术观强烈地吸引着新意向画家，以致年轻的画家们把他奉为偶像。

③　杰克逊·波洛克（Jackson Pollock，1912—1956）是 20 世纪美国抽象绘画的奠基人之一。

④　格鲁吉亚·奥基夫，20 世纪最具传奇的美国艺术家之一，以其给人感官享受的花卉特写绘画而著名。

⑤　比尔敦·罗麦尔·霍华德，美国油画家和拼贴画家，他的作品常取材于美国黑人小区和纽约城市街头的生活。

一片泻湖的窃笑，蝴蝶
无声的耦合，康拉德和玛格丽特
绿色的厚度
或者一个世纪回转的生锈铰链——
环绕着彼得·多伊格工作的声音。

拉佩鲁斯的伞

她狠心的离去加倍我的思念，
当三株黄花风铃木盛开在鸽子岛
在帆船赛游艇的三角帆上。
没有你的另一个闪亮日子；拉着我的手
把我带向我们去过的任何地方：珀蒂山谷①的
空房子，或者拉佩鲁斯城
那里墓石不断增加像星期天的帆，
那里一个鳏夫钉在粉红色的阳伞下，
那里人们认为疼痛和平底锅对灵魂有益。
你沿着塔格莱特路转入圣詹姆斯。
她所遗忘的你每天都在发现，彼得。
那是一个充满适合作画名字的国度：
帕拉敏，法扎巴德，库瓦，树木都带韵脚。
她在那个国度沉睡，那里没有时间，
如同我的钢笔和你的画笔混合在一个韵律里。

油罐车

在几英里外的蓝色热气里一动不动
油罐车在地平线上提起我的心；
缓慢地，岩石颜色的翅膀和摇摆的脚
穿过阳台，一只硕大的苍鹭
在雪松枝上抛锚，然后
像油罐车一样保持不动；这儿是展现你的

———————————
① 珀蒂山谷（Petit Valley），特立尼达的一个山谷。

最完美的地方，朋友，因为你把寂静视为神圣，
这里的距离压低舱外的噪音，
甚至飘动的帆和一只独木舟
宽大、尖形的渔网周围
成群精力旺盛海鸥的尖叫。无法言说之美
正是伟大画作所具有的，那么就让你伟大的礼物
用上这油罐车、抛锚的苍鹭和正午的海滩。

紫色耶稣（黑色彩虹）

早安，世界！这是多么美好的一天！
广阔的帆衍生出的日子是明亮的，但悲伤
仍在用它无声的麻痹让我失去感觉，
尽管顽固的快乐还散布在巴豆叶上。
波浪涌进来，它们的工作延伸向无限，
心爱的人已逝，他们的生命超过信仰。
尽管我们接受这世界和它所有的一切，
一条狗却甩着齿间的拖鞋，
怀疑它的虚空。玛格丽特，马克·斯特兰德——
你们是我右手创造出来的孪生影子，
为彼得·多伊格撰写这本书；在书里，
亲爱的离去者，你们分享每一天的爱。
光明让生活更难理解
而每一个明亮的瞬间让白昼减少。

彼得，我很高兴你一直向我询问

彼得，我很高兴你一直向我询问，
但这也是每个人都会问的问题。
是否你的画笔将捡起一个口音，单调的节奏
传染你的旋律隐藏在画布里，
挑选你真正属于的地方
在特立尼达，所有胡言乱语都要与之为伴吗？

什么样的胡言乱语？每个地方都是错误的
因为所有的形式都错过完美，因此
在面具里，整个社会都基于：
它所有的努力都会被谱写进歌曲
因为我热爱这个地方，尽管它
有各种各样种族的选择，
希望我能懂得它所有的语言
并且用一个声音道出它所有的风俗；
这种疯狂正是我们属于的地方——
你在别的什么地方听到过这样的音乐，这么巨大的噪音？

一个避难所

如果我们用他们古代的名字称呼他们，
波斯人而不是伊朗人，时间也许会奉他们为神圣；
他们新月形的剑，胡须像分叉的火焰，
尽管骆驼仍会跟随他们
进入圣战。即使穿过整个世界，还是在这里，
这个眼睛湿润如黑橄榄的女人
是亚述人，不是叙利亚人，但炸弹爆炸或者屠杀
来自一个谴责和宽恕的家庭
部落的名字黯淡如烛光，当你向她询问。
在萨洛扬的故事里，一个男人去剪头发
理发师告诉他，他所有剪掉的头发
正是从弗雷斯诺①到贝鲁特的七万亚述人——
整个世界的七万亚述人，想象一下！
它足以让另一场战争爆发。
看那在山谷上方蓝色天空里
盘旋的黑色圆点；她是彼得的爱人，
像一只乌鸦从一根柱子掠向另一根柱子。

---

① 弗雷斯诺，美国加利福尼亚州中部城市。

诗探索14 作品卷 2019年 第2辑

房子的照片（卡雷拉）

在舒坦的浴室里望着外面
草坪上的欢快，雪松迷人的杂乱，
瓷砖在看不见的灰浆中快速缝合，
深色、中间色和浅色被随意地固定。
多伊格的画把一种愉悦带入砖石建筑，
得意地强调泥瓦匠的手艺，
像荷兰大师在瓷砖地板上看到的
一样多的愉悦，一扇门半打开的草图
和一个在半明半暗中翘起的圆球。这是艺术家
献给工匠们的敬意，他们小心翼翼地
把切割好的石片砌在墙上，就像耳环
一个女仆把它戴在女主人的耳朵上，
工匠整整一周时间都花在
把切割好的石片仔细砌进建筑。

红色小舟上的人

不同的哲学体系在水面保持平衡
正如不同哲学家之间的平衡，但有一些人淹死
在像往常一样的假日灾难里；
他们是乡下人，不是来自镇上！
他们的文化平和而宁静，主要来自河流，
短吻鳄和螺旋角野牛的河流
正如你在中间看到的，耷拉的耳朵
和扑哧的鼻孔，白鹭眼睛盯着
牛椋鸟发现扁虱的地方。一个支离破碎的印度
带着鼓和旗子的沉重乡愁
在排灯节 ①，半只月亮在他们肩膀上旋转，

早安，帕拉敏 ≡ 译作与研究

---

① 排灯节又称屠妖节、万灯节、印度灯节，是印度教、锡克教和耆那教"以光明驱走黑暗，以善良战胜邪恶"的节日，于每年 10 月或 11 月中举行，一些佛教信徒也庆祝这个节日。为了迎接排灯节，印度的家家户户都会点亮蜡烛或油灯，象征着光明、繁荣和幸福。

然后，神的雕像被送到海上
如同广大无垠的丰收在烧焦的乡下
把秸秆变成灰烬，稻捆变成碎片。

在竞技场

五点钟。正是洛尔卡^①点亮蜡烛
为伊格纳西奥，也是为拉乌尔·潘庭命名的时刻。
每天都像一场斗牛；黄昏在马拉卡斯山^②
和蜡菊的剑上创作它的小说
如同最后的乌鸦盘旋着它的祝福，
黄昏把委内瑞拉没入黑暗，让加拉加斯^③点亮灯火。
飞机的铁舱门在皮亚尔科^④机场上空
关闭。一切皆因欲望而消逝，
即便是萤火虫，即便是爱妻紧闭的眼。
我独自坐着，突然泪流满面。所有的帕尼奥尔
都认为这些小山是委内瑞拉。
我用一种几乎是她的，也几乎是
拉乌尔的语言哭泣。你可以告诉
一个好画家他有多么爱一个地方。
你知道彼得吗？彼得·多伊格。
是的。他爱这个地方。一个好伙计。
每个黄昏，天空都会穿上灯光的外套，如同
一片热情的欢呼从群山广场上升起。

洞穴船鸟画

现在这里开始鸟类公开的生活，
吃东西和排泄，嘴巴在鸟浴盆里喋喋不休，

---

① 洛尔卡，西班牙东南部城市。

② 马拉卡斯山（Maracas mountain），又译沙球山，特立尼达的一座山。

③ 加拉加斯，委内瑞拉首都。

④ 皮亚尔科，特立尼达的一个机场。

诗探索 14　作品卷　2019年　第 2 辑

山雀、鹤哥和乌鸫（然后我用尽了词语）

在阳台边缘或者去乡间别墅

炎热的混凝土小路上（你是否曾住过那里？）那里为一些

别的名人所有，阿瑟·米勒和无法消除的谢默斯。

在我们饲养鸟的新狂热之前，我曾经以为

我会在珀蒂山谷①开始鸟类的观察，在特立尼达，但

我能找出的最遥远的鸟名是"叉尾鹟。"

但所有鸟做同一件事情；筑巢、飞翔和落在树上

向观鸟者提供适当的侧影；

接着一些人，比如阿瑟和谢默斯，出人意料地去世。

彼得·多伊格如今生活在一个翅膀的伊甸园里

不是指地狱般、无法逃避的乌鸦②。

他将会从一个沙椎般的动物变成伟大的流浪汉。

"加比兰，加比兰。"帕兰③合唱团哭喊着。

隐藏在一顶粉红帽子下，他只是那些事物中的一个

一只乌鸦④或者带金眼的鹰飞过。

译者简介

刘泽球，二十世纪七十年代出生，现居四川。著有诗集《汹涌的广场》《我走进昨日一般的巷子》，曾获第八届四川文学奖。民刊《存在诗刊》主要创办者之一，曾策划"新世纪十年川渝诗歌大展"，部分作品在美国、加拿大、澳大利亚、韩国和国内发表，入选多种选本。翻译有W.S.默温和德里克·沃尔科特部分作品。

---

① 珀蒂山谷（petit valley），特立尼达的一个山谷。

② Corbeaux，法语，乌鸦。

③ 帕兰是一种起源于特立尼达的流行民间音乐，由委内瑞拉移民带入，混合了美洲印第安人、西班牙人和非洲人的音乐元素。如今在特立尼达的一些地方比较活跃，比如：帕拉敏、洛皮诺、阿里玛（Paramin, Lopinot, and Arima）。

④ Corbeau，法语，乌鸦。